「十三五」国家重点图书出版规划项目

国家社会科学基金重大项目

刘建军 ◎ 总主编

百年来欧美文学"中国化"进程研究

（第五卷）（1979—2015）

周桂君 ◎ 主编

A SERIES OF INVESTIGATIONS ON
THE PROCESS OF "SINICIZATION"
OF EUROPEAN AND AMERICAN
LITERATURE IN THE PAST HUNDRED YEARS

图书在版编目(CIP)数据

百年来欧美文学"中国化"进程研究.第五卷:1979—2015/刘建军总主编;周桂君主编.—北京:北京大学出版社,2020.10
ISBN 978-7-301-31380-0

Ⅰ.①百… Ⅱ.①刘… ②周… Ⅲ.①欧洲文学–文学研究 ②文学研究–美洲 Ⅳ.①I106

中国版本图书馆CIP数据核字(2020)第107373号

书　　名	百年来欧美文学"中国化"进程研究(第五卷)(1979—2015) BAINIANLAI OUMEI WENXUE "ZHONGGUOHUA" JINCHENG YANJIU(DI-WU JUAN)(1979—2015)
著作责任者	刘建军　总主编　周桂君　主编
责任编辑	朱房煦
标准书号	ISBN 978-7-301-31380-0
出版发行	北京大学出版社
地　　址	北京市海淀区成府路205号　100871
网　　址	http://www.pup.cn　新浪微博:@北京大学出版社
电子信箱	zhufangxu@pup.cn
电　　话	邮购部 010-62752015　发行部 010-62750672　编辑部 010-62754382
印 刷 者	北京虎彩文化传播有限公司
经 销 者	新华书店
	720毫米×1020毫米　16开本　19.75印张　390千字 2020年10月第1版　2020年10月第1次印刷
定　　价	88.00元

未经许可,不得以任何方式复制或抄袭本书之部分或全部内容。
版权所有,侵权必究
举报电话:010-62752024　电子信箱:fd@pup.pku.edu.cn
图书如有印装质量问题,请与出版部联系,电话:010-62756370

总　序

一

"百年来欧美文学'中国化'进程研究"（共六卷）是2011年国家社会科学基金重大项目的最终成果。这个项目确立的初衷，在于总结自1840年以来，尤其是"五四"新文化运动和中国共产党成立之后百多年间欧美文学进入中国进程中所起的作用，其移植后发展变化的基本规律以及中国化进程中的经验教训，从而为今后我们更为自觉地翻译引进、深入研究欧美文学和建设中国的欧美文学乃至外国文学话语提供理论的自觉。

外来文化中国化，是中国现当代社会文化发展中一个极为重要的现象。我们知道，中国社会主义先进文化的建设，离不开对外国文化和文学的借鉴。因此，我们首先要申明，欧美文学中国化研究的立脚点应该是中国文学而非外国文学。欧美文学进入中国的文化语境后，就成为中国文学的一部分，这是本课题研究的立脚点。"中国化"的核心内涵是外来文学在中国新文化语境下的变异、再造与重建。因此，欧美文学进入中国的过程就不仅仅只是一个外来文化对中国的影响过程，也不是一个单纯的借鉴和接受过程，而是欧美文学在新的历史语境下成为中华民族新民主主义和社会主义新文化重要因子并与我们的新文化建设相互融合的过程。

欧美文学的中国化进程是伴随着近现代中国社会历史进程以及文化转型发生并发展的。中国的现代价值观也是西方文化在中国渗透和传播的过程中逐步建立起来的。因此，作为西方文化重要载体之一的欧美文学从引进之日起就和中国人对现代化社会的渴望与现代价值观的需求相契合。当然，我们也要看到，不仅仅只是欧美文学给中国文学注入了新的思想文化资源，改造了中国文学的精神和艺术风貌，同时，中国强大的传统文化资源也改变了外来文化乃至欧美文学在中国的风貌，使其具有了中国特征。因此，在中国近现代的社会和文化土壤中，欧美文学与中国文学之间是一种双向影响的关系。例如，中国学者以其独特的中西世界划分的视角,将欧美视为一个整体,并进一步提出了"欧美文学"这一概念;还从整体性视角出发,对欧美一些经典文本进行了中国式的内容解读、艺术分析。而在实践中我们看到,这些新的解读,都与中国现代社会的独特发展进程和每个阶段的话语需求息息相关。这就改变了欧美文学作品在其产生地的存在顺序、特定地位、对象关系以及思想内涵、艺术特征的价值指向,从而成为适应中国人思想情感和审美追求的中国现代文化的一部分。换言之,欧美文学乃至外国文学进入中国后与中国的文化语境的关系其实是一种你中有我我中有你的关系。

所以说,本课题并不是中国文学与欧美文学的比较研究,也不是单纯地研究欧美文学在中国的传播史,我们研究的重点是在接受欧美文学乃至外国文学的过程中,中国如何创造了一个属于我们自己的新的欧美文学(或曰外国文学)的历史发展过程。

鸦片战争前后,帝国主义的坚船利炮迫使一部分志士仁人意识到,我们自己原有的思想资源解决不了当时中国面临的问题。于是,他们引进了"科学""民主""平等""自由""革命""阶级"等观念。这些观念的引入,使得我们较为封闭的文化开始向现代文化转变。此后,无论是在新民主主义革命时期、社会主义建设时期,还是改革开放以来的社会发展实践,我们都能不断借鉴西方先进的文化思想,包括西方文学中所传递出来的文化思想观念,来为我们的富国强民服务。可以说,西方文化和欧美文学中的现代意识在中国化的进程中,总体上是适应中华民族发展,是为实现伟大的中国梦的实践助力的。因此,我们也可以说,所谓欧美文学的中国化进程,也就是外来文学适应中国梦需要的进程,就是与中国现当代文化和文学同步发展的进程。

总之,研究欧美文学中国化的进程,就是从一个特殊的角度研究中国新文化、新文学的建立和发展的过程,就是为我国实现社会主义现代化强国的伟大使命提供有益经验并建立文化自信的过程。

二

这里先要申明,本课题虽然名称为"百年来欧美文学'中国化'进程研究",但这里所说的"欧美文学",其实是有特定所指的。我们这里使用的"欧美文学"概念是"西方文学"的同义语。我们知道,在国内学术界,外国文学的组成长期以来大致分为三个部分:一是欧美文学,主要指的是欧美大陆一些国家的文学,如欧洲的希腊、英国、法国、德国、意大利、西班牙、荷兰、挪威等国以及美洲的美国、加拿大、哥伦比亚、巴西等国家和民族自古至今所产生的文学。二是俄苏与东欧文学,包括俄罗斯—苏联文学以及东欧的波兰、捷克、匈牙利等国家的文学。三是亚非文学,也即我们今天经常说的"东方文学"。这种划分,在"五四"新文化运动之后已见雏形,在中华人民共和国成立初期的一段时期内得到广泛认可。当时很多高等学校开设外国文学课程都分为三部分,即俄苏文学、欧美文学和东方文学。当时一些教材的编写,也是这三个部分分别独立编撰。抛开"东方文学"不论,就是西方文学教材,都是分头编写"欧美文学"和"俄苏文学"。欧美文学部分不涉及俄苏文学,俄苏文学需要单独编写教材,单独讲授。这样,久而久之,就形成了我国学术界一个约定俗成的观念,即"欧美文学"不包括"俄苏文学"。更有甚者,在当时的情况下把"欧美文学"看成是"资本主义思想"为主导的文学,而把"俄苏文学",尤其是"苏联文学"看成是"社会主义思想"所主导的文学。尽管这一区分没有明确出现在20世纪50年代的教科书中,但其影响是不可否认的。到了六七十年代,尤其是到了1978年改革开放之后,这一划分逐渐被国内学者们所抛弃。"西方文学"的概念,合并了原有的"欧美文学"与"俄苏文学"。(在杨周翰等先生主编的《欧洲文学史》中,就将俄苏文学并入了欧洲文学之中;朱维之等主编《外国文学简编》时,也将第一部标明为"欧美部分",俄苏文学被放进了这一卷中。)此后,"西方文学"的概念渐渐流行开来,以至于我们今天一说到"西方文学",就知道其是包括俄苏文学在内的欧美各国自古至今所产生的文学现象和作品的总称。

但是问题在于,现在我们所通用的"西方文学"概念,也存在着极大的弊端:首先,我们很难界定"西方"的范畴。在我们现有的教科书中,"西方"主要指地理意义上的欧洲和美洲。因此,欧美文学即为西方文学。这个地理上的定义虽然轮廓较为清晰,但若一细究,似乎又太牵强。应该指出,欧洲和美洲,地域广阔,国家民族众多。其中老牌的欧美国家和那些新兴的欧美国家无论是历史文化传统、社会发展道路、生活习惯乃至道德风俗等,都存在着巨大的差异。即使在全球化迅猛发展的今天,其社会的差异性、文化的异质性也是极为巨大的。把两者武断地并置,都看成是"西方",无疑是说不清楚的。其实,从我们现有的外国文学史著作或教材来看,所谓欧美文学,占主导地位的仍然是那些欧美比较发达国家的文学。其次,我们很难说清楚"西方文学"的性质。既然地理学意义上的"西方"范畴划不清,那么,像某些现代西方学者主张的那样,按地缘政治划分是否可以呢？答案也是否定的。在当前西方很多政治家和政治学者的眼中，西方是富国或曰发达国家的代名词。第一次工业革命之后，欧美一些发达的资本主义国家，走在了物质文明发展的前列，在思想文化领域也提出了构成今天社会发展的一些基本的经济、政治、文化主张。而对那些发展缓慢的欧美国家和民族而言，这些主张根本不能代表他们的文化性质和需求。这样的现实其实导致了欧美一些发展较快的国家（如英、法、德、美等）开始以傲慢的态度来审视那些发展较慢的国家和民族及其文化。这样，"西方"其实只等于是发达国家和民族的称谓（这也是我们不愿意用"西方文学"来指代整个欧美文学的原因）。再者，从近百年来西方文学进入中国的进程来看，引进的主流还是欧美几个主要国家的文学。例如欧洲主要是古代希腊和罗马，以及英、法、德、俄、西班牙等，美洲在很长的时期内主要是美国的文学作品。而大量的其他西方国家的文学作品，在改革开放之前，我们或涉及很少，或根本没有涉及。即使在今天，这些发达欧美国家的文学仍然占据着主导性的地位。其实，我们所说的欧美文学"中国化"进程，主要还是这些发达国家（包括俄罗斯—苏联）文学进入中国文坛的过程。

有鉴于此，我们在进行本课题研究时，觉得还是用"欧美文学"的概念更符合百年来西方文学进入中国的实际。也可以说，我们这里所说的"欧美文学"是对中国影响较大的一些西方国家文学的特指。换言之，是指欧美那些对中国影响较大的一些国家的文学现象。从这个意义上也可以说，"欧美文学'中国化'进程"是和"西方文学'中国化'进程"的概念相一致的。

我们在此还要申明的是：由于本课题是"百年来欧美文学'中国化'进程研究"，重点在于我们是以欧美文学进入中国的视角，来解说中国现代新文化和新文学的建设进程以及欧美文学在中国新的思想观念建设中的作用。所以，它的重点不在于谈论欧美文学在中国的翻译介绍规律（因为这方面已经有很多高水平的著作发表），也不是要进行欧美文学在中国的纯文学领域所取得的成就的考察（这方面也有大量的大部头的专著问世），我们要做的是以欧美文学进入中国的视角，来揭示百年来欧美文学进入中国的进程以及它对构建中国新文化和新文学所起的作用乃至经验教训。由于我们近百年来的新文化建设是在汲取人类一切优秀文化遗产的基础上进行创建的结果，这也就决定了我们在谈欧美文学中国化进程的时候，必然注重其中所包含的很多规律性的东西，这也决定了这一进程具有文学交流融合意义上的普遍性。因此，我们的课题在这个意义上也可以说是对欧美文学中国化进程基本规律的研究。

三

在我们看来,本项目的研究成果主要创新之处或者说主要特点体现在以下几个方面:

第一个创新点在于对"中国化"问题的理解。一是对"中国化"概念本身的认识更加深入。我们认为,"中国化"这一概念中的"化"的本质是扬弃意义上的"融化";而"中国"则是指近百年来不断发展变化中的思想文化与精神意义上的"中国"。"中国化"作为一个特指的概念,其基本内涵包括:(1)任何外来文化被引进到中国来,都必须与现代中国的国情相结合。它既服务于独特的中国国情的需要,又不断创造了新的中国文化形态。例如,马克思主义进入中国,在服务于中国人民"站起来""富起来"和"强起来"的百多年来的社会发展实际的同时,也改变了中国社会文化的发展形态,创造出了崭新的中国现代文化国情。作为具体领域的欧美文学(乃至外国文学)的中国化也是如此。一方面它适应了中国文化的转型和中国现代文化的出现,另一方面也为创造现当代中国文化的新形态贡献了新的文化因子,促进了中国社会主义现代文化的形成与发展。(2)"中国化"又是在马克思主义先进文化指导下的发展进程。我们知道,中国的现代化进程与欧美社会的现代化进程是在完全不同的基础上发生的。可以说,欧美一些主要资本主义国家,现代化进程是在其社会内部孕育发展起来的,根本原因在于欧洲几次工业革命的推动。正是这些国家内部先进生产力的发展,导致了新思想、新观念的产生,从而确立了现代资本主义制度。而中国的情形则完全不同。可以说,中国社会的现代化进程,是在中华民族积贫积弱和救亡图存的特定条件下展开的。由于百年前我们的生产力落后,我国还很难在传统社会结构内部和封建社会意识形态的基础上产生出新的现代文化。因此,这样的客观现实决定了我们必须要借助外来的先进文化来改造国民,创造出适应中国现代化进程的新的思想文化体系。在这种情况下,引进、吸收、消化外来文化从而改造我们的旧文化,就是唯一的途径了。加之外来文化纷繁驳杂,这就需要我们进行历史的选择。中国人民在自己的实践中,选择了马克思主义作为自己的指导思想,并在这一思想逐渐中国化的进程中,成为引领中国现代社会发展进步的指导思想。实践证明,正是在马克思主义的指导下,我国的社会主义革命和建设事业得到了巨大的发展,并在今天走向了全面建设社会主义现代化强国的伟大阶段。从这个意义上说,用马克思主义做指导,也是"中国化"的核心之意和必有之义。(3)"中国化"必须要在自己强大的文化传统的基础上才能发展起来。外来文化进入中国,说到底是我们要在汲取外来优秀文化的基础上,改造、补充乃至创新我们的传统文化,而不是取代或者割裂我们的文化传统。从这个意义上说,凡是想用外来文化取代或者割裂中国文化的,都不是"中国化"的真正含义。我们要清醒地看到,中华民族的文化传统一脉相传,今天的文化仍然处在传统的链条中。近现代以来,外来文化的中国化之所以能够取得巨大的成功,不仅是因为我们有着强大的传统文化资源,更重要的是我们还保有具有深厚中华传统文化学养并精通外来文化的卓越学者。他们怀着"位卑未敢忘忧国"的使命意识,坚信"文章合为时而著,歌诗合为事而作"的审美理想,代代耕耘,薪火相传,把外国文化与中国文化有机融合,创造出适应中国社会发展的社会主义新文化。因此,我们所说的"中国化",又是在中国文化的思维方式、审美取向基础上,让欧美文学,乃至外国文学适应中国社会发展进步的产物。本课题在写作过程中,始终遵循对"中国化"概念的这种认识,并在此基础上总结百多年来欧美文学"中国化"进程。

二是我们尽可能对马克思主义中国化和具体文化领域的中国化之间的联系与区别,做出较为科学的解释。我们认为,如果说马克思主义中国化,指的是指导思想上的中国化,是总纲,总的规定,那么欧美文学乃至外国文学的中国化,则属于具体领域的范畴。就是说,我们既强调指导思想的中国化,也要强调具体领域的中国化。从这个意义上说,欧美文学"中国化"这一概念无疑是成立的。这正如我们经常说到"规律"这个概念。我们知道,"规律"包含着普遍规律和特殊规律。一个社会的发展要首先遵循普遍规律,普遍规律是根本性的规定,它规定一切具体事物发展的基本走向与方式。但不同事物的发展同时也有其特殊规律。我们既不能忽视普遍规律而只重视特殊规律,同样,也不能只重视特殊规律而忽视一般(普遍)规律。只有二者的辩证统一才能更好地认识和把握事物的发展进程。在"中国化"问题上我们必须要坚持普遍主义和特殊主义的辩证统一,这是因为,中国化不能不受普遍规律的制约,同时也必须要认识外国文学中国化的特殊规律。反过来说,如果我们只是坚持和强调马克思主义中国化的指导思想价值,而忽视文学艺术等具体领域中国化的实际,我们所说的"马克思主义中国化"也就成了一句空话。总之,"中国化"是一个体系,其中既包含着指导思想的中国化,又包含着具体学科领域的中国化,不同层面的中国化发挥着各自不同的重要作用。

基于对"中国化"问题的上述理解,我们发现,百年来我们在外来文化和文学的引进过程中,形成了独有的"中国化"理解。"中国化"已经成为我国现代以来引进外来文化的专有概念或特指名词。

第二个创新点在于,我们是在对中国百年来革命与建设发展的特定理解的基础上,来考察欧美文学"中国化"进程的特点的。我们认为,从1840年到1919年"五四"新文化运动兴起的七十多年是仁人志士提出"中国社会应该走什么路才能实现伟大的民族复兴"的时代之问形成的历史时期;从1921年中国共产党成立起,中国人民开始科学地回答和解决这个问题。在回答"如何走"的问题上,开始阶段(即"五四"运动前后)也是争论不休的,各种不同的党派和立场相左的文化派别都想把自己的意见强加在中国人民的头上。但"五四"新文化运动的深入发展,使人们看到了"三座大山"沉重压迫的现实,从而使中国共产党人所主张的革命斗争和民族解放之路成为当时的历史选择。马克思主义理论之所以能在中国大地上广泛传播,就是当时的人们看到,若人民不能解放、民族不能独立,什么"实业救国""教育救国"和"科学民主""民权民生"都不过是空洞的口号,都是走不通的道路。换言之,要实现中华民族的繁荣富强,首先要走"民主革命和民族解放之路",让中国人民"站起来"。这样,从1919年"五四"运动开始,尤其是从1921年中国共产党成立到1949年中华人民共和国建立这28年,进行新民主主义革命成了中国现代化进程的第一步。这个历史阶段,中国人民在中国共产党和以毛泽东同志为核心的党的第一代中央领导集体的带领下,经过28年艰苦卓绝的斗争,打败了地主阶级、军阀等反动势力,战胜了日本法西斯强盗,赶跑了以蒋介石为代表的国民党反动派,建立了人民当家做主的中华人民共和国,"中国人民从此站起来了"。可以说,这一步,我们走得非常精彩,也极为成功。

从中华人民共和国成立到1978年改革开放,这三十年是第一步走和第二步走的交替阶段,即我们过去常说的进行社会主义革命和建设阶段。如果说前一个时期(1919—1949)中国现代化的主要任务是进行新民主主义革命的话,那么1949年到1979年这三十年间,我们面临的主要任务有两个:一是继续完成推翻旧世界经济基础及其上层建筑的革命任务,维护无产阶级政权和人民当家做主的地位;二是进行社会主义改造和建设现代化国家的任务。这两大任务的叠加,就形成了这三十年的革命与建设并重的局面。为此,我们既可以将中华人民共和国成立后的第一个三十年看成是新民主主义革命任务的延续时期,也可以将其看成是改革开放后三十年的前导阶段。

中国建设现代化国家的第二步走,是要走"发展经济、提高人民生活水平"的"以经济建设为中心"的道路。即当我们"站起来"后,还要"富起来"。如前所述,这一步应该说从中华人民共和国成立后就已经开始了,但明确提出将其作为主要任务则是在1978年召开的中国共产党的十一届三中全会上。这次会议是中国社会伟大转折的标志,也是我们进入第二步走的标志。如前所言,在中华人民共和国成立后的头三十年,我国已经开始了社会主义改造和社会主义建设的伟大实践,初步完成了从一个以农业为主的、贫穷落后的旧中国向现代工业化社会主义新中国的转变,并建立起我国工业化社会的基础。但这三十年毕竟是个过渡阶段。一方面,为了维护新生政权的需要,为了清除旧思想、旧文化的需要,革命还是重要的任务之一。另一方面,建设也是重要的任务。按一般逻辑,随着政权的不断巩固和社会主义建设事业的深入发展,我们应该逐渐减少革命的比重而加大建设的比重。但由于当时一些实际情况,只有到了1978年,建设任务才开始凸显。以邓小平同志为核心的党的第二代中央领导集体,提出了"以经济建设为中心"的历史任务,从此中国人民开始自觉地走向了现代化征程的"富起来"阶段。邓小平同志对此有着深刻的洞察,他指出,今后一段时期我们党和国家的主要任务是"以经济建设为中心","发展是硬道理"。也正是在以邓小平同志为核心的党的第二代中央领导集体的带领下,中国社会开始了改革开放、建设四个现代化强国的伟大进程。经过三十多年的改革开放,中国的物质文明和社会发展取得了巨大的进步,由一个贫穷落后的发展中国家,进入了经济社会发展较快国家行列。到了2009年,中国的经济体量和综合国力得到了极大的提升,在世界上的影响力极大增强。可以说,这一步,我们也走得极为精彩。正是这三十多年的努力奋斗,使得中国人民在"站起来"的基础上,开始"富起来"了。

2009年以后,中国成为世界第二大经济体;2012年,党的十八大报告首次正式提出了"全面建成小康社会",标志着第三步走的开始。换言之,以中国共产党第十八次全国代表大会的胜利召开为起点,中国现代化建设"强起来"的伟大历史征程开启了。十九大报告进一步提出了建设富强、民主、文明、和谐、美丽的社会主义现代化强国的奋斗目标。也可以说,"五四"时期提出的科学、民主、强国、富民的理想,只有在今天才真正有了实现的可能。

正是在对中国现代历史发展重新认识的基础上,我们重新阐释了欧美文学中国化进程中的具体流程和经验教训,并对很多问题做出了新的解说。因此,本课题不单单局限在欧美文学乃至外国文学领域,其中还包含着对不同时期中国社会重大政治文化问题的反思,如为什么在"五四"运动前后会出现大规模的欧美文学翻译引进热潮、如何处理好文学反映生活与马克思主义指导的关系等。我们认为,这样做的好处在于,我们可以发现文学现象中所隐含着的很多现代中国社会思想文化发展的本质性的东西。而本课题正是从对中国现代社会发展再认识的角度,对百年来欧美文学中国化问题进行阐释和解说。

  第三个创新点在于,本课题抛开了以往同类著作那种偏重于欧美文学的翻译、引进和研究的学术史写作方式,强调欧美文学引进与近现代中国的先进文化的产生、发展和演进的关系、价值和作用。也就是说,在本课题研究中,我们不仅关注学术史的梳理和研究,更关注从欧美文学进入中国并成为中国现代思想文化资源主要组成部分的角度,结合中国革命和建设的实际,来审视外来文化与中国社会发展之间的紧密联系。进一步说,我们撰写的这套著作,侧重从思想史的角度来总结近百年来欧美文学的中国化进程,从而探讨欧美文化与文学与中国现当代社会文化发展之间的互动关系。近年来,国内的外国文学界出版了一系列相关主题的著作。仅近十年,就相继出版了陈众议主编的《当代中国外国文学研究(1949—2009)》(中国社会科学出版社2011年出版),申丹、王邦维总主编的6卷本《新中国60年外国文学研究》(北京大学出版社2015年出版),陈建华主编的12卷本《中国外国文学研究的学术历程》(重庆出版集团、重庆出版社2016年出版)等非常有代表性的学术著作。这些著作,或以年代顺序为经,以不同国别文学作品的翻译和研究为纬,或从体裁类型乃至语言分类为角度,对中华人民共和国成立以来中国学术界对外国文学的翻译和研究做了细致的梳理。应该说,这些大部头著作基本上都属于"学术史"的范畴。我们在汲取这些优秀著作成功写作经验的基础上,力图进行价值取向和研究侧重上的创新。为此,我们制定了偏重于"思想史"和"交流史"的写作原则,即我们要在百年来社会历史发展历程中,以中国社会现代化进程为依据,根据不同历史发展阶段中国现代文化的形成和发展流变,考察总结欧美文学中国化的艰难进程、时代贡献、经验教训乃至今后发展趋势,从而为今后中国文学话语的建设做出我们的努力。为此,本书采用了新的结构方式,即回答问题的方式来写作。我们一共梳理了百年来欧美文学中国化进程中五十多个较为重大的问题,进行了细致的辨析和深度的理论解说。我们不仅想要告诉读者,这百年来发生了什么,出现了哪些重大的事件和文学现象,更重要的是揭示这些事件背后的成因,为什么会做出这样的选择,其中有哪些经验和教训。这就突破了很多同类著作就文学谈文学,就现象谈现象的不足。

既然定位于要从思想史的角度来谈这个问题,因此,我们是把欧美文学中国化作为一个完整、不断发展变化、各种要素合力作用的中国社会文化现象来把握,努力揭示近代以来一大批先进知识分子在其中所起的重大作用。我们认为,既然我们谈的是欧美文学中国化的问题,我们就不能仅仅把欧美文学中国化看作是欧美文学作品在中国的翻译、研究和传播,而应把它看成是与不同历史时期中国社会的阶段性发展、马克思主义在中国的传播及其作为指导思想的确立、文艺界思想文化领域的斗争、无产阶级革命和社会主义建设道路的探索、中国现代文学流派的形成,各个时期的文艺政策和文学社团(组织)以及报纸杂志的创办、教材编写、高校教学等多个领域和多个方面相关联的重要问题。也可以说,这是一个全方位、动态研究欧美文学中国化问题的尝试。之所以这样书写,是因为我们认为,欧美文学中国化是一个动态的过程,是在动态中生成的。这个"动",其实就是中国社会百年来的发展变化,尤其是中国共产党建立以来中国社会的发展变化。另外一方面,既然欧美文学中国化是"合力"作用的结果,那其中必然会有一个起核心或主导作用的力量。我们认为,这个核心的力量要素就是中国近代以来的进步知识分子,尤其是从事欧美文学引进的知识分子,他们以"天下兴亡,匹夫有责"的使命感,为百年来中国社会的观念更新和新文化建设,发挥了重要的作用。在"五四"运动之前,就有一大批忧国忧民的知识分子,通过翻译引进西方的先进思想文化和现代科学技术,在积贫积弱的近代中国社会,追求真理,追求富国强兵之道,通过文化与文学的引进,发出了"中国应该走什么样道路"的历史之问。在马克思主义传入中国,尤其是中国共产党成立之后,又有一大批先进的知识分子,依据不断发展中的国情,逐步将马克思主义与中国的实际相结合,创造性地把外来文化与中国实际相结合,造就了中华民族新的文化辉煌。

本项目成果,在一些具体问题上,也提出了我们自己的新看法和新见解。例如,如何理解"世界文学时代"与"世界文学"关系的问题;如何看待欧美文学进入中国后的"误读"问题;如何看待中华人民共和国成立后知识分子的改造问题;如何评价"文化大革命"前后特定时期出现的"黄(灰)皮书"现象;如何估价历次政治运动对欧美文学"中国化"正反两个方面的影响以及在今天如何构建欧美文学的"中国话语"等问题。在这些问题的阐述中,根据特定历史时期的社会政治文化形势要求,我们坚持具体问题具体分析的原则,坚持历史唯物主义和辩证法原则,做出了新的解说。例如,如何看待中华人民共和国成立后知识分子的改造问题,我们认为,面对建设一个社会主义新制度、新文化的艰巨任务,必须进行全社会的改造旧思想、旧观念和旧文化工作。所以,提出"改造"的问题,是没有错的,也是必需的。知识分子作为新社会的一个阶层,因其掌握知识和文化的特殊性,接受改造是责无旁贷的。所以我们在研究中肯定这些运动的历史价值和实践意义。但同时我们也实事求是地指出了中华人民共和国成立后历次"知识分子改造"运动出现的错误:一是当时社会的每一个人(每一个阶层的人)都需要改造,但在实践中却变成了"只有知识分子需要改造",并把斗争矛头对准了知识分子,发展到后来甚至把知识分子推到了人民群众的对立面;二是把特定时期的"政治改造""立场改造"发展到了绝对化的程度,成为对知识分子改造的唯一任务,从而忽略了对知识分子观念更新、方法创新等学术领域的改造。我们认为,只有这样看问题才更为科学和妥当。再如,"文化大革命"中极"左"思潮的泛滥,给社会主义文化建设事业造成了很大的破坏。但从某种意义上说,恰恰是这场运动给知识分子群体提供了更加深入认识社会复杂性以及深思文学真正价值所在的机缘(尽管其代价是巨大的,损害是严重的)。而"文化大革命"结束后井喷式爆发的欧美文学被引入文坛的现象以及对外国文学理解的加深,又不能不说是和"文化大革命"期间这些知识分子对社会发展和人类命运的深刻反思紧密联系在一起的。

凡此种种,都说明,我们在本课题的研究过程中,力图按照马克思主义的立场、观点和方法进行创新,在外来文化和欧美文学进入中国的背景下,结合欧美文学在"中国化"进程中的经验教训,尝试对一些重大问题和看法进行与时俱进的重新阐释。

四

"百年来欧美文学'中国化'进程研究"的全部成果共包括六卷。其各卷所包括的大体内容如下。

第一卷为"理论卷"。这一卷主要是对欧美文学"中国化"进程中所涉及的理论性与全局性的重要问题,进行集中的理论意义上的解说。比如"我们为什么要研究欧美文学'中国化'的问题?""'中国化'的概念有哪些内涵和特指?""马克思主义'中国化'(指导思想)与欧美文学'中国化'(具体领域)的联系与区别?""欧美文学能够被'中国化'的要素是什么?""百年来欧美文学'中国化'的主要经验与遗憾有哪些?"这一卷可以说是全书的总纲部分。

从第二卷开始，我们基本上按照历史演进的大致进程，对不同历史阶段的欧美文学"中国化"遇到的重大问题，进行解说。

第二卷的时间范围大约从1840年起到1919年前后，这是欧美文化与文学进入中国的初期阶段。这一卷的核心词是"中国应该走什么道路"。换言之，在这一卷中，主要围绕着"中国走什么样的现代化道路"这个历史之问的形成，揭示欧美文学进入中国过程中最初的曲折经历和发展历程，并总结了当时欧美文学翻译和介绍的成败得失。

第三卷所涉及的时间段是从1919年到1949年这一历史时期，这一卷的核心词是"站起来"，即围绕着中国人民"站起来"的历史选择，揭示欧美文学在当时所起的作用。本卷着重指出这段时期是中国人民在中国共产党的领导下，为自由解放而艰苦奋斗的时期，也是欧美文学"中国化"进程走向自觉的阶段。其中涉及马克思主义指导思想地位的形成以及毛泽东同志《在延安文艺座谈会上的讲话》的里程碑价值。总的来说，这是欧美文学中国化从自发的追求到自觉探索的形成时期。

第四卷主要反映1949年至1979年前后欧美文学"中国化"的基本情况。这一卷的核心词是"革命"和"建设"，即这是我国"革命"和"建设"两大历史任务的叠加阶段。这段时期既是外国文学进入中国最好的时期之一，也是受"左"的思潮干涉影响，欧美文学"中国化"遭遇严重挫折的时期。其中涉及如何看待"文化大革命"前十七年外国文学翻译引进、研究和推广的成就以及"文化大革命"十年中国的外国文学界"沉寂"的状况。这个时期也可以看成欧美文学中国化全面探索并遭受重大挫折的时期。

第五卷是1979年到2015年这一阶段。此卷的核心词是"富起来"和"强起来"。这个时期，"以经济建设为中心""建设社会主义现代化强国"成为我国建设发展的主要任务。此时也是外国文学中国化大发展的时期。也就是说，随着四个现代化建设进程的到来，我国进入社会主义发展的新时期。这个时期也是各种新问题、新情况不断出现的历史发展阶段。这段时期，欧美文学中国化进入健康发展和全面深化的阶段。这一卷主要是对这一时期欧美文学中国化的经验教训进行初步总结。

第六卷是编年索引。这一卷主要把与欧美文学中国化相关的主要事件和成果以年表的形式列出，目的是为百年来欧美文学中国化的进程提供一个大致的历史发展线索，以弥补本套书史学线索的不足，同时也为这个课题今后的研究提供一个资料索引。

总的来说,这六卷本书稿既是一个完整的整体,各卷又相对独立。我们期望,通过这种结构方式,对百年来欧美文学"中国化"的大致进程有个清晰的把握,同时对每个阶段所遇到的重大理论问题做出史论结合的深度解说。

五

"百年来欧美文学'中国化'进程研究"是 2011 年作为国家社会科学基金重大项目立项的。在国家社会科学基金办公室的领导下,在吉林省社科规划办的指导下,尤其是在东北师范大学社会科学处的全力帮助下,我们课题组进行了紧张而周密的研究工作。在项目立项后,课题组于 2012 年 3 月 18 日在北京进行了开题。中国社会科学院荣誉学部委员吴元迈研究员,中国社会科学院外国文学研究所所长陈众议研究员、文学研究所所长陆建德研究员、外国文学研究所韩耀成研究员,北京大学刘意青教授、王一川教授、申丹教授、张冰教授,华东师范大学陈建华教授,北京师范大学刘洪涛教授,南开大学王立新教授等出席了开题报告会。来自南开大学、北京师范大学、大连大学及我校的项目组成员参加了开题报告会。会上,项目主持人刘建军教授就该项目的研究背景、学理构成、编写设想、编写原则、具体分工和工作日程等情况做了全面介绍。专家组肯定了项目组已有的研究基础和总体设计,并对以问题为导向、紧扣标志性事件、抓住主要话语、寻求重大问题给予回答和阐释的研究思路,给予了充分认可。专家们还围绕欧美文学进入中国历程中的若干重大问题进行了充分研讨。2012 年 4 月、2013 年 6 月以及 2014 年 4 月,课题组相继举行了 3 次项目研讨会。会上,课题组成员针对当时研究中遇到的关键问题进行了讨论。大家认为,第一,要抓住"中国现代文学的发展形态在外国文学的影响下,如何创造了一个属于我们自己的新文学"这一立脚点不放松,要明确研究对象是中国化的外国文学而不是原初意义上的外国文学。第二,要紧紧抓住课题的核心思想和基本脉络不放松。课题写作的基本脉络就是要依据近百年来中国人民"站起来""富起来"和"强起来"的伟大复兴历史进程来撰写,要强调中国化的马克思主义的指导作用,要突出欧美文学中国化与中国的新文化、新文学建设之间的联系。第三,要把总结欧美文学中国化的经验教训和建立欧美文学乃至外国文学的"中国话语"紧密结合起来。也就是说,我们总结以往的经验教训,目的是适应今天乃至今后一段时期内中国文化发展和社会进步的需要,要为建设欧美文学的"中国话语"服务。第四,课题组还明确要紧紧抓住以问题为导向的写作体例不放松;要围绕时代的主题、紧扣标志性事件、抓住主要话语,对不同历史条件下的重大问题给予科学的和实事求是的回答;对一些重大的文化事件和外国文学进入中国出现的问题,要放在具体的语境中实事求是地加以科学地辨析。

正是在这些基本写作原则的指导下,2015年和2016年,课题组进入了艰难而又富有成效的写作阶段。其中对"中国化"概念内涵的确立、对马克思主义中国化与欧美文学(即具体领域)中国化关系的辨析,对翻译、研究、评论等问题在欧美文学中国化进程中的价值以及对建设欧美文学的"中国话语"等重大问题,进行了随时的研讨。同样,对一些重要的时间节点、一些重大事件的历史作用以及对一些特定时期(如"文化大革命"期间)欧美文学中国化出现的问题等,都进行了认真而严肃的讨论。可以说,这个课题研究写作的过程,也是我们课题组成员不断学习和提高自己认识水平的过程,更是不断深化对百年来中华民族伟大复兴发展规律的认识过程。

可以说,书稿的写作过程非常艰难,但也充满了研究的乐趣。现在所呈现在大家面前的这六部书稿,几乎都经过了几度成稿又几度被推翻重写的反复过程,其中有些卷写了五六稿之多。尽管如此,有些部分我们还是不太满意,需要在今后更加深化自己的认识。

六

本课题研究过程的参与人员众多。其中除了各卷的主要执笔人员如刘建军(东北师范大学)、袁先来(东北师范大学)、王钢(吉林师范大学)、高红梅(长春师范大学)、周桂君(东北师范大学)、王萍(吉林大学)、刘研(东北师范大学)、刘悦(东北师范大学)、刘一羽(东北师范大学)、邵一平(东北师范大学)、刘春芳(山东工商学院)、郭晓霞(浙江师范大学)、张连桥(江苏师范大学)等人之外,参与研究指导和讨论的人就更多了。首先要感谢中国社会科学院荣誉学部委员吴元迈研究员、中国社会科学院外国文学研究所所长陈众议研究员和前所长黄宝生研究员以及韩耀成研究员,北京大学刘意青教授、申丹教授、张冰教授,浙江大学吴笛教授,华东师范大学陈建华教授,吉林大学刘中树教授,浙江工商大学蒋承勇教授,中国人民大学耿幼壮教授、曾艳兵教授,南开大学王立新教授,华中师范大学聂珍钊教授、苏晖教授,大连大学杨丽娟教授等,在不同的场合所提出的宝贵意见。同时东北师范大学历史文化学院的荣誉教授朱寰先生、文学院的王确教授、高玉秋教授、刘研教授、王春雨教授、张树武教授、徐强副教授、韩晓芹副教授、裴丹莹副教授、王绍辉副教授以及我的博士研究生米睿、魏琳娜等,为本课题的研究提供了自己的智慧。东北师范大学社会科学处的王占仁处长、白冰副处长、关丰富副处长以及宋强同志等,对我们课题的研究工作给予了大力支持和各种帮助。吉林省社科规划办的毕秀梅主任等也时刻关注着项目的进展,并给予了很多工作上的具体指导。可以说,这部书稿是集体智慧聚合的产物。而众多学者的支持和期望,是我们不断前进的动力。在这里,我代表课题组的全体成员,对他们的帮助表示衷心的感谢。

在全部书稿完成后,我们还邀请了东北师范大学文学院和国内其他几所高校的几位从事现代文学研究和教学的专家通读书稿。对他们提出的宝贵意见,我们永远心怀感激之情。

2016年10月,在该项目结项以后,我们又对全部六卷书稿进行了新一轮完善,并结合新的形势要求对其中的一些提法和观点进行了斟酌与修改。

写好一部以思想性见长的学术研究著作,尤其是像这样一部跨度百余年中国近代、现代和当代社会发展演进的历史进程,涉及中国传统文化和外来文化,尤其是不同的欧美国家文学之间在引进过程中的特殊性以及与中国文学之间相互影响和改造的复杂关系的著作,研究者不仅需要具有本学科深厚的学养、专业知识的储备,还要具有开阔的社会历史发展眼光、正确的指导思想以及科学的方法论。从这个意义上来说,很多方面我们都有着很大的不足。因此,在书稿出版之际,忐忑不安可能是每个课题组成员最真实心态的反映。我们期望着专家和读者的批评!

刘建军
2017年7月

目 录

导 论 ………………………………………………………………… 1

第一个问题:20世纪80年代为什么会出现欧美文学译介的"井喷"现象?
……………………………………………………………………………… 1
  一、造成欧美文学翻译"井喷"现象的社会因素 ………………… 1
  二、传统文化转化为现代文学资源的现实困境 ………………… 9
  三、欧美文学中国化进程走向深入发展 ………………………… 12

第二个问题:20世纪80年代为什么会出现欧美现代派研究热潮? ……… 15
  一、20世纪80年代的欧美现代派文学热潮现象 ………………… 15
  二、欧美现代派文学热潮的现实因素 …………………………… 17
  三、学界前辈在欧美现代派文学研究领域的开拓与推动 ……… 26
  四、西方文学理论热潮对现代派文学接受的推进 ……………… 30

第三个问题:20世纪80年代"反精神污染运动"对欧美文学中国化进程产生了怎样的影响? ………………………………………………… 36
  一、关于人道主义的反省与认识 ………………………………… 37
  二、对"异化"问题的反省与认识 ………………………………… 44
  三、反对文艺作品商业化的问题 ………………………………… 50

第四个问题:以经典作家为例谈谈20世纪90年代以来我国欧美文学研究具有哪些特点? ……………………………………………………… 56
  一、莎士比亚悲剧的研究力度与倾向 …………………………… 59
  二、莎士比亚研究的多元化与批评史研究的滞后 ……………… 66
  三、莎士比亚研究的成绩与突破口 ……………………………… 69

第五个问题：20世纪90年代以来欧美文学研究的主要问题、成因及对策是什么？ ………………………………………………………… 75
    一、新时期欧美文学研究中出现的问题 ………………………… 76
    二、新时期欧美文学研究中存在问题的成因 …………………… 78
    三、中国话语建设与欧美文学中国化 …………………………… 88

第六个问题：改革开放以来我国俄苏文学研究具有哪些特点？ ……… 96
    一、俄苏文学中的人道主义思想 ………………………………… 96
    二、重新解读苏联"红色经典"中的价值观念 ………………… 103
    三、俄苏"白银时代"研究热潮 ………………………………… 115

第七个问题：如何认识改革开放以来我国欧美文学史编撰观念的演变？
    ……………………………………………………………………… 123
    一、文学史范式的中国化"改写" ……………………………… 124
    二、新时期外国文学史观念嬗变的原因 ……………………… 128

第八个问题：基督教文化的深入研究对欧美文学中国化产生了怎样的影响？
    ……………………………………………………………………… 139
    一、改革开放前基督教与欧美文学关系研究的发展历程 …… 140
    二、改革开放以来基督教文化与欧美文学关系研究在中国的
        主要成就和特征 ……………………………………………… 145
    三、基督教文化与欧美文学关系研究对欧美文学中国化的作用 ……… 156

第九个问题：社会学批评的深入发展对欧美文学研究产生了怎样的促进作用？ ………………………………………………………… 159
    一、中华人民共和国成立以后三十年(1949—1978)间社会学批评的
        回顾 …………………………………………………………… 160
    二、改革开放至20世纪90年代初对社会学批评的反思 …… 164
    三、20世纪90年代以来社会学批评的平衡发展 …………… 168

第十个问题：比较文学学科发展对外国文学中国化有什么作用与价值？ ………… 173
- 一、改革开放以来我国比较文学学科取得的重要业绩 ………… 173
- 二、中国比较文学在欧美文学中国化进程中的基本特征 ………… 177
- 三、中国比较文学在欧美文学中国化进程中的作用 ………… 182

第十一个问题：如何看待文学伦理学批评的出现对中国话语建设的作用？ ………… 187
- 一、文学伦理学批评在中国的兴起与发展历程 ………… 188
- 二、文学伦理学批评的基本特征与贡献 ………… 193
- 三、文学伦理学批评的国际合作与国际影响 ………… 201

第十二个问题：新时期相关学术团体的涌现如何加速了欧美文学中国化进程？ ………… 206
- 一、新时期以来外国文学主要学术社团与学术活动 ………… 206
- 二、新时期以来学术组织对欧美文学中国化的推动作用 ………… 261

结　语 ………… 268
参考文献 ………… 272
外国人名索引 ………… 282
中国人名索引 ………… 286
后　记 ………… 289

导 论

1978年党的十一届三中全会的召开,开辟了中国社会主义现代化建设的新时期。欧美文学中国化的进程也开始了新的历史发展阶段。

党的十一届三中全会是我党历史上有重大意义的会议,会议决定把发展的重心转移到社会主义现代化建设方面来。中国人民进入了改革开放的现代化建设的新时期。这一历史时期人们的思想从阶级斗争为纲的观念中转移出来,开始正视经济建设和现实问题。社会的政治和经济层面的变化日益明显,人们思想的转变也在悄然发生。

中国的欧美文学热潮不仅仅由中国的历史环境所决定,也是全球化时代的必然产物。因此,有必要对全球化语境与欧美文学中国化进程的关系进行研究。这种关系虽然复杂,但概括起来主要有以下几个方面。第一,全球化使欧美文学研究走向动态化。通过互联网,我们可以即时翻译欧美文学作品,并且跟踪欧美文学研究的动向。第二,全球化将欧美文学研究引入文化大视野,带动了比较文学的发展。第三,全球化的文化语境培养了我们用辩证思维来研究问题的能力。在欧美文学研究中,全球化的视角将我们从僵化的决定论的泥潭中拯救出来,引导我们用辩证的思维方式来解决问题。第四,全球化对于欧美文学经典的冲击是巨大的:一方面,在全球化时代,任何民族的价值体系和审美观念都被置于比较文化的语境之下;另一方面,在全球化语境下,欧美文学经典遭逢了网络文学和读图时代。

本书要解决的是新时期欧美文学中国化过程中出现的一些主要问题:20世纪80年代为什么会出现欧美文学译介的"井喷"现象? 20世纪80年代为什么会出现欧美现代派研究热潮? 20世纪80年代"反精神污染运动"对欧美文学中国化进程产生了怎样的影响? 20世纪90年代以来我国的欧美文学研究具有哪些特点? 20世纪90年代欧美文学研究存在的主要问题、原因及对策是什么? 改革开放以来我国俄苏文学研究具有哪些特点? 改革开放以来我国欧美文学史编撰观念是如何演变的? 基督教文化的深入研究对欧美文学中国化产生了怎样的影响? 社会学批评的深入发展对欧美文学研究产生了怎样的促进作用？比较文学学科对外国文学中国化具有什么作用与价值？如何看待文学伦理学批评的出现对中国话语建设的作用？新时期以来学术团体日益发展壮大，在外国文学中国化进程中起到了什么样的重要的作用？

新时期之初，欧美文学翻译出现了"井喷"现象。首先，改革开放后，中国进入社会转型期。当一个国家的文化处于转型时期，它就特别需要异质文化的介入。因为文化转型意味着旧有的文化已经不适合时代的需要，应该被抛弃，并产生适合时代需要的新文化；而新文化的产生必须借助于与异质文化元素的碰撞和融合。其次，中国人的价值观念产生了巨变，个体生命价值开始受到重视，这改变了中国对欧美文学作品的翻译选择与研究走向。最后，中国文学的发展影响了对欧美文学的译介与阐释。

面对欧美文学的大量涌入这一现象，我们陷入了思考。难道中国的传统文化资源不能帮助我们应对社会转型的需要吗？中国传统文化固然是宝贵的财富，但是传统文化转化为现代文学资源面临着现实困境。第一，从社会环境来看，新时期之初的中国人，特别是亲身经历过"文化大革命"的那一代人，大多数对于中国传统文化是比较陌生的。第二，在这个时期，中国正在进行经济体制改革，文化领域也在拨乱反正，能够直接给我们提供一种参照框架的就是外来文化，特别是欧美的文化资源。

随着欧美文学的大量涌入，欧美文学中国化进程走向深入发展。20世纪80年代为什么会出现欧美现代派研究热潮？现代派，或称现代主义，是20世纪流行于欧美文坛的一种文艺思潮。走近欧美现代派文学对于中国来说是很不容易的，长期以来我们对欧美现代派文学的担忧使我们在接受它时步履维艰：在前进中后退，又在后退中前进。新时期开始，我国的欧美文学作品翻译领域发生了翻天覆地的变化：我们对欧美文学的经典作品进行全面译介尤其是大量译介了西方现当代文学作品，欧美现代派文学以不可阻挡之势进入中国。欧美现代派的创作手法，包括意识流、黑色幽默、荒诞派、表现主义、魔幻现实主义，受到中国文学界的青睐。

中国出现的欧美现代派文学研究热潮的现实原因是什么呢？新时期的中国正在努力实现现代化，实现现代化绝不仅仅意味着经济发展水平的提高，也意味着文化上的转型。欧美现代派文学展现出对现代社会变化深邃独特的观察能力、对现代社会问题敏锐的思考能力、对人类精神状态深刻的分析能力，这些特点使欧美现代派文学成为我们文化现代化转型过程中的精神食粮。

学界前辈在欧美现代派文学研究领域做了许多开拓性的贡献。新时期，中国在接受欧美现代派文学方面进行了许多尝试性的努力,这些努力取得了巨大成绩,使我们对欧美现代派文学有了更深刻的了解。中国学者在欧美现代派文学研究方面所做的工作可以大致概括为三个方面。第一,对欧美现代派文学进行了客观介绍。第二,对欧美现代派文学的发展脉络进行了梳理。第三,对现代派文学的研究转向深入。在欧美现代派文学的研究中,我们有成就,也有很多尚待突破的问题,比如关于现代派或现代主义的概念问题,我们现阶段基本假定这个概念有一个被普遍接受的定义,但是,随着现代派文学研究的深入,现代主义这一概念本身也正在经受挑战。欧美文学作品大量引进,随之而来的是对文学作品研究方法上革新的要求。面对这样的形式,我们又大量地引进西方文学理论,形成了西方文学理论热潮。这一热潮进一步推动了我们对西方现代派文学的接受。

在新时期,人们开始用科学的态度对待马克思主义文学社会学批评。另一方面,学界大胆引进了西方文学理论,以期在文学研究中拓宽自己的思路。

20世纪80年代初,欧美现代派文学对于中国读者来说不仅内容是陌生的,形式也是陌生的。当时中国很快出现了批判资产阶级自由化的运动,似乎为我们的欧美现代派文学研究泼了冷水,使许多研究者对现代派望而却步。这说明我们的文化界对现代派思潮并没有明确的认识,片面地认为现代派脱离我们的社会现实去空谈人性、人道主义、异化这类问题,实际上,这是对现代派思潮的曲解。所以在这种情况下,最有效的办法就是客观地认识欧美现代派文学的几个议题:人道主义问题、异化以及文艺商业化问题。

在外国文学研究领域,"人道主义"问题一直备受关注。在西方进步作家的作品中,最打动中国读者的恐怕就是作家在作品中表达出来的对劳苦大众的同情与悲悯之心。而"人道主义"思想往往受到西方作家的政治立场的局限的影响。同时,我们在讨论外国文学作品中的"人道主义"问题时,也受到我国当时的历史环境的影响,这就使得"人道主义"的问题变得十分敏感。

如果说"人道主义"是一个很敏感的概念,那么"异化"这个概念则更容易引起人们对于"精神污染"的担忧。有学者指出:在探索文学作品的"异化"主题时,人们仅仅诠释作家是如何描绘"异化"现象的,探索"异化"是如何在作品中得以表现的,研究"异化"主题是如何被作家所理解的,并印证这种理解与哲学家、社会学家、心理学家等对此现象的研究结论是相符合的。

把握20世纪90年代以来我国的欧美文学研究的特点是不容易的,因为这一时期我们的研究成果浩大,内容繁多。若以经典作家为例,便可以比较好地解决这一难题。我们以莎士比亚研究为例。莎士比亚研究是一个世界性的文学研究。首先,我们要研究莎士比亚悲剧的研究力度与研究倾向。我们对莎士比亚的四大悲剧十分重视,研究起步早,成果丰硕。第二,莎士比亚研究呈多元化趋势,而对其批评史的研究却相对滞后。当我们逐渐摆脱了文学社会学的单一化研究视角之后,对文学作品的阐释研究就走向了多元化。新时期,从基督教的角度对莎士比亚的阐释研究逐渐兴盛起来。其实,莎士比亚的戏剧中有很深厚的基督教情结。此外,还有一些学者研究莎士比亚剧本中的文化因素。由于种种原因,我国的莎士比亚学术史研究比较滞后。那么,中国的莎士比亚研究具体应该在哪里取得突破呢？首先,我们应该在莎士比亚的微观研究方面下大的工夫。微观研究可以是针对一部作品,也可以是针对一部作品中的一个或几个具体的因素。我们应该做的是有如解剖麻雀一般的细致工作。在这方面我们的莎士比亚研究是有所欠缺的。其次,莎学研究的另一个突破点在于使莎学研究与中国文化的视野结合,创造属于中国自己的莎学研究领域。

总的来说,20世纪90年代以来欧美文学研究有成就,也有问题,如:在选择什么样的文本来研究方面很茫然,出现了跟风跑现象;个别的学者每每分析外国文学作品,必先求之于理论,却不能很好地消化西方文艺理论;欧美文学研究常常以知识介绍代替研究;研究往往缺少中国的风格与气派。造成我们欧美文学研究中的这些问题的原因有很多,概括起来包括以下三个方面:文化之根的迷失与迷失后的彷徨感,世界观中批判精神与质疑精神的缺失,中国文论的劣势和西方文论的优势使国人产生的不安感。

我们的理论界积极寻找思路来解决问题。"中国话语建设"的提出为我们理论出路指出了目标。"中国话语建设"的提出促使我们思考如何在现有的比较文学研究成果基础上,结合本民族文化闯出一条新路来。事实上,自从提出"中国话语建设"这种想法以来,文学研究者已经从各个方面进行努力,以促使中国的文学研究再上新台阶,使我们向着构建"中国话语建设"的方向前进。

本书还就欧美文学中国化问题的一些重要侧面进行研究。

自从清末民初引入俄苏文学以来,对其翻译与研究一直是重点。然而,改革开放以来国内外形势都发生了翻天覆地的变化,国内伴随着思想解放的是欧美文学热潮的到来;而"文化大革命"以后中苏关系交恶导致俄苏文学研究陷入低谷,再加上苏联的解体,使得俄苏文学的中国化进程呈现了一些新的特点。我们注重挖掘俄苏文学中的人道主义思想,并研究这一时期形成的俄苏"白银时代"研究热潮。

改革开放以来我国欧美文学史编撰观念的演变也是一个有研究价值的问题。新时期以来,文学史编撰取得了很大成绩,这取决于文学史编撰观念的转变。推动文学史观念产生变化的原因很多,这里,我们重点谈两个原因:一是西方文艺理论的引入冲击了欧美文学史的编撰观念;二是全球化的进程使文化交流越来越频繁。这些因素促使我们的文学史观念发生转变。

新时期以来,基督教在当代中国的命运也发生了变化,基督教与欧美文学关系研究在当代中国重新兴起。文学与基督教关系的研究历程大致以 2000 年为界分为两个时期:2000 年之前为起步阶段,主要体现为散乱零星的单篇文章;2000 年以后为成熟阶段,出现了大量的研究专著。进入 21 世纪以来,基督教文化与欧美文学的关系成为欧美文学研究的重要维度,这方面的研究著作如雨后春笋般涌现。

社会学批评的深入发展对欧美文学研究产生了促进作用。文学社会学在西方文学研究中是一门显学,流派众多,其中各流派与"马克思主义文学观""马克思主义文学社会学"之间的影响、交流和碰撞具有举足轻重的意义。就国内而言,我们所说的社会学批评,在 1949 年以后较长一段时期内隶属于马克思主义社会学批评。中华人民共和国成立以后三十年(1949—1978)间社会学批评是在一个特殊的历史时期进行的。这一历史时期因中国特殊的历史语境,在当时的政策与苏联文学批评界的影响下,中国的文学社会学走上了一条不同的发展道路。若以今天的眼光重新审视,马克思、恩格斯关于经济基础和上层建筑的关系的理论,为建立科学的文学社会学思想体系奠定了基础。改革开放至 20 世纪 90 年代初社会学批评的发展出现了新的状况。整个 20 世纪 80 年代的文学观念主要集中在文学的社会性问题上,要求文学挣脱庸俗政治论的束缚,摆脱从属于社会学的地位,获得独立品格。文学理论和批评不仅清算庸俗社会学,还将对文学的特质的重视重新提到日程上来。

此外,中国比较文学百余年的发展历程与外国文学中国化进程紧密相连。追溯中国比较文学的历史嬗变,外国文学中国化极大地促进了中国比较文学的中国特色的形成;外国文学中国化是中国比较文学研究中的重要内容,也是取得实绩最为丰厚、最为系统的一个领域;中国比较文学的兴起在思维方式、研究视野、研究方法、解构西方中心主义等诸多方面为外国文学中国化提供了理论与实践的支持。

新时期与欧美文学中国化相伴的是相关学术团体的涌现。从 1979 年开始陆续成立各类文学研究会,有"全国美国文学研究会""中国俄罗斯文学研究会"

"全国英国文学学会"等,这些团体对推动欧美文学中国化起到了很大的作用。这些学术团体的宗旨体现出新时期欧美文学中国化进程中鲜明的"中国意识",即适应新时期中国改革开放这一社会现实的需要,为中国的现代化建设服务;这些学术团体的成立体现出新时期欧美文学中国化进程中强烈的"比较意识和借鉴意识";这些学术团体的工作体现出新时期欧美文学中国化进程中的"问题意识",即欧美文学译介选择、研究角度嬗变始终与新时期中国现代化建设中出现的现实问题相关。这些学术团体的组织逐渐成熟,形成了梯队式的结构,而且,这些学术团体组织的学术活动紧扣时代脉搏,适应国家发展需要。

第一个问题：

20世纪80年代为什么会出现欧美文学译介的"井喷"现象？

"五四"时期,中国出现了第一次欧美文学译介与研究热潮,这股研究热潮因20世纪30年代抗日战争的爆发而渐渐衰落。新时期,在解放思想观念的引导下,中国的欧美文学研究再一次掀起高潮,这是继"五四"时期之后中国出现的第二次欧美文学研究热潮。在欧美文学研究领域,新时期是一个出现重大变革的历史时期。在这个时期,经历了"文化大革命"的人们如同久旱逢甘霖,尽情地表达对幸福生活的向往、对美好明天的憧憬。当时,中华民族精神振奋、昂扬向上的时代氛围对文化的发展、文学的发展提出了新的要求,也为外国文学的引进开辟了道路。作为一种特殊的社会意识形态,文学用语言文字来表现社会生活。习惯上,我们把十一届三中全会以来的中国文学称为"新时期文学"。在这一时期,我国对欧美文学的引进、译介和研究进入了一个新的历史阶段。这一历史时期不再以阶级斗争为纲,开始强调解放思想,重视科学技术,注重提高知识分子的社会地位,这使我们的民族精神出现了前所未有的振奋态势。

此时,欧美文学也以比"五四"时期更加强大的势头进入中国,欧美文学的引入和传播出现了戏剧性的逆转:从"文化大革命"时期的最低点开始,西学以始料未及的速度迅速发展,在短短的一段时间内就以迅猛之势席卷中国大地。这股浪潮就像决堤的洪水,仿佛只有一瞬间,就将西方文化的珠玑与沉渣一同抛到了中国的海岸。从新时期开始的十几年里,中国掀起了近百年来第二次欧美文学译介与研究的热潮,此次热潮在其形成过程中展现了自身的特点,形成了具有强烈时代特征的欧美文学热。一系列因素造成了欧美文学翻译的"井喷"现象,进而影响了欧美文学中国化的进程。

一、造成欧美文学翻译"井喷"现象的社会因素

第一,社会转型推动传统文化向现代文化转型。改革开放后,中国进入社

会转型期。社会转型与文化转型相互关联,互为表里,它们相互作用,相互推动。有些学者将文化转型的过程称为文化演进:"文化的演进是社会群体从行为模式到精神模式层面的变化,它包括世界观、价值观、审美观等方面,具体说来可以从哲学、宗教、社会科学、文学艺术、文化结构、社会心态等方面表现出来。从根本上看,文化演进既是社会转型的一个重要推动力量,又是社会转型的一个重要表现。"①由此可以推断,文化转型和社会转型在时间上难分先后。社会转型有明显的标志,比如经济体制的变化、生产方式的变化等,这些是我们可能看到的;而文化转型却是隐性的,一个历史时期的文化变化总是像润物无声的春雨一般,悄然发生,其迹象容易被忽略。通常在社会转型基本完成以后我们才发现,原来文化转型已经发生了。这样,我们通常就会产生一种错觉,以为文化转型发生在社会转型之后,而事实并非如此。实际上,文化转型和社会转型可以同时发生,相互促进。

当一个国家的文化处于转型时期,它就特别需要异质文化的介入。因为文化转型意味着旧有的文化已经不适合时代的需要,应该被抛弃,并产生适合时代需要的新文化;而新文化的产生必须借助与异质文化元素的碰撞和融合,或者说必须与异质文化联姻,才能够孕育新文化的婴儿,实现文化的更新。外来文化和文学的大量涌入不断冲击我们原有的价值观念、思想形态,所以在接受外来文化和文学的时候,我们自身也发生着日新月异的变化,同时,我们也用我们古老的东方文化去改造外来文化和文学。这种改变,我们称之为"中国化"。也就是说,在外来文学中国化的过程中,中外思想观念必然发生融合与碰撞,"中国化"本身就是一个双向运动。通过了解异质文化、学习异质文化,人们才能重新理解和塑造他者的文化。

在中国近百年来的历史中,外国文学译介始终与中国的历史命运紧密相连。当然,任何国家的文学发展史,包括外国文学译介史,都不可避免地与那个国家的命运相连。特定历史时期的意识形态对于我们译介什么样的外国文学作品具有重要影响。1949年以后,中国把对苏联的文学作品和文学理论的翻译置于首位,而在其他西方国家的文学作品中,仅有为数不多的、被认为是进步作家的作品被翻译过来;20世纪50年代末,文学翻译的政治化倾向进一步加强,加上中苏关系出现裂痕导致对苏联文学作品的翻译降温,只有一些友好国家如朝鲜、越南、阿尔巴尼亚等国的文学作品被翻译过来;"文化大革命"期间,

---

① 王克婴:《中国文化传统、社会变迁与人的全面发展》,天津:天津人民出版社,2007年,第196页。

外国文学翻译处于停滞状态;"文化大革命"后期少量恢复了外国文学作品的译介和出版。"文化大革命"结束后不久,中国向世界敞开了大门,随之而来的是思想的解放和文艺的复兴。像中国这样有着悠久历史的民族是不能够长期忍受文化饥渴的。摆脱了"文化大革命"时期的思想束缚,走在阳光明媚的田园里,人们感到激动,他们发自内心地想要吸纳来自外部世界的精神财富。在压抑过后强烈反弹的心理状态下,人们开始寻找一种新的文化精神——现代文化精神。从西方寻找现代文化精神,这意味着我们要对西方的价值观念、审美意识、思想意识进行大胆的重新评估。新时期,"极左"思想得到纠正,我们的外国文学研究进入了新的历史阶段。这一时期,学术界开始寻求对世界进行重新认识,包括对西方价值观念的重新认识。这种认识并不与马克思主义思想相背离,反而恰恰是对马克思主义思想的真正领悟。马克思主义认识论是辩证唯物主义的认识论,认为认识从实践中产生,并随着实践的发展而发展,认识的真理性只能在实践中得到检验和证明。过去,我们对外国文学的认识并不是从实践出发,而是从政治形势出发,我们对外国文学的译介、研究是出于意识形态的需要,这样,我们就背离了马克思主义认识论;现在,我们对西方文学进行价值重估就是要从走错的路上走回来,回到正确的方向上来。

　　第二,中国人的价值观念产生了巨变,个体生命价值开始受到重视,这改变了中国对欧美文学作品的翻译选择与研究走向。文学接受的历史与社会的思想史密切相关。拥有"文以载道"文化传统的中国,其意识形态与文学的联系十分紧密。萨义德说:"我相信,所有文本都是人世的、产生于特定情境之中的……一历史时期与另一历史时期都会呈现出不同的特征。"[①]欧美文学在中国的解读与特定的历史语境有关,因历史时期的不同而呈现出不同的特征。任何文学作品中都含有丰富的原生态元素,欧美文学也不例外,但中国在接受欧美文学的过程中对其原生态元素考虑得并不多,更多的是考虑我们自己的需要。我们是根据自己的需要,对欧美文学作品有意识地加以吸收利用,形成自己独特的解读方式。在中国引起广泛关注的作品、被深度解读的作品都是那些最能满足中国现实需要的作品。改革开放后,我们的价值观念发生了天翻地覆的变化。从"文化大革命"中走出来的中国人需要思考的问题太多了,不过,需要思考的问题虽然庞杂,却都指向一个共同的目标,那就是对人性的思考。结束"文化大革命"其实是我们反思那段历史后做出的正确选择。这种选择首先

[①] 爱德华·W. 萨义德:《东方学》,王宇根译,北京:生活·读书·新知三联书店,2007年,第30页。

表现为政治领域中对思想解放的提倡、对真理问题的探讨；接下来，它以更深刻、更广泛的形式表现在文化领域中，最突出的表现就是我们的个体生命价值意识开始觉醒。

"个体生命价值"这一提法放在其他场合也许有些笼统，但在中国文化语境中，它却是具体的。因为在很长一段时间里，个体经济是不被接受的，就连"个体户"这个与改革开放一起诞生的词，也是经过一段时间才逐渐被人们接受，它的贬义色彩才渐渐从人们的头脑中淡化。"个体"总是与我们所理解的自私自利的"个人主义"的思想观念有着千丝万缕的联系，进而又与资本主义的思想相关，而且更为严重的是，它与我们的集体主义和共产主义思想背道而驰。所以，我们花了很大代价才认识到，要允许个体经济的存在，要为个人的发展提供机会，要尊重人，理解人。而文学创作、翻译和研究中对个体生命价值的重视则融入改革开放后中国文化大潮之中，成为人们价值观念中的一种伟大变革。"黑夜给了我黑色的眼睛，我却用它寻找光明。"这句诗之所以能够广泛流传，就在于它说出了从"文化大革命"中走过来的一代人对真理的思考、对新生活的渴望，这是个人意识的宣言，同时，它也预示着一个尊重人、提倡人的自我发展的时代的到来。我们不再旗帜鲜明地要求个人绝对服从集体，而是在重视集体利益的同时，给个人发展留下空间。此时，人们认识到尊重个体价值并不意味着必须将个人置于集体意识的对立面，与其相反，集体观念正应建立在对个体生命价值尊重的基础上。就连"个人主义"这个以前还令我们谈虎色变的术语，现在也能够被我们平心静气地批判式地接受了。

其实，"个人主义"中含有很多合理的成分。个人主义强调尊重个人的价值，相信每个人都有价值，要求重视个人的自由，提倡自我发展，它与集体主义的思想观念并不矛盾。比如托尔斯泰在《复活》（第3卷第21章）中写道："信仰有许多，灵魂却只有一个。你也有，我也有，他也有。那么各人只要相信各人的灵魂，大家就会联合起来了。人人保持住自己的原来的面目，大家就合成一个人了。"托尔斯泰的话中蕴含着很深的哲理，那就是如果集体想要存在，它必须首先保留作为个体的人的价值。如果把每个个体的生命活力都压制住，那么，作为一个集体，它的活力也就丧失了。尊重个体生命的价值，其最终的结果将是集体生命价值的实现。中国改革开放后这段时期正是一个尊重个人价值的历史时期。在这个时期，我们并没有采用"个人主义"这个字眼，避开了"个人主义"这个术语在中国文化语境中的贬义色彩，但是，我们在行动上和思想上都清晰地认识到个人的价值应该得到尊重。

对个体生命价值的尊重对我们引进和解读欧美文学作品产生了深刻的影响。体会和感受作家对个体生命价值的理解成了我们解读欧美文学作品时一个引人注目的视角,它对我们来说是崭新的,它的产生是改革开放后我们的文化转型的结果。当我们把目光转向个体生命价值这一侧面,我们震惊地发现欧美文学原来蕴藏着那么多不为我们所知的宝藏,还有那么多过去被我们所误解的东西。对欧美文学中个体生命价值观念的理解从两个方面同时得到了展开:一方面是重新挖掘那些在中国没有受到重视的作家作品,另一方面是在对熟悉的文学作品的解读中重新认识作品中表现的个性。我们意识到作为人的个性和个体的人生价值,并把这种价值意识带到了对欧美文学的解读与分析中。

第三,中国文学的发展影响了对欧美文学的译介与阐释。中国文学急于向欧美文学借鉴现代的思想观念和创作手法,这种需求刺激了欧美文学作品的引入,并推动了欧美文学研究的深入。

在新时期,中国文学的发展趋势影响了对欧美文学的译介与阐释。文学创新需要榜样,也需要栽培灵感的温床,产生于异质文化土壤的外来文学为我们提供了这种可能。可以说,这一时期对欧美文学的引进和解读与中国文学的发展产生了一种呼应之势。在改革开放后这个伟大时代的起跑线上,中国文学加入对人性、人的尊严、人的个体生命价值的探索之中。新时期文学在其最初阶段主要是批判和控诉以"文化大革命"为代表的"极左"路线给人民带来的苦难,在这一时期,出现了"伤痕文学""反思文学"。"伤痕文学"主要出现在20世纪70年代末和80年代初,主要表现"文化大革命"带给人们的精神上的伤害,以及作家对国家民族前途命运的思索。此时文学开始关注人的生存状态。继"伤痕文学"之后,"反思文学"成为文学创作的主要潮流。如果说"伤痕文学"发泄了长期以来郁积在人内心的激情、义愤和悲伤的话,那么"反思文学"则向前一步,由发泄走向反省。"文化大革命"给人们精神上带来的伤害,最终是要以文化的形式被表现、被思索和被消化的。"伤痕文学"和"反思文学"就是思索"文化大革命"、消化"文化大革命"的文化产物,这类文学迎合了人们的心理需求,在中国形成了一股强劲的文学潮流。弗罗姆从心理分析的角度指出个人情感与群体情感的关系,认为如果一个人"发现自己与数百万有同样情感的人联为一体,他就会获得某种安全感"[①]。"伤痕文学"和"反思文学"在同时代人中激起了强烈的认同感。读者在这类文学作品中读到的是自己的过去,如同在一面镜

---

① 埃里希·弗罗姆:《逃避自由》,刘林海译,北京:国际文化出版公司,2007年,第105页。

子中看到了自己以及那个过去的时代。此外,由于一些"伤痕文学"和"反思文学"作品更多地把个人的遭遇归罪于客观的历史事实,这就让读者产生了一种如释重负的感觉。扭曲的历史被当成了借口,为扭曲的人性承担责任,历史不幸成为替罪羊。虽然人们知道人性恶的激发并不能完全归咎于历史环境,但是人们却愿意承认它的可信,因为承认它,就意味着个人不需要为罪恶负责。历史的错误是客观存在的,在"文化大革命"这样的大环境中,人性的扭曲是不可避免的。但是,我们必须认识到把所有罪恶都推到"四人帮"身上、推到历史身上是错误的。人如果不能从自身进行反思,就不会对"文化大革命"的悲剧有深刻的认识,因为"文化大革命"的历史是由人书写的,人书写了扭曲的历史,扭曲的历史反过来又塑造出扭曲的人,所以根本原因还在于人。奈保尔指出:"并没有哪一种东西可以解答人世间的种种不幸和人类的种种疾苦。"①我们只有回归人性,回归我们的文化,才能找到真正的出路。

1985年前后,"文化寻根"意识兴起。所谓"文化寻根"意识,大致包括了三个方面:

> 一、在文学美学意义上对民族文化资料的重新认识与阐释,发掘其积极向上的文化内核(如阿城的《棋王》等);二、以现代人感受世界的方式去领略古代文化遗风,寻找激发生命能量的源泉(如张承志的《北方的河》);三、对当代社会生活中所存在的丑陋的文化因素的继续批判……②

"寻根文学"思潮中的主要人物是知青作家。这一代人想要寻找一种属于自己的文化路标,他们的前进步子迈得更大。在立足于本民族文化的基础上,他们实际上努力打造的是与西方文化接轨的现代意识。他们将传统与现代有机地融合到他们的艺术创作中。传统是我们自己的,而现代的东西,我们要向西方学习。毫无疑问,对于中西合璧的要求客观上使我们加大了引进欧美文学的力度。而且"寻根文学"也潜移默化地培养了阅读欧美文学,特别是现代派文学的读者的品位。20世纪80年代中期,文学实验形成了一股强大的势头,"先锋"小说出现。马原、莫言、残雪、格非、余华等作家的创作推动了先锋小说的崛起,把先锋小说向前推进了一大步。先锋的意思就是以前卫的姿态探索艺术,不受任何羁绊地进行自由创作。先锋文学的出现使写作变得极端个人化,而极端个人化的艺术能在欧美文学的现代派作品中找到范本。

---

① 奈保尔:《魔种》,吴其尧译,上海:上海译文出版社,2008年,第222页。
② 陈思和主编:《中国当代文学史教程》,上海:复旦大学出版社,1999年,第277页。

20世纪80年代也是诗歌的繁荣时期,此时,影响最为深远的诗歌流派就是朦胧诗。朦胧诗表现人的内在精神,思考人的本质,张扬人对自我价值和尊严的追求。朦胧诗把诗歌作为探求人生的重要方式,揭露和批判社会,从人道主义思想出发,关注人的生活。诗歌不再充当政治的号角,不以媚俗的形象取悦社会,而是回归到人类心灵的圣坛。到了20世纪90年代,小说继续保持良好的发展势头,先锋作家逐渐调整了写作中出现的过于极端的倾向,向更加成熟的方向发展,在吸收欧美文学现代派表现方式的基础上,创作了自己的现代派形式的作品。20世纪90年代以后,诗的热潮减退了,诗人们强调个人化写作,在追求个性化的道路上越走越远,这种对自我的过分痴迷使许多作品流于浅薄,缺乏厚重感。20世纪最后10年,中国文学对欧美文学现代主义和后现代主义艺术的继承和发展已经达到得心应手的程度,欧美现代文学的新鲜技法都能在中国文学中找到影子。

改革开放后,中国的小说和诗歌逐渐走出了众口同音的低谷时期,虽然在探索途中也出现了许多问题,但发展前途是光明的。可以说,从"伤痕文学"到先锋意识的形成,从朦胧诗到诗歌作品对个人化写作的青睐,都是个体生命价值不断觉醒的标志。这种觉醒受到欧美文学作品的影响,反过来又影响了我们对欧美文学作品的解读。同时,中国文学需要表现真实人性、表现心灵,这种需要促使我们解放思想,并在欧美文学的解读与研究中淡化了意识形态对文学的影响。此外,中国现代文学与欧美现代文学结下了不解之缘,中国现代作家从欧美文学中借鉴表现手法和思想意识,使得欧美现代文学作品的思想观念和艺术观念浸透于中国文学中,表现为中国文学中异质文化因素的再现。这种再现不是单纯的模仿,而是异质文化在中国本土的呈现,是一个"化"的过程。中国文学在与欧美文学的互动中,为欧美文学的阐释和研究创造了条件,提供了机遇。

在新的历史时期,我们对于"现代"这个字眼特别敏感。文学一向被认为是表现生活的艺术,因此,现代派文学受到新时期中国人的追捧也就不足为奇了,人们似乎期望通过了解"现代派"文学来了解现代社会。对于外国文学的研究者来讲,研究现代派文学有更重要的意义,那就是通过借鉴欧美现代派文学的艺术技巧,可以为我们的文学创作提供新的思路,找到新的方法。虽然"现代派"这一概念意义十分模糊,但在新时期具有相当大的吸引力。当时,尽管一些思想前卫的作家被冠以"现代派作家"的头衔,他们其实还算不上西方文学意义上的现代派,他们所做的只是为现代派的到来而战斗,为播种现代派文学的种子做好准备。

在"极左"思潮被纠正以后,中国的文学创作获得了自由,中国作家即使不从欧美文学那里借来"现代派"的招牌为自己开路也可以畅所欲言。但从大众的接受心理来讲,有了这块招牌,就等于为自己的作品做了宣传,这就如同产品的名牌效应一样。当时,中国学界对欧美"现代派"非常重视,但实际上并不真正理解其内涵,或者说并不想真正理解其内涵,而只是想借"现代派"的字眼来构筑我们自己心中的块垒,来表达我们自己的思想。这也从反面说明,中国非常渴望"现代"这个字眼。从"文化大革命"后我国人民的整体文化心理状态来看,人们很渴望"现代"的东西。"现代"意味着科学的进步、社会的发展。虽然在当时的历史语境下,人们对于"现代"的理解只是一些零碎的印象,但这些印象也足以使人们对"现代"以及与"现代"相关的字眼产生好奇心。欧美现代派艺术对传统艺术的创新为我国的文学创作和研究打开一扇窗,使我们看到了另一个世界。围绕"现代派"所展开的争论向我们传递了一个信息,那就是我国对现代文化的需要已经到了如饥似渴的程度,这也从一个侧面解释了为什么改革开放初期欧美文学的引进会蓄势待发,一泻千里。但是,我们对现代文学精神的寻求并没有因为找到了现代派而画上句号。对西方"现代派"这一字眼的讨论只是在探索现代文学精神的过程中找到了一个研究对象,找到了一个突破口。经历了"文化大革命"的中国人对于现代文学精神是无法抗拒的。他们渴望现代精神,希望借助现代精神来武装自己,在社会主义现代化建设的道路上更快地前进。对现代文学精神的追求是新时期外国文学大量涌入中国而形成"井喷"现象的主要推动力。

追求现代文学精神推动了现代派文学在中国的传播。黑格尔认为,精神是由意识、自我意识、理性的发展、客观化而形成的。精神"是一切个人的行动的不可动摇和不可消除的根据地和出发点,——而且是一切个人的目的和目标,因为它是一切自我意识所思维的自在物。——这个实体又是一切个人和每一个人通过他们的行动而创造出来作为他们的同一性和统一性的那种普遍业绩或作品,因为它是自为存在,它是自我,它是行动"[①]。精神之于人是重要的,它是人行动的动力;反过来,通过这种行动,精神的实体又得以丰富。精神的力量体现为人的自信、自强与活力,是人的思想、文化、观念和意志相融合的产物。一个人必须要有精神的力量才能生存,一个民族也是一样,对于中国来说也不

---

① 黑格尔:《精神现象学》(下卷),贺麟、王玖兴译,北京:商务印书馆,1979年,第2页。

例外。面对"文化大革命"后沙漠般荒凉的文学园地,我们需要在思想上、艺术上为自己注入新鲜血液,因此我们不得不大量引进外国文学作品,经过一系列的加工以帮助吸收,使其成为我们新的精神力量的储备。

新时期,我们为追求西方现代文学精神做出了巨大努力。我们大量引进并研读外国文学作品,从中了解一切有关现代社会的思想文化。至于哪些欧美文学作品中明确体现了现代精神,不能一言以蔽之,但在欧美现代派作品中,我们确实可以找到一些明显的印迹。1982年和1983年,中国曾就现代派问题进行了深刻的讨论,这种讨论使我们在探索现代文学精神的道路上找到了突破口。想要客观地了解现代文学精神,我们就必须对西方的价值观念、审美意识、思想意识进行价值评估。提到"价值评估",总会让人联想到尼采对西方文化价值的批判,尼采对基督教文化的否定使他的价值重估产生了振聋发聩的效果。其实,马克思也是一位伟大的"价值重估"的实践者,他对资本主义的批判实际上就是对资本主义社会的政治、经济与文化的一种价值重估。新时期,我们对西方的一切也处于再认识阶段,也需要对其进行价值重估,但是,这种价值重估是相对于"文化大革命"那个特殊年代对西方全盘否定的极端做法而言的,这种重估和再认识是以马克思主义理论为指导对西方文化重新思考,以帮助我们真正领悟,而不仅仅是像尼采那样对西方现存的社会及文化进行质疑和批判。然而,不管怎样,价值重估必然会引领我们走进一个更加客观的观照视域,这意味着我们对事物的认识有了向前发展的契机,也为寻找文学的现代精神准备了思想条件。

二、传统文化转化为现代文学资源的现实困境

其实,中国的传统文化,特别是中国古代文学中也蕴含着极富价值的思想资源。比如,孟子云:"不违农时,谷不可胜食也;数罟不入洿池,鱼鳖不可胜食也;斧斤以时入山林,材木不可胜用也。"(《孟子·梁惠王上》)这里说的是人与自然的关系,就具有现代生态意识的浓厚韵味;现代派文学中所表现出的焦虑意识和忧患意识是从另一个侧面反映出在现代社会人因远离自然而陷入的一种精神状态。既然中国的传统文化中的思想意识是丰富的,那么我们为什么还要到外国文学中苦苦寻找现代文化精神呢?其原因就在于我们自己文化中的思想意识不能直接满足现代社会人们的精神需求。

在改革开放初期的中国,想要开采加工中国的传统文化资源是行不通的,其原因是多方面的。

第一,从社会环境来看,当时的中国人,特别是亲身经历过"文化大革命"的那一代人,大多数对于中国传统文化是比较陌生的。在"文化大革命"期间,很多优秀的传统民族文化也被当成了"封资修"性质的东西而遭到批判,对于中国文化的精华,人们很少有机会了解,这一代人即使对中国文化的传统略有所知,也多是在批判与否定中了解一些皮毛而已。"文化大革命"结束后,中国人对于中国的传统文化表现出暂时的厌倦感和疲劳感;后来,中国传统文化逐渐复兴,但复兴是需要时间的。"文化大革命"以后,人们更加意识到"极左"思潮带来的精神上的痛苦,因此在某种程度上,人们对精神的渴求更甚于对物质的渴求。在这种情况下,最先从外国涌来的新事物的刺激,加上人们心中对现代社会的强烈憧憬,使这一时期的人们无暇顾及中国传统文化。中国传统文化在这段时期的暂时暗淡并不是中国传统文化本身的问题,更主要是受历史发展过程中诸多因素综合作用的结果。

第二,在这个时期,中国正在进行经济体制改革。在经济体制改革的过程中,人们面临着许多新问题,人的思考方式和行为方式也随之而改变。这时候,能够直接给我们提供一种参照框架的就是外来文化,特别是欧美的文化资源,因为它能够帮助我们解答关于现代化的种种疑问。新时代不仅给文学的引进和发展提供了新机会,也对之提出了新要求。引进欧美文学,一个主要目的就是帮助我们追赶现代化进程。我们想从外国文学作品中了解什么?关于这个问题,并没有一个清晰完整的答案,但从某种程度上讲,普通民众对外国文学作品的热情主要源于对其所反映的发达国家人民生活状况的关注。欧美国家经济发达,他们已经实现了现代化。现代化的欧美人究竟过着怎样的生活?实现现代化以后,我们的生活将发生怎样的变化?这可以说是当时中国人最迫切想要解开的谜团。从"文化大革命"阴影中走出的中国,热切地希望了解世界,走向世界。对中国的普通百姓来说,他们没有机会到国外去亲自感受这种生活,但是,他们可以通过文学作品了解自己将要踏上的现代化道路,了解那条路上的风景。历史一再证明,一个国家一旦处于经济变革时期,处于需要注入新思想的时期,就会产生接受外国文化的热潮。

第三,文学是文化的主要构成部分。就文学的艺术表现形式看,小说和戏剧更能直述世间百态,更便于传播于市井里弄,获得普通民众的青睐,而中国古典文学的艺术表现形式主要是诗和散文,不是小说。在某种程度上,与小说相比,诗歌,特别是抒情诗所表现的内容与时代背景的联系不那么紧密。在中国文学史上,小说和戏剧也时有建树,但还不能满足我们建设现代化国家的需要:元代的戏剧、明清小说颇有成就,但其所描写的生活范围过于狭窄,且距我们今天的社会现实过于遥远;"五四"时期,中国现代文学取得了辉煌成就,但那个时代的文化语境和政治情势也与我们今天的生活相去甚远;中华人民共和国成立后直到新时期到来,我国文学界出现了一些优秀的文学作品,然而,"巧妇难为无米之炊",无论怎么写,我们写作的背景都是现今中国的生活现实,而不可能是我们所不了解的、发展水平远远高于我们当下生活的现代化的生存状态。在这种情况下,引进外国文学作品,把它们翻译过来,就成了我们观察现代社会的一个窗口。"五四"时期,我们从外国请进了"德先生"和"赛先生",是为了摧毁封建思想。新时期,为了建设有中国特色的社会主义,我们仍然需要学习外国,不仅学习他们的科学技术,也学习他们的思想文化,把那些可以为我所用的拿来,为我国的经济文化建设服务。在这种情况下,译介外国文学作品,以外来文化弥补中国古典文化资源的缺失就成了最佳的文化策略。

在近百年来的外国文学译介与研究中,译者或普遍受到传统的"文以载道"思想的影响,只看重作品的政治思想内容而忽视了作品的艺术品位;或受到政治影响,只翻译被批准翻译的作品——这造成了外国文学翻译和研究的压抑状态。"文化大革命"期间,这种压抑达到了极点。但是,人对于精神的需要,在任何历史条件下都不能被彻底清除。被压抑的精神追求不会真的死去,它们是地下的火种,在强压下积蓄着力量。中华人民共和国成立后,因为历史原因,我国文学作品翻译选择的范围变得狭窄;到了"文化大革命"时期,对于外国文学作品的翻译基本处于停滞状态,很多已经被译过来的外国文学经典也被当成"毒草",扔进了火堆。然而,人们对外国文学作品的喜爱之情却无法被扑灭。外在的风暴可以暂时扑灭地表的火,但那潜藏于心灵深处的地下之火会与生命同在,与人类同在。当时,为了批判外国文学作品,国内专门出版了一些供内部交流使用的外国文学作品,不料这些作品竟被人们偷偷传抄,以手抄本的形式在民间传播开来。小说《牛虻》和许多苏联小说,比如《钢铁是怎样炼成的》《静静的顿河》等都是在私下里传阅的。在那个"以阶级斗争为纲"的年代,人们冒着蹲牛棚、挨批斗的风险,在夜里,在如豆的灯下,一字一句地抄写外国名著,并争相传阅。现在,当我们坐在摆满外国文学著作的明亮的图书馆,想象一下当时人们的阅读热情,就会清楚地认识到:心灵在任何时候、任何情况下都不会甘于被囚禁。那些伟大作家之所以受到人们如此的喜爱和敬仰,就是因为他们写出了人类的心底之声,为人类点亮了一盏精神之灯。在新时期到来之时,人们终于可以自由地阅读外国名著,他们对外国名著的渴求如冲破闸门的洪水、喷发而出的火山一般势不可挡;在这种急切的需求面前,外国文学翻译如顺风行舟,一日千里。一面是读者望眼欲穿的渴求,一面是译者的翻译热情,两股力量向着同一个方向汇合,终于形成了新时期我国外国文学引进、研究的排山倒海之势。

回顾新时期中国欧美文学译介研究的历史,在改革开放初期相对宽松的政治环境下,欧美文学大量涌入中国,形成了一种"井喷"现象。这种现象是政治、文化、思想、精神及心理等众多因素综合作用的结果。在这些因素中,人们对现代文学精神的追求成为一种强大的内在推动力,发挥了不可替代的作用。追求现代文学精神的过程反映了当时民众的心理及社会文化,而这种心理和文化反过来又推动了对现代文学精神的追求,促进了"井喷"现象的产生和发展,为外国文学的大量引进提供了条件和保障。在这些因素的综合作用下,我们在数量上完成了欧美文学译介研究这一"补课"任务,但在质的方面似乎有些不尽人意,所以我们的"补课"有必要进行一些相应的"课改"了。

三、欧美文学中国化进程走向深入发展

就我国欧美文学翻译和研究的情况来看,20世纪五六十年代,对欧美资本主义国家的文学作品引进数量有限,而且,引进的也多是"具有进步意义"的作品。所谓"具有进步意义"的作品,指的是适合当时政治斗争需要的外国文学作品,主要是俄苏的文学作品。可以说,俄苏文学与中国文学的关系受中国历史发展进程的影响很大。虽然我们对俄苏文学作品的翻译和研究数量庞大,但事实上,我们所引进的俄苏文学作品并不能代表俄苏文学的全貌,具有很大的偏颇性。回顾我们对俄苏文学引进和研究的过程,我们发现,"文化大革命"初期,由于"左倾"思想和当时中苏敌对关系的影响,俄苏文学翻译尚属禁区,以后形势才慢慢发生变化。1977年出版了鲁迅翻译的《死魂灵》,1978年托尔斯泰、高尔基、马雅可夫斯基、绥拉菲莫维奇、法捷耶夫等作家的译文文本陆续出版。20世纪80年代,进入新时期,我国对俄苏文学作品的翻译进入全面展开阶段,俄国文学主要作家的文集开始大规模出版,如10卷的《普希金选集》、9卷的《陀思妥耶夫斯基文集》、17卷的《托尔斯泰文集》和20卷的《高尔基文集》等。单

看数字,俄国文学译介在中国的盛况就可见一斑。

改革开放初期,我们将一些经典作家,如托尔斯泰、巴尔扎克、莎士比亚的作品再度出版,并对他们的经典作品进行研究。20世纪70年代末到80年代初,对翻译文学作品的选择标准由一元化逐渐走向多元化。当时的社会对欧美文学作品中多元化的价值观念采取了包容的态度,这样,许多优秀的欧美文学作品被译介过来,包括很多令中国人感到非常陌生的现当代文学作品也越来越多地被翻译过来。这一时期,国人思想的解放促使欧美文学的译介从单一化走向多元化,反过来,欧美文学译介领域的这种改变也进一步推动了国人的思想解放。

随着改革开放的深入展开,我们在俄苏文学作品引进方面既重视对中国熟悉的经典作家作品进行翻译和研究,又着力介绍此前被我们所排斥的作家和作品。最为可圈可点的就是俄国文学译介在接下来的十年中,也就是在20世纪90年代中后期的发展状况。这一时期,我国出现了对俄国白银时代文学进行译介和研究的热潮。作家出版社、上海译文出版社、云南人民出版社等对俄国白银时代的文学作品进行了大量的翻译和出版,有关白银时代文学的论文在多种重要的学术期刊上发表。2005年,曾思艺的专著《俄国白银时代现代主义诗歌研究》出版,该书对白银时代的诗歌进行了非常系统的介绍。

俄国白银时代文学译介热潮的出现标志着中国的欧美文学研究正沿着健康的方向向前发展,放飞了文学这只精灵之鸟,让它在人类思想的天空自由翱翔,这是中国社会走向开放的成果。莫言在获得诺贝尔文学奖后发表的演讲《讲故事的人》中说:"我必须承认,如果没有30多年来中国社会的巨大发展与进步,如果没有改革开放,也不会有我这样一个作家。"话说得非常朴实,但却一语中的,道出了真理。正是新时期赋予了文学以发展的空间,使我们能够比较全面地引进俄罗斯文学作品,并对以前我们所忽视的白银时代的文学进行介绍和研究。

新时期,我们也更加注意挖掘欧美文学作品中的思想内涵。20世纪初,1933年诺贝尔文学奖获得者,俄国作家伊凡·亚历克塞维奇·蒲宁的作品开始传入中国。然而,当时蒲宁在中国的声誉却并不高,与其诺奖得主的身份不一致,比如沈雁冰就认为蒲宁仅仅是一个文学游戏者。1934年,郑林宽在《清华周刊》第42卷上发表了有关蒲宁的长篇评论,文中指出:蒲宁总的特色就表现在"他创造了一个'遗世而独立'的超人生的新世界,他并不像其他作家那样俨然如创造者似的立在外界来说话。蒲宁不将现实变形而成为一种仿佛身外之物,在他的作品中永远可以找到他的。在这意义上,蒲宁不妨被称为'主观作家'"①。在当时,这篇文章是为数不多的试图以客观态度来理解蒲宁作品的典范。在这篇文章中,作者没有把作品是否为社会服务作为判断其优劣的标准,而是从艺术创作的角度,从作家与其作品关系的角度对蒲宁进行了分析和评价。这种声音虽然客观,但却是微弱的。当时中国的社会现实需要的是具有反抗精神的作品,而蒲宁抒写个性的作品完全不合时宜。所以,尽管蒲宁是诺贝尔文学奖得主,他的名声远远不如高尔基那样家喻户晓。从20世纪50年代至70年代,蒲宁基本淡出了中国人的视野。新时期到来后,蒲宁的译介和研究开始引起广泛的关注。不过,一开始,蒲宁的研究者们对其艺术成就做出了客观的评价。由于蒲宁对十月革命比较反感,这一政治倾向使他在苏联国内受到批评,我们的评论界也基本因循这种思路,涉及蒲宁的政治倾向时,仅仅模糊而粗糙地指出蒲宁具有阶级局限性。然而,这只是新时期最初十年出现的现象,在以后的发展中,我们逐渐摆脱了社会学对文学研究的束缚,逐渐把包括蒲宁在内的外国作家作品的研究推向了更加广阔的天地。我们在外国文学作品的翻译和研究方面,无论是涉及艺术特色还是思想内容,都从狭隘走向包容,从一元化走向多元化。

---

① 郑林宽:《伊凡·蒲宁论》,《清华周刊》,1934年第42卷,第64页。

第二个问题：

20世纪80年代为什么会出现欧美现代派研究热潮？

现代派或称现代主义是20世纪流行于欧美文坛的一种文艺思潮。走近欧美现代派文学对于中国来说是很不容易的,长期以来我们对欧美现代派文学的担忧使我们在接受它时步履维艰:在前进中后退,又在后退中前进。正如改革开放是摸着石头过河一样,对欧美现代派文学的接受也是摸着石头过河。其间既经历了"山重水复"的一波三折,也见证了"柳暗花明"的峰回路转,其发展轨迹从新时期中国引进欧美文学的过程中可见一斑。改革开放以后,欧美现代派文学被大量翻译过来,对其翻译和介绍同步进行。20世纪70年代末到80年代初的四五年中,国内学者对欧美现代派文学展开了热烈的讨论。报纸和杂志发表了数以百计的文章,从各个角度介绍欧美现代派文学。1978年7月,《外国文艺》在上海创刊,这个文学刊物大量刊登欧美现代主义作品,成为介绍欧美现代派文学的阵地。

一、20世纪80年代的欧美现代派文学热潮现象

新时期开始,我国欧美文学作品的翻译领域发生了翻天覆地的变化:我们对欧美文学的经典作品进行全面译介,欧美现代派文学以不可阻挡之势进入中国。欧美现代派的创作手法,包括意识流、黑色幽默、荒诞派、表现主义、魔幻现实主义等,受到中国文学界的青睐。新时期初,翻译界对现代主义和后现代主义作品的翻译还有些畏手畏脚,顾虑重重,但是,随着改革开放的深入,欧美现代派文学的译介逐渐全面展开,并取得了丰硕的成果。比如卡夫卡的作品就在中国引起了巨大的反响。1979年,《世界文学》杂志发表了卡夫卡的《变形记》。随后,卡夫卡的多部短篇小说在各类文学刊物上得以发表,《城堡》《审判》《卡夫卡短篇小说选》等相继出版。卡夫卡作品中体现出浓重的"异化"感,揭示了人

性在现代社会的扭曲,其作品关注生命的价值,关注个体的人的尊严,将我们对个体生命价值的认识提升到哲学的高度。

再以法国哲学家、文学家萨特在中国的接受与传播为例来说明这个问题。"萨特热"的形成与中国新时期的价值转型有着密切的关系。我国对萨特的译介始于20世纪40年代。展之先生翻译了萨特的独幕剧《房间》(现译为《禁闭》),该译文刊登在1945年《明日文艺》第2期上。1955年萨特访华。当时,萨特的存在主义思想已经风靡西方,但大多数中国文人对此却毫无所知。萨特的这次访问只是作为一位西方名人来看看中国,他在当时并没有引起中国民众的重视。1963年,商务印书馆才出版了萨特的《存在与虚无》。1965年,作家出版社出版了萨特的《厌恶及其他》。但在紧随其后的"文化大革命"时期,萨特的存在主义思想又遭到了批判,因为理论界认为存在主义与社会主义、马克思主义是敌对的。直到新时期到来,萨特关于存在主义的著作在中国的译介才出现高潮。1978年,《外国文艺》刊登了萨特的剧作《肮脏的手》;1979年,陈辉应先生翻译了萨特的《墙》,在《编译参考》1979年第12期增刊上发表;1980年,《外国文艺》刊登了萨特的著名论文《存在主义是一种人道主义》的译文;也是在1980年,柳鸣九编的《萨特研究》出版。其实,萨特热不像其他文学热潮那样持续一段时间就冷下去,它的热度一直都没有减退。在21世纪的今天,我们对萨特的感觉不像20世纪八九十年代那么强烈,这主要是因为:在当今世界,我们有太过丰富的文学宝藏、哲学宝藏,以至于某个单独的作家,无论他多么伟大,都不会像在20世纪八九十年代那个百废待兴的时期显得那么鹤立鸡群,再不会像用蜂王激素涂过的物体那般拥有引得百蜂纷纷聚集的吸引力。

在中国,对萨特的译介和研究一直都没有停止过,而且取得了巨大的成就。2012年6月,广西师范大学出版社出版了刘大涛的专著《萨特在中国的影响研究》。该书把萨特在中国的接受置于中国的现代性进程这个大背景下,将萨特在中国的译介分为四个时期,即中华人民共和国成立前、中华人民共和国成立后十七年、20世纪70年代末和80年代、20世纪90年代至今。该书还切中要害地指出了这四个阶段译介的各自特点:中华人民共和国成立前的萨特译介是在救亡与启蒙的语境下进行的;中华人民共和国成立后十七年则染上了阶级斗争的色彩;改革开放后,20世纪70年代末和80年代的萨特热产生于新时期的启蒙语境;20世纪90年代至今,萨特的译介则处于后现代语境下。这种分类比较恰当地总结了萨特与中国文化语境之间的关系。

萨特重视主体和个人选择,强调"他人是地狱",这种哲学思想对于刚从压抑的文化气氛中走出来的中国青年独具吸引力。只有适应时代的思想,才能产生力量。"文化大革命"结束后,人们认识到个人崇拜的危害,对"文化大革命"期间摧残人性的种种行径进行了反思,认识到人的价值和尊严是不容侵犯的。在这个过程中,萨特既是帮助我们学会认识自我的哲学家,也是我们在探寻真理过程中找到的引路人。萨特的作品让中国青年看到了以新的角度思考世界和人生的可能性。在新时期,对于渴求真理的中国人来说,萨特是一盏灯,指引我们走进现代人的内心世界,走进现代社会的深处,走进现代派艺术的洞天福地。

萨特是一名文学家,也是一名哲学家,这使他在中国更容易被接受。20世纪80年代的中国青年开始学会用自己的头脑思考和设计自己的未来,这个时期,我们迫切需要哲学思想来指导我们的人生实践。我们接受的与其说是萨特的哲学,不如说是萨特哲学中一些具体的思想观念。对于这些,我们不是通过对萨特理论的系统学习而得到的,而是通过接触萨特的文学作品领悟到的。这种接受方式更像快餐式的学习方式,而这种学习方式对于新时期的中国也是适合的。因为在那个时期,我们一方面要搞经济建设,解决生存问题,另一方面又要解决精神食粮问题,时间紧迫。快餐文化虽然营养稍稍稀薄,但对于新时期的中国来说,却是适宜的。因为当时中国的经济不发达,文化领域面临重重困境,人们一面把大量的精力用于谋生,一面又要通过不断学习来补充精神营养。这种客观条件的制约使大多数人不可能在短时期内对哲学著作进行研读,这样,通过文学作品来了解哲学就成了最佳的办法。

二、欧美现代派文学热潮的现实因素

新时期的中国正在努力实现现代化,实现现代化绝不仅仅意味着经济发展水平的提高,更意味着文化上的转型。欧美现代派文学展现出对现代社会变化深邃独特的观察能力、对现代社会问题敏锐的思考能力、对人类精神状态深刻的分析能力,这些特点使欧美现代派文学成为我们文化现代化转型过程中的精神食粮。

欧美现代派文学对于中国具有重要意义,这种意义不仅仅局限于文学层面。从经济发展水平来看,我们离现代化还很远,而欧美现代派文学源于经济发达的欧美国家,其所反映的现代生活与我国的实际情况尚有差距,其所展示的现代思想与我们的社会经济和文化语境相去甚远。可以说,欧美现代派文学以超越我们所生活时代的发展速度提前进入我们的视野,引发我们对未来中国的前景进行设想与展望。我们的社会将走向何方,将会出现什么样的问题,人的精神会经历怎样的变化,关于这一切,欧美现代派文学作品或多或少都会给我们一些启示。因为发达的资本主义国家已经经历了现代化的过程,体验到现代化给社会生活带来的变化,虽然我们和欧美发达国家的社会制度不同,但是在发展过程中仍然有很多共性的东西。比如在改革开放之初,由于中国的发展滞后,我们还不太关注破坏生态环境所带来的灾难,没有充分料想追求金钱和物质享受可能造成的精神空虚;而在改革开放四十多年后的今天,物欲过度膨胀所造成的生态问题、贫富差距问题已引起越来越多人的关注。其实,这些问题在欧美现代派文学中早已留下印迹。因此,可以说了解欧美现代派文学是中国新时期文化进步的需要,是中国社会发展的需要,也是帮助我们了解社会发展规律并事先预测可能出现的社会性问题的需要。

实际上,我们对欧美现代派文学的热情由来已久,从中国现代文学的发展历史中可以看出这一点。"五四"以来,由于中国反帝反封建的需要,我们引进了世界各国大量的反抗压迫主题的文学作品,特别是俄苏文学作品。这些作品满足了人们反帝反封建的需要,满足了人们求解放、求自由的精神追求。这些作品虽然具有比较明确的价值观念、道德标准,但并没有仅仅被当作道德说教的工具。人们对于这类作品的喜爱是发自内心的,这种喜爱出于个人对生命自由的追求、对人性本身的认识,以及在此基础上对作品中表现出的价值观念的认同。这些作品大体上属于现实主义和浪漫主义文学,人们可以体会到其中所描写的人性、个体的人、人的挣扎和思索。这一点只要看看鲁迅先生对欧美作家的一些评论就可以略知一二。鲁迅先生要用手中的笔救治民众,他以笔为刃,剖开了藏在人性最深层的污垢。欧美现代派文学也是要写人,不过,它写的方式不同,它爱用变形、陌生化的方式来描写世界。"五四"时期,我们更乐于接受欧美文学中的现实主义与浪漫主义文学作品,因为在民族存亡的紧要关头,我们没有那样的闲情逸致从现代派富于技巧性的艺术表达中寻找我们所需要的营养。不过,"五四"时期也是追求个性解放的时期,欧美现代派文学所表达的强烈的个人主义色彩与那个时代并不矛盾。欧美现代派文学没有在那个时代形成翻译和研究的高潮,问题并不在于现代派本身,而在于中国半封建半殖民地的社会性质,当时大部分中国人生活贫困,受教育程度低,这为理解欧美现代派文学造成了障碍。加上中国小说向来注重故事情节,小说欣赏也多停留在欣赏故事情节的水平,所以不以情节取胜、侧重心理写实的欧美现代派文学很难在中国流行起来。

有研究者指出:"早在 20 世纪初,席卷中国的文学革命使中国文学创作开始积极采用各种非中国文学的新形式。"①这里所说的"非中国文学的新形式",其中就包括欧美现代派文学的艺术形式。"五四"时期虽然对一些西方现代派文学作品进行了介绍,但总的来说,我们对它的认识并不深刻。在"五四"时期,欧美现代派作家的创作手法、现代派文学形式是作为新的先进方法被介绍和模仿的;现代派对于自我的寻求、对于内心世界的探索与"五四"时期追求个性解放的思想是合拍的。当时中国的一些作家明显受到欧美现代派文学的影响,开始创作中国的具有现代派色彩的诗歌。在引入中国的欧美现代流派中,象征派最被看好。被称为象征派诗人的李金发就受到法国象征派诗人波德莱尔的《恶之花》的影响,开始创作"怪异"的诗歌。另一位象征主义诗人戴望舒的诗则将中国古典诗歌的抒情性和象征派的技巧巧妙地融合在一起,其代表作《雨巷》成功地运用了象征的手法,却托以具有中国古典美元素的内容。不过,戴望舒的有些诗写得也很西化,比如《致萤火》这首诗就是这样。诗中写道:"萤火,萤火,/你来照我。//照我,照这沾露的草,/照这泥土,照到你老。//我躺在这里,让一颗芽/穿过我的躯体,我的心,/长成树,开花;//让一片青色的藓苔,/那么轻,那么轻/把我全身遮盖,//像一双小手纤纤,/当往日我在昼眠,/把一条薄被/在我身上轻披。//我躺在这里/咀嚼着太阳的香味;/在什么别的天地,/云雀在青空中高飞。//萤火,萤火/给一缕细细的光线——/够担得起记忆,够把沉哀来吞咽!"这首诗让人想到艾略特的诗《清晨在窗边》:"地下厨房中的餐具哗啦作响/沿着街边踩出的脚印,/我意识到女佣们发潮的灵魂/在大门口沮丧地发芽了。"这两首诗的主要意象都是"种子发芽"。发芽的植物在身体里生长,或在灵魂里生长,这种意象极其新奇,但却适于表达诗人的情绪。无从考证戴望舒的《致萤火》是否受到艾略特《清晨在窗边》一诗的影响,但是,这两首诗表达的意境虽不相同,构思却很相似,都含有现代诗那种超现实性的描写、离奇的联想、对于个人体验扭曲式的表达、对事物不合常规的表述,都体现了现代诗情感表达程度的强烈、意识流动的随意以及印象式的夸张变形。在鲁迅先生的《野草》中也可以发现现代派手法,特别是象征手法的运用。然而,中国的新文

---

① See Steven L. Riep, "Chinese Modernism: The New Sensationists," *The Columbia Companion to Modern East Asian Literature*, Ed. Joshua S. Mostow, New York: Columbia University Press, 2003, pp. 418—424.

学并没有沿着现代派道路走下去,作家们在尝试了现代派的创作手法之后,又纷纷转向现实主义创作手法。究其原因,中国传统观念中所固有的"文以载道"思想培养了知识分子强烈的社会责任感,使他们不能在民族存亡的危急关头还沉浸在对个人与自我的探求中,而是更多地将笔触伸向现实社会。不过,在现实主义文学作品中,现代派的手法也时有运用,以增强艺术效果。可以说,欧美现代派已经将它的流光碎影投射到中国大地上,只是它不像现实主义文学和浪漫主义文学那样昂首阔步于金光大道,而是如一股强劲的潜流,深埋在冻土层中,只等冰澌溶泄,春暖花开,便来一次真正的一泻千里。

中华人民共和国成立初期,我们对欧美文学的引进局限于现实主义和浪漫主义文学作品,而且引进的主要是俄苏文学作品和其他与我们关系友好的国家的文学作品。翻译选择上的"一边倒"倾向阻碍了我们对欧美文学的全面了解。同时,在对外国文学作品的阐释方面,我们又倾向于用单一化的政治标准来衡量文学作品。"文化大革命"开始后,俄苏等国的"红色经典"也被禁止,欧美现代派文学则成为一个禁区,成为神秘之地。然而,越是受到禁止的东西,越是让人渴望了解。其实,在"文化大革命"期间,有些欧美现代派作品被译成汉语,目的是作为反面教材供我们批判使用,但是,这些内部发行的书实际上却被很多文学爱好者传抄,成为他们的精神食粮。在新时期涌现的年轻一代作家中,许多人都看过这些书,并深深地被这些书所打动。诗人北岛提及他读到过一套内部发行的"黄皮书",其中包括卡夫卡的《审判及其他》、萨特的《厌恶》和爱伦堡的《人·岁月·生活》,这套书给他留下深刻的印象。他说自己把《人·岁月·生活》这本书读了很多遍,它打开一扇通向外部世界的窗户,那个世界和他们当时的社会现实相距太远了。现在看来,爱伦堡的这本书并没那么好,但对于一个在漆黑的暗夜独自摸索的年轻人来说,这套书是那么激动人心,那是一种精神上的导航,给予他梦想的力量。有北岛这样经历的年轻作家还有很多,他们正是在了解欧美现代派文学的过程中,逐渐走上了自己的文学创作之路。欧美现代派文学就如同一个令我们恐惧又神往、隐藏着无数秘密的古代宫殿一样,巍然屹立。对于当时那些文学爱好者来说,传抄这些不知通过什么渠道得来的现代派文学作品,就如同借着一线天光,对那神秘宫殿进行窥视,殿中的盛况引人入胜,令人遐想。因为不能清楚地看到宫殿中的一切,创造者便发挥自己的想象来创造自己的作品,这样的作品里是不会拒绝现代派元素的,也不会拒绝任何让创造者感觉新鲜的东西。

新时期以来,全球化浪潮也为我们带来了欧美的精神产品。在全球化大潮中，中国与世界其他国家的交往日益频繁，全球化不仅为我们带来了麦当劳、肯德基，更以势不可挡之势带来了欧美文化，因为经济发达的欧美国家在文化领域也具有更多的话语权。在我国，从20世纪八九十年代开始逐渐出现外国电影热、外国流行音乐热、外国语言热等，这些从侧面为我们了解和认识欧美现代派文学提供了参照。改革开放把中国带到世界的大舞台上，经济的往来、文化的交流出现了前所未有的繁荣局面。在这种情况下，我们无论是做政治上的决策、经济上的决策，还是文化上的决策，都必须清楚地认识到我们所处的是全球化语境。人类相互依存的程度更强，要求共同发展的呼声更高。就欧美现代派文学来讲，它在欧美文化舞台上的地位是有目共睹的，它是我们走进欧美文化就不能错过的风景。在此情形下，我们对欧美文学现代派作品的翻译、介绍和研究就不仅仅是引进外来文化、丰富本土文化的过程，更是重新定位我们自己的文化、并与世界接轨的重要步骤。

新时期是一个释放心灵能量的特殊历史时期。进入新时期，中国人开始把目光转向全世界，认识到自己生产力的落后，中国人自然想向发达的西方学习。关于"实践是检验真理的唯一标准"的讨论解放了国人的思想，激发了人们对以前所不了解的西方现代派文学的探索热情。人们想要探索曾被我们抛弃并大加指责的欧美现代派文学的庐山真面目。新时期，我国学界出现对欧美现代派文学的研究热情，这不仅是对"五四"时期欧美现代派文学热潮的延续，更是一次对欧美现代派文学全方位、大规模的引入。

新时期出现对欧美现代派文学译介研究的热潮，其原因还在于：在现代化进程中，我们对西方文学的引进有特殊的需要，欧美现代派的文学精神与中国新时期的文化精神是契合的。李维屏先生指出：

> "现代主义"这个术语同"浪漫主义"一样具有十分广泛而又极其复杂的含义。今天，它不仅用于讨论20世纪在西方文坛崛起的诸多文学流派和五花八门的违世绝俗、标新立异的文学作品，而且还泛指从整体上表现传统与未来对立关系的各种新颖的艺术形式：如雕塑中的结构主义、绘画中的立方主义和音乐中的无调主义等等。就此而言，现代主义是涵盖各种激进的反传统的艺术流派和思潮，集各种现代艺术形式于一体的整体概念和综合体。它是本世纪上半叶风行于西方各国的一种无形的社会风格，一种普遍的、抽象的且又高度自觉的艺术观。这种艺术观不受任何传统标准和固有模式的束缚，而是按照自己独特的美学原则来反映现代思想和现代经验。他使艺术家获得了彻底的解放，使他们有机会超越必然王国，向自

由王国挺进。①

现代派是与反传统精神相伴而生的,或者说,现代派在它孕育的过程中,从它诞生的一刻起,就带有强烈的叛逆性,而这种叛逆性正是中国新时期的社会现实所需要的。从某种程度上讲,中国新时期出现欧美现代派文学热潮,正是因为中国文学家、艺术家捕捉到了现代派那具有反叛传统、超越传统的激进、活跃、叛逆的气息,从现代派精神中找到了解放心灵的钥匙,正是因为现代派以其大胆的思维满足了中国文学家、艺术家对创新的渴望。欧美现代派文学对新奇的艺术手法进行了大胆尝试,这种尝试所反映的绝不仅仅是艺术创作技巧问题,它更体现了艺术家思想上求新的欲望,以及对独特的个人体验进行探索的愿望。

目前,不仅外国文学研究者积极投身于欧美现代派文学研究,还有另一股力量也加入其中,这就是中国现代作家,他们也作为评论者参与了关于欧美现代派文学的讨论。改革开放为文学艺术领域带来了勃勃生机,建设社会主义精神文明要求我们解放思想,大胆创新,而向欧美现代派作家学习创作手法、了解他们的创作思想,一个很好的例子就是作家徐迟,他和现代派文学结下不解之缘:20世纪30年代,徐迟就是一位颇有成就的现代派诗人;中华人民共和国成立后,国内对欧美现代派文学的排斥令徐迟非常痛心;新时期到来,徐迟热情地迎接现代派的到来,他无法抑制自己的喜悦心情,在《现代化与现代派》一文中指出,现代派文艺已是一个不可否认的存在,我们应当研究它。

《等待戈多》是一部在中国产生持久性影响的现代派文学作品。针对《等待戈多》,我们不仅发表了数量可观的研究论文,而且更为重要的是,有许多中国作家对这部戏剧的创作手法进行模仿,写出了一些很有中国特色的"现代派"作品,从而进一步扩大了这部作品在中国的影响力。通过《等待戈多》这部作品,我们更多地了解了荒诞派文学和欧美现代派文学五花八门的创作手法,并将其运用于中国文学的创作中。新时期,我们对于欧美现代派文学情有独钟,这一方面是因为中国文学在远离欧美文学独自发展了几十年后,断弦再续,舞步重整,对现代派文学有种天然的饥渴;另一方面,欧美现代派文学以其独特的艺术形式和深入的哲学思考,为我们解开了许多在认识人性、认识历史方面产生的困惑。所以,欧美现代派文学热潮成为新时期欧美文学热潮中最高的一股巨浪。

---

① 李维屏:《英美现代主义文学概观》,上海:上海外语教育出版社,1998年,"导论"第5页。

《等待戈多》实际上是以形象的方式、象征性的表现手法,写出了人的苦闷心态,《等待戈多》在众多西方现代派文学作品中脱颖而出,大受中国文化界和普通读者的推崇。改革开放后从"文化大革命"中走出来的中国人在戈多的痛苦等待中看到了自己的影子,看到了自己所体验过的痛苦、焦虑、无助和绝望。戈多感受到的价值失落、目标茫然正是许多中国人的精神写照,而这种认同感在我们理解像《等待戈多》这样的荒诞文学中起到了重要的作用。《等待戈多》以荒诞形式揭示了现代欧美社会中人们面临的生存危机,但这种危机却不仅仅局限于欧美社会,而是具有普遍性,中国读者也能从这部作品中认识到中国社会的问题,认识到中国人自身的问题。

　　此外,《等待戈多》中对焦虑感的表现很适度,容易被中国人所接受。焦虑感是现代社会中普遍存在的心理问题。有学者指出:

> 现代社会中的人所具有的两种体验世界的方式均造成心理危机:外部世界的迅速变化导致人在空间感和时间感方面的错乱,而宗教信仰的泯灭,超生希望的失落,以及关于人生有限、死后万事空的新意识则铸成了自我意识的沦丧。后现代艺术的冲动原是想超越这些苦恼:超越自然,超越悲剧——去开拓无限。可惜,它的动力仅仅出自激进自我的无穷发展精神,因此,当它以破碎的艺术去对抗破碎的世界时,就又注定它最终无法将心灵的碎片重新聚合起来,这样,人们就走到了一个生命意义匮乏的"空白荒地的边缘"。[①]

当代思想家丹尼尔·贝尔认为后现代社会中的人充满了心理危机,这种危机的产生是由于宗教信仰的破灭、人生希望的失落、自我意识的丧失,而心理危机必然造成人的心理焦虑。《等待戈多》的故事结局很好地体现出什么是适度的焦虑感,因为作者并没有让这个故事的结局令人彻底绝望或者失去生活的信心。该剧结尾如下:

　　弗拉季米尔:咱们明天上吊吧。(略停)除非戈多来了。
　　爱斯特拉冈:他要是来了呢?
　　弗拉季米尔:咱们就得救啦。[②]

　　在《等待戈多》中,人物感到生活空虚无聊,但是,在该剧结尾,作者还是保

---

① 朱立元主编:《当代西方文艺理论》(第2版增补版),上海:华东师范大学出版社,2005年,第367页。
② 萨缪尔·贝克特:《等待戈多》,施咸荣译,北京:人民文学出版社,2002年,第106页。

留了渺茫的希望,这体现了一种对空虚、破碎生活的担当。剧本在"咱们走不走""咱们走吧"的问答中结束,暗示了生活还将继续。《等待戈多》意在刻画现代人的灵魂,写出了这个灵魂,作家也就尽到了义务,完成了使命。作家通过象征性的情节揭示了现代社会中人生存的无奈和悲苦,却不主张人在这种悲苦中沉沦下去。作家没有给人指出光明的前途,毕竟这不是一个作家力所能及的,但是,通过剧中人物的对白,作家却表明了活下去的意愿。在荒诞的世界上去找寻存在的意义,这个举动本身也构成了一种意义。

《等待戈多》中的焦虑感表达有其自身的特点。詹姆逊认为:

> 现代主义文艺的一个重要特点是"焦虑"。无论是挪威画家爱德华·蒙克的《叫喊》(多译《呐喊》——引者),还是英国作家艾略特(Thomas Stearns Eliot,1888—1965)的《荒原》,无不表现出一种焦虑的特征。这种焦虑反映出现代主义文艺家对现实生活的一种痛苦的体验和对现实生活的不满。[①]

蒙克的画《呐喊》以撕心裂肺的画面表达了现代人的痛苦挣扎。在画面中有一个站在桥上的人,他的身体整个被扭曲了,双手捂着脸,因迷失而惊慌失措,从他的眼神中可以看出他内心的惊恐和焦虑。这个人身后正有两个人走过,但他们对这个人不理不睬,没有同情,没有好奇,甚至连敌视、愤怒也没有。叫喊者是孤独的,寂寞的。正因如此,这无人理睬的叫喊才更加震撼人心。蒙克画作中表现的焦虑是强烈的,令人震惊的。当画面中强烈的对比色被抛在欣赏者眼前时,便立即创造出一种挤压感。焦虑像地心的火一样燃烧起来。艾略特的《荒原》表现的是:在现代文明社会中,人们好像生活在荒原上。这里没有滋养生命的水,生不能快活地生,死又不能痛快地死。人活得像神话中的西比尔一样,只能慢慢地消耗,慢慢地枯萎,却不能死掉。《荒原》中的焦虑感是渗透性的,其情形就像从大地被抽去水分,使大地一块块变干,最后现出一道道纵横交错、足以吞噬生命的裂缝。《等待戈多》中没有《呐喊》中那冷入骨髓的冷漠,没有《荒原》中那生命渐枯的焦渴。"等待"本是日常生活中司空见惯的事情,然而,贝克特正是把这个似乎不含什么悲剧成分的事情挖掘出来,赋予其深刻的悲剧色彩。"等待"本身成了一种折磨,一种无从逃脱的经历,一种由生到死的体验。《等待戈多》中因"等待"而产生的焦虑与蒙克画中的焦虑和艾略特诗中的焦虑有所不同。这里,对戈多的等待从开始就只透出一丝微茫的希望之光,

---

[①] 马驰:《"新马克思主义"文论》,济南:山东教育出版社,1998年,第67页。

因为等待者们已经隐隐约约地感觉到戈多不会来,但是,毕竟"等待"这一行为本身可以表明一种态度,即不管有多么郁闷痛苦,多少总还包含一些乐观的情绪。可以说,《等待戈多》中的焦虑是一种软折磨,既不像蒙克的《呐喊》那样一下把人折腾得死去活来,又不像艾略特的《荒原》那样把人丢弃在杳无希望的荒原中。《等待戈多》用了足够的笔墨来酿造等待的苦闷,但几乎与此同时又在用微弱的希望消解这种苦闷。这就好像把人关进黑洞洞的地牢里,却留了一道门缝,让光透进一点点。在《等待戈多》中,苦闷的表达是比较适度的。剧中的痛苦虽然沉重难挨,却绝不走向撕心裂肺的极端,这样的表达比较适合中国人的文化心理。从中国人的文化心理来看,我们看重适度的感情,而不喜欢走极端。

在《等待戈多》中,"等待"的痛苦与"忍耐"的痛苦颇为合拍。林语堂在《吾国吾民》中谈到中国人的一种德行:忍耐。他指出中国人之所以有忍耐的德行,与生存的文化环境有关。人口的稠密、家族制度的压迫、法律的不健全造就了中国人的忍耐性格。林语堂认为这实在不是中国人可以夸耀的美德,因为那种忍耐中亦有很大部分是为了忍受暴君、虐待,诸如此类。也就是说,忍耐中有很强的奴性成分。但是,在中国国民性中,这种忍的精神也有另外一个侧面,它使中国人对于生活总是抱着一种平和的态度,总是愿意接受乐观的心理暗示。

忍耐有时也可以很超脱。有一段广泛留传的寒山与拾得的对白,体现的就是一种超脱的忍耐。"昔日寒山问拾得曰:世间谤我、欺我、辱我、笑我、轻我、贱我、恶我、骗我,如何处治乎?拾得云:只是忍他、让他、由他、避他、耐他、敬他、不要理他,再待几年你且看他。"拾得传授给寒山的可谓是"忍耐"的百科全书了。这里的"忍耐"和林语堂所说的"忍耐"有根本区别,它不带有任何奴性,而是基于看破红尘基础上的一种人生选择;这不是消极的抉择,因为拾得的最后一句"再待几年你且看他"体现出一种悟道的境界。普通中国人的"忍耐"心理并不像林语堂说的那么奴性十足,也不像拾得所言的那么超脱,而是介于两者之间。这是对待人生的一种理智的态度,虽有些圆滑,但内中也蕴涵些许智慧。一般来说,一个富有忍耐精神的民族欣赏克制精神,在极端情感中倒不大能够体会到快乐。《等待戈多》以等待的煎熬感创造了一种"忍耐"语境,在这个语境中,"忍耐"之苦和"等待"之苦几乎合二为一,而中国文化中的"忍耐"情结使我们在理解《等待戈多》中的"等待"之苦时,颇能产生情感上的共鸣。

三、学界前辈在欧美现代派文学研究领域的开拓与推动

新时期,中国在接受欧美现代派文学方面进行了许多尝试性的努力,这些努力取得了巨大成绩,使我们对欧美现代派文学有了更深刻的了解。中国学者在欧美现代派文学研究方面所做的工作可以大致概括为三个方面。

第一,对欧美现代派文学进行了客观介绍。针对"反精神污染"这一观点的提出,学界出版了一些学术著作,其中值得一提的是1984年出版的《西方现代派文学问题论争集》(上、下)。该书前言中明确指出:该书的目的是在文艺战线防止和清除"精神污染",批评和抵制将反映西方资产阶级意识形态的现代主义文艺移植到我国来的倾向。但实际上,该书不仅实现了"反精神污染"这一目标,它的作用还远远超出了预期。

从结构上看,这本书包括三方面内容:第一部分以比较系统、侧重于以知识梳理的方式介绍了欧美现代派文学的各个流派及其特点;第二部分是国内文艺创作界和理论界就西方现代派文学的相关问题展开的讨论,其中包括运用马克思主义观点的批评;第三部分收录了一些国外文艺理论家关于现代主义文学和现代主义作家的评论文章。从内容上看,与其说该书批评了欧美现代派文学,不如说它介绍了这种文学,让普通读者了解了欧美现代派文学的基本知识。该书在客观介绍欧美现代派文学相关知识的同时,也介绍了欧美人自己对现代派文学的阐释。将马克思主义理论用于欧美现代派文学批评让我们从侧面认识到西方马克思主义文学批评理论在欧美现代派文学研究领域的功用。所以,虽然出版这本书的初衷是为了批评欧美现代派文学,其结果却是向我们介绍了欧美现代派文学的常识,消除了我们对欧美现代派文学的顾虑,并进一步激发了我们探索和研究欧美现代派文学的热情。

第二,对欧美现代派文学的发展脉络进行了梳理。有欧美学者对欧美现实主义文学与现代主义文学进行了时间上的区分,指出:

> 从有关欧洲民族文学,如对德法文学的普遍认识来看,现实主义和现代主义不仅被理解为不同的类别,而且属于不同的阶段。根据这样的描述,现实主义在十九世纪中叶达到了顶峰,而现代主义则出现在十九世纪

末,在二十世纪前二十五年达到鼎盛。①

袁可嘉先生对现代派文学采取了更加细致的分期方式。他将现代主义文学的起止日期定为 1890—1950 年,即大致从法国象征派宣言发表(1886)到第二次世界大战结束;而将 1950 年后兴起的新的文学派别划归为后现代主义文学,以期与"正统的"现代主义相区别。其实,现代主义文学与后现代主义文学之间并没有明显的界限,它们在思想上是连续的,后现代主义文学中出现的许多东西都是现代主义文学中业已存在因素的进一步发展和彰显。但是,对其进行时间上的划分,这种分期方式有助于我们理清欧美现代派文学的发展线索,形成理解欧美现代派文学的清晰思路。

袁可嘉先生在《欧美现代派文学概论》(1993)一书的序言中指出,现代派文学的主要成就在于它"广泛而深刻地表现了现代西方工业社会的危机意识和变革意识,这对我们认识西方现代资本主义社会是有益的。所谓危机意识不仅包括经济危机、信仰危机、价值危机等等,更根本的是在人类四个基本关系方面——人与社会、人与自然、人与人、人与自我——产生的脱节和扭曲;所谓变革意识是指在思维方式、感觉方式和表达方式上的剧烈变化"②。袁先生还认为,现代派文学在艺术方法上有重大的开拓与创新,超越了一切传统文学的表现手段,增强了艺术表现的力度。袁先生关于欧美现代派文学的论述为以后的现代派文学研究提供了三方面的启示:一是令我们思索现代派与西方文化语境的关系,这使我们对现代派的研究深入到它所产生的哲学背景与历史背景中;二是令我们关注现代派对人与社会、人与自然、人与人以及人与自身关系的思索,这引导我们从广阔的社会发展的角度来理解和诠释现代派文学;三是令我们更热衷于研究现代派表现技巧在作品中的应用及其得失。现代派的表现手法,如象征手法、时空蒙太奇、内心独白、自由诗体、意识流技巧、荒诞等具有强烈的时代感,超越了传统文学的表现形式。通过研究这些技巧,我们对欧美现代派文学从技术到内容有了更加细致的观照与理解。后来的学者在欧美现代派文学研究中基本都是沿着这三个方向进一步发展,发表了大量文章,分析了很多文本,进一步加深了我们对这一流派的理解和认识。

第三,对现代派文学的研究转向深入。李维屏先生的《英美现代主义文学概观》(1998)是我们谈及欧美现代派文学研究时不可不提的学术著作。这部著

---

① Todd Hasak-Lowy, "Between Realism and Modernism: Brenner's Poetics of Fragmentation," *Hebrew Studies* 44 (2003), p.41.

② 袁可嘉:《欧美现代派文学概论》,上海:上海文艺出版社,1993 年,"序言"第 5 页。

作系统地阐述了20世纪英美现代主义思潮的发展过程。该书第一章介绍了英美现代主义文学的文化和历史背景,涉及西方哲学思潮的熏染作用、美学文艺学理论的多元化倾向、西方现代心理学的影响以及英美现代主义文学的历史背景等问题。第二章论及现代主义文学的创作原则和艺术特征,具体研究了现代主义与现实主义的关系、现代主义文学的题材与形式等问题,该章最后一节"英美现代文学鸟瞰"从整体上归纳了英美现代派文学的状况。该书其余各章分别介绍了英美现代派诗歌、意识流小说、"迷惘的一代"的小说、"黑色幽默"小说、实验主义和"荒诞派"戏剧等,结尾对英美现代主义文学的演变与历史价值进行了评估。从该书的结构安排可以看出,作者观照英美现代主义文学的视角非常客观。作者一方面从哲学背景、心理学背景切入,追根溯源。这可以使读者在理解文学作品时多了解一些文本产地的文化语境,避免望文生义的情形;也可以使读者在观照英美现代派文学作品时采取更加科学的态度,进行客观的分析。作者另一方面从艺术角度进行分析,这有助于我们明确欧美现代派文学作品与传统文学作品的区别。该书的一大特色在于:在对各个作家进行评述的时候,能够将哲学思潮、文学影响、艺术技巧等三方面内容融为一体,立体地展现英美现代派作家的风貌,既客观又深入地揭示现代派文学的思想内涵和艺术品质。另外,该书最后一章还对现代主义文学演进的历史价值进行了展望,这又为我们动态地看待现代派文学的发展提供了很有价值的参照。其实,新时期伊始,我们就逐渐能够跟得上现代派文学的前进步伐了。回顾中国对欧美现代派文学的接受过程我们可以看到:从最初的"犹抱琵琶半遮面",到接下来的客观认识,再到后来的深入评价,最终到能够把握其动态的前进步伐——这期间的变化是显著的。取得这些变化,我们用了大约20年时间。

现代派文学研究、比较文学研究的介入也在很大程度上促进了现代派文学在中国的接受。

> 随着我们对狄金森、燕卜荪、理查兹、罗素(包括其旅行及作品)、伍尔夫、狄更斯、乔伊斯等作家在构建中国现代主义中所起的作用这一问题探索的深入,我们发现,在中国探索并构建现代主义的过程中,通过东西比较而进行的跨文化研究是卓有成效的。[①]

这里提到的一些作家都是在中国有着广泛影响的作家,他们的作品——比

---

① Judith Scherer Herz, "Bloomsbury, Modernism & China," *English Literature in Transition 1880—1920* 49.1 (2006), p.88.

如狄更斯的小说——主要倾向于现实主义,但即使在其现实主义文学作品中,也蕴藏着现代派文学的某些基因。中国对欧美现代派文学的学习绝不仅仅是从公认的现代派文学代表作品那里学习,也包括从现实主义和其他一些流派的文学作品中学习。比如狄更斯的现实主义小说《荒凉山庄》就运用了双人称叙事、象征手法、悬疑手法等,这些手法后来在现代派文学中开花结果。跨文化研究方式的介入能够帮助我们进一步消化和理解现代派文学,比如对伍尔夫所做的比较研究就不仅包括对伍尔夫与莱辛、波伏娃等人的比较,还包括伍尔夫与张爱玲的比较研究。不过,截至目前,我们对现代派作家进行的比较研究不是过多,而是不足。这种不足主要不是量的不足,而是质的问题。

在欧美现代派文学的研究中,我们有成就,也有很多尚待突破的问题,比如关于现代派或现代主义的概念问题,我们现阶段基本假定这个概念有一个被普遍接受的定义,但是,随着现代派文学研究的深入,现代主义这一概念本身也正在经受挑战。"有的学者质疑仅仅根据'现代主义'的美学实践给出的、偏重学术性的'现代主义'的狭义定义,建议对这一阶段进行重新定义,将原本没有收录进'现代主义'文学史的文本加进来。"[①]之所以有必要重新定义"现代主义",其原因就在于现代派文学中有一些原本被普遍接受的理论,随着学界研究的进展而逐渐受到质疑。比如新历史主义研究、文化研究力求挖掘文学文本之间、文学与其他文化文本之间的联系,这种研究会使我们进一步了解文本之间的传承关系。在掌握了新的信息之后,我们就不会再固守对"现代主义"所做的一些现成的、普遍接受的描述,而将不断为这一概念增添新意。概念的调整也意味着现代主义包括的文本范围会扩大。目前,国外的研究不仅涉及"现代主义"的概念问题,而且也在思考"现代主义"的困境问题,有学者指出:"现代主义研究的困境就在于经验式的历史研究、概念性定义和理论性争论的交织纵横,盘根错节。"[②]然而,对于中国的欧美现代派文学研究者来说,研究"现代主义"的困境问题还为时过早,因为欧美现代派文学研究在中国还处于起步阶段,有一些研究层面的问题必须到了特定的阶段才有可能提到日程上来。

---

① Genevieve Brassard, "Modernism & Revisionist Approaches," *English Literature in Transition 1880—1920* 47.1 (2004), p.82.

② Vivian Liska, "The Difficulties of Modernism," *Modern Language Quarterly* 65.4 (2004), p.624.

四、西方文学理论热潮对现代派文学接受的推进

在新时期,政治意识形态对文学研究的影响逐渐减弱。一方面,学者开始用科学的态度对待马克思主义文学批评。另一方面,学界大胆引进了西方文学理论,以期在文学研究中拓宽自己的思路。在此期间,对文学欣赏的重视再次出现在中国文学批评界,不过,这方面取得的一点成绩很快被铺天盖地的理论热潮所湮没。

新时期出现的西方文艺理论热潮体现在三个方面。第一个方面是大量出版介绍西方文艺理论方面的著作,并将这些著作作为大学教材或者主要教学参考书来使用。在这些著作中,最流行的是由伍蠡甫、胡经之主编的《西方文艺理论名著选编》(上、中、下卷)。此书1986年6月由北京大学出版社出版,到1996年5月的十年间,已经印刷三次。该书涵盖了从亚里士多德到现当代很多著名文学批评家的学术著作,是一本汇集西方文学批评理论精华的巨幅著作。另外,华东师范大学出版社1997年6月出版了朱立元主编的《当代西方文艺理论》。该书侧重介绍当代西方的文艺批评理论,对初学者来说是一部很好的启蒙教材。此外,也有针对某种理论进行专门介绍的图书,如《结构主义神话学》(叶舒宪编选,西安:陕西师范大学出版社,1988年)是专门就一种文学理论进行详细阐释的文学理论书籍。西方文艺理论热潮的第二个方面表现为大量的西方文学理论名著被翻译过来,比如叔本华的《作为意志和表象的世界》(石冲白译,杨一之校,北京:商务印书馆,1982年)、尼采的《悲剧的诞生:尼采美学文选》(周国平译,北京:生活·读书·新知三联书店,1986年)、本雅明的《本雅明文选》(陈永国、马海良编,北京:中国社会科学出版社,1999年)、巴赫金的《巴赫金集》(张杰编选,上海:上海远东出版社,1998年)以及马尔库塞的《爱欲与文明——对弗洛伊德思想的哲学探讨》(黄勇、薛民译,上海:上海译文出版社,1987年)等。文艺理论热潮的第三个方面是一些西方文艺理论的原版著作在中国出版,其数量众多,这里不一一赘述。

西方文艺理论热产生的主要原因是:长期以来,庸俗社会学的文学批评已将文学研究推到了死胡同,那种以政治需要为指导的文学研究再也不能引起人们的兴趣。同时,十年"文化大革命"又使我们疏远了中国古典文学和中国古代的文学批评理论,加上中国古典文学理论都是用深奥的古文来阐述,这也使得

一大批文学批评者望而却步。在面对欧美文学时,如何去认识它、批评它,我们显得束手无策,此时,我们最急需的就是某种理论工具。在这种情况下,西方文艺理论成了我们最得力的助手。但是,在使用西方文艺理论进行文学批评的过程中,我们常常僵化地套用某种理论去批评某一部著作,这种文学批评思路之后发展成了大学文学研究生教学中的基本思路。

在我们的欧美文学研究中,西方文艺理论是一把双刃剑。一方面,西方文学理论对中国的外国文学研究起到了促进作用。其思维方式是建构中国式批评话语可借鉴的工具。西方文艺理论具有很强的学术性,概念明确,思路清晰,逻辑严谨。这种思维方式与中国传统的诗学有很大不同。中国传统文艺创作和文艺理论多是重感悟,轻系统,重直觉,轻理性,即使是深受西方文化影响的现代学者也不例外。而西方文艺理论进入中国,影响了我们的思维方式,使我们更加关注文学研究领域的科学性。另一方面,西方文艺理论也为我们的文学研究带来负面影响,随着时间的推移和欧美文学研究的深入,这些负面作用渐渐浮出水面。

西方文艺理论在外国文学研究中的滥用使我们的学术研究走向狭隘,遭遇了难以突破的"瓶颈",研究受到很大程度的限制。其实,在"五四"时期,对于西方文艺理论就有过一些介绍,但在那个时期,学者们对待西方文艺理论的态度是比较冷静的。鲁迅先生就曾批评那些滥用西方文艺理论的外国文学研究者:

> 以文艺如此幼稚的时候,而批评家还要发掘美点,想扇起文艺的火焰来,那好意实在很可感。即不然,或则叹息现代作品的浅薄,那是望著作家更其深,或则叹息现代作品之没有血泪,那是怕著作界复归于轻佻。虽然似乎微辞过多,其实却还是对文艺的热烈的好意,那也实在是很可感谢的。
>
> 独有靠了一两本"西方"的旧批评论,或则捞一点头脑板滞的先生们的唾余,或则仗着中国固有的什么天经地义之类的,也到文坛上来践踏,则我以为委实太滥用了批评的权威。①

在鲁迅先生看来,那些用真实情感来感受文艺作品,并且对文学的发展前途热情关注的批评家,虽然批评的言论有失偏颇,有点不合时宜,但他们的初衷还是好的,是值得肯定的。而对于另外一些批评家,那些抱着西方文艺理论如获至宝的批评家,鲁迅先生则给予了严厉的指责。这些人生搬硬套地把西方文

---

① 鲁迅:《对于批评家的希望》,吴中杰编著:《吴中杰评点鲁迅杂文》(上),上海:复旦大学出版社,2000年,第81页。

学批评理论拿来,在文坛上践踏,其实是在滥用批评的权力。进入新时期,西方文学理论被大量引入中国时,鲁迅先生所指责的这种文学批评现象更是屡见不鲜。

正如鲁迅先生所预见,指望单单依靠西方文艺理论来进行西方文学批评,其前景是不容乐观的。不久,批评者们也发现了文学研究中的"瓶颈"现象。所谓"瓶颈"现象,指的就是文学研究到了难以突破的关口,在一个狭窄的空间里转圈圈,无法走出困境。"瓶颈"现象产生的主要原因就是我们无法把西方文学批评的话语纳入我们的文化语境中,这样,我们总是要运用人家的理论来阐释人家的文学,跟在西方文学批评后面跑。虽然我们跑得很卖力,但仍然比人家慢半拍,这样,"失语症"就成为必然的结果了。我们在西方文学研究中"失语",恰恰是因为我们放弃了自己的文化之根,又无法真正抓住西方文化的根,这样,我们就没有了出路,没有发出声音的可能了。

由于僵化地强调文学研究中理论工具的应用,也使得文学研究出现了宏大叙事的倾向。宏大叙事是一种无所不包的叙述,宏大叙事隐含着某种世界观的神化、权威化和合法化。宏大叙事是一种十全十美的设想,它假定世界会沿着某种模式或者结构发展,这种假定与丰富多变的现实生活有相当大的出入。宏大叙事还常常使文学研究中的文学性难以凸显。从这个意义上讲,宏大叙事的文学批评走向也是西方文艺学理论热潮带来的一个负面作用。宏大叙事会使文学研究不注重文本细节,忽视文学作品的文学性,在理论与概念上纠缠不清,造成文学研究空洞、抽象和言之无物。我们已经认识到盲目学习西方的后果是不堪设想的,所以要重新找回我们自己的文化之根。

当代欧美文学研究逐渐跟上了国外学界的步伐。全球化催生了信息革命,随着中国信息产业的迅速发展,我们对外国文学作品译介的速度可直逼作品出版的速度。比如21世纪初获得诺贝尔文学奖的莱辛、奈保尔等几位作家,我们对他们作品的翻译速度非常快,非常及时,这反过来又进一步推动了我们对欧美文学的研究,文学翻译的提速使我们可以紧跟世界文学的发展潮流。更重要的是,这些文学作品创作于当代,作品的内容不可避免地融入了现代社会的气息,承载着现代社会的价值观念,同时,又展现了作家对现代社会问题的思索。即时翻译外国文学作品带来的强烈的时代感有助于使这些作品产生良好的社会效应,但这种时代感也对学术研究提出了更高的要求,因为这些译介的作品是崭新的,它必然要求更具有原创精神的批评家来对它们做出评价。开放时代使得各门学科之间的交叉关系更为明显,跨学科研究成了欧美文学研究中不可忽视的现象。科技的进步、网络的出现使得我们的翻译工作获得了更大的发展机遇。大量的欧美文学作品被迅速翻译过来，欧美哲学思想方面的著作也与欧美文学作品被同步译出，这是不可小觑的译介现象。欧美文学作品，特别是现代派文学作品与欧美现代哲学思想的关系如鱼之于水。哲学著作与文学著作的同步译介，极大地增强了我们对欧美文学解读的深度。文学的文化研究的开展也离不开我们对多种学科的知识体系的了解与掌握，因此，也可以说，信息化时代也为培养学贯中西的文学研究者提供了更大的可能性。

当前全球化将欧美文学研究引入文化大视野，也带动了比较文学的发展。全球化为世界各国文化的冲突和融合带来了契机，也促进了世界各国人民的交往和文化共享。一方面，文化是社会生活的反映，人类社会实践活动的共通性必然使人类文化的内容表现出共性；另一方面，人类社会发展的不平衡性又使不同的国家处于不同的历史发展阶段，而处于不同历史发展阶段的国家，其文化之间也必然存在显著差异。全球化把世界各个国家不同的文化并置于同一个世界大舞台，把那些与我们国家社会制度相同或不同的国家的文化同时带到我们面前。面对全球化的这种趋势，欧美文学研究不由自主地转向文化研究。2006年6月在南京大学召开了"当代英语国家文学研究的文化视角"学术研讨会，会上探讨了文学与政治、宗教、哲学之间的相互关系和影响，与会代表还探索了如何将东方文化视角融入外国文学研究中的问题。这些新思想、新思维的出现是与全球化的背景分不开的。正是全球化极大地提高了我们的比较意识和鉴别意识，我们正是在全球化时代文化冲突与融合的世界氛围中生存，我们的欧美文学研究中也浸透着这样的文化质素。

全球化对于欧美文学经典的影响是巨大的，在全球化世界中，任何一个民族的价值体系和审美观念都被置于比较的文化语境下。全球化让人们之间的联系越来越广泛，世界各地的文化都可能在全球范围内产生越来越深广的影响，各民族不同的价值观念和审美观念会在相互碰撞、相互融合中共存，价值观念和审美观念都会走向多元化。人们的审美触须向异质文化伸展，因为人们需要借助异质文化来丰富自己的文化。全球化为我们这样的诉求提供了可能。随着与其他国家交流的深入，我们发现：在不同国家，被认定为经典的文学作品各不相同。这使我们不得不思考：到底什么才是经典，经典是否具有被世界各国人们所普遍接受的价值共性？为什么许多作品在我们国家属于经典名著，在欧美国家却属于不被广泛认可的作品？其实，当我们为这些问题寻找答案的时候，我们就已经走上了质疑经典的道路，走上了对多元价值观的探索之路。

艾略特给"经典"下过定义,他认为:

> 假如我们能找到这样一个词,它能最充分地表现我所说的"经典"的含义,那就是成熟。我将对下面两种经典作品加以区别:其一是普遍的经典作品,例如维吉尔的作品,其二是那种相对于本国语言中其他文学而言的经典作品,或者是按照某一特定时期的人生观而言的经典作品。①

在艾略特对经典所做的分类中,前者是普遍意义上的经典,后者只是相对意义上的经典。全球化的文化语境给普遍意义的经典以更大的生存空间,因为其普遍性使其更能为其他国家的人民所接受。同时,全球化的文化语境也使艾略特所说的第二类经典受到时间和空间的挑战。时代不同了,人们的观念变了,某一历史时期的经典在另一历史时期未必是经典,这是时间的挑战。同理,一个国家的经典,放在世界文学的平台上,放在其他国家的文化语境下,则未必是经典,这是空间的挑战。2010年度国家社科基金重大招标项目为"外国文学经典生成与传播研究",这个题目寓意丰富,它标志着我们对于外国文学经典的研究由静态转向动态。静态研究通常以文本为基础,对作品中表现的合乎主流意识形态的价值观念加以宣扬称赞,很多"红色经典"就是在这种静态研究的背景下诞生的。而对外国文学经典生成和传播的研究,则是通过对经典的形成过程进行分析,综合考虑经典文本生成过程中的诸多因素,把经典放在历史的天平上来衡量其价值。这种研究的成果最终将能够区分哪些是艾略特所说的"普遍的经典作品",哪些是"按照某一特定时期的人生观而言的经典作品"。

中国学术界对外国文学经典的理解正经历着另外一种考验。我们还面临着普遍主义价值观的考验,曹顺庆先生将这种普遍主义价值观概括为自由主义价值观。他指出:

> 在西化即为现代化的时代,自由主义的价值观被视为一种普遍主义价值。世界文化秩序的建构是以这种普遍主义的信仰为基础的。这种信仰认为:自由主义可以提供一个价值中立的基础,让所有来自不同文化背景的人都可以在此基础上交往和共存,在自由主义价值观被相信并被理解为就是"普遍价值"的时代,人们以自由主义来确立世界交往和共存的原则,并"无差别的"评判世界文化关系。②

---

① T. S. 艾略特:《艾略特诗学文集》,王恩衷编译,北京:国际文化出版公司,1989年,第190页。
② 曹顺庆:《跨越异质文化》,济南:山东友谊出版社,2007年,第18页。

当将衡量经典的标准置于比较文化语境下加以考察时，我们就已经在认识文学经典的道路上迈出了可喜的一步。但是，我们还要避免从一个极端走向另一个极端：那就是从以前的"意识形态决定论"走向"普遍价值决定论"，这两个极端是我们研究欧美文学经典时必须避免的。全球化时代为我们认识经典提供了新的可能性，帮助我们走出狭小的认识空间，但同时，也使我们更容易从一个极端走向另一个极端，即把西方的价值观念当成普遍性的价值观念，这些是我们在认识欧美文学经典时要注意避免的。

总之，新时期对欧美文学的翻译、引入与消化模式经历了历史性的变化。欧美文学热潮的出现得益于新时期改革开放的基本国策，它使国人在了解他人的基础上认识了自己。开放让形形色色的欧美思想走进中国。对于这些西洋的舶来品，我们起初只是觉得新鲜。在全民学外语，特别是学习英语热的20世纪80年代，中国人以好奇的眼光窥视这个他们已经与之隔绝了几十年的西方世界。我们以前由于政治原因而避开的欧美文化和思想，现在被我们大量地引入，这迫使我们在接受欧美文学的过程中重新定位自己的立足点。一方面，我们固有的文学批评模式被打破，对欧美文学开始由意识形态关怀转为人道主义的终极关怀。这种转变使我们在接受欧美文学作品的时候能够以包容的态度看待这些作品，用变通性的思维来客观地对其做出评价。另一方面，我们对欧美文学艺术性的理解与分析方面，也打破了艺术的禁区。长期以来，我们对文学中的现实主义十分推崇，以至于使它成为文学创作的金科玉律。改革开放后，我们才以客观的态度来理解和接受欧美文学中多种多样的艺术形式。欧美文学的引进使国人在理解欧美文学艺术形式的过程中形成了更加强烈的创新思维。这种创新思维的产生一方面得益于西方文艺理论在中国的传播，另一方面也得益于中国学者为重建中国自己的批评话语体系所做的努力。虽然在我们的创新思维中还存在种种问题，比如对西方文学理论依赖过多，缺乏强有力的、立足于本土文化的创新理念等，但是我们欣慰地看到，我们的思维结构已经发生变化。

第三个问题：

20世纪80年代"反精神污染运动"对欧美文学中国化进程产生了怎样的影响？

20世纪80年代初，欧美现代派文学对于中国读者来说不仅内容是陌生的，形式也是陌生的。当时中国很快出现了批判资产阶级自由化的运动。邓小平在《党在组织战线和思想战线上的迫切任务》中提出"思想战线不能搞精神污染"，还指出："有些人大肆鼓吹西方的所谓'现代派'思潮，公开宣扬文学艺术的最高目的就是'表现自我'，或者宣传抽象的人性论、人道主义，认为所谓社会主义条件下人的异化应当成为创作的主题，个别的作品还宣传色情。"①这里，"搞精神污染"的实质就是散布形形色色的资产阶级和其他剥削阶级腐朽没落的思想，散布对社会主义、共产主义和对共产党领导的不信任情绪。1986年12月30日，邓小平重申他坚持反对精神污染的观点。

中央的这种表态似乎为我们的欧美现代派文学研究泼了冷水，使许多研究者对现代派望而却步。其实，邓小平的讲话反映了两个问题。第一个问题是我们的文化界对现代派思潮并没有明确的认识，认为现代派只热衷于"表现自我"的主题，认为现代派脱离我们的社会实际去空谈人性、人道主义、异化这类问题，实际上，这是对现代派思潮的曲解。讲话反映的第二个问题是当时文学界出现了一些色情作品。其实，现代派思潮最核心的内容是人对于现代社会中生存困境的思考，而并不是以表达颓废思想、宣泄不满情绪为目的，更不是为了写些低俗色情作品。我们在理解欧美现代派文学时出现始料不及的情况是正常的，但是问题出现了，就要想办法去解决，所以在这种情况下，为了清除"精神污染"，最有效的办法就是客观地认识欧美现代派文学的几个议题。

---

① 邓小平：《邓小平文选》（第三卷），北京：人民出版社，1993年，第43页。

一、关于人道主义的反省与认识

第一是关于人道主义的问题。对于这个问题,邓小平指出:

> 有相当一部分理论工作者,对于社会主义现代化建设实践中提出的种种重大的理论问题缺乏兴趣,不愿意对现实问题进行调查和研究,表示要同现实保持距离,免得犯错误,或者认为没有学术价值。在对现实问题的研究中,也确实产生一些离开马克思主义方向的情况。有一些同志热衷于谈论人的价值、人道主义和所谓异化,他们的兴趣不在批评资本主义而在批评社会主义。人道主义作为一个理论问题和道德问题,当然是可以和需要研究讨论的。但是人道主义有各式各样,我们应当进行马克思主义的分析,宣传和实行社会主义的人道主义(在革命年代我们叫革命人道主义),批评资产阶级的人道主义。资产阶级常常标榜他们如何讲人道主义,攻击社会主义是反人道主义。我没有想到,我们党内有些同志也抽象地宣传起人道主义、人的价值等等来了。他们不了解,不但在资本主义社会,就是在社会主义社会,也不能抽象地讲人的价值和人道主义……①

实际上,"人道主义"确实是外国文学研究领域的学者们一直以来热切讨论的问题。邓小平的讲话发表以后,一时间,许多外国文学研究者感到顾虑重重,不知道应该如何应对。针对精神污染问题,陈嘉先生在他的著述中指出,我们应该用辩证唯物主义和历史唯物主义的观点来看待一切学问、一切事物。他说:

> 历史唯物主义,也就是把辩证唯物主义应用到历史上来,其规律是一样的。但由于其应用的范围主要是人类社会,与人类社会在其历史发展中多方面的情况都有联系,因而有很大的复杂性,而外国文学领域又由于其联系到外国的各方面情况,从而增加了我们研究中的困难。……因而在阅读外国文学作品时,在这点上我们就不那么容易理解与欣赏。但对于这些同我国国情以及风俗习惯迥然不同之处,我们必须深透地了解,才能在研究外国文学时真正用历史唯物主义观点来进行分析,否则就会用我们的思

---

① 邓小平:《邓小平文选》(第三卷),北京:人民出版社,1993年,第40—41页。

想感情来判断外国文学作品中的人物及其思想感情。①

陈嘉先生认为我们应该用辩证唯物主义和历史唯物主义观点对外国文学作品中的具体问题进行具体分析,把外国文学作品放在其文化语境中去理解,对其做出客观的评价。我们必须从中国的实际情况出发,去认识不同文化语境下人道主义概念的具体内涵,抽象地谈论人道主义思想不仅不利于外国文学研究的顺利进行,也不利于我们的社会主义建设。

"反精神污染"思想的提出进一步激发了人们深入了解西方思想的热情。在对人道主义、异化等欧美文学中常见思想的研究中,人们一方面将思想还原回语境,参照欧美文学产生地的文化状况来解读和阐释这些作品的思想内涵,另一方面又从多种角度而不是单一角度来解释欧美文学作品中的主题,这样,就为我们真正实现对文学作品的辩证唯物主义和历史唯物主义观照找到了切实可行的路径。此外,在20世纪80年代,我们对人道主义思想还仅仅具有初步的认识,对这种思想充满恐惧和不信任感;而到了20世纪90年代,我们已经消除了恐惧和不安,可以用更客观、更坦然的态度面对人道主义。这表明我们的信念坚定了,不再担心外来的"精神糟粕"腐蚀我们的灵魂,这是历史的进步,是人们精神世界发生巨变的结果,也是欧美文学研究走向客观化、深入化、具体化的标志。"反精神污染运动"使我们重新思考人道主义这个概念,使其再次成为哲学、文学、社会学家热衷探讨的学术焦点问题。

20世纪80年代末、90年代初有许多关于人道主义思想的翻译著作问世。1988年,上海译文出版社出版了萨特的《存在主义是一种人道主义》,这部西方哲学重要著作在中国的出版有力地促进了中国对人道主义概念内涵的正确理解。汤永宽在这部译著的序言中指出:

> 在当前改革、开放的新形势下,中国的哲学、社会科学、文学研究工作者正通观世界,在物质与精神两个文明的建设事业中奋进,他们希望看到有计划有系统地认真翻译介绍这位著作浩瀚的哲学家、文学家的原著的出版,以期全面了解和研究这位在西方经常"处于左派与右派的交叉火力之下"的杰出人物的思想体系,从而予以马克思主义的恰如其分的评判。②

这篇写于1987年4月的序言代表了20世纪80年代末"反精神污染运动"

---

① 陈嘉:《关于外国文学的研究——兼论外语的修养》,《高教战线》,1984年第4期,第32—33页。
② 让-保罗·萨特:《存在主义是一种人道主义》,周煦良、汤永宽译,上海:上海译文出版社,1988年,"序言"第7页。

后中国知识分子对西方文化所采取的策略。对于西方的东西,首先要进行全面的了解,然后再对其进行评判,这正是马克思主义辩证唯物主义和历史唯物主义思想的体现。在"反精神污染运动"以后,有大量的翻译作品进入中国,这说明我们的思想进一步解放了,欧美文学在中国的译介已经形成了势不可挡之势,同时,这也从另一个方面说明我们对欧美国家的价值观念开始认真对待。

当时对于国外理论家、思想家著作的译介使我们有机会直接接触到国外哲学思想的研究成果。另一部关于人道主义的哲学译著《人的呼唤——弗洛姆人道主义文集》于1991年9月出版。在该书中,作者埃里希·弗洛姆指出:

> 马克思主义是一种人道主义,它的目标在于发挥人的各种潜能。(在马克思主义者看来,)人不是从观念和意识中演绎出来的,而是具有生理和心理特性的人;现实中的人,不是生活在真空中的人,而是生活在某一背景中的人。为了生存,人不得不进行生产。①

弗洛姆运用马克思主义理论对人道主义进行了深刻的阐释,这加深了我们对人道主义的理解。同时,对于马克思主义哲学思想的阐释也帮助我们进一步理解了马克思主义思想的精髓,认识到在马克思主义思想研究中的不同声音和不同观念,启发我们将马克思主义视为一种科学的而非僵化的理论。其实,马克思主义理论本身并不是一种封闭僵化的理论,而是建立在对其产生之前的哲学与文学研究成果进行综合吸收的基础之上。我们在运用马克思主义理论时,也必须注意从过去和当代的哲学与文化理论中吸收营养,才可以永远保持它的活力。真正的马克思主义者必须坚持实事求是的原则,脚踏实地地解决好我们的时代所面临的问题。

1993年9月,章韶华的四卷本著作《人类的第二次宣言:自然——人道主义导论》出版了,书中提出要把人道主义当成一种元概念。所谓"元概念",指的是"同任何事物的存在和运动一样,只有从自己的本性出发,以自己的本性为参照系,以实现自己的本性为目的时,才是唯一不会违反人类本性的"②。因此,作者提出:"显然,这种元概念,乍一看,似乎是与其他总观念最一般意义上的相同性或相似性,或如马克思所说的'类本性'的反应,也是人与人、人与自然、人

---

① 埃里希·弗洛姆:《人道主义精神分析学在马克思理论中的应用》,《人的呼唤——弗洛姆人道主义文集》,王泽应、刘莉、雷希译,上海:上海三联书店,1991年,第11页。
② 章韶华:《人类的第二次宣言:自然——人道主义导论》,北京:中国广播电视出版社,1993年,第3页。

与社会关系的最一般本质的反映。"①从元概念角度出发来讨论人道主义问题,表明作者从人的存在、人的本质这个最基本的出发点来研究问题的理论勇气和魄力。这种对人道主义的认识是从最广阔、最基本的视角对人的存在问题进行的思考,思考人道主义问题的这种新视角体现了新时期在人们的观念领域发生的天翻地覆的变化。

"反精神污染运动"之后,在欧美文学研究中,我们对人道主义思想的探索更加深入了。经历了"反精神污染运动"的洗礼,我们不再对人道主义一词谈虎色变。文学研究中,对"人道主义"思想主题方面的探索广泛而深入地展开了,特别是对狄更斯、雨果、哈代、托尔斯泰等文学巨匠的作品中表现的人道主义思想的研究数量众多。

文学的人道主义研究,其侧重点在于探索文学中表达的道德意识、人对自由幸福的追求、善对恶的胜利,这是"文化大革命"之后呼唤人性回归思想的余韵。"文化大革命"时期,"人道主义"概念是从属于"阶级论"的,20世纪80年代,"人道主义"概念才由"阶级论"转化为"人性论"。这种转化的意义在于,我们将"人道主义"从意识形态中分离出来,并将其作为一种人类生存的问题来重新认知并构建。在构建的过程中,我们是通过体验人的本质、想象人超越特定意识形态之上的思想自由来体验人道主义的,这是新时期初期我们在认识领域的一种显著进步。然而,在摆脱了意识形态重负之后,"人道主义"这一概念又被缚于"道德意识"的战车之上。有的学者指出:

> 我们至今没有把人道主义价值观摆到应有的位置上,在我国的道德体系中不见人道主义的身影,既非家庭美德,又非职业道德,也非社会公德,其实它是一切道德的起点,是起码的道德原则。人道主义道德原则,不过是承认每一个人的平等地位,自己是人,他人是人,人人平等。其实,一切道德原则都是处理人与人之间的关系的原则,没有人人平等的人道主义意识,还谈得上什么家庭之爱、朋友之谊、社会公正以及对社会、国家、人类之爱呢?②

将"人道主义"看作道德原则,将人道主义与尊重人、爱人的思想联系起来,在"文化大革命"结束后的中国新时期,是一种普遍的研究倾向,因为这是人们

---

① 章韶华:《人类的第二次宣言:自然——人道主义导论》,北京:中国广播电视出版社,1993年,第3—4页。
② 黄枬森:《关于人道主义和异化问题的讨论》,《北京大学学报(哲学社会科学版)》,2010年第1期,第10页。

反思"文化大革命"、走出"文化大革命"阴影的必然选择,这里蕴含着一个最简单的道理:尊重人、尊重生命是合乎道德的,不尊重人、不尊重生命则是不道德的。考虑到当时的历史背景,在结束"文化大革命"、步入新时期的最初阶段,这种认识是我们在反思"文化大革命"后做出的正确选择。

特定的文化语境使我们对人道主义的认识还基本停留在伦理道德的层面,所以我们倾向于将人道主义思想与道德意识放在一起进行研究。这种做法本身无可厚非,但问题是:欧美文学中的人道主义思想绝不仅仅是道德意识层面的人道主义思想,它是建基于西方文化土壤之上的,现代欧美文学中的人道主义思想丰富多彩,其表现形式多种多样,绝不仅仅与道德意识等同。比如萨特就称自己的存在主义是一种人道主义。如果我们把存在主义和具有存在主义思想的文学作品看成是不宣扬正能量、不弘扬正气的作品,那么,就会人为地把这些作品中对人生与社会的思考、对人类命运的忧虑看成是作家不关注社会道德的表现,这样的理解就会走向片面,就会认为萨特根本不是人道主义作家,就会将萨特和很多现代派优秀作家的思想财富打入冷宫。其实,萨特存在主义的人道主义精神恰恰表现为作家对人的生存意义的深度思考,在于作家对人类空虚的生存状态的忧虑和对传统思想荡然无存的感叹。作家之所以写人类生存状态的这种空虚感,是想从另一个侧面表达他们对人类命运的关注,而这正是人道主义精神的体现。我们虽然也承认存在主义是一种人道主义,但对很多具有存在主义思想的文学作品进行的研究中,更多地去关注这些作品中表达的存在主义式的困境,比如空虚感、焦虑感、荒诞性等,而对这些作品中蕴涵的另类的人道主义思想,我们的研究却并不深入。

其实,中国对于人道主义思想的讨论不仅仅局限于文学范畴,它更与政治联系在一起的。《外国文学研究》1979年第1期发表了沈国经的《昨日的人道主义与今日的封建法西斯主义》一文,文中将《复活》中的主人公聂赫留朵夫与"四人帮"进行直接对照。文章写得激情澎湃,与其说是一篇学术文章,不如说是文学研究者对那个束缚思想的历史时期的控诉。

欧美文学中的人道主义思想与基督教思想有很深的渊源。虽然西方人道主义是在中世纪以后作为基督教的对立面出现的,它强调以人为中心,而不再以神为中心,但是,西方人道主义的思想内涵与基督教的思想内涵却有着千丝万缕的内在联系,基督教关于人类友爱的核心思想也始终是人道主义最本质的要求。此外,西方的人道主义思想与古希腊文化也有密不可分的关系。古希腊罗马时期的人道主义探索了人的德行、善、肉体与灵魂的关系等问题,可以说,古希腊文明的出发点是人,古希腊文明关注的是人的需要、人的利益、人的幸福——这也同样是西方人道主义关注的主要问题。通过探索西方人道主义的思想渊源,可以看出欧美文学中的人道主义与中国的人道主义相比,二者的思想内涵是有很大差别的。同是人道主义概念,放在不同的文化语境中,其内涵和外延是不同的。离开欧美文学产生的社会文化语境,离开它所生长的宗教文化土壤,单纯地去看待欧美文学作品中的人道主义问题,就很容易陷入理解的误区。了解这一点,对于我们正确地理解和阐释欧美文学作品具有重大的意义。

受基督教博爱精神和希腊文化关注现世人生幸福等思想的影响,西方人道主义思想的核心内容之一就是对人的爱,很多伟大作家都在他们的作品中宣扬"爱",对一切人的爱,对所有同胞的爱。这种爱给予人,也给予动物,给予上帝创造的一切生灵。这种爱不需要任何条件、任何附加的因素,也不需要任何报答。法国作家雨果在其小说《悲惨世界》中就刻画了这样一位充满爱的主教的形象。小说中,主人公苦役犯冉·阿让因为偷了一块面包而入狱,又因为企图越狱而被延长了监禁时间,在监狱里待了19年之后终于刑满释放了。出狱之后,冉·阿让到处遭人白眼,找不到工作,整天忍饥挨饿,所以他再无法相信人性中的善,发誓一定要向社会复仇。这时,一位名叫米里哀的主教感化了他。这天夜里,又累又饿、走投无路的冉·阿让来到了教堂,主教米里哀像接待贵宾一样接待了他。他拿出教堂中唯一的一套银餐具,让冉·阿让使用,但是冉·阿让却恩将仇报,偷走了银餐具。当冉·阿让被警察押解回教堂时,出于对冉·阿让的怜悯,主教米里哀对警察说这套银餐具是他送给冉·阿让的,这使得冉·阿让免去了牢狱之灾。原本已经不再相信人性善良的冉·阿让深受感动和震撼,他决定洗心革面,重新做人。主教美好的心意和善良的品德拯救了冉·阿让的灵魂,冉·阿让从此行善积德,由一个苦役犯变成了一个有高尚道德情操的人。后来,他化名马德兰,经商致富,造福一方,成为市长。有一次,思想保守的警官沙威抓到了一个相貌酷似冉·阿让的人,沙威以为这个人就是当年逃走的冉·阿让,决定把他带回监狱服刑。为了拯救这个工人,冉·阿让不惜放弃自己现有的地位和名声,毅然决然地站出来,承认自己才是沙威要抓的那个冉·阿让。小说中所宣扬的爱、仁慈和善良都与作家雨果的宗教思想密切相关,在小说中,人道主义思想和上帝爱人的思想已经合二为一。

其实,人道主义思想的核心就是爱。古今中外的作家中,不乏悲天悯人之士,我国唐代诗人杜甫就是一个很好的例子。他深陷困顿之中,却时时关注社会"朱门酒肉臭,路有冻死骨"的痛苦场景。诗人自己仕途坎坷,不名一文,家中"布衾多年冷似铁,娇儿恶卧踏里裂。床头屋漏无干处,雨脚如麻未断绝",但在这种极端贫困中,他也能胸怀天下,一心希望"安得广厦千万间,大庇天下寒士俱欢颜"。在诗人看来,只要普天下的人都能得到幸福,"吾庐独破受冻死亦足"。像诗人杜甫这样具有普爱众生情怀的作家,更容易让我们将其与人道主义联系起来。无独有偶,英国19世纪浪漫主义诗人华兹华斯也对普通民众充满爱心,写过很多同情劳动人民疾苦的诗歌,因此,我们更容易理解、接受华兹华斯,把他看作一个关心社会生活、关爱他人的作家,也就是具有人道主义精神的作家。比如他曾写过《阿丽斯·费尔》一诗,记述了朋友亲身亲历的一件事情:有一个贫苦的小女孩,名叫阿丽斯·费尔,是一个孤儿。一天,小女孩唯一一件破旧的斗篷卷在车轮里被撕成了碎片,小女孩因此伤心地哭泣。"安慰和劝说全都没有用,/她坐在那里,抽泣不休,/看来,这可怜孩子的悲痛/永远永远也没有尽头。"[①]"这孩子哭得越来越悲切,/全为了那件稀烂的斗篷!"[②]在诗中,弄碎的只是一件普通的斗篷,而且原本已经破旧不堪,这在富人家的孩子看来,根本算不上什么,然而,对于穷苦的小女孩阿丽斯·费尔来说,这事却让她着实伤心,因为这是她唯一的斗篷。于是,诗中的主人公为小女孩买了一件簇新的斗篷。接过新斗篷,"她变得那样高兴,/阿丽斯·费尔,幼小的遗孤!"[③]小女孩的世界是冰冷的,因为她是一个举目无亲的孤儿,而那件新斗篷不仅带给小女孩身体的温暖,也带给她一个爱的世界。在《阿丽斯·费尔》一诗中,华兹华斯赞美了慈悲的力量。对于这个悲惨的世界,诗人的认识是深刻的,但他不怒不怨,而是用一个诗人的方式给冰冷的世界送去一份温情,为那饥渴的心灵洒上滴滴甘霖,这确实不可能彻底解决问题,然而,诗人的诗难道不能唤醒人们心中那奉献爱心的渴望吗?在我们看来,诗人这种关爱他人的慈悲情怀就是人道主义精神的体现。

但是,人道主义的内涵也不仅仅像关爱他人那样简单,而是包括很多其他因素。比如英国19世纪浪漫主义诗人济慈诗中的人道主义精神主要不是体现为仁慈、善良、宽恕这样的品质,而是体现为对现世人生的热爱、对美的追求,因

---

① 华兹华斯:《阿丽斯·费尔》,《华兹华斯诗选》,杨德豫译,桂林:广西师范大学出版社,2009年,第8页。
② 同上书,第9页。
③ 同上。

为济慈深受希腊文化影响。我们很容易把浪漫主义诗人华兹华斯看成人道主义者,因为华兹华斯同情现实生活中普通民众的疾苦;而对于与华兹华斯同时代的诗人济慈,我们却很难把他与人道主义思想联系起来,因为济慈主要关注心灵的欢乐。然而,事实上,我们不得不承认:只有爱人、爱生命的人,才会关注人的精神世界的充实与快乐。诗人济慈以审美的眼光看待人类的精神世界,这正是人道主义精神的体现。我们很难把济慈那些以美为载体,赞美生活、赞美生命的作品看成是人道主义思想的体现,说明我们对于欧美文学中人道主义思想观念的探索还有很大的局限性;另外,像萨特那样在作品中表现异化、书写人类的生存困境,这也是人道主义思想的一种体现。对我们来讲,这些都是关于人道主义的全新的理念,需要时间一点点地消化理解。

"反精神污染运动"以后,人们开始研究马克思主义与人道主义之间的关系。经过探索,人们普遍认识到马克思主义哲学其实是一种人学,马克思主义涉及的最基本的问题是人的存在问题,是人如何超越异化、人性如何回归的问题。这种哲学上的研究成果反过来对欧美文学研究也起到了促进作用。我们认识到,必须摆脱庸俗文学社会学的研究范式,因为既然马克思主义哲学是人学,那么马克思主义指导下的文学研究必须以事实为根据,其目标应该指向人类的幸福、人类对异化的超越。我们认识到,在文学研究中,绝对不能打着马克思主义的旗号,用所谓的阶级性来代替人性,为文学作品加上政治性的标签。正是"反精神污染运动"使我们从理论上认识了马克思主义与人道主义思想之间的关系,从而不再将马克思主义当作人道主义的对立面,这对于消除文学研究的、阶级论论调起到不可忽视的作用,而且也把我们对马克思主义文艺学的认识提升到新的层面。

二、对"异化"问题的反省与认识

如果说"人道主义"是一个很敏感的概念,那么"异化"这个概念则更容易引起人们对于"精神污染"的担忧。有学者指出:

> 自一九七八年以来,见之于报刊的就有600余篇讨论文章,其中有相当数量是宣传社会主义社会存在异化的,他们把旧社会的各种残余和影响造成的不良现象,以及人们认识上出现的偏差,都笼统地归之为"社会主义异化"。这种观点集中地表现在四个方面:第一,认为我国社会主义社会各

方面都存在异化,不仅有思想上的异化,而且有政治上和经济上的异化;第二,认为当前我国社会主义社会仍然存在着劳动的异化,而且这种劳动异化与资本主义社会的劳动异化没有什么根本区别;第三,认为形成我国社会主义异化的根源,在于社会主义制度本身;第四,用克服所谓异化的观点来解释当前的改革,认为进行改革的指导思想是"异化"的理论。①

在这里,"异化"这个概念被赋予很强的政治性色彩,文章批判了关于"社会主义异化"的论调。我们所理解的"异化"基本是一个负面的、含有贬义的词汇。社会主义异化论的出现动摇了人们对共产主义的信念,是"精神污染"的主要表现。不过,改革开放已经让人们学会了独立思考,人们开始从哲学的角度、从文化的角度探索"异化"这个概念。这样,经历了"反精神污染运动"的洗礼,人们的思想逐渐成熟,不但没有让"异化"成为令人谈虎色变的概念,反而使其在各个知识领域的含义被充分挖掘出来。

关于"异化"这个概念的渊源,还有学者指出:

> 异化是一种社会关系,是一种历史的、社会的整体状态。在这种状态中人与人之间的关系以物与物之间的关系表现出来,通过人的物质活动和精神活动创造出来的产品、社会关系、制度和意识形态,作为异己的、统治人的力量同人相对立。异化概念最初是由黑格尔在哲学上加以发挥的。黑格尔、费尔巴哈和马克思是最初明确论述异化问题的三位思想家,他们的解释构成了当代哲学、社会学和心理学界关于异化的一切讨论的出发点。②

"异化"是现代社会的一个普遍现象,任何一位严肃的文学家都不能不关心"异化"问题,但文学对"异化"问题的关心与哲学、社会学、心理学不同。文学主要是通过研究人面临"异化"时所产生的情感危机、信仰危机、生存危机来对"异化"问题进行探索的。人类要想实现人性的完整,获得精神上的满足感,就必须要消除"异化"的生存环境所造成的异化感。这种"异化"应该如何表现,又应该如何得到解决,这正是文学家们孜孜不倦探索的问题。几乎所有的现代派作家都在寻求以最好的艺术形式来表达现代社会中的异化感。我们只要简单看看欧美文学中的现代派文学思潮,就可以发现作家们是如何用艺术来探索"异化"问题的。美国20世纪50年代形成了"垮掉的一代"文学流派。这派作家讨厌

---

① 钱裕:《"社会主义异化论"是违背马克思主义的》,《求是学刊》,1984年第2期,第1页。
② 郭嘤蔚:《法兰克福学派异化理论研究》,《学习与探索》,2007年第1期,第60页。

工业文明,以放纵、颓废的方式来反抗社会,表达对现实的不满。这种情绪充斥在他们的文学作品中。"黑色幽默"是20世纪60年代在美国出现的文学流派,这派作家热衷于表现人世的荒诞性、混乱状态和神秘状态,热衷于用喜剧的方式处理悲剧的内容。在这样的作品中,我们根本无法找到道德的坐标,但如果因此就认为这些现代派文学宣传了不健康的思想则是很狭隘的。

现代社会的"异化"现象在欧美文学的现代派作品中得到了广泛而充分的表现,与传统现实主义手法大相径庭的现代派艺术技巧为"异化"主题提供了广阔的展示空间。无论是"异化"的主题,还是现代派的文学技巧,对于中国的文化语境而言都是陌生的。因此,我们在对欧美文学,特别是现代派欧美文学的接受过程中产生了许多误解。在中国的学术界,一些学者对西方现代派文学作品中描写生活的荒诞性、空虚感、乏味感感到担忧,如陈嘉先生在1984年发表的一篇文章中这样评述西方文学界推崇备至的剧作《等待戈多》时,他写道:

> 《等待戈多》之所以在西方文学界得到很高评价,无非是由于作者在表现手法上标新立异,更因为他在剧中把受苦受难的流浪者与奴隶描绘成为愚蠢低能而又驯服的人物形象,这些正好符合了西方资产阶级的要求。我们在研究、评论介绍这类作品时决不能跟着国外评论家的调门吹嘘,把这样一部有着明显消极(倾向的)作品看成是伟大的艺术珍品。尽管我们的外国文学工作者,为了知己知彼,应当了解和评介各种类型的西方文学作品,但在了解和介绍这些消极颓废的作品时,我们必须从有利于我国社会主义精神文明建设的需要出发,作出恰当的分析和批判,以防止这些不健康的东西对于我国文艺界以及广大读者产生精神污染。①

当时,这种看法很有代表性。长期以来,我们把现实主义文学作品描写社会生活、体现作家积极入世态度、宣传道德信念等因素看成是好的文学必备的要素。比如,在很长一段时间内,我国的英国文学史书都把英国浪漫主义诗人分成积极浪漫主义诗人和消极浪漫主义诗人。不过,即使我们不为文学贴上明显的道德标签,我们习惯性的做法仍然是从作品中去寻找我们心目中的思想道德原则,这种思想道德原则从广义上来概括,就是我们所追求的真善美。凡是不符合表达真善美思想主题的作品,就很有可能被指责为消极的、思想不健康的作品。正是这种思维定式,使我们在初遇现代派文学时感到强烈的不适应,以至于将现代派文学中描写的"异化"现象当成了"精神污染"的元素。

---

① 陈嘉:《谈谈荒诞派剧本〈等待戈多〉》,《当代外国文学》,1984年第1期,第5页。

西方现代派作品通常不会表达明确的道德主题,而是倾向于用创新的艺术形式来抒写人类的生存状态,并对各种社会问题进行思考。这种思考并不与现存的任何一种道德准则、价值观念画等号。这样,从现代派文学作品中,我们很难找到在传统现实主义小说中很容易看到的明确的思想道德观念。很多时候,在我们看来,现代派作品的艺术技巧是全新的,思想是朦胧不清的,而且有些作品思想表达含混,道德倾向不确定,这些都会使我们对这些作品的思想价值和艺术价值产生怀疑。不过,随着对欧美文学作品引进力度的加大,随着研究的深入,我们已经对这些问题有了更加客观的认识。

改革开放十余年之后,范大灿在1994年发表的文章《异化·对象化·人道主义——卢卡契的异化论》中把异化思想和人道主义思想联系起来。他在文中写道:

> 异化作为人道主义的对立面,实际上是人们以人道主义理想为参照在现实中,在人的实际存在中所发现的与这一理想相对立的东西。因此,人们之所以对异化现象如此敏感,以致要在理论上探讨它,或用艺术手段描述它,那是因为人们心中怀着人道主义理想,或者受人道主义传统的影响,不管这种影响是在明确的意识之中,还是在潜意识之中。试想,如果不是按照原来的理想(人应当是完整的,全面发展的),人们怎么会认为资本主义的分工是对人的肢解呢?如果不是把享有自由看作是人的基本要求,人们怎么会感到人在异化了的现实中处处受束缚呢?如果不是认定人是世界的主体,人们怎么会面对由人自己创造的对象世界而觉得人变成了受操纵的客体呢?如果不是设想个人与社会的关系应当是和谐一致的,人们又怎么会产生这样的感觉:社会把个人看成异己,个人把社会当作与自己敌对的力量呢?另外,像在文学作品中所写的孤独感、虚无感、失落感、生活无意义、个性丧失、无能为力等等,也都是由于自觉或不自觉地以人道主义理想与异化了的现实相对照而产生的主观感觉。很难设想,在一个根本就没有人道主义传统的国家,会有人觉得异化是一个值得倍加重视的现象;同样也很难设想,一个与人道主义思想毫不沾边的人,会关注异化问题,所以,美国学者福伊尔科希特在《异化:从过去到未来》一文中说得对:"我们模糊地感觉到和描绘为现代异化的东西,显然开始于18世纪中期。它产生的前提是文艺复兴、人道主义的观念或人的理想;每个个人都代表整个人类,他本身就是目的,有资格享受自由的和有尊严的生活。"

这也就是说,人道主义理想是所有异化理想的前提。不论是马克思的或卢卡契的异化论,还是存在主义的或新弗洛伊德主义的异化论,也不论是对异化的理论表述,还是对异化的艺术描写,它们的出发点都是人道主义。①

把具有人道主义思想看成是对"异化"问题进行思考的前提,这种认识是很深刻的,它有助于我们纠正对欧美现代文学的一些误解。一部作品究竟是否健康,评价它的准绳不应该仅仅局限于真善美。正如范大灿先生所说,一个与人道主义思想不沾边的人是不会关注"异化"问题的。的确,一个作家关注和描写人的孤独感、虚无感、失落感,是因为他心中有人道主义思想这样一个坐标,他是按照这样一个坐标来思考人类所面临的种种问题并努力找寻答案的。

概括起来讲,我国欧美文学研究中关于"异化"问题的研究主要在两个方面取得了成效。一方面,是对"异化"的概念进行了探索研究。长期以来,我们对"异化"产生了一种含糊的、负面的印象。经历了"反精神污染运动",人们对"异化"现象的研究更加深入了,"异化"现象被公认为是一种客观的存在。人们不再害怕"异化"这个概念,不再躲避作品中对"异化"的表现,不再将"异化"放在单纯而狭隘的政治语境中来思考,"异化"主题成了人们探索欧美文学作品时的热门话题,对其研究层出不穷,逐步深入。关于异化文学的研究,因为"异化"与现代派文学的密切关系而获得了话语权。另一方面,对"异化"主题的探索也开拓了人们的思路。人们对文学中"异化"主题的研究更加深入而细致,也更能从文化和哲学的深度去看待"异化"问题。其实,我们对于人道主义思想的认识、对于"异化"问题的认识正是遵循了邓小平关于"解放思想"的教导。邓小平指出:"我们搞四个现代化,不开动脑筋,不解放思想不行。什么叫解放思想?我们讲解放思想,是指在马克思主义指导下打破习惯势力和主观偏见的束缚,研究新情况,解决新问题。"②

我们对于"异化"问题的认识是逐渐深入的,对卡夫卡的研究就很能说明问题。早在1966年,作家出版社就出版了卡夫卡的六篇小说《判决》《变形记》《在流放地》《乡村医生》《致科学院的报告》和《审判》,当然,当时是作为反面教材在内部发行的。新时期到来,卡夫卡在中国的命运随之改变。1979年,《世界文学杂志》刊登了李文俊翻译的《变形记》,并发表了比较全面、系统评介卡夫卡的文章。卡夫卡显然不属于传统的现实主义作家,新时期的研究者认识到,我们

---

① 范大灿:《异化·对象化·人道主义——卢卡契的异化论》,《外国文学评论》,1994年第1期,第62页。

② 邓小平:《邓小平文选》(第二卷),北京:人民出版社,1994年,第279页。

不能以传统的现实主义标准来衡量卡夫卡的创作,卡夫卡对社会现实的揭示是深刻的,他用独特的创作手法增强了艺术的表现力。新时期之初,我们已经认识了卡夫卡作品中所表现的那部分社会现实,但是,我们还没能立即用"异化"这个词来描述卡夫卡作品的重要主题。

关注卡夫卡作品中的"异化"主题,这应该说是卡夫卡研究中的一个重大的进展,因为我们终于找到了一个比较恰当的字眼来概括性地描述卡夫卡所写的社会现实。对"异化"主题进行探索,表明我们已经摆脱了将现实主义奉为唯一经典的做法,走上了解放思想、研究实际问题的学术之路。但是,对于文学中"异化"主题的研究也不容乐观,因为重复性、表面性的研究多,而开拓性、突破性的研究比较欠缺。只要清理一下我们的研究成果就不难看出,我们对于文学中"异化"主题的认识基本没有超出哲学上对"异化"概念的阐释,对卡夫卡的作品《变形记》中"异化"主题的相关研究就体现了这一特点。在这部作品中,主人公格里高尔在种种社会和生活的压力下变成了虫,然而,作为虫子的格里高尔,仍然保持着人的意识。他在无名的恐惧中挣扎着,被孤独缠绕着,最终他变形了,分裂了,直到死去。卡夫卡用想象描绘了被"异化"的人的样子。人遭到压迫,被整个社会所压迫,被某种无形的力量所压迫,在重重排挤中,人不能像人那样过上自由的生活,只能像虫子一样过着浑浑噩噩的日子。这种"异化"是人与自身、人与社会之间形成的不均衡、不协调的关系。回顾我们的研究,我们对卡夫卡的理解并没有超出作品中所表现出来的这种思想。卡夫卡的《变形记》成了我们解释"异化"的一个宝典,这主要是因为《变形记》形象地表现了"异化",把一个复杂的概念用简单的图示表达出来,而这种以形象来表达抽象概念的思维方式正是典型的中国式的思维方式。在庄子哲学中,很多抽象的哲学原理也是用形象的寓言故事来表达的。卡夫卡关于人变成虫的故事也是一个寓言,作者用这样一个寓言故事来诠释"异化"这种复杂的社会现象,成功地为抽象的概念赋予形象的符号,而这种做法很适合中国人的思维习惯。

在探索文学作品的"异化"主题时,仅仅诠释作家是如何描绘"异化"现象的,探索"异化"是如何在作品中得以表现的,研究"异化"主题是如何被作家所理解,并印证这种理解与哲学家、社会学家、心理学家等对此现象的研究结论相符合,这些还远远不够。我们还应该探索:作家在书写"异化"现象的时候提出了什么样的问题,这些问题与哲学家、社会学家所提出的问题有什么异同?"异化"现象是否对作家艺术风格的形成产生了影响?现代文学思潮与"异化"现象的关系体现在哪里?不同的作家在表现"异化"主题时有什么样的特点,他们的思想有哪些创新,又存在哪些局限?"异化"这个概念,如果不仅仅将其当作文学作品表现的主题,是不是也可以用其来概括近现代以来文学领域中的一些现象?比如说,正像在社会领域出现"异化"一样,在文学领域,各种稀奇古怪的文学主张和文学流派也纷纷登场,可不可以认为,这些现象也是文学领域所出现的"异化"呢?以此类推,我们的外国文学研究中是否也存在"异化"现象呢?例如,文学研究理论的作用原本是帮助我们使研究走向深入,而在当今外国文学研究理论热的驱动下,让我们被现成的理论牵着走,外国文学研究变成在理论的泥淖里打滚,这种现象是不是文学研究"异化"的表现呢?这些问题还有待我们做进一步的研究。

三、反对文艺作品商业化的问题

"反精神污染运动"的一项重要内容就是反对一切向钱看,反对文艺作品的商业化倾向。邓小平指出:"这种'一切向钱看'、把精神产品商品化的倾向,在精神生产的其他方面也有表现。有些混迹于艺术界、出版界、文物界的人简直成了唯利是图的商人。"[①] 20世纪80年代初,中国在向西方学习的过程中,文艺商品化的倾向已经初露端倪。应该如何认识文艺商品化的倾向呢?其实,文艺商品化是市场经济的必然结果。商品化本身是一种客观存在,文学艺术作为人类的一种精神产品,像其他产品一样,也必须通过流通等环节才能体现其价值。当文学作品成为商品,进入市场,才可能有更多的人认识它、了解它,使它不再被束之高阁。艺术作品商品化之后,更能够刺激人们去理解、欣赏和享受艺术作品,特别是那些具有较高的思想含量和艺术含量的作品;反过来,艺术作品的商品化也能给作家带来经济上的利益,从而为他们营造更好的创作条件,激发他们的创作热情。但同时也要看到,文学家的工作是无法单纯用金钱来衡量的,因为他们是人类精神产品的生产者。不过,艺术作品如果能够成功地进入市场,经受住市场的检验,这却不是坏事,因为通过这种检验,艺术家能够更加深刻地认识到他与这个时代的关系,认识到一个作家的使命。所以说,商品化是好是坏,并不在于商品化本身,而在于我们如何看待商品化,以及如何利用商品化来提升我们的精神产品的质量。

---

① 邓小平:《邓小平文选》(第三卷),北京:人民出版社,1993年,第43页。

新时期以来，随着改革开放的深入发展，我们的出版业也转向了企业化体制。在这种情况下，出版业面临着严峻的生存挑战。作为出版单位，出版社要想生存下去，必须考虑经济效益，而经济效益的好坏取决于出版社所生产的精神产品是否受欢迎。这些精神产品能否最终赢得市场，是出版社能否获得经济利润的关键。也就是说，艺术产品的商品化使艺术产品同时具有了商业价值和审美价值，如何处理好商业价值和审美价值之间的关系就成了一个重要的问题。

邓小平所说的"一切向钱看"，指的就是单纯追求艺术产品商业价值的做法。改革开放以来，中国出现了西学热潮，民众中产生了强烈的了解西方文化艺术的热情。在这种情况下，一些商家急功近利，为了迎合大众的口味，大量引进外国的文学艺术作品，却忽视了文学艺术作品的质量。还有一些出版单位盲目追求利润，在翻译人才不足的情况下，大量翻译外国文学作品，很多被粗制滥造、翻译或者重译并出版的外国文学名著和外国名著系列作品充斥着图书市场，这影响了人们对外国文学精品的了解。新时期，中国特别注意出版诺贝尔文学奖得主的获奖作品。应该说，绝大多数诺贝尔文学奖得主的获奖作品的翻译质量是很高的，但也有部分出版社过分追求经济效益，一旦得知哪位作家获得了诺贝尔文学奖，便立即组织人力，将其单部作品分为几个部分进行翻译，最后再粗糙地整合。这样做，翻译的周期被极大地缩短了，但是翻译的质量也随之大打折扣。对于这种现象，冯骥才先生批评说，这是糟蹋了精品。的确，世界一流的文学经典作品凝聚着作家的智慧和对人类社会生活的深度思考，作品中所涉及的文化内涵、艺术风格、作家思想倾向等都是我们在翻译作品时必须要认真对待的问题，而译者风格的一致性、译者对作品和作者的熟悉程度等因素都直接关系到译作的质量，而这些因素不可能在速成的译作作品中得到充分的体现。在多人合作翻译的情况下，译者的语言表达习惯各不相同，翻译风格各不相同，这势必影响译作的整体质量。从长远来看，这种糟蹋精品的做法是得不偿失的。读者一旦接触到译作糟糕的质量，他们也许就不再对诺贝尔奖得主的作品感兴趣，所以对经济效益的过分追求最终只能是摧毁人们对于经典的喜爱。更有甚者，一些二、三流的文学作品也被大量地翻译出版，这些东西确实会带来"精神污染"。在这种情况下，提出反对文艺作品商业化是正确的，这一指导思想及时地纠正了不分良莠引进外国文学作品的现象，对推动欧美文学的引进、翻译和研究朝着健康的方向发展起到了不可忽视的作用。

从长远来看，在绝大多数情况下，文学艺术作品的商业价值与其审美价值是成正比的。实践表明，只有真正具有艺术价值的艺术品才能经得住时间的考验,体现出其长效的价值,所以,一部具有很高商业价值的文学作品通常也具有很高的审美价值。也就是说,商业价值和审美价值并不是对立的,二者完全可以在艺术作品中共存。新时期以来,欧美文学的经典作品以及由这些作品改编的影视剧在中国广为流传,这对广大人民群众走近经典,熟悉经典起到巨大的作用,也为我们向西方学习、解放思想提供了更多的机遇。

邓小平还指出:

> 现在有些青年,有些干部子女,甚至有些干部本人,为了出国,为了搞钱,违法乱纪,走私受贿,投机倒把,不惜丧失人格,丧失国格,丧失民族自尊心,这是非常可耻的。近一两年内,通过不同渠道运进了一些黄色、下流、淫秽、丑恶的照片、影片、书刊等,败坏我们社会的风气,腐蚀我们的一些青年和干部。如果听任这种瘟疫传布,将诱使许多意志不坚定的人道德败坏,精神堕落。①

确实,同世界任何其他地区的文化产品一样,西方的文化产品也是鱼龙混杂,良莠不齐,如果不加限制,听任它们统统涌入中国,在中国的大地上横冲直撞,最终,我们的人民,特别是正在成长的青年,将会受到西方文化中糟粕的污染,我们的精神文明建设也将遭受不利的影响。然而,我们不能因噎废食。我们必须要学习西方先进的东西。只有敞开胸怀,努力学习,我们的国家才能走上繁荣昌盛的道路。西方文化要学习,西方文化产品要引进,同时,我们也反对不加区别地引进西方文化,而强调批判性地吸收西方文化。

应该如何批判性地引进和介绍西方文化呢? 邓小平指示说:

> 我们要向资本主义发达国家学习先进的科学、技术、经营管理方法以及其他一切对我们有益的知识和文化,闭关自守、故步自封是愚蠢的。但是,属于文化领域的东西,一定要用马克思主义对它们的思想内容和表现方法进行分析、鉴别和批判。西方如今仍然有不少正直进步的学者、作家、艺术家在进行各种严肃的有价值的著作和创作,他们的作品我们当然要着重介绍。但是,现在有些同志对于西方各种哲学的、经济学的、社会政治的和文学艺术的思潮,不分析、不鉴别、不批判,而是一窝蜂地盲目推崇。对于西方学术文化的介绍如此混乱,以至连一些在西方国家也认为低级庸俗或有害的书籍、电影、音乐、舞蹈以及录像、录音,这几年也输入不少。这种

---

① 邓小平:《邓小平文选》(第二卷),北京:人民出版社,1994年,第337—338页。

用西方资产阶级没落文化来腐蚀青年的状况,再也不能容忍了。①

"文化大革命"期间整整十年的与世隔绝,加之对马克思主义思想的歪曲理解,使得国人备受摧残,这一切,都促使我们在新时期之初急切地渴望了解外面的世界,所以对外国文学的翻译,特别是西方文学作品的翻译和介绍出现了热潮。大范围开展外国文学作品的译介活动,一方面让外国文学引进呈现出欣欣向荣的局面,另一方面,由于作品选择上的粗心大意,泥沙俱下的情形也时有发生。在这种情况下,中央要求清除精神污染,批判性地吸收、引进健康的文化产品是具有远见卓识的。事实上,"反精神污染运动"以后,大量的欧美文学经典作品被翻译过来,对西方现代派的认识也从启蒙走向深入。

当时在大量引进欧美现代派文学作品的同时,我们对于欧美现代派文学所赖以生存的文化土壤及其思想根源的理解明显地落后了。在这种情况下,欧美现代派文学中所描写的很多负面的东西就渗透到中国社会中来。这其中有多少是出于现代派文学的本意,有多少是我们理解过程中产生的歧义,没有办法统计,但像这样对于现代派文学半生不熟地理解,生搬硬套地将现代派文学中所描写的种种现象与中国的社会现实对号入座,全然不考虑欧美作家在表现这类社会问题时所面临的特定文化语境,这种接受方式在一定程度上造成了我们的思想混乱。欧美现代派文学究竟是否有利于我们的社会和人民,这成了当时人们心头挥之不去的疑问。

我国文化界对欧美现代派文学抱着矛盾的态度,既渴望走近它、了解它、认识它,又担心掌握不好接收现代派文学的尺度。另外,在文学领域,长期占据中国文学市场的欧美文学作品多属于现实主义和浪漫主义文学作品,对于欧美现代派文学中表现出的大胆思想和抛弃传统的创新性艺术手段,人们一时间难免会出现不适应的现象。然而,尽管经历了历次政治运动对文学的冲击,文学研究者、翻译者心有余悸,对英美现代派文学怀有种种心理戒备,尽管欧美现代派文学标新立异的思想和创作手段令我们颇感不适,但是,引进欧美现代派文学已经是箭在弦上,不得不发了。

欧美文学研究者们也通过自己的研究来探索怎样才能既学习西方先进的东西,同时又避免外来文学中那些糟粕的东西给我们带来不利影响。1985年8月,南开大学出版社出版了朱维之、赵沨主编的《外国文学史》(欧美部分),该书荣获国家教委优秀教材一等奖。在该书的序言中,作者提出要用历史唯物主义

---

① 邓小平:《邓小平文选》(第三卷),北京:人民出版社,1993年,第44页。

的观点来分析和鉴别外国文学,用历史唯物主义的观点来科学地评价各种文学现象、作家作品。对历史上起过进步作用、反映了人民利益的作家作品,我们要肯定,要继承;对那些宣传没落思想的作品,我们要对其进行有理有据的批判,从而清除其消极影响。序言中写道:

> 当然,历史主义的评价和革命的批判精神是一致的。我们对过去的优秀作品,作出肯定性的评价,并不意味着对它们就可以不加分析地继承,由于时代和阶级的原因,它们带有不可避免的局限,又由于历史条件的变迁,其中某些进步的东西到今天可能已经失去其积极意义,甚至可能走向了它的反面。因此,我们必须对事物进行全面的考查而不能偏废。另外,历史的评价和美学的评价也应当兼顾。我们要重视那些思想上健康,艺术上有成就的优秀作品;同时,对于那些思想倾向不明显,甚至有某些错误,而艺术上有独创性、有可取之处的作品,也应当作出恰当的科学的评价。①

这些言论响应了"反精神污染"的号召,强调用历史唯物主义观点对待外国文学作品,并将文学作品是反映人民群众的利益还是代表统治阶级的利益作为区分进步作品和反动作品的分水岭。

在上面的这段引文中,作者将"历史主义的评价"和"革命的批判精神"画了等号,这说明作者不赞同以意识形态主导文学的单一化、简单化的外国文学批评模式。在这里,"革命的批判精神"被具体地加以分析,所谓"革命的批判精神",指的就是在对待外国文学作品时,我们不能搞一刀切,而要对这些作品进行全面的考察分析,并给予科学的评价。作者还特别指出,对于思想倾向模糊,但是艺术上有独创性、有可取之处的作品也要给予恰当的、科学的评价。在 21 世纪的今天,这种提法看起来并没有什么新奇之处,但是,我们不应该忘记的是,这部文学史出版于 1985 年,那是新时期之初,人们的思想刚刚走向开放,面对以排山倒海之势涌入中国的外国文学作品,特别是现代文学作品,无论从学术上还是从政治思想上,我们都无法立刻理清自己的思路,确定一种基本的接受外国文学的态度。在这种情况下,肩负着"反对精神污染"的重大任务,我们既不能对外国文学作品中不符合我们主流意识形态的思想一概抛弃,也不能囫囵吞枣地接受外国文学带给我们的一切东西。这段文字用"革命的批判精神"来概括性地阐发我们对待外国文学作品的历史唯物主义态度的具体内涵,因此可以说,在当时那种历史情况下,这段文字是具有指导意义的。通过外国文学工作者的探索和研究,"反精神污染运动"

---

① 朱维之、赵沨主编:《外国文学史》(欧美部分),天津:南开大学出版社,1985 年,第 50 页。

成了一次让我们更充分、更全面地了解外国文学的机遇,这为以后欧美文学在中国出现热潮奠定了基础。

第四个问题：

以经典作家为例谈谈20世纪90年代以来我国欧美文学研究具有哪些特点？

莎士比亚研究是一个世界性的文学研究。莎士比亚研究历史悠久，范围广阔，包罗万象。纵观文学研究的历史版图，莎士比亚研究是色彩最突出的一个板块。不仅欧美国家研究莎士比亚，亚非国家也毫不示弱。莎士比亚不是英国的莎士比亚，而是世界的莎士比亚。每年有关莎士比亚的学术著作在世界各地争相出版，不计其数。

最值得一提的是有专门的学术期刊密切关注莎士比亚研究动态，引领莎士比亚的研究方向。《莎士比亚研究》是世界性莎士比亚研究学术期刊，由菲尔莱·狄金森大学出版社和联合大学出版社（Cranbury，NJ：Fairleigh Dickinson University Press；London：Associated University Presses）每年出版一册。该学术期刊的编辑是莎学专家李·贝罗（Leeds Barrol）。这个期刊力求不断地创新，近期增加了一个新的议题，就是按照目前莎学研究情况对莎学专家们进行一个评估，以此来梳理莎学研究的发展脉络，并探索莎学研究的前进方向。这一议题产生以来，已经吸引了许多学者一展身手，品评专家们的作品。这不仅是对莎学专家们的一次挑战，也是让广大的莎学学者尽快地接触和了解莎学主题的一个良好的方式。《莎士比亚季刊》1950年由美国莎士比亚协会创办。这个季刊的宗旨就是探索研究莎士比亚的新视角。这些专门的莎士比亚研究学术刊物把焦点放在莎学研究的前沿和创新发现上。这一方面开拓了莎学研究的新领域，凭借欧美研究莎学的优势，站在了莎学研究的前沿；另一方面也为莎学研究成为学术研究的常青树做好了准备。专门研究一位作家的学术期刊能够保证几十年长盛不衰，足以体现莎学研究的魅力。

当然，必须承认，莎学研究的魅力除了因为莎士比亚是一位前无古人、后无来者的作家以外，还有欧洲以外的世界其他地区莎学热的推动作用。莎士比亚因为伟大的文学成就为世人瞩目，又因为为世人瞩目而经久不衰。

西方莎学研究体现出以下的态势：第一，涉及面之广令人应接不暇，如主题研究、人物研究、戏剧艺术手段研究、语言研究、戏剧独白研究、莎剧的个案研究等。更可观的是，每一方面的研究都做得极其细致，如人物研究方面，不仅有莎剧中的主要戏剧人物的研究，还有小人物的研究。人物类别的研究也蔚然成风，如对莎剧中丑角的研究、莎剧中女性人物的研究、历史人物的研究等，不一而足。可以不夸张地说，文学研究所及之处都有莎士比亚的身影。第二，就研究方法上讲，莎士比亚研究中融入了各种现代的文学批评理论。值得一提的是，这种尝试不是粗糙地运用某些文学理论去解释莎士比亚的作品，而是比较透彻地深入到文本中，通过莎士比亚戏剧中的语言描写来分析文本，灵活运用理论来解决实际问题。例如，在运用精神分析理论分析莎剧中的人物时，戏剧人物被变成了现实中的人物。这样的转变使得分析者把人物放在了剧本的语境以外的社会层面来分析，既体现了精神分析批评流派自身的特点，又反映出研究者触及现实生活的脚踏实地的精神。虽然现代文学批评的诸多方法介入了莎士比亚的研究，但是莎士比亚研究中从来都没有放弃传统的文学批评方法。如对莎剧的冲突、戏剧矛盾方面的社会学文学研究直到今天仍然存在。既接纳现代文学批评理论又不放弃传统研究的思路，这使得莎士比亚研究像莎士比亚的作品一样恢宏壮阔。莎士比亚研究是各种文学批评理论的巨大的实验场。莎士比亚作品的丰富性，使各类的文学理论，传统的或现代的，都能找到用武之地。第三，比较突出的研究态势是历史语境的介入。历史剧是莎剧的一个重要的组成部分，研究中历史语境的介入是当然的。问题是应该如何让历史的语境介入到莎士比亚的研究中？这个问题，西方学界解决得比较有创意。他们从莎剧的历史外研究历史。例如，莎剧中提及了某一历史人物，研究者便会跳出文本，到历史中去找到有关这一人物的资料，然后再回到文本，进入文本。这一出一进之间便产生了比较意识，这样，研究者获得了一个新的视角，可以以此审视历史人物是如何被莎士比亚诠释的。第四，莎士比亚的作品内部文化的研究是西方莎士比亚研究中的一大看点。"作品内部文化"指的是与现实中的文化所区别的文本自身所描写和创造的文化。比如，有的研究者研究莎士比亚的戏剧中的物体，像衣服、摆设、纺织品之类。戏剧中出现的物体当然有对现实世界物体的参照，但是并非是完全一模一样的。作品中的物体并非仅仅是物体，它更是一种文化的符号。只有为数不多的大作家才可以在自己的作品中形成文化，如曹雪芹的《红楼梦》有饮食文化、服饰文化、表演文化。作家描写的这些文化原本是以现实生活为依据的，但在作品中又进一步变形。研究者们把融入了作家思想的文化因素从作品中提炼出来，通过他们的研究再一次使之与现实世界产生某种联想，成为现实世界文化的一部分。"作品内部文化"从外到内，又从内到外，对现实生活产生影响，这就是这种研究的奇妙之处，也是研究者在莎学研究中的突破点。第五，莎学研究中具有突破性意义的另一个研究是标点符号的研究。标点本身是无意义的，在我们普遍的意识中，标点只是表明语言中间的停顿。但莎士比亚是语言的大师，他对于标点的运用也不同凡响。标点不仅是莎士比亚表达情感的载体，也是语言音乐性的需要。看似无意义的标点在莎士比亚的笔下却可以传播思想情感。正是基于这种认识，一些莎学研究者在这方面投入了精力。第六，联系式研究方式也成为当今莎学研究中的一大奇观。例如，在研究标点问题时，一些研究者将标点问题与当时的印刷业联系起来看。印书的美观和实用性有可能影响标点的标注。这种细微处的问题导向又把莎剧研究的目标引向了莎剧书写方式如何受到当时印刷业的影响这样的问题。可见，莎学之于西方，若红学之于中国，其普遍性和研究的持久性、世界性，很难有其他的研究能够望其项背。

莎士比亚在中国几乎可以说是家喻户晓，仅以学术期刊《外国文学研究》所发表的论文为例，便可见中国学界对莎士比亚研究的重视。

《外国文学研究》自1978年9月创刊，到2004年8月已出刊108期。据不完全统计，约刊发莎士比亚研究论文、国内外莎士比亚学术研讨会综述等128篇，平均每年推出4～5篇。这些文章遍及莎学的多方面，偏重于莎士比亚的总体评论（中国人的莎士比亚观）、莎士比亚经典作品（包括《哈姆莱特》等剧作与十四诗等诗作）的专论，莎士比亚戏剧与中国戏曲（剧）的比较，以及莎士比亚诗剧的特殊的艺术表现（包括语言的运用技巧）的探究。①

中国对莎士比亚的研究是大规模、高强度、全方位的研究；研究内容几乎无所不包，研究深度也在不断增强；而且中国的莎士比亚研究历史悠久，参与者中不乏学术泰斗。

以莎士比亚研究为例来分析中国欧美文学研究的特点具有代表性。莎士比亚是一位戏剧家，而中国文化也以诗与戏剧突出。在中国的民间与宫廷都有逢年过节唱戏的传统。虽然中国的戏曲与莎剧形式不同，但是戏剧矛盾和戏剧

---

① 王忠祥、杜娟：《〈外国文学研究〉与莎士比亚情结——兼及中国莎士比亚研究》，《外国文学研究》，2004年第5期，第6页。

冲突这些元素是类似的,这也符合中国人的欣赏习惯。这种文化语境为莎士比亚在中国的研究奠定了基础。莎士比亚的悲剧很早就被引进中国,并被广泛地研究。中国莎士比亚研究的时间跨度和空间跨度使莎氏研究可以相当大程度上代表整个欧美文学在中国研究的状况。

下面,我们对中国莎学研究做一个个案分析,见微知著。

一、莎士比亚悲剧的研究力度与倾向

我们对于莎士比亚的四大悲剧十分重视,研究起步早,成果丰硕。欧美文学有着伟大的悲剧传统,深受希腊文化和希伯来文化影响的欧美文学在悲剧的创作方面可谓是底气十足。相比之下,中国在悲剧作品的创作方面虽然也取得了很大的成就,但就总体来看,与欧美文学自古希腊以来就延绵不断的悲剧文学创作相比有所不同。这使我们的欧美文学研究者在接近欧美文学悲剧作品时颇有些吃力,这也可以解释为什么狄更斯比莎士比亚更让我们喜闻乐见。狄更斯的大多数作品是一种悲喜剧,最终的大团圆结局足以让我们感到欣慰,使我们惯于忍受痛苦的心灵得到安慰。我国对于莎士比亚悲剧的解读不少,但多没有触及其思想的海底。那么,我们是如何阐发莎士比亚悲剧的呢?

"新中国成立前的莎士比亚研究有学术、文化、政治三个层面,而在新中国成立后的十年里,政治批评占据了主导地位。"[①]这基本概括了新时期以前中国莎士比亚研究的特色。我国对莎士比亚悲剧的研究尤其以对《哈姆莱特》的研究最为丰富。在一些文学史书中,哈姆莱特被定性为人文主义的杰出代表,哈姆莱特的悲剧也被看成是先进与落后、进步与保守、资产阶级思想与封建思想、善与恶的斗争。

新时期以来,我们又开始尝试对莎士比亚悲剧进行多重视角的阐释,但是我们对于悲剧的认识是有限的,这样,我们开始借助一些悲剧理论来解决问题。亚里士多德在他的《诗学》中提出整个悲剧艺术包含六大成分,即情节、性格、言词、思想、形象与歌曲。亚里士多德对悲剧成分的分析给了我们一些有益的启发。按照亚里士多德的说法,悲剧之所以成为悲剧,是一系列行动相互作用最终导致的结果,而人物的性格和思想也是造成悲剧的一种内在动力。亚里士多

---

① 章燕、赵桂莲主编:《新中国60年外国文学研究》(第一卷上),北京:北京大学出版社,2015年,第207页。

德的理论成为我们理解莎士比亚悲剧的得力工具。

对莎剧中悲剧成因的研究是最吸引中国研究者的研究方向之一,这是因为悲剧是社会的,也是人生的。悲剧是社会的,因为悲剧总是在一定的历史条件和社会环境下产生的,脱离了社会环境的土壤,悲剧就失去了根。同时,悲剧也是人生的,在同样的环境中,不一定会产生同样的悲剧,有时甚至不一定会产生悲剧,这是因为生活在社会环境中的人在起作用。研究悲剧的成因实际上也是在研究社会问题,而这对于有着悠久的社会学文学研究历史的中国学界来说是比较容易接受的,更何况莎士比亚的戏剧为我们做这方面的研究提供了丰富的资源。

在莎士比亚的四大著名悲剧《哈姆莱特》《李尔王》《奥赛罗》和《麦克白》中,作者写出了许多不同的与社会和人性相关的悲剧成因,为我们提出了很多有价值的问题。比如,在悲剧的成因中,究竟是客观环境起的作用大,还是人自身的主观因素所起的作用大呢?面对这一问题,不同时代的学者会做出不同的解释。英国作家托马斯·哈代把悲剧的成因归咎于环境与宿命的影响,这体现了一种古希腊式的悲剧结构。在哈代的作品中,宿命的阴影笼罩着不幸的人们。莎士比亚对于悲剧的诠释也用到了这种古希腊神话式的悲剧结构,但莎士比亚的悲剧作品内涵丰富,并不是宿命论所能囊括的。

孙家秀的《莎士比亚与现代西方戏剧》、王佐良的《莎士比亚绪论:兼及中国莎学》、孟宪强的《中国莎士比亚评论》《中国莎学史观》等专著以及难以计数的学术文章将新时期莎士比亚研究推向新的高潮,这些专著、文章对于莎士比亚作品中悲剧的分析更是入木三分。通过研读这些著作与文章,我们可以发现新时期对莎士比亚悲剧人物的分析更加全面,不仅包括外部环境分析,还包括内心动机的分析。这种分析散见于不同的学术文章中,可以大致归纳如下:

《麦克白》中塑造了麦克白这个悲剧形象,他是一个因权欲过度膨胀而被野心吞噬的人。麦克白原是一位骁勇善战的将军,但女巫暗示说他有可能登上苏格兰的王位。于是,在他野心勃勃的妻子的怂恿下,麦克白谋杀了国王,篡夺了王位。在麦克白春风得意地登上至尊的宝座时,他的噩梦也拉开了序幕。描写权欲野心造成悲剧的作品不少,但一般悲剧都是发生在野心实现的过程中,而麦克白的悲剧则是发生在麦克白的野心实现之后。麦克白和他的妻子坐在篡夺来的皇位上,如坐针毡。女巫曾说班柯的子孙将继承王位,麦克白害怕这预言变成现实,就密谋杀害了班柯。而班柯的鬼魂前来纠缠麦克白和他的王后,于是,他们每天夜里都被可怕的梦魇折磨着。在女巫的再次暗示下,麦克白杀害了逃走的费辅爵士的妻儿。他的双手越是沾满鲜血,他的灵魂就越是无法安宁,与他离心离德的人也就越多。麦克白所犯的罪不仅将别人摧毁,也将自己摧毁。一个毁灭别人的人,最终毁灭的是他自己。

麦克白的节节胜利反将其推向死亡。麦克白在用罪恶的手斩断别人头颅的同时,也将自己内心的善一点点消磨掉。于是,他的精神世界就只剩猛兽出没了。在只有仇恨之火蔓延的荒原上,他整天提心吊胆,甚至开始羡慕被他害死的国王邓肯,因为邓肯可以安稳地睡在他的坟墓里,再也不必担心刀剑加身了。麦克白对自己的精神折磨不是源于对自己所犯罪恶的懊悔,也不是害怕死者报复,而是源于对权力的无止境的渴望。麦克白既遵从女巫关于他会成为国王的暗示,又极力逃避女巫所说的对他不利的暗示。这说明麦克白的权欲蒙蔽了他的智慧,权欲让他将自己挡在历史变迁的大路中间,妄图螳臂当车。在《哈姆莱特》中,哈姆莱特的继父也是因觊觎皇位而犯罪的。和麦克白一样,这个被权欲毁灭的人物在取得皇位后没有得到片刻的内心安宁,反而在维护自己王权的欲望支配下惶惶不可终日,最终在恐惧的挣扎中走向了毁灭。

人性弱点也被看成是莎士比亚戏剧人物的悲剧成因之一。这方面的研究很有成效,因为莎士比亚对于人性的弱点理解得非常深刻,这方面最典型的一个例子可以算是《奥赛罗》中的男主人公奥赛罗这一形象。奥赛罗是威尼斯公国的将军,他是一个品德高尚、光明磊落、英勇豪爽的军人,他经常在元老勃拉班修家讲述自己坎坷不平的冒险经历,这深深打动了勃拉班修的女儿苔丝德蒙娜。所以,苔丝德蒙娜违背父亲的意愿,与奥赛罗私订终身,并共同生活。但奥赛罗听信了部下依阿古的挑唆,误以为自己的妻子与他人私通,其实这正是依阿古设计的阴谋:依阿古因为奥赛罗没有提拔自己而怀恨在心,便借机挑唆以破坏奥赛罗平静的生活。在听信了妻子"不忠"的传言后,奥赛罗无法容忍这玷污纯洁和高尚道德的行为,他杀死了自己的妻子。大错铸成之后,奥赛罗发现了真相,追悔莫及,在悲愤和懊悔中自杀身亡。在奥赛罗身上,莎士比亚倾注了真善美的道德理想。奥赛罗真挚坦诚,博大无私,那么这样一个人又是如何亲手制造了自己的悲剧呢?

这就要追溯到人性的弱点这一问题上。奥赛罗的弱点在哪里呢?他的弱点离他的优点很近。奥赛罗是个胸怀坦荡的君子,正因为他是这样一个人,所以他光明磊落地对待周围的一切人。在他的心中,从来没有怀疑过依阿古会蓄意设置圈套,而且,即使在他确信了妻子的不忠之后,他心头涌起的也不是恶毒的报复和嫉妒,而是想到:"可是她不能不死,否则她将陷害更多的男子。让我熄灭这盏灯,然后我就熄灭你生命的火焰。"①当奥赛罗得知事情的真相时,他说:"我的勇气也离我而去了,每一个孱弱的懦夫都可以夺下我的剑来。可是好恶既然战胜了正直,哪里还会有荣誉的存在呢?让一切都归于幻灭吧。"②奥赛罗想捍卫道德和爱情的纯洁,但却因此犯了罪。物极必反。正因为奥赛罗正直、坦诚,才会轻信小人。他的智慧在对恶的识别方面变得很弱,他不怀疑,不是因为没有值得怀疑的迹象,而是因为高尚的人根本想不到要去怀疑自己的朋友。光明磊落和极度天真,造成了他轻信的弱点。这个弱点正是奥赛罗悲剧中最关键的一环,一切情节由此展开,一切阴谋都由此找到施展的空间。依阿古钻了这个空子,将奥赛罗推入了陷阱。此外,奥赛罗的性格中也有自卑的成分。他虽然功勋显赫,受人尊敬,但他是个黑人。这造成了他和苔丝德蒙娜爱情上的不等式。他听信谗言,部分原因也在于他潜意识中的自卑心理在作怪。在自卑心理的驱使下,他觉得苔丝德蒙娜对他不忠是可能的事情,所以才使阴谋者的阴谋最终得逞。

《李尔王》则又是一个人性弱点制造出的悲剧。年老的国王打算把他的国土分给三个女儿,于是将她们叫到身边,让她们表述她们对他的爱,以此为标准将国土分配给三个女儿。大女儿和二女儿极尽阿谀奉承之能事,对李尔王说她们对父亲的爱超过了对一切的爱;而真挚孝顺的小女儿只说,她要尽一个女儿的本分来爱父亲。她用朴实无华的话表达了自己的心意,但这却激怒了李尔王。他嫌她对他的爱太少,于是剥夺了小女儿的继承权,把国土和权力全部分给了大女儿和二女儿。但这两个女儿并没有信守她们所说的孝顺父亲的诺言,而是把年迈的国王赶出了王宫。还是小女儿收留了李尔王,并带来军队为他讨还王国。但她的军队打了败仗,小女儿被捕,死在狱中。不久,李尔王也死去了。造成李尔王悲剧的直接原因就是李尔王喜欢阿谀之辞。甜言蜜语其实是每一个人都喜爱的,但是,一旦这种弱点和君王的权力结合起来,就会产生巨大的危害,父女亲情加上甜言蜜语就将李尔王推向了悲剧的深渊。

在《麦克白》这部剧中,麦克白悲剧的产生也同样受其人性弱点的影响。麦克白的权欲和野心毁灭了他的良知,但他又不能把良知抛得干干净净,于是整日被鬼魂所折磨,这正是复杂的人性使然。在《哈姆莱特》中,丹麦王子哈姆莱特对复仇的计划犹豫不决,一再拖延,最终落得玉石俱焚的下场。哈姆莱特的

---

① 莎士比亚:《奥赛罗》,《莎士比亚全集》(第九卷),朱生豪译,北京:人民文学出版社,1978年,第388页。

② 同上书,第398页。

母亲和他的情人奥菲丽亚则是脆弱性格的牺牲品。作为王后,哈姆莱特的母亲在老国王去世不久就改嫁了新国王——哈姆莱特的叔叔,这令哈姆莱特深感屈辱。王后很爱自己的儿子,不过她是个感情脆弱、意志薄弱的女人,轻易就被轻浮浅薄的新国王俘获了芳心。"脆弱啊,你的名字是女人!"这是哈姆莱特发出的感叹。哈姆莱特的情人奥菲丽亚也是一个脆弱的女人,在父亲被哈姆莱特误杀后,她经不起刺激,精神失常,溺水而死。

在莎士比亚的每一个悲剧的成因中,人性的弱点都占了或大或小的比重。这些人性的弱点又与主人公的伦理道德意识相关,使得莎士比亚戏剧体现出比较强烈的道德思考。对于中国的文化语境来说,莎剧的这种内容使它有了被我们深入解读的可能,因为我们的文学思想一直都与道德观念紧密相连。莎士比亚悲剧的剧情、塑造的人物和悲剧情节客观上为我们进行悲剧主题研究提供了方便。这类研究散见于各类期刊、随笔之中。虽然少有大型专著,但这类研究以其通俗易懂,更容易为人接受,为莎士比亚在中国的普及做出了贡献,因此,其研究成果的意义不可忽视。

莎士比亚悲剧中的社会环境因素也被纳入了研究视野。休谟在《宗教的自然史》中讲道:

> 我们处在这样一个世界里,它像是一个巨大的戏院,在那里,每一件事情发生的动机和原因完全掩而不露,我们一无所知;我们既无足够的智慧去预见,也无力量去阻止未来的事件,我们不断受到灾害的威胁。我们在生与死、健康与疾病、丰富与缺乏之间永远摇摆不决,它们是隐秘、未知的原因在人类中间分配的,它们的活动是无法预料的,永远不可理解的。①

这里论述了人与宇宙的关系:人生活在世界上,然而人却没有力量把握自己的生活。这听起来虽然有点像悲观主义,但以此来观照莎士比亚的悲剧人物,倒也恰到好处。

哈姆莱特就是这样在环境和命运的驱使下,一步步走向悲剧结局的。哈姆莱特是丹麦王子,他是一个有崇高理想的青年。正当他怀着美好的愿望在德国求学时,从国内传来了父王惨死、叔父篡夺皇位、母亲匆忙改嫁等一系列惊人的消息。哈姆莱特回国奔丧。在一个阴森可怖的夜晚,哈姆莱特听到了变成鬼魂的父亲向他诉说的真相,得知原来杀父的凶手就是叔叔,现在的新国王。于是,哈姆莱特面临着为父报仇和重整乾坤的使命,他深感个人力量的单薄和这使命

---

① 休谟:《宗教的自然史》,曾晓平译,北京:商务印书馆,2014年,第93页。

的重大。试想,假如哈姆莱特的生存环境不是这样,他完全可能像其他王子一样顺利长大,继承皇位,成为一代明君。然而,命运偏偏将哈姆莱特置于这样一个位置,这就使他的生活道路被预先定了格。恶劣复杂的环境是哈姆莱特悲剧的主要原因。恐怕任何一个有荣誉感、正直、纯洁的青年,处在哈姆莱特的位置上,也只能成为又一个哈姆莱特。而麦克白的悲剧则是女巫预言的一步步兑现,这里用的是一种希腊神话的模式,莎士比亚借这个神话模式展示出宿命的不可抗拒。奥赛罗的悲剧部分也是由环境造成的。奥赛罗作为一个黑人,却敢和一位白人少女私订终身,这招致了别人的嫉妒,于是奥赛罗就亲眼看见了一幕幕妻子"不忠"的罪证。在《奥赛罗》中,一方面是阴谋者,一方面是被人利用者。被利用者按照阴谋者设计好的路线,一步步向陷阱走去,支配人行动的外界力量在奥赛罗的悲剧中起了重要作用。对于莎剧悲剧主题的研究不可避免地会涉及对莎剧中悲剧人物的研究,这种研究通常都会结合社会环境、意识形态来对莎剧人物进行分析。

虽然我们把莎士比亚的悲剧看得更为重要,但若论及哪一部莎剧在中国最为深入人心,答案却并不是他的悲剧作品,而是他的一部喜剧《威尼斯商人》。关于这部作品,已经有数以千计的论文发表,不仅涉及主题、人物、讽刺和喜剧色彩,还涉及与戏剧有关的历史、文化,甚至有文章专门研究戏剧所写的那个时代的契约与法律问题,这种研究已经大大超越了文学的范围。这足以说明这部戏剧在中国的研究热度。而我们也因此不禁要问,为什么是这部作品在中国红得发紫,而不是别的作品?要知道,作为一位戏剧大师,莎士比亚还有很多其他的优秀作品。

朱维基先生对《威尼斯商人》的看法可以部分地回答这个问题。朱维基先生认为,莎士比亚戏剧的艺术特点在《威尼斯商人》中充分地显现出来。这部戏剧中的人物形象都是个性化的典型;其情节具有生动性和丰富性;剧中的社会背景十分广阔。

就人物来讲,剧中的女主角鲍西亚是一个富有智慧的女人,在当时是一个崭新的女性形象。通常我们认为,中国文化中要求女子无才,这其实是一种误解。只要略翻一翻我们的史书,读一读我们文学家的故事,就会知道,历来为帝王所宠爱的女子多是才貌双全,甚至于才在貌之上,而文学家的爱情故事里也总是少不了一个多才多艺的女主角,关汉卿的《救风尘》《望江亭》中都塑造了聪明机智、富有智慧的女性形象。有研究者将《救风尘》与《威尼斯商人》进行比较,这是一种很好的尝试。鲍西亚身上不仅仅体现出传统女性的美丽、善良和贤惠，更体现出现代女性的才智、独立和主见。她是莎士比亚心中的理想女性形象，也是中国人喜爱的一种女性形象。

《威尼斯商人》在中国的广泛传播还要归因于这部作品的背景比较简单，对于不熟悉西方文化的东方人来讲，读这部作品也不会觉得很吃力。而我们在读《哈姆莱特》时，常常为他反反复复、犹犹豫豫的思想搞得很疲惫；在读《奥赛罗》时，又会为奥赛罗的极端行为感到震惊；至于莎士比亚的那些历史剧，则更是气氛沉重。而且在这些作品中，异国文化、历史或多或少都会造成我们理解中的障碍，但《威尼斯商人》则不同。这部作品中也涉及基督教，但是基督教却以我们十分熟悉的方式体现出来：通常是在善与恶的斗争中，基督徒以善对恶，终于胜利。这颇有点道德说教的味道，但对中国读者来讲，这倒成了理解该作品的便利条件。

我们喜爱《威尼斯商人》这部作品，从表面上看，是因为这部作品知名度高，作品的思想与艺术都比较成熟，但究其根本原因，其实还在于它是莎士比亚作品中与中国文化最为相近的一部作品。无论是人物形象、思想内涵，还是艺术手段、情节安排，都让我们感到似曾相识，正是这种相似性极大地提高了这种作品在中国的知名度。

同质性强的作品容易被我们所接受，反之，异质性特别突出的作品也会出现走红的现象。莎士比亚诗歌之所以能够成为莎学研究中的一个热点，最重要的原因就在于它的异质性。莎士比亚的十四行诗对于中国读者来说，是一种崭新的东西：这些诗对人的情欲的肯定、对现世人生的赞美，正是中国的诗中所缺乏的东西。中国诗中的情诗也很多，但写得最好的多是关于失恋的感受、对爱的唯美追求等这类诗歌，而莎士比亚的十四行诗则孜孜不倦地探索着美、爱与生命延续这类世俗之爱的主题。世俗之爱的主题在他的十四行诗中多次出现，其内涵却在不断地更新。

如果说在莎士比亚的戏剧中，有些元素与中国的文化语境还有相符之处，那么，莎士比亚的十四行诗对于我们的中国文化来说则具有很强的异质性，这种强烈的异质性吸引了我们的目光，激起我们探索这种异国风格的热情。我国对于莎士比亚十四行诗的研究可谓五花八门，不仅包括意象、格律、审美、翻译、思想、文化方面的探索，还包括以生态学、心理学等作为工具所进行的研究。莎士比亚十四行诗的这种研究热度表明，异质性很强的作品会受到格外的重视，其新奇感、陌生感就像辣椒一样，是一种开胃品。异质性强的作品易被接受国所接受，这也是文学接受中的一种普遍规律。

就同一位作家来讲,对其不同作品所进行的研究数量差距过大,分配不均,这种情况在欧美文学中国化过程中很普遍。比如哈代和劳伦斯既是小说家,又是诗人,但是我们对他们的研究却主要侧重于小说,对其诗歌作品则很少研究。苏联作家帕斯捷尔纳克的小说我们耳熟能详,但对他同样杰出的诗歌作品,我们就所知不多了。但是,在我国的莎士比亚研究中,却没有出现这种情况。我们的莎士比亚研究不仅侧重于对其戏剧进行解读,他的诗歌也成了我们解读的热点。莎士比亚既是一位伟大的戏剧家,也是一位杰出的诗人。他一生写了37部戏剧、2首长诗、154首十四行诗。莎士比亚的十四行诗赞美了人生的美妙、艺术的永恒、友谊和爱情的欢畅,其艺术境界深远,艺术手法多样,是世界诗歌艺术宝库中不可多得的瑰宝。据说,莎士比亚的十四行诗是写给一位被称为w.h的绅士和一位"黑女士"(dark lady)的。至于w.h和"黑女士"到底是谁,目前还无确凿定论,但我们可以确定的是,这些诗中凝聚了诗人丰富的情感、奔泻的激情。

我们对于莎士比亚的研究能够兼顾小说和戏剧,其原因一方面在于莎士比亚在中国传播的历史悠久,中国已经形成了较为稳定的莎学研究趋势,任何学习外国文学的人都不能略过莎士比亚,这促进了莎士比亚研究的全面发展。另一方面,莎士比亚的十四行诗是一系列的诗,这些十四行诗本身构成一个完整的体系,所以研究者比较好操作,可以把这些十四行诗作为一个完整的单元项来进行研究,使我们比较容易找到研究思路。另外,莎士比亚的十四行诗在诗歌形式上比较统一,易于把握,在一定程度上降低了研究的难度,这些都使我们更容易接受它。

二、莎士比亚研究的多元化与批评史研究的滞后

当我们逐渐摆脱了文学社会学的单一化研究视角之后,对文学作品的阐释研究就走向了多元化。总的来说,这是一种好现象。在新时期的莎士比亚研究中,这种多元化体现在很多方面。

新时期,从基督教的角度对莎士比亚的阐释研究逐渐兴盛起来。莎士比亚的戏剧中有很深厚的基督教情结,比如麦克白的结局就应了上帝所说的话,"你的罪肯定全找到你"(《旧约全书·民约记》14:18)。莎剧中有很多情节表达了基督教的思想和道德意识,比如在《威尼斯商人》中,就出现了对基督徒行善情

节的描写。新时期以来,我们对莎士比亚戏剧中宗教情结的研究取得了进展。比如肖四新在《莎士比亚戏剧与基督教对人的存在意义理解的异同》一文中对莎士比亚戏剧中所表达的人的存在意义进行了分析,比较了基督教神学的本体论与莎士比亚的宇宙本体论的不同,从而对莎剧的思想给予了比较透彻的阐释。肖四新指出:

> 基督教是神学本体论,即先验地设定了超验上帝的存在,将人的自由意志置于上帝的自由意志之下,所以它的超越性其实是对人的自由意志的遏止。而莎士比亚戏剧所体现的是宇宙本体论,它的超验性来自主体的理性作用,来自苦难的净化和对现世人生的悲剧性体验,体现为人性升华后所达成的精神超越,体现为人在对自我有限性的触摸中所生发的对宇宙的神秘感和敬畏感。①

比较文学方面的研究也越来越受到重视。一些学者把莎士比亚与李渔、曹禺、汤显祖放在一起进行比较研究。通过这种研究,我们对中西方戏剧在思想与艺术上的不同有了更加明确的认识,这种比较研究为将莎士比亚充分融入中国文化语境做出了贡献。以西方文艺理论为依托对莎士比亚戏剧进行研究在欧美文学批评界盛行一时,比如受女性主义批评所启发,研究莎士比亚戏剧中的女性形象的文章有很多。这些研究多是探索性的,是中国特殊的文化语境的产物。援引来自欧美国家的文学理论来阐释欧美文学,这本身就是一个学习中运用、运用中学习的过程。虽然一些批评家也颇有理论建构的决心,但就整个欧美文学的阐释状况而言,创建一种为世界文学批评界所认可的批评理论体系对我们来说仍然困难重重。

此外,还有一些学者研究莎士比亚剧本中的文化因素,如研究莎剧中出现的法律现象、某一历史时期的社会现实、莎剧中描写的某地方的历史等,这使莎士比亚研究真正成了跨学科的研究,而且其研究结论也往往不是与文学直接相关,而是转入了其他学科领域。这在某种程度上可以理解为一种过度诠释,也可以理解为一种忽略文学的文学性的解读。只有当一个文本受到热烈追捧的时候,才会出现这种研究现象,正像红学研究在中国的情形一样。目前,红学研究的对象已经不仅仅局限于小说中的人物、思想和艺术特色,就连小说中所涉及的服装、食物、园林艺术都被单提出来进行研究,这样,文学研究就进入了文

---

① 肖四新:《莎士比亚戏剧与基督教对人的存在意义理解的异同》,《外国文学研究》,2006年第1期,第143页。

化领域。莎士比亚在中国也获得了这样的殊荣。

莎士比亚的戏剧被改编成影视作品的很多,这些作品又被译制后在中国传播;另外,也有一些莎士比亚的戏剧被以中国的戏曲形式加以表现,这些使得莎士比亚的研究进一步向艺术领域扩展——这在其他欧美作家研究中是鲜有的情况。这为我们阐释莎士比亚的作品提供了更多的想象空间,使莎士比亚批评成了名副其实的多元化批评。当然,我们在莎士比亚戏剧研究方面还存在一些不均衡,即对我们熟悉的某些戏剧研究过多,而对其他不熟悉的戏剧研究较少,但从总体上看,我们对莎士比亚的研究兼顾了戏剧和诗歌两个方面。

莎士比亚的批评史或者其他作家的批评史也可以称为学术史,是对学术研究历史的一种梳理。这种史书不仅要求有事实材料作为证据,而且要求对这些证据进行解读、分析和梳理,也就是说,它要求作者的文学思想要体现于学术史或者叫批评史中。杨岂深在为美国文学批评史大家韦勒克的巨幅作品,即八卷本的《近代文学批评史》所写的"译者前言"中指出,韦勒克所抱定的宗旨是,"一切文学研究,不论是理论还是批评,归根结底都是旨在'理解文学和评价文学'这一共同的目标"①。批评史方面的研究不仅仅是相关研究历史的综述,它还要体现批评史作者自己的文学观。批评史研究的意义是重大的。欧美文学在中国的阐释历史已经百年有余,在此期间经历的社会形态风云变幻,各种批评标准、思想观念相互交锋,涌现出不少批评家。现在,对这种历史应该有一个总结和评价,但事实上,这项工作还做得很不够。2013年8月,译林出版社出版了张铁夫所著的《普希金学术史研究》和叶隽所著的《歌德学术史研究》,这两部书都是大部头的著作,分别对普希金和歌德的研究历史进行了详细的梳理。对于狄更斯、莎士比亚这样在中国家喻户晓的作家,我们在其学术史研究方面也有一些零散的文章出版。比如杨慧林的文章《诠释与想象的空间:批评史中的莎士比亚与哈姆雷特》(《外国文学研究》,2006年第6期)就以《哈姆雷特》为个案,梳理了《哈姆雷特》研究中一些具有代表性的批评类型和批评方法,追溯了对哈姆雷特这一人物进行解析的历史变迁。这种研究对于我们理清思路、探索新的研究方向具有重要意义。我们在这方面做的工作不是太多,而是太少了。

目前,我们的批评史研究还有很大的研究空间。一方面,批评史研究涉及的资料多,范围广,是一项十分艰巨的任务。这项任务对于执行者也有很高的要求。渊博的知识是必要的条件,但只有这一点还不够,还必须要有十年磨一

---

① 雷纳·韦勒克:《近代文学批评史》(第一卷),杨岂深、杨自伍译,上海:上海译文出版社,1987年,"译者前言"第5页。

剑的精神。另一方面,批评史研究需要有思想的注入,这也为批评史的诞生设下了障碍,因为思想不是一朝一夕就能形成的,它需要长期的积累和广博的学识。

三、莎士比亚研究的成绩与突破口

所谓"成见",一般指相对固定的看法。权威的意见虽然有其存在的价值,但是,对这些现成的观点应该加以发展,应该敢于对其提出质疑。任何事物都不是一成不变的,人的思想、价值尺度、审美方式都会随时代而改变。如果我们认为文学阐释中存在一成不变的真理,那么,我们就会由于对前辈研究者的尊重而忘记了对他们的观点进行发展,而这恰恰是对文学发展不利的,也不是前辈研究者所希望看到的。因为前辈研究者之所以能够创立权威性的见解,其根本原因就在于他们对前人思想有所突破。尊重权威思想的最好办法就是在权威思想的基础上进行创新。阐释本身就是随时代发展而变化的,而我们在这方面的工作还有待加强。下面,我们就具体谈一下这个问题。

第一,莎士比亚的代表性悲剧是《哈姆莱特》《奥赛罗》《麦克白》《李尔王》,这是不是可靠的定论?对于莎士比亚,我们最看重的是他的四大悲剧,对于莎士比亚的其他悲剧作品,我们研究的力度就小得多。迄今为止,我们的评论界一直认为莎士比亚的四大悲剧是他创作生涯中的登峰造极之作,而在国外的研究中,对此却有不同的意见。19 世纪的美国教士、文学学者哈德森是对莎士比亚在美国的传播做出过巨大贡献的人物。从 1851 年到 1856 年,哈德森出版了 11 卷本的莎士比亚戏剧,自己还撰写了两部莎士比亚批评著作、一部讲演集。1872 年,他出版了一部传记兼批评著作,题名为《莎士比亚:生活、艺术与人物》(*Shakespeare: His Life, Art, and Characters*)。作为对莎士比亚研究颇有造诣的学者,他曾发表过以下的言论:

> 莎士比亚的戏剧中,没有哪一部作品能够超越《科利奥兰纳斯》(*Coriolanus*)。而且,在比喻的大胆、表达的豪迈,或者某些段落中情节的集中凝练、语言的简洁等方面,没有几部作品可与之媲美。民间智慧力量的展示,对公众人物的剖析,对其行为动机的透视,对社会及政治问题的宏观把握,简言之,这部作品中所洋溢的道德与文化气息,所有一切的协调一

致的调动,表明作者思想和智能都达到了最成熟的状态。①

在哈德森看来,《科利奥兰纳斯》才是莎士比亚最好的悲剧,而对于这部悲剧,我们中国学者研究较少。《科利奥兰纳斯》是莎士比亚晚年的一部作品,是一部关于古罗马的历史悲剧,写的是罗马共和国的英雄马歇斯的故事。马歇斯因为攻下了科利奥里城而受到尊重,被人尊称为科利奥兰纳斯,后来,他因脾气暴躁而得罪众人,结果被当成罗马的敌人而遭到放逐。盛怒之下,科利奥兰纳斯转而投靠敌军,带兵对罗马反戈一击。在母亲的劝说下,他放弃攻打罗马,最终被他所投靠的敌军所杀。这部剧塑造了鲜明的人物形象,描写了激动人心的场面。科利奥兰纳斯像李尔王一样遭遇了忘恩负义的打击,也像奥赛罗一样有着固执的性格。

正如哈德森所说,这部历史剧中的比喻非常大胆。比如剧中有一个关于肚子的比喻。该剧一开头,有一群人要攻击政府。米尼涅斯上场劝阻群众。他用肚子来比喻元老院的元老们,强调元老们并不是百姓的剥削者,而是通过管理百姓使百姓过上幸福生活的最重要的社会组成部分。姑且不论这个说法是否有为统治阶层辩护之嫌,单就比喻的贴切和大胆而言,即使对一贯擅长用喻的莎士比亚来说,也是对他自己的一种突破。米尼涅斯说:

> 从前有一个时候,身体上的各部器官联合向肚子反抗,它们申斥它像一个无底洞似的占据在身体的中央,无所事事,其余的器官有的管看,有的管听,有的管思想,有的管教训,有的管步行,有的管感觉,分工合作,共同应付着全身的需要,只有它只知容纳食物,不知分担劳苦。②

而肚子回答说:

> 你们全体赖以生活的食物,是由我最先收纳下来的,这是理所当然的事,因为我是整个身体的仓库和工场;可是你们应该记得,那些食物就是我把它们从你们血液的河流里一路运输过去,一直传达到心的宫廷和脑的宝座;经过人身的五官百窍,最强韧的神经和最微细的血管都从我得到保持他们活力的食粮。③

以身体器官比喻社会组织结构,真可谓新奇大胆,令人赞叹。这部剧作语

---

① H. N. Hudson, "Shakespeare's Characters: Tragedies," *Shakespeare: His Life, Art, and Characters*. 4th ed., Vol. 2, Boston: Ginn & Company, 1872, p. 203.
② 莎士比亚:《莎士比亚全集》(第七卷),朱生豪译,北京:人民文学出版社,1978年,第254页。
③ 同上书,第257页。

言干脆利落,情节生动,节奏紧凑,对人性的揭示十分深刻。从各方面来讲,这确实是莎士比亚戏剧中的精品。但是,我们对这部戏剧却远远不如对莎士比亚的四大悲剧研究得多。不过,在我们对《科利奥兰纳斯》所进行的研究中,还是有所创新的。也许,正是由于这部作品不是莎士比亚戏剧中的热门研究对象,我们才更能在研究中放下包袱,敢于创新。举一个例子,有研究者从价值观取向的角度对这部作品进行了解读,文中说:

> 可以肯定,科利奥兰纳斯遵循的是价值哲学,而市民的哲学则是利益哲学。对于科利奥兰纳斯来说,他所追求的是"高贵""荣誉""英勇"这些精神价值,市民所追求的日常温饱是人类生存最需要的东西,但是在价值哲学中,"最需要的东西不是最有价值的东西"。科利奥兰纳斯与市民由此在价值论上有了高低之分。①

当然,这样的解读还存在一些漏洞,比如在价值哲学和市民的利益哲学之间有没有一个明确的界线?这样分类的科学性如何?这些问题都还没有得到明确的回答,而且可以说,还没有有效的理论体系作为它的支柱。但是,这种阐释方式却非常新颖,体现出创新意识。

第二,到底应该如何理解"哈姆莱特是人文主义者"这一命题?我们一直将哈姆莱特视为一个人文主义者的典型,认为他的身上集结了人文主义思想之大成;至于人文主义者的含义是否能够涵盖哈姆莱特复杂的思想,目前国内很少有人对这一问题进行过质疑和深入思考。但国外的研究者在这方面却有不同的见解。有学者指出:"哈姆莱特在剧终的时候,是作为战士被悼念,而不是作为一个热情的、幽默的、无情的、智慧的、懦弱的,但毫无疑问也是荣耀的、活力充盈的人来悼念的。"②的确,在《哈姆莱特》的结尾,福丁布拉斯上场:"让四个将士把哈姆莱特像一个军人似的抬到台上,因为要是他能够践登王位,一定会成为一个贤明的君主的;为了表示对他的悲悼,我们要用军乐和战地的仪式,向他致敬。"③这样的结尾是否说明莎士比亚在塑造哈姆莱特这一人物的时候,对他赋予更加复杂的深意呢?在哈姆莱特的复仇中,玉石俱焚,善与恶同时毁灭了,

---

① 莫运平:《莎士比亚〈科利奥兰纳斯〉的价值论释义》,《戏剧文学》,2006 年第 11 期,第 27 页。
② Katharine Goodland, "The Gendered Poetics of Tragedy in Shakespeare's Hamlet," *Female Mourning in Medieval and Renaissance English Drama: From the Raising of Lazarus to King Lear*, Aldershot: Ashgate, 2005, p.171.
③ 莎士比亚:《哈姆莱特》,《莎士比亚全集》(第九卷),朱生豪译,北京:人民文学出版社,1978 年,第 144 页。

生命在流血中消失，在流血中陨灭，戏剧结尾留下深重的悲痛，远远超越了对哈姆莱特这一人物的任何定性式的分析。我们的欧美文学研究中，对哈姆莱特的理解也不应该仅仅局限于他作为一个人文主义者这一层面，而是要从他身上看到更多东西，理解更多的人类情感，思考更多的关于人类的矛盾斗争的问题。

有国外研究者指出：

> 复仇剧隐秘地表达了某种对过去事物的感知方式，这种方式，读者是无法弄清的，而复仇者自己也无法将不堪回首的往事公之于众。对这种压抑的情感的唯一的释放方式就是通过梦想，启示录式地让这个替代天堂的无情世界毁灭掉。但是在复仇者的毁灭中，让他染上对手的污点，这样，他就几乎总是遭到毁灭的命运。他是社会所依赖的代表人物，但是，他拒绝成为社会的一员，像哈姆莱特那样忘记了自己。①

哈姆莱特就是因为自身的灾难而无法承担起社会的责任、拒绝投入到社会生活中去的一个人物。这样的人物，他的人文主义思想是不是很脆弱呢？我们能够断言他是人文主义者吗？这个问题其实还有待我们进一步探索。我们对于哈姆莱特的研究虽然看上去面面俱到，颇有新意，但恰恰是在哈姆莱特作为一个人文主义者的复杂性这些基本问题上，我们的思考尚不够深入。

第三，道德思想解读中的浅尝辄止现象。分析作品中的道德思想特征，这本来是我们的强项，但同时，它也是我们分析欧美文学作品时的弱项。说它是强项，是因为中国文化是重道德的文化，对于道德思想的理解，我们自有一套自己的思路；说它是弱项，是因为道德层面的文学理解常陷入一种固定的模式，以至于我们在创新方面步履维艰，经常是在解读中浅尝辄止。国外研究者在思考莎士比亚戏剧中的道德启示时指出：

> 莎士比亚的悲剧世界给人留下这样一种印象，难以让人理解的是，一个道德秩序，除非经历继续制造恶，并通过可怕的争斗来消灭恶，并在斗争中善恶俱毁这样一个过程，它就不能消除恶。莎士比亚的悲剧中有四种情况：一是莎士比亚戏剧表达了一种天意；二是这种天意适当加之于恶人身

---

① Michael Neill, "Remembrance and Revenge: Hamlet, Macbeth and The Tempest," *Jonson and Shakespeare*, Ed. Ian Donaldson, London Canberra: Macmillan Humanities Research Centre, Australian National University, 1983, p. 35.

上;三是人物、行动与圣经故事类似;四是暗示基督教中的天堂与地狱的存在。①

这段话所表述的未必全是真理,但至少作者是在试图以不同的视角来看待道德问题。道德规则本身的初衷是好的,但是,它在实施的过程中不一定产生好的结果,或者不一定一直都产生良性结果。我们不善于用动态的眼光去看待道德问题,总是认为道德规则是好的,按照这一规则处理问题就是正确的,其实,现实生活远没有那么简单。莎士比亚的戏剧反映出比道德要求本身更为复杂的社会现实,我们还需要对此进行更加深入的分析。

当然,批评中的误区和偏见并不可怕,因为这些都是批评中不可避免的。"批评充满了偏见……只有把这些偏见放在一起,综合分析,才有助于处理文学的复杂性,才能让我们走近令人费解的文学作品。"②要想消除偏见,一个重要的方面就是要消解权威。一个批评者应该怀着继承前人并超越前人的精神投身到文学批评的事业中来,"当我们忘记莎士比亚的时候,我们才开始发现莎士比亚"③。这句话的意思是,只有在我们不为权威的话语权所控制的时候,我们才能找到莎士比亚研究的新的突破口。

中国的莎士比亚研究具体应该在哪里取得突破呢?首先,我们应该在莎士比亚的微观研究方面下大的功夫。微观研究可以是针对一部作品,也可以是针对一部作品的中一个或几个具体的因素。我们应该做的是解剖麻雀的细致工作。这方面在我们的莎士比亚研究中是欠缺的。原因很多,语言上的障碍是一个很大的原因,除此之外,还有宗教哲学与文化习俗方面的。这些工作如同在象牙上雕刻一样,需要的时间和耐力。没有十年磨一剑的功力,就无法穿透莎学铁壁。而我们所以强调微观研究也在于莎学的宏观性研究发展迅速。宏观研究有其自身的价值,但是宏观研究也往往更容易把研究者的精力分散,研究变得笼统,最后陷入一个无法深入下去的地步。而加强微观性的研究却可以帮

---

① Paul N. Siegel, "The Substance of Shakespearean Tragedy and the Elizabethan Compromise," *Shakespearean Tragedy and the Elizabethan Compromise*, New York: New York University Press, 1957, p. 91.

② Jonathan Hart, "Conflicting Monuments: Time, Beyond Time, and the Poetics of Shakespeare's Dramatic and Nondramatic Sonnets," *In the Company of Shakespeare: Essays on English Renaissance Literature in Honor of G. Blakemore Evans*, Ed. Thomas Moisan and Douglas Bruster, Madison: Farleigh Dickinson University Press, 2002, p. 194.

③ Marguerite Tassi, "The Tragedy of Hamlet, Peter Brook's Adaptation of Shakespeare's Hamlet," *The Shakespeare Newsletter* 51. 248-249 (Spring-Summer 2001), p. 39.

助我们走出莎学研究的困境。莎学研究的另一个突破点在于使莎学研究与中国文化的视野结合,创造属于中国自己的莎学研究领域。一个东方文化的国家要研究一个来自西方文化的作家,不能只跟在西方文学研究者的后面追赶,我们更要思考的问题是如何建立起我们自己的研究体系。我们现今莎学研究中的困境和莎学研究中应该突破的地方也是我们整个欧美文学研究出现的问题和应该突破的地方。一叶知秋,通过反思莎士比亚在中国的研究历程,我们会对欧美文学的研究状况、问题及解读方法有一个较为清楚的认识轮廓。

第五个问题：

20世纪90年代以来欧美文学研究的主要问题、成因及对策是什么？

改革开放以来，我们以惊人的速度引进外国文学，这一方面促进了我们对外来文学的了解，增加了我们的感性认识；另一方面，外国文学的大量引进也对我们的外国文学研究提出了更高的要求。中华人民共和国成立初期，中国的外国文学翻译呈现"一边倒"的态势，即只重视苏联的文学作品而忽视了其他西方国家的文学作品。与苏联关系破裂后，中国将苏联文学也拒之门外，西方文学距我们越来越远，愈加遥不可及了。在改革开放的新时期，我国欧美文学作品译作的数量以惊人的速度增长，这对外国文学研究提出了更高的要求，促使我们在欧美文学研究领域不断创新，不断取得新的成就。然而，在取得新成就的同时，新的问题也随之出现了。在具体探讨这些新问题之前，我们首先谈一谈中国比较文学的发展及其存在的问题。一方面，欧美文学研究涉及面广，其研究文学的理论视角已远远超出了文学领域，这种跨领域借鉴式的研究具有比较的性质；另一方面，中国人研究欧美文学，难免要在这项研究中掺入东方视角、东方伦理道德观念及其审美观念。在这种情况下，这种研究就更加顺理成章地归属于比较文学的范畴了。所以，理解在比较文学学科研究中所存在的问题会帮助我们更有效地理解在欧美文学研究中所存在的问题。

中国的比较文学学科建设经历了探索、发展和不断健全的一个发展过程。一开始是尽量把西方比较文学理论翻译介绍进来，直接将西方文学理论用于我们的文学研究实践中和比较文学的学科理论之中。20世纪90年代，中国的比较文学的学科意识进一步加强。学者们在从事跨文化研究、跨文明研究和中西异性话语的比较方面有了长足的进展，这也刺激了学者们的理论雄心，因此，建立比较文学的中国学派的呼声越来越高。要想建立比较文学的中国学派，我们还面临着许多理论问题，但是这种呼声却极大地促进了比较文学理论和实践在中国的发展。一些关于中西方诗学比较的论文和著作涌现了出来。还有一些学者对于移植西方比较文学理论或者建立自己的比较文学理论学派没有兴趣，他们更乐于致力于对作品、作家、流派的微观研究,就事论事,虽然有一定的局限,但是微观研究更容易脚踏实地,做出成果。而微观研究也必然为宏观研究打下基础。

欧美文学批评也和比较文学研究经历了同样的发展过程。一开始,我们的欧美文学研究大量援引西方文艺理论作为批评工具,以西方文艺理论来指导文学批评实践。接下来,我们在欧美文学研究中对文学历史分期特点的把握,对建构文学思潮规则的热衷,这种规则是由个别文学现象上升为普遍文学现象的一种理论提升和一种宏观把握,这显示了中国学者急于在欧美文学的研究领域找到自己的方法,发出自己的声音。欧美文学研究领域的微观性研究不占少数,这种批评不重视理论,不重视论证的逻辑,虽然存在一定的缺点,但是总体上讲是一个正面的发展思路。

一、新时期欧美文学研究中出现的问题

通过梳理欧美文学研究在中国的大致走向,我们不难发现我国新时期欧美文学研究的问题所在,主要表现在我们运用不完善的方法进行复杂的研究。例如,我们的欧美文学研究在运用西方文学理论来阐释文本的过程中,不但很难发出自己的声音,而且更为严重的是,我们不加批判地吸收,僵化地将理论用于文本分析,这使我们的文学批评少有活力;再如,专注于对文学的宏观研究本无可厚非,但问题是,无论是文学思潮、文学流派,还是某些历史时期的文学发展阶段,要将其特点准确地归纳起来都是很困难的,往往会出现空洞和武断的情况。复杂的文学现象经常被搞得单一化了,同时这种研究也导致我们对丰富博大的文学现象的把握和对某些历史阶段文学精神的理解简单化了;有一些微观研究,由于它多出于作家的创作感悟,所以常被人忽视,而且这种感悟式的文学批评很难在文学批评的知识体系中找到自己的位置。下面,我们进一步将我国新时期欧美文学研究中出现的问题归纳为四类:

(一)跟风跑。选择什么样的文本来研究是一个研究者必须首先面对的问题。当我们面对这个问题的时候,我们是茫然的。产生这种问题的一个重要原因就是我们外国文学研究者对国外文学界和文学研究的新发展的了解相对滞后,这使得我们无法在第一时间了解文学及文学研究动态。虽然互联网时代帮助我们解决了很多问题,但面对用异国文字写成的浩瀚文学作品,我们选择时

当从何处入手？这恐怕是每一个学者必然的困惑。所以，我们的研究选择就形成了跟风跑的问题。这个问题具体表现在两个方面：一是人们本已相当熟悉的作品研究量过多，如对《哈姆莱特》《简·爱》《双城记》的研究就是这样。关于这些作品的研究太多了，但是真正有新意的却不多。西方文学作品还有许多是我们的研究界没有触及的，这不得不说是一个损失。二是对于研究领域出现的高水平文章有跟风现象。如欧美文学研究在理论上、研究方法上有了创新，一些学者就是紧随其后。学者的初衷是好的，想要尽快地追赶世界一流的学术水平，但是这个时候，我们更需要的是沉住气，而不是一味地向前冲。因为理论是他们的，他们的理论有其产生的根源，我们需要时间来批判地吸收这种理论，而不是立刻去采纳这种理论。如果我们跟得太快，反倒会适得其反。

（二）食洋不化。我们的一些文学批评文章抛开外来理论产生的文化背景，对理论进行比较粗糙的理解。特别是有个别的学者每每分析外国文学作品，必先求助于理论。求助于理论固然无可厚非，但问题是，我们文学批评必须要从文本出发，才能不至于空洞和抽象。有时候我们的批评者从思维模式到论证方式西化得严重，对西方的模仿痕迹非常明显，导致我们的文学批评缺乏自己的独特性。例如，我们常常看到类似于这样的标题："女性主义的某某作品分析""后殖民视角下某某作品解读""创伤视角下的某某作品解读"。我并不否认，这样的标题下也可以写出好文章，但是读过数十篇以后，发现竟有半数左右的这类论文写作手法千篇一律，概括起来，就是把丰富多彩的文学作品束缚进了某个理论的框架中，再从这个框架里寻找理论支点来解释作品。这样的学术研究会使我们的研究失去鲜活的生命力，是不能提倡的，可以说是"食洋而不化"。生搬硬套的研究思路是无法取得创新性的进展的，因为那些理论并没有得到消化，而是等不及消化就急匆匆地上场了。这样的学术文章是不能在文学研究的领域中开拓我们自己的道路的。学习西方的理论和批评方式不仅是必要的，也是必需的，但是，我们一定要在"化"的基础上学习，就是说，一定要让西方的理论为我所用。

（三）以知识介绍为主，缺少中国问题意识。我们的欧美文学研究常常以知识介绍代替研究。在外国文学研究中，有大量的研究成果是综述性的。这说明我们的大部分研究尚处在初级阶段。综述性的研究以介绍信息为主要目的，而具有深刻性的研究必须是独创性的。研究一个现象，提出一个问题，应该是我们外国文学研究中的指导思想。有些外国文学的研究也做得很不错，但是缺乏中国问题意识。就是说，我们在研究这些外国文学作品的过程中，应该给它提一个中国的问题。这个问题既有普遍性，又有特殊性。它的普遍性在于，它揭示了文学所普遍涉及的人类的基本价值观念；特殊性在于，它是一个带有中国文化性质的问题。如我们在研究《苔丝》这部作品的时候，如果只是研究造成苔丝的悲剧命运的西方社会与文化根源，那么我们就只是解决了一个与西方社会文化相关的命题。但我们同时可以提出一个中国式的问题，那就是，如果苔丝处在中国文化的语境下，她的命运会有什么不同，这样的问题就是一个中国式的问题。这种中国问题意识会让我们缩短与西方文学作品的距离，且使我们获得一个多元化的研究视角。这并不意味着我们的研究必须是一个比较文学的命题，而是强调，我们在研究中要心中始终都有中国意识的存在。把中国意识当一个立足点，使我们站稳脚跟。

（四）缺少中国的风格与气派。在欧美文学研究中，我们忽视了对中国古典文化传统的挖掘和利用，这使我们在分析外国文学作品时捉襟见肘，缺少自己的文化底蕴。中国一些杰出作家对外来文学的评论为我们的欧美文学研究树立了一个好榜样。比如，冯至先生译介十四行诗，自己还运用十四行诗的形式进行创作。冯至先生的十四行诗运用的是中国古典的意象，展现了中国古典诗歌的情调，为这种西方诗歌的经典模式注入了东方内容，使我们看到研究外国文学时学以致用的中国气派。应该指出的是，冯至先生是学贯穿中西的作家、学者，有着深厚的中国古典文化底蕴，唯如此，他才能在自己对外国文学研究以及运用外国文学模式进行自己的文学创作时，游刃有余地展示中国的风格与气派。而我们当今的外国文学研究领域中，随处可见外国文学理论的术语，却难以看到中国古诗论的影响。这对外国文学中国化进程会带来负面的影响。我们应当努力克服这种困难。一方面，我们要加强对中国诗学的修养，中国的诗学比较难深，在学习中需要我们克服很大的困难。另一方面，我们要树立比较意识。朱光潜先生的《诗学》以西方的心理学美学理论阐释我国的古典诗歌，这是对于西方理论的吸收接纳与灵活运用的成功范例。我们只有通过不断的中西比较，才能使我们的文学研究显现出中国气派、中国风格。

二、新时期欧美文学研究中存在问题的成因

造成我们欧美文学研究中存在这些问题的原因有很多，概括起来包括以下三个方面：文化之根的迷失与迷失后的彷徨感、世界观中批判精神与质疑精神

的缺失、中国文论的劣势和西方文论的优势使国人产生的不安感。

第一，文化之根的迷失与迷失后的彷徨感。欧美文学的大量引进，像万花筒一样在我们面前展现出一个新奇的世界。面对这个世界，几乎任何人都禁不住诱惑，不顾一切地扑向这个世界，倾听这个世界。但是终于有一天，我们发现原来这个世界是一个舶来品，其中的外来文化对我们来说看似熟悉，实际上却有种抹不去的隔阂感，因此我们希望回到自己的本土文化中去。可是，回归之路却不是一帆风顺的。在外国文学批评领域，我们急于探索新路，走出困境。正是在这种探索中，我们经历了从崇尚外来文化到担忧外来文化的心路历程。这种担忧，我们可以更加形象地表述为"焦虑感"。

焦虑的根本原因可以追溯到我们对西方文化的态度上。这种态度概括起来就是从全民出动式地膜拜西方"文化霸权"到后来对西方文化质疑和背离。只要回顾中国的历史发展进程，就不难理解这种状况产生的原因及过程。当我们在新时期打开国门的时候，看到了外边的世界：发达国家的物质生活水平让我们震撼，生产方式和生活方式都与我们有相当大的差别，他们已经实现了现代化。面对这些明明白白地摆在那里的差距，我们的思想发生了巨变。"极左"思潮从中国历史的舞台上退出了，我们自然产生了向西方学习的热情。就这样，西方文化被中国引进来，渗透进来。

葛兰西说：

> 必须考虑到，同这些存在于民族国家内部的关系交织着国际关系，结果就产生新的独特的和历史的具体的联合。产生于比较发展的国家里的意识形态在那些发展差一些的国家里传播着，把这些地方的联合吸引到活动里来。这种民族力量与国际力量之间的对比更由于每个国家中都存在着许多具有特殊经济结构和在所有发展阶段上具有特殊关系的地区而复杂起来……①

人们通常认为葛兰西的这一思想是对国家之间的文化霸权的解释。"霸权"一词在中国的文化中具有贬义。"霸权主义"这一词条在《辞海》上的解释是"在世界上或在某个地区称王称霸的政策。霸权一词最初出现在希腊历史上，指个别大的城邦对其他城邦的控制。后泛指大国、强国不尊重他国主权和独立，对他国强行干涉、控制和统治"②。所以，现在当我们谈及葛兰西的文化霸权

---

① 安东尼奥·葛兰西：《狱中札记》，葆煦译，北京：人民出版社，1983年，第153—154页。
② 辞海编辑委员会编：《辞海》（1989年版缩印本），上海：上海辞书出版社，1990年，第2249页。

主义的时候,会带有一种感情色彩,认为文化霸权意味着西方以某种压迫性的力量把他们的文化强加给我们,是一种对我们本土文化的侵犯,但事实上,葛兰西的文化霸权并不总带有政治意义。葛兰西所说的"霸权"实际上指的是"领导权"。葛兰西认为文化霸权必须建立在各国内部或者是各国之间沟通与融合的基础上,因为文化霸权具有平衡性、互动性和间接性的特点。也就是说,文化霸权的实现具有渗透性,它不像占领某个城池那样的行动,而是在各国文化相互交往对比中,某种文化表现得突出,但它同时要与另一些不太突出的文化特质共生共存,保持平衡状态。

在中国改革开放初期,西方文化大量涌入中国。西方文学作品和文学理论正是随着这种文化大潮而被引入的。我们看着西方那些先进的东西,就向往它,学习它,模仿它。这个过程为西方文化攫取领导地位提供了机会。不过,改革开放初期,我们对"文化霸权"并没有自觉意识,也不使用这个词语。我们的目标看起来很明确,就是要学习外国的先进文化,为我所用。但当外国文化越来越深入地渗透到中国,并与中国的文化语境相结合,变得"复杂起来"的时候,我们开始反思西方文化与中国的关系这一问题。从20世纪90年代开始,我们更加广泛地使用"文化霸权"一词,并赋予它一定的政治色彩,认为凡属"霸权"的东西都与侵略的意识有些瓜葛,因而,"文化霸权"一词在一定程度上唤起了我们捍卫民族文化的意识。随着中国改革开放的进一步深化,西方文化对中国的输出更加广泛而深入地展开了。在这种文化大势的推动下,欧美文学如钱江之潮,滚滚而来;同时,它反过来又对这种文化大势起到了助推的作用。伴随欧美文学而来的是人们了解这种文学的渴望,这促进了西方文论的大量进口。

中国从20世纪80年代开始大量引进西方文论,也是从那时开始,中国文论被西化成为我们关注的问题,但我们真正意识到这个问题的严重性却是在十年以后。那么这个时间差背后隐藏着什么呢?改革开放之初,国人的思想从"极左"思潮的长期禁锢下解放出来,就像一个人从狭窄的暗室走向了阳光明媚的户外一样,先是感到有点不适应,接着便为大千世界的景象所震撼,他感到惊喜万分,"乱花渐欲迷人眼"。此时,人们无暇反思,对西方文论的消化不良是一个时代的病症。西方文论进入中国时,正值中国处于改革开放新时期这个特殊的历史阶段,处于文化饥饿状态的外国文学研究界对西方文论的大餐难免会狼吞虎咽。但中国改革开放十年后在经济上、政治上、思想上取得的进步使我们的民族意识增强了。我们希望在各个领域都能发出自己的声音,不愿一味地追随外来文化。我们开始质疑,开始寻找自我。

这种意识的觉醒,也表现为另一种热情的悄然出现,这就是国学热。"五四"时期虽然提出了"打倒孔家店"的口号,但这并不意味着对儒学的全面否定。当时,人们所反对的实际上是把儒家思想作为君主专制的工具。中华人民共和国成立以后,传统文化在教育中不再占据主导地位,而"文化大革命"则彻底把传统文化扫进了历史的垃圾堆。中国传统文化近百年的遭遇也一直和中华民族的兴衰历史紧密联系在一起。无论是弘扬传统文化,还是贬抑传统文化,我们的目的都是一样的,那就是要找到让中华民族屹立于世界之林、让中国成为世界强国的道路。在这条路上,我们的传统文化不断遭遇与外来文化的撞击,也正是在这样的碰撞中,我们更加深入地认识了我们传统文化中的精华和糟粕。随着改革开放新时期的到来,传统文化逐渐复苏。不过那个时候,无论是从接受角度,还是从传统文化研究者的角度来说,这种复苏都只是处于初始阶段,可谓百废待兴。到了20世纪90年代,传统文化研究的热潮形成。与之同时到来的还有对中国文论现状的焦虑。这并不是历史的巧合,而是历史发展的必然。正是从我们认识到自己的文论没有话语权的那一刻起,我们开始对此进行反思,从而认识到我们对于自己的文化传统过于怠慢,认识到我们的文化根基已经迷失。我们之所以在文论中发不出自己的声音,正是因为我们抛弃了自己的传统文化。这样,我们没有了根,只能做随风而动的飘絮了。在此情形下,我们的声音渐次喑哑,似乎心甘情愿地把话语权让给了舶来的西方文论。

对于西方文论,我们既不能还原它本来的面目,也不能在中国文化的语境中加以消化,所以我们就无能为力了。如果我们对自己的传统文化有更加深厚的了解和牢固的掌握,面对西方文论,我们就不会采取一种近乎照单全收的态度,就不会感到阐释乏力。应该说,在我们引进西方文论的过程中,一些学者对西方的文学理论进行了细致的介绍,特别是以客观批评的态度对西方文学理论进行了一些有效的分析,成效是显著的,但是我们同时也应该看到,面对西方文论的大举入侵,我们在接受这种异质文论时明显力不从心。西方文论以西方哲学思想为基础,以整个西方文化为背景。对于这种强大的文化底蕴,我们要一下子接受太困难了,因此在我们的文学批评领域不可避免地出现了一些问题。当然,这种情况的产生不仅有客观原因,也有研究者主观上的原因。"五四"时期,我国很多杰出的外国文学研究者都兼有中西方文化的教育背景。丰富的中外文化学识使这些学者可以融会贯通,在接受西方的学术观念时,自然而然地形成了与中国文学进行比较的意识。而新时期的外国文学研究者大多数都不是兼有中外学术背景,像"五四"时期那样学贯中西的大家在新时期是很匮乏的。

西方文论的根是西方文化,中国文论的根是中国文化。但近百年来,随着历史的发展,中国文化传统的影响不断地被削弱。作家韩少功说:

> 所谓"寻根"本身有不同指向,事后也可有多种反思角度,但就其要点而言,它是全球化压强大增时的产物,体现了一种不同文明之间的对话,构成了全球性与本土性之间的充分紧张,通常以焦灼、沉重、错杂、文化敏感、永恒关切等为精神气质特征,与众多目标较为单纯和务实的历史小说(姚雪垠、二月河等)、乡村小说(赵树理、刘绍棠等)、市井小说(邓友梅、陆文夫等)拉开了距离。①

韩少功认为:

> 本土化是全球化激发出来的,异质化是同质化的必然反应——表面上的两极趋势,实际上处于互渗互补和相克相生的复杂关系,而且在全球化的成年期愈益明显。当然,在具体实施过程那里,全球化首先就是西方化,特别是全球都市的西方化,全球中上层生活圈的西方化。②

韩少功将寻根意识和全球化的关系看成是互渗互补的,这样的看法是很深刻的。寻根源于全球化的挤压,没有这种挤压力的存在,我们就不会有漂泊感。没有外国强大的东西进入我们的生活并冲击我们的生活,我们也不会有空虚感。但是,寻根并不意味着单纯地回到过去,并不是简单地历数我们在五千年的文明史中所取得的辉煌成就,而是一种基于民族意识基础上的与世界的对话,是一种在与异质文化的沟通和融汇过程中对本土文化的关注。

第二,世界观中批判精神与质疑精神的缺失。人对于文化和文学的认识总是与自己的世界观相关。改革开放以来,新事物、新思潮不断地涌进中国,这些事物关系到人们生活的各个方面,这样的环境使人的世界观也经历了巨大的变化。葛兰西说:

> 人根据自己的世界观,总要附属于一定的集团,而且恰恰附属于一切和他采取同样思想方式和行动方式的社会分子所加入的那个集团。人总是努力同某一种适合的制度相适应。人始终是人群或人的集体。问题是在下面:这个适合的制度、这些以人为其元素的人群属于哪一个历史类型?如果一个人的世界观不是批判的和彻底的,而是偶然的和矛盾的,这个人

---

① 韩少功:《寻根群体的条件》,《上海文化》,2009年第5期,第14页。
② 同上。

就同时属于许多人群,他自己的个性就会杂乱得令人奇怪:在他的个性里,将同时有使他类似原始洞穴人的成分;最新的和先进的科学的原理;一切成为过去的、狭隘地方的历史阶段的残余;全世界整个人类的、未来哲学的直感的萌芽。因此,批判自己的世界观,就是要使它具有一致性和一贯性,把它提到世界最先进的思想已经达到的那个高度。①

"文化大革命"期间,我们的世界观在某些方面看上去是比较统一的,那就是,我们都标榜自己拥有马克思主义的世界观。但事实上,我们的世界观并不是马克思主义的,而是用对权威的崇拜代替了对真理的追求。新时期到来时,我们的世界观又一次面临着深刻的历史改造。历史的和现在的,国内的和国外的,所有这些内外的因素成了塑造我们世界观的混合元素。在这种情况下,我们的世界观常常陷入矛盾,正如葛兰西所说,我们的世界观具有"偶然性"和"矛盾性"。然而,对于矛盾、混乱的思想状态,人不会忍受太久,而总要挣扎着去寻求一种安身立命的主导思想。也正是在这样的时候,批判意识在我们的世界观中开始萌发了,我们的质疑精神在增长。

当我们的世界观需要随着时代的变化而变化的时候,我们更多地引进了外国文化,而作为文化的主要构成部分的外国文学当然就成了我们关注的热点。文学理论是随着外国文学的译介热潮一并到来的。当欧美文学作品大量进入我们的视野时,我们的文学批评的发展明显滞后了。人们对舶来的欧美文论中的新鲜东西是怀着好奇的心情来接受和吸收的。翻译和介绍本身其实也是对文学作品的一种评价,但是这还远远达不到我们深入理解外国文学作品的要求。这时,我们把目光转向西方完备而系统的文学批评理论,特别是西方现代的文学批评理论,因为这些理论不仅为我们提供了对西方文学作品的多元化的理解方式,而且还使我们了解了这些文论背后西方现代哲学思想的脉络。这样选择的好处就在于它使我们超越了局限,但同时,它也将我们置于一个极端的境地,即对外来文化缺乏批判性,不分良莠而照单全收。

第三,与西方文论相比,中国的文论在逻辑上、理论建构上有一些不足。与西方文论比起来,中国文论的劣势是比较明显的。在中国近代的文学批评史上,并没有一个成形的理论体系。这种局面的形成与中国古典文论的零散化、缺乏系统性的倾向有关,即使是《文心雕龙》这样比较系统的著作,也远不如西方文学理论那样有比较坚实的理论思想作为框架。近现代的中国社会比较动

---

① 安东尼奥·葛兰西:《狱中札记》,葆煦译,北京:人民出版社,1983年,第6页。

荡，从鸦片战争打开国门到"五四"时期引进"民主""科学"的新思想，一直到中华人民共和国成立，再到"文化大革命"结束后改革开放的新时期，我们的西方文学研究介绍性的工作做得多，消化性的工作做得少。虽说介绍的同时也在消化，但介绍毕竟代替不了消化。

"五四"时期，有一些伟大的作家和学者以阐释的方式介绍西方文学和西方的文艺思想。在这种阐释中，他们将中国古典文艺思想与西方现代文论思想相结合。这种结合或者以中国的东西解释国外的东西，或者相互阐释，或者以介绍引进的方式出现，取得了伟大的成就，为中国文论的系统工程建设打下了基础。中华人民共和国成立后，在引进外国文学时，我们更多强调的是这些文学要符合马克思主义价值观。然而当时我们对马克思主义价值观的理解过于简单，过于武断。这样，到了"文化大革命"初期，我们文艺批评的田园处于荒芜状态。由于历史原因，在改革开放的新时期，面对蜂拥而至的欧美文学作品，对于如何正确评价它们，我们显得束手无策。旧有的那种批评模式已经无法满足人们探索真理的欲望，而新的批评方式我们又不熟悉。在这种情况下，学界选择了一种最为便捷的方式，那就是大量引进外国文学理论，原汤化原食，以帮助我们理解这些作品。

西方文论系统性强，业已形成了完备的知识体系。西方文论的强大生命力在于它的文化之根，西方文论都建基于西方的文化基础之上，如存在主义文论、结构主义文论、解构主义文论等皆以西方哲学为理论基础，精神分析文论以心理学为理论基础，有的文论以交叉融合的多门学科作为其理论基础。西方文论的诸多流派也形成了一种传承关系和交叉关系，形成了一些极具包容性的文论，如后殖民文学理论、女性主义文学理论等。而且，西方文论很注重在应用中不断地进行创新和发展，可以说，批评、反思和质疑精神使西方文论保持活力。西方文化知识体系后面的哲学背景加大了这个知识体系的深度和张力，这样一个庞大的知识体系给接受者带来了极大的困难，让人感到无从下手。全面具体地掌握它当然是最佳方案，但时间是有限的，人的精力也是有限的，西方人用了几十年时间建构起来的西方文论，再加上它背后的西方文化背景，我们想在短时间内全面掌握是不可能的。而如果只是一知半解，我们又会陷入一种半生不熟的状态，这就造成了我们在面对西方文论时欲得不能、欲罢不甘的两难局面。

长期以来，我们的文学批评模式以社会学批评范式为主，但是，近几十年来对社会学文学研究方式的滥用也导致这种批评方式在新时期受到冷落。单一范式的批评模式使人们的思维变得僵化，歌德曾指出这样一种批评范式的局限:"十分容易,只需确定一个理想的标准,确定一种或另一种模式,即使这些标准和模式极为狭隘也无妨。然后就盛气凌人地表示:被批评的艺术作品与该标准毫不相符,因此,分文不值。一锤定音,审判就此结束了。"[1]我们长期以来遵循的正是这样一种简单化的批评范式。

由于社会学批评长期泛滥,特别是在"极左"思潮中,那些粗制滥造的社会学批评给整个文学研究领域带来了极其不利的影响,使社会学批评在中国文论界一度失去魅力。其实,这是对马克思主义艺术观的误解。在我们的文艺论述文章和书籍中,经常提到马克思对英国19世纪现实主义作家的肯定。马克思说:

> 现代英国的一批杰出的小说家,他们在自己的卓越的、描写生动的书籍中向世界揭示的政治和社会真理,比一切职业政客、政论家和道德家加在一起所揭示的还要多。他们对资产阶级的各个阶层,从"最高尚的"食利者和认为从事任何工作都是庸俗不堪的资本家到小商贩和律师事务所的小职员,都进行了剖析。狄更斯、萨克雷、白朗特女士和加斯克耳夫人把他们描绘成怎样的人呢?把他们描绘成一些骄傲自负、口是心非、横行霸道和粗鲁无知的人;而文明世界用一针见血的讽刺诗印证了这一判决。这首诗就是:"上司跟前,奴性活现;对待下属,暴君一般。"[2]

对英国小说的评论表明了马克思对于艺术社会功能的重视。实际上,马克思不仅重视文学的社会功能,也没有忽略文学的审美功能。马克思没有写过专门的文学批评著作,但在其偶然论及文学的片段中,我们也可以看出马克思对艺术的深刻见解。马克思非常关注审美感受与审美对象的同一性和差异性。他说:

> 如果你想得到艺术的享受,那你就必须是一个有艺术修养的人。如果你想感化别人,那你就必须是一个实际上能鼓舞和推动别人前进的人。你同人和自然界的一切关系,都必须是你的现实的个人生活的、与你的意志的对象相符合的特定表现。[3]

---

[1] 艾田伯:《关于文学批评》,《比较文学之道:艾田伯文论选集》,胡玉龙译,北京:生活·读书·新知三联书店,2006年,第63页。

[2] 马克思、恩格斯:《马克思恩格斯论文学与艺术》(上),陆梅林辑注,北京:人民文学出版社,2002年,第154页。

[3] 同上书,第152页。

马克思对审美发生的条件以及由此所反映出的人与审美对象之间的关系都有独到的见解,单单从作品的政治思想出发对作品进行价值判断的做法是与马克思主义思想背道而驰的,但这种做法却在中华人民共和国成立之后很长一段时期内成为文艺批评的主导模式。社会学的文学批评方式本无可厚非,有其合理的一面,只是长期以来对这种批评方式的滥用使我们对其产生了太深的误解,以至于在新时期的欧美文学批评中,我们纷纷把注意力从社会学文学批评方式上移开,开始到五花八门的西方现代主义文论中去猎奇。

20世纪90年代,曹顺庆提出了"失语症"一说,他指出:

> 长期以来,中国现当代文艺理论基本上是借用西方的一整套话语,长期处于文论表达、沟通和解读的"失语"状态。自"五四""打倒孔家店"(传统文化)以来,中国传统文论就基本上被遗弃了,只在少数学者的案头作为"秦砖汉瓦"来研究,而参与现代文学大厦建构的,是五光十色的西方文论;建国后,我们又一头扑在俄苏文论的怀中,自新时期(1980年)以来,各种各样的新老西方文论纷纷涌入,在中国文坛大显身手,几乎令饥不择食的中国当代文坛"消化不良"。①

应该肯定的是,"失语症"这个提法具有启发性,它能够帮助我们更加敏锐地察觉类似的征兆。"失语症"是过度西化的结果,也是阐释不足的结果,这是一个悖论。比如在涉及西方文论和文学批评的时候,我们的学界对于外来的概念与术语过于偏爱,特别是在文学批评中对西方文论生搬硬套地使用的情况已司空见惯,仿佛不加几个西方文论的术语、概念,我们整个的批评就要塌方一样。在文学研究中,我们对西方文论依赖过甚,这强大的外来的声音压住了我们自己的声音。同时,这种不加区分、全盘生搬硬套的吸收方式也导致了我们对西方文论的阐释不足。

"失语症"一词提出以后,在学界引起了很大的反响。赞同之声、反对之声此起彼伏。与西方文论相比,中国文论的声音的确显得很微弱,但这是否就是"失语症"? 这个问题就是仁者见仁,智者见智了。"症"指的是一种病状,是比较严重的问题,而反对"失语症"一说的人认为,中国文论从古代到现代,只是发生转换,并没有发生断裂,因而并没有"失语"。但是,"转换"意味着变化,意味着中国文论在某种外在冲击力的作用下偏离了原来的轨道,这强大的外在力量是中国的文论界不得不面对的。其实,反对者和赞同者在一个问题上是达成共

---

① 曹顺庆:《文论失语症与文化病态》,《文艺争鸣》,1996年第2期,第50页。

识的,那就是西方文论输入中国后对中国文论产生了冲击,或者更严重一点说,是威胁。因为有威胁的存在,我们才需要变化,需要转换。这并不是狭隘的民族自尊心在作祟,而是本土文化在全球化时代的自卫。也就是说,这两种不同的声音表明了同一个重要的事实,那就是中国文论因西方文论的强大入侵和渗透而产生了焦虑意识和反思意识,这也是事物向着有利方向发展的第一步。对外国文论"引进的过程必然是一个吸收、扬弃、改造、重构的过程,也就是中国化的过程"[①]。从这个角度说,对西方文论的阐释在引进的过程中就一直在进行。我们对"失语症"的感受,表明我们已经不满足于对西方文论的研究仅停留在阐释层面,我们要求对它进行更深一层的利用和吸收。

其实,"转换"和"失语"并不矛盾。"失语"是"转换"中某个阶段必然出现的现象。"转换"做得不充分就会"失语"。"失语症"的提法反映的是我们的焦虑意识与话语权意识的觉醒。我们意识到我们在接受西方文论时产生了偏差,并认为这种偏差损害了我们的言说权力,因而把它看成是文化交流中的一种反常现象,一种病症。但同时,我们必须充分认识到,在文化交流大规模进行的过程中,一种文化占了上风,另一种文化被逼到喑哑的地步,这是强势文化与弱势文化相遇时必然出现的情形。对于这种情形,不能心切,因为文化的发展有其自身的客观规律,不以人的主观意志为转移。"失语"是我们接受西方文化时一个阶段性的现象,"失语"是暂时的,而"转换"才是永恒的。我们整个的译介和研究的过程也都是转换过程。"失语"现象只是转换中出现的问题,并不意味着转换的停滞。把中国文论在当今发展的弱势状态说成是"失语症",可以引起我们对话语权问题的充分重视。

"失语症"可以看作是话语权的暂时让渡状态,"失语症"这一提法首先发现了西方文论在中国所处的优势地位,并因此而发觉西方文论对中国文论的威胁,进而产生了强烈的焦虑感。正是由于我们中国的文论暂时还不能大张旗鼓地形成自己的言说体系,我们的话语权才不知不觉地让渡给了强大的西方文论。

然而,待到我们的文论在发展中成熟了,这种话语权的让渡就会逐渐演变为话语权向本土文化的倾斜,并最终被本土话语权所取代,"失语症"就会得到治愈,被让渡出去的权力就会被收回。这里还有一个概念,那就是"本土文化"。我们的"本土文化"并不单单指中国的传统文化,而是在时代的发展中融入了异

[①] 陈厚诚、王宁主编:《西方当代文学批评在中国》,天津:百花文艺出版社,2000年。

质文化的民族文化。它是与时俱进的,是动态发展的,而不是收藏在博物馆中的古董。在这种意义上理解本土文化,我们的话语权让渡才可能是暂时的,因为只有融入了时代意识的本土文化才能具有强大的生命力,才能让话语权的让渡成为暂时的现象,才能最终收回话语权,使西方学术话语与中国传统文论话语有效整合,使西方文论中国化。然而,话语权的暂时让渡并非一种契约关系,对于什么时候可以收回,我们没有确切的把握。我们担心让渡成为一种永恒,成为失去的开始,所以才会出现"失语症"这一提法。

三、中国话语建设与欧美文学中国化

我们的外国文学研究界已经越来越深刻地认识到我们在外国文学研究方面所存在的问题,并对这些问题进行了深入的思考。像"失语症""欧美文学中国化"以及"中国话语建设"等问题的提出,其本身就说明了中国在外国文学研究方面思考之深入,也体现了我们所取得的初步成就。发现问题比解决问题更为重要,因为我们发现这些问题的过程,正是我们努力寻找进步方向的过程,发现的这些问题会引导我们一步步进入研究的深层境界。

我们之所以将这三个术语放在一起讨论是有深意的。第一,"失语症""欧美文学中国化"和"中国话语建设"是从不同角度思考如何解决外来文学与中国本土文化融合问题的。这三个问题很自然地形成了一种层进关系。"失语症"侧重的是中国欧美文学研究能否形成一套自己的理论体系的问题,它体现了焦虑意识,说明我们在研究外国文学的时候很想闯出一条属于自己的新路,但是又感到力不从心。"欧美文学中国化"在某种程度上是针对"失语症"问题提出的一种解决方案。而且,"欧美文学中国化"这一提法强调了中国文化对欧美文学的诠释和改造,中国被置于主体地位,因此,尽管我们仍然要继续使用外来文学的批评话语,但是我们不再恐惧被外来文化吞没,失去自我,这样,"欧美文学中国化"消解了"失语症"这一提法中所含有的焦虑意识。"中国话语建设"隐含的仍然是如何嫁接异质文化,如何在不同的语境下理解外来文学的问题,只是它比"欧美文学中国化"这一提法更为具体。因为比较文学的学科体系已经形成,而且产生了具有影响的平行研究和影响研究这两大研究范式,美国学派和法国学派这两大研究派别,在这个基础上再言建立中国学派,其可操作性更强,它在一定程度上也丰富了"欧美文学中国化"这一提法。第二,"失语症""欧美文学中国化"和"中国话语建设"这三个术语不仅反映了外国文学研究在中国的状况以及由此引发的思考,也体现了我们在对外国文学的接受过程中保持自己文化独立性的基本姿态,是民族尊严在文化领域的表现。"失语症"的提法表达了我们对盲目追随外国这种行为的不满,"欧美文学中国化"和"中国话语建设"则清晰地反映出我们以中国文化消化欧美文学的意识。

任何一种文化现象都与特定的历史时期分不开。外国文学在中国的接受也是一种文化现象,它不能脱离中国特定的历史语境,这也决定了我们对外国文学的研究必须要在中国特定的语境下展开。只有这样,我们才可能真正弄清外国文学在中国经历了什么样的变化,而我们自己又在何种意义上接受了外来文学的影响,这种影响包括由于对外来文学的误读而产生的影响。只有当我们的思考不局限于文本,也不局限于文本所产生的语境,我们才会要求在文学批评领域中发出自己的心声,不再遭受"失语"之痛,也只有这样,我们才会思考如何建构中国的欧美文学,在比较文学领域中以东方文化为基础,建立中国学派。这三个术语中所蕴含的主体意识是可贵的,它体现了我们民族自信心的增强,是民族主体性意识的体现,是民族复兴的强大精神力量。这三个术语的提出对我们的学术、对我们的精神文明建设都具有重大的历史意义。下面,我们就此问题具体地分析一下。

"欧美文学中国化"这一提法在我国欧美文学研究界具有重要意义。首先,这有助于我们正确认识欧美文学。用"欧美文学中国化"一语,就是要坦白地承认欧美文学在进入中国后经历的变化。这种变化并无好坏之分,只是一种客观存在,是一种值得我们研究的现象。其次,中国化问题受到重视。"欧美文学中国化"这一提法意在把"欧美文学"与"欧美文学中国化"二者作出区分。这种区分的焦点在于"中国化"这三个字。它的含义是,经过中国选择、翻译、过滤、修正、阐释后的欧美文学已经与本源的欧美文学不同。再次,引起人们对文学他国化问题的注意。任何一个国家引进外来文学,都要面临一个如何接受的问题,而对外国文学的接受又总是与接受国的文化语境密切相关。"欧美文学中国化"这个提法是具有启发性的,它意味着文学他国化这个过程对于引进国的文学具有再造性。"欧美文学中国化"的成因、特征及其属性中包含着文学他国化的一般性规律。如果我们能够找到"欧美文学中国化"的普遍性特征,就能促进我国外国文学他国化的研究,这对我们更好地理解民族文学、世界文学、国别文学、总体文学的概念都提供了新的视角和新的参考要素。最后,"欧美文学中国化"给了我们重要的启示,即我们在对欧美文学进行研究的过程中要坚守中国的主体地位。随着中国和西方交流的不断加深,中国对外来文学的误读程度会下降,我们的理解会越来越接近外来文学的原味,我们在研究外国文学的过程中也会比较多地借鉴外国的研究成果,将其视为正宗。但是,引进外来文学的目的是丰富我们自己,而不是让我们成为它的崇拜者和模仿者。学习是必要的,但要坚持为我所用的原则。"欧美文学中国化"进一步说就是把欧美文学视为中国文学的组成部分。这个观点已有学者提出过,但学界对此还是感到有些难以接受。然而,随着我们论证的进一步深入,"外国文学可以成为引进国文学的一部分"这样一个命题也是有可能被证实并最终被接受的。莱辛说:"从来,在每一个社会里,即使是最僵化的社会,新的观念出现时通常被认为是应受谴责的或者甚至是煽动性的,但是最后都被接受了。"① 如果我们从理论上到实践中都把外来文学变成我国文学的组成部分,那么欧美文学及总体文学研究中所产生的种种问题都会迎刃而解。最典型的例子就是"失语症"的问题。如果我们已经把外来文学纳入了我们自己的文学体系,那么对它的研究与阐释就是在我们自己的文化系统中进行的,"失语症"也就不存在了。

随着欧美文学中国化进程的深入,"中国话语建设"是中国比较文学发展到一定历史阶段的必然要求。中国的比较文学研究在 20 世纪 80 年代就已开始,经历了三十多年的发展,现在已经取得了很大的成绩。"中国话语建设"的提出表明,我们的比较文学研究界已经形成了强烈的创新意识,希望在比较文学研究领域发出我们自己独特的声音。

"中国话语建设"的提出推动我们对比较文学研究的创新方法进行探索。比较文学是研究各民族文学之间的事实联系和相互影响关系的,影响研究和平行研究是比较文学研究的两大支柱类型。影响研究出现得比较早,平行研究摒弃了影响研究中实证主义和唯科学主义的旧思路,提出比较文学研究要注重研究文学作品的"文学性",认为即使是没有相互影响的文学作品,由于人类的情感体验相似,人类社会发展的规律相似,所以对相互之间没有直接影响的文学作品也可以进行比较研究。这为比较文学研究开创了一种新模式。这种平行研究模式在同欧美文学的比较研究中最为实用,因为从历史发展的角度讲,欧美文学之间存在的事实上的影响关系并不大。接受美学理论的提出为比较文学的影响研究提供了一种更加可行的方法,研究者可以从接受的角度研究文本旅行中的遭遇及其背后所隐藏的文化内涵。这种研究类型因其操作性强正在

---

① 多丽丝·莱辛:《影中漫步》,朱凤余等译,西安:陕西师范大学出版社,2008 年,第 57 页。

赢得越来越广泛的青睐。而通过运用平行研究方式来对不同文化体系的民族文学与文学理论进行比较研究，使它们互相阐发，由此产生了比较文学研究中的另一方法：阐发研究。平行研究以美国学派为代表，影响研究以法国学派为代表，中国的比较文学学派也必须要找到自己切实可行的方法论作为学派成立的理论支撑。台湾的古添洪、陈鹏翔等学者提出阐发说，曹顺庆先生又进一步指出：

> 文化差异，或者说中国与西方文化背景的巨大差异，正是中国比较文学"阐发研究"产生的深厚基础及其基本特色之所在，西方的跨国阐释，不可能成为"比较文学"，而中西方的跨文化阐释，却构成了中国比较文学独树一帜的方法论——"阐释研究"，成为比较文学中国学派的一大特色。因此，我们可以说，跨越中西方异质文化，正是中国学派的基本立足点，是比较文学中国学派区别于法国学派和美国学派的最突出的特色所在。①

这样的构想源于建立比较文学中国学派的强烈愿望，这种探索还会继续下去。

"中国话语建设"也为中国比较文学的发展树立了目标。创立一个学派意味着有许多现存的问题需要我们解决。"中国话语建设"的提出促使我们思考如何在现有的比较文学研究成果的基础上，结合本民族文化闯出一条新路来。事实上，自从提出建立"中国话语建设"这种想法以来，比较文学研究者已经在从各个方面努力以促使中国的比较文学研究再上新台阶。有些学者把注意力转向异质文化交流方面，有些学者则具体地思考中国的比较文学学派之特征，还有些学者在努力地寻找中国比较文学学派的理论基石。这些工作都使我们向着构建"中国话语建设"的方向前进。

"失语症""欧美文学中国化""中国话语建设"这三个概念虽然内涵不尽相同，但它们都指向同一点，那就是如何使欧美文学和欧美文学理论中国化。"化"是一种境界。钱锺书先生在论翻译的时候，谈到"化"的意思，他说：

> 就文体和风格而论，也许会有希莱尔马诃区分的两种翻译法，譬如说：一种尽量"欧化"，尽可能让外国作家安居不动，而引导我国读者走向他们那里去，另一种尽量"汉化"，尽可能让我国读者安居不动，而引导外国作家走向咱们这儿来。②

---

① 曹顺庆：《阐发法与比较文学"中国学派"》，《中国比较文学》，1997年第1期，第32页。
② 钱锺书：《七缀集》，上海：上海古籍出版社，1985年，第80页。

要想理解"中国化"的意思,可以从钱锺书先生对翻译中的"化"的解释中得到启发。"安居不动"是一种姿态,是一种以我为主体的姿态;而在"引导外国作家走向咱们这儿来"这句话中,"引导"一词很耐人寻味。"引导"中蕴含了一种态度:我们在接受外国文学的时候,要积极地把我们的文化与西方的文化融合起来,"引"外来文学进来;还要把它转换成我们中国的东西,就是"导"出来;最后,让它"走向咱们这儿来",而这便是"引导"的最终目标。这层意思用在对"中国化"这个词语的理解中,至少有一大半是适合的。"中国化"的过程既有客观的,也有主观的。客观上的中国化是欧美文学在传入中国后那些不确定因素综合作用的结果,是不以我们的意志为转移的客观存在;而主观上的中国化则包括我们所选择的用来翻译的作品,我们用来观照这些作品的世界观,以及由此而产生的阐释方式和阐释结果的不同。

"欧美文学的中国化"是我们的民族文化在与世界文学对话中的定位。只有充分挖掘中国文化之根,我们才能真正实现让外来文学为我们服务的现实目的,让世界的舞台上响起中国的声音。从思想意识上,我们要消除对"文化霸权"的焦虑,树立整合观念。要想把握住我们的话语权,就要挖掘我们自己的文化之根。中国文化是最具包容性的文化,而这种包容性源自中华民族多民族的悠久历史。中国的传统文化以儒家文化为代表,儒家主张"河海不择细流,故能就其深"。正因如此,中国传统文化不断以强大的同化能力接受异质文化,并最终将那些从异质文化中拿来的东西中国化,化为自身的营养,这种纳新成就了中国文化的博大精深,源远流长。中国文论暂时的"失语"并不可怕,可怕的是我们丢掉了自己的文化。一个没有文化传承的民族是不能发展自己的。只有了解了自己的文化,客观地判断了我们文化中的精华与糟粕,以异质文化来弥补我们的不足,来充实我们的文化,我们才能以自己的文化对异质文化进行同化,并丰富异质文化的内涵,对话的机制才会形成。我们总的行动方针应该是以我们的民族文化为出发点,并在此基础上去理解异质文化。但仅有行动方针是不够的,我们还要有一些具体的行动方案。其实,在这方面,许多学术界的人士已经在探索。

"五四"时期,胡适提出了文学革命的主张,这在当时的中国是一个全新的思想,而他的文学革命理论实际上受到欧美意象派诗论的影响;鲁迅对人性分析的一个重要依据是弗洛伊德的学说;王国维在分析《红楼梦》时运用了西方文学理论——这些都是学贯中西的学者,他们在建构中国文论话语的过程中做出了杰出贡献。钱锺书先生对中西方文论的研究也到了出神入化的程度。现在,我们总是把钱锺书、朱光潜等学者纳入比较学者之列。但其实,这些学者从未有意识地把自己当成比较学者。对他们来说,比较只是一种方法,一种研究文学的必要方法。因为理解就是在比较中形成的,而研究要从比较开始,没有比较的基础就无法延伸至研究的层面,所以从这个意义上讲,所有研究他国文学的学者都首先应该是一个比较文学研究者,否则,他的研究就只能是"只见树木,不见森林"了。如果我们再宽泛一点说,这种比较学者还包括中国的一些作家。"五四"时期以及改革开放新时期的一些作家,他们以自己特有的方式模仿西方的作家。模仿就意味着对所模仿对象的一种肯定,正如艾田伯所说,"模仿即是评判"[①]。

另一个行动方案是从微观入手,逐渐去构建中国文论自己的话语体系。我们对于西方文论的吸收应该达到何种程度呢?这应该像那首《我侬词》所言:"把一块泥,捻一个你,塑一个我。将咱两个一齐打破,用水调和;再捻一个你,再塑一个我。我泥中有你,你泥中有我。"当然,这首诗原意是指爱情,但我们可以用在这里,以形象地描述文化融合并在融合中产生创新的理想状态。"打破"不是破坏,而是一种彻底的了解,我们所欠缺的正是对西方文论的透彻的了解。我们看到的是一个外在的壳,而不是它内在的元素。要想达到融合,就必须从它的内在元素入手。那些内在元素最为明显、也最为具体的代表就是学术术语,因为学术术语是特定的学科领域概念的集合,是学术思想的结晶。我们的文论是否有自己的话语,在很大程度上取决于我们的术语是否有活力,是否引领了某种学术流派的思想。西方文论对中国文论最明显的挤压即反映在术语上。我们所说的文论的话语权让渡问题,最明显、最突出的表现就是我们离不开西方文论中所使用的术语。在改革开放的新时期,我们以空前的引进速度把外国文学的概念、术语翻译过来,再做一个概要性的解释,然后就直接将其用在我们的批评中,结果就造成了中国文论被挤压的状况。

学术术语同任何其他词汇一样,它的产生有其历史背景,它的内涵总是与产生的文化语境有着千丝万缕的联系,不深究这些联系就谈不上对术语进行正确的理解。加强对源语言内涵的理解,这种观念无疑是正确的,但是,它的可行性却不强。术语和其他词汇一样,它的意义的形成也要遵循语言的发展规律。像浪漫主义、现实主义这样一些我们耳熟能详的术语,它们的含义究竟是什么,这在西方就是一个比较纠结的问题,因为不论怎么解释,都无法把这些术语的

[①] 艾田伯:《关于文学批评》,《比较文学之道:艾田伯文论选集》,胡玉龙译,北京:生活·读书·新知三联书店,2006年,第85页。

意思说得清楚明白。要求一个术语从一种文化移植到另一种文化时保持它的原有意思不变,这不仅是不可能的,也是没有多大益处的。我们之所以要把西方文论的术语移过来为我所用,是因为觉得它具有概括性,具有丰富的内涵,但是,我们不大可能了解这个术语所蕴含的所有意思,我们只能依据自己的需要为这个术语增减些意义和色彩,使之契合我们的目的。因此,我们说李白是浪漫主义诗人,这并不意味着李白和欧美文学中的浪漫主义之间有多么契合,我们只是说李白的诗具有浪漫主义文学最突出的一些特点。探寻这种表达将欧美浪漫主义的内涵丢失了多少,又把李白的实际艺术价值减损了多少,这是一个没有意义的问题,因为只要读过李白又读过华兹华斯的人,绝不会要求他们具有同一种风格、同一种思想追求。

如果我们研究术语是为了帮助我们更广泛更深刻地理解学术术语丰富的内涵,这种目的是非常值得称道的。但是,如果研究术语的内涵是为了正本清源,这就是给自己提出了一个不可能实现的任务,一个违背语言发展规律的任务,一个不会给实际研究带来多少益处的任务。如果仅仅因为一个术语产生于西方社会,我们便把那里当作它的源头,以考据的精神研究这一术语的意义,并以此为正宗,那就忽略了这个术语在发展过程中所产生的意义,而这种追本溯源、寻求正宗的做法,是对文化霸权的主动投诚。我用"投诚"一词,意在说明一个术语的意义应该是开放的,既应该包括它的最本原的意义,也应该包括它在发展中所获得的新义。也就是说,一个术语的意义要由它自己的历史发展轨迹所构成。我们不妨看看艾田伯的看法。

> 至少可以希望而且应该要求编纂一部辞典,像拉朗德哲学词典那样,把每个词的全部意义都公允地列举出来。这样一部"词汇汇编"在"现实主义"词条下应该列举这个概念的所有解释,不论出自19世纪保守的资产阶级评论家,还是出自20世纪自由资产阶级批评家的解释,还是出自马克思主义的批评家,还是出自追随日丹诺夫的批评家。①

这种对待术语的方式体现了一种开放的态度,尽管即使我们可以这样做,我们还是不能穷尽术语的内涵,但是,至少我们可以更接近一个术语使用的真实情况。当我们把一个术语放在语境中解释的时候,我们可以在时间上延续它的发展史,在空间上跟踪它被异质文化阐释的历史,这样,这个术语会在我们的

---

① 艾田伯:《关于文学批评》,《比较文学之道:艾田伯文论选集》,胡玉龙译,北京:生活·读书·新知三联书店,2006年,第28页。

实际应用中发挥更大的作用。我们既可以从它的历史变迁中更深刻地理解它的含义,也可以在运用时赋予它更加贴切的含义,或者生发出更加合乎逻辑的含义。

第六个问题：

改革开放以来我国俄苏文学研究具有哪些特点？

自从清末民初引入俄苏文学以来，其一直是翻译与研究的重点对象。20世纪五六十年代，苏联文学作品在中国盛极一时。20世纪60年代，中苏关系恶化。这个时候，俄苏文学作品在中国文坛销声匿迹。改革开放以来国内外形势都发生了翻天覆地的变化，欧美文学的热潮到来。中国与苏联的关系正常化，此时又逢苏联解体。这一系列政治领域的变化影响了俄苏文学在中国的传播，使得俄苏文学的中国化进程呈现了一些新的特点。我们开始以开放的心态接纳内容更广泛、艺术手段更加鲜明的优秀俄苏文学作品。新时期，我们对于俄苏文学中的人道主义思想有了新的认识，并且重新解读苏联"红色经典"中的价值观念，以前忽视的俄苏"白银时代"文学也被发掘出来。

一、俄苏文学中的人道主义思想

欧美文学中蕴含着丰富的人道主义思想内涵。它起源于欧洲文艺复兴时期，强调以人为本，以此来反对中世纪以神为本的现象。人道主义的宗旨就是促进人类的幸福。人道主义思想是一个非常宽泛的概念，要给出其确切定义是很困难的。理论家们在探讨这个问题的时候提出过相当复杂的观点，但总的来说，人道主义是关于人的本质、人的价值和人的个性发展的理论，属哲学范畴，它的内涵随时代的发展而发展。欧美文学作品引入中国后，其蕴含的人道主义思想又被我们以特定的方式加以阐释和理解。虽然人道主义思想普遍存在于欧美文学中，但中国对俄苏文学中人道主义思想的阐释和理解意义更为重大。这一方面是由于中国文学与俄苏文学的密切关系，另一方面则是由于中国与俄苏历史发展的相似性。"五四"时期，我们就大量引进了俄苏文学。俄苏文学中的现实主义作品为与封建主义作斗争，为争取民族解放的中国人民提供了精神上的支持。相似的历史进程使我们在解读俄苏文学中的人道主义思想时有了更多的亲近感。

大体来讲,我们对俄苏文学中人道主义思想的阐释经历了三个发展阶段,这种阐释的阶段性变化与中国的国情和我们价值观念的变化联系在一起。第一个阶段主要是在20世纪二三十年代,当时中国的人道主义思潮重视个性解放、自由、民主、平等。这种观念使我们对俄罗斯文学作品中反对封建专制、体现平等意识的民主思想非常重视。此时,我们将俄罗斯文学中的人道主义主要理解为对不平等的社会制度的不满、对弱者的同情等。此时也出现了对人性与阶级性的讨论,左翼文艺界对梁实秋等的人道主义文学艺术观进行了批判,用阶级论来反对人性论。第二个阶段是中华人民共和国成立以后。20世纪50年代中期,我国出现了关于人性、人道主义的讨论。巴人认为,人除了阶级性以外,还有共同的人性,但周扬1960年7月在中国文学艺术工作者第三次代表大会上所做的报告中则将人性和人道主义看成是一种危险的社会思潮。"文化大革命"期间,人性被完全等同于阶级性,悄然从中国历史舞台上隐退。第三个阶段是在中国改革开放后,这个时期我们开始对人道主义的内涵进行反思,力求避免"极左"和极右的观点,以客观的、科学的态度来思考人道主义问题。此时,人道主义思想被我们从尘封的角落里翻了出来,就像一本页边卷折、微微发黄、或许已经生了霉斑的旧书,然而,这本旧书却蕴含了很多值得我们思考的东西。我们自己对人道主义思想的兴趣也影响了我们对俄苏文学中人道主义的理解方式和理解倾向。对俄苏文学中的人道主义问题的阐释有两个侧重点:一是将人道主义思想与对人性的本真追求相联系,二是对人道主义的普遍性意义的思考。

第一,新时期人性问题受到关注,是因为"文化大革命"对中国文化的摧残导致对人性的漠视。中国古代文化思想资源中有着丰富的人道主义思想内涵,比如孔子倡导"仁者爱人""泛爱众"等,要求人们"克己复礼","仁"和"礼"是儒家思想的核心。这些思想都强调人要加强自己的道德修养,在此基础上实现社会的和谐。然而,在封建社会中,当儒家思想被统治者利用作为统治人民的思想武器时,其中的人本主义思想就被淹没了。"五四"时期,人们已经认识到统治者利用儒家思想使其专制统治合理化的危害,所以反孔成为"五四"时期的潮流。但是,有识之士同时指出,他们所反对的并不是儒家思想本身,而是反对统治者利用儒家思想对人民进行专制统治和奴役。如果说"五四"时期中国传统文化遭到了冲击,那么,在"文化大革命"这段特殊的历史时期,中国传统文化则受到了摧残。阶级斗争代替了人与人之间的友善与爱,阶级性代替了人性。在这样一种政治环境下,人性被漠视、被压抑,被完全从文学主题中排斥出去。但是,历史在前进,即使前进过程中会遇到阻碍,但它总的趋势是不会改变的。长达十年的"文化大革命"历史终告结束。新的历史时期,人道主义思想成了中国走出"文化大革命"阴影后最先触及的主题。

第二,将人道主义与人性问题联系起来的另一个原因是文学研究正常化的需要。当我们把政治和文学强行扭在一起的时候,我们所有批评文章都众口一词地为文学研究画地为牢。《静静的顿河》在中国的评介就可以说明这一问题。该书的翻译者金人1957年介绍这部作品的时候,非常谨慎地对小说故事进行了介绍。金人谈到,这部小说写了哥萨克人的生活。在小说中,哥萨克人热爱自由,但在哥萨克集团内部也存在阶级和阶级斗争,至于其阶级斗争到底是什么样,译者则没有提及。金人认为,小说"偏偏用一个中农家庭作为中心展开整个故事,这实在是作者的创作魄力特别伟大的地方"①。何以以中农家庭为背景讲故事就很有魄力,译者没有明说。此外,金人还做出小说艺术性很高妙的评价,用以回避小说中涉及的比较敏感的问题。以上所说都是翻译家和评论者在那个特殊的历史时期所做出的无奈的选择。

再来看中国对这部小说结局的政治性解读:小说结局被解释为主人公格里高力最终站到了苏维埃政权一面。不论是从格里高力的人生追求来看,还是从促使格里高力在白军和红军之间摇摆不定的动机来看,这种解释都不能自圆其说。实际上,在小说结尾,"格里高力的生活变得像野火烧过的草原一样黑了"。格里高力已经家破人亡,只剩下自己的儿子,"这就是他的生活所残留的全部东西,这就是使他暂时还能和大地,和整个这个巨大的、在冷冷太阳下面闪闪发光的世界相联系的东西"。这样的结尾并不乐观,而评论界将其定性为乐观的、靠拢革命的结尾,这不过是为小说的传播取得一张通行证而已。不过,即使上述这些十分保守的评价在"文化大革命"时期也完全不被认可,不被允许。小说作者肖洛霍夫被定为"苏修文艺鼻祖",他的作品成了文艺界口诛笔伐的对象。

改革开放后,思想解放,外来文化大量涌入,这让我们认识到庸俗的文学社会学批评的狭隘及其对我们的文学研究造成的危害。在这样的情形下,我们把探索问题的出发点定义为了解人性、理解人性、诠释人性。回归了这个出发点就是回归了对人的终极关怀,而这种终极关怀最终会把我们带到文学研究的正

---

① 金人:《关于"静静的顿河"》,《读书月报》,1957年第7期,第28页。

常轨道上来。

第三,俄苏文学中的人道主义思想与人性问题关系最为密切。俄罗斯思想家别尔嘉耶夫指出:

> 如果说俄罗斯没有西欧文艺复兴上的人道主义,那么人性问题则是它所特有的,这个问题有时可以有条件地称为人道主义。俄罗斯思想揭示了人的自我确认的辩证法。由于俄罗斯民族好走极端,所以它所讲的人性能够兼有残酷性的特征。不过,人性毕竟是俄罗斯具有的特征,人性是俄罗斯思想之最高显现。俄罗斯较高文化阶层和人民中的优秀人物都不能容忍死刑和残酷的惩罚,都怜悯犯人。他们没有西方那种冷漠的对公正的崇拜,对他们来说,人高于所有原则,这一点决定了俄罗斯的社会道德。对于丧失了社会地位的人、被欺辱的与被损害的人的怜悯、同情是俄罗斯人很重要的特征。[1]

别尔嘉耶夫指出,俄罗斯历史上的一些杰出人士都极富同情心,把人民的幸福看得比自己个人的幸福更加重要。别尔嘉耶夫认为同情和怜悯是许多伟大的俄罗斯人所共有的美德,他以托尔斯泰为例,说托尔斯泰一生都为自己所拥有的特权而苦恼,想放弃这种特权地位,成为一个平民。陀思妥耶夫斯基也是如此,对苦难者的同情令他痛不欲生,精神失常。对苦难的悲悯、对正义的呼唤也正是中国人的心声。

20世纪80年代以后,中国改革开放的到来为客观评价外国文学作品打开了通道。我们对《静静的顿河》这部作品的研究也逐渐摆脱了思想的枷锁,走上文学批评的正常轨道,从多角度、多侧面展开研究。此时,《静静的顿河》就像一枚多棱的宝石,在阳光下异彩纷呈。20世纪末,评论界开始对小说中的悲剧意识、小说的艺术特征、小说主人公格里高力的艺术形象和女性人物塑造的特征进行评论;进入21世纪,这种研究得到进一步拓展,而且出现了运用西方文学理论和比较文学方法对此部作品进行研究的倾向。在众多批评方式中,小说的人道主义思想和小说主人公的人性内涵始终是批评界关注的问题。翻译家力冈满怀激情地写道:"作为《静静的顿河》新译本的译者,我在翻译过程中也深深爱上格里高力这个人物。怎么能不喜爱这样的人物呢?格里高力具有强烈、深厚的人性和美好的男子汉性格。而且这一切表现在他身上是那样鲜明,那样自

---

[1] 尼·别尔嘉耶夫:《俄罗斯思想:十九世纪末至二十世纪初俄罗斯思想的主要问题》,雷永生、邱守娟译,北京:生活·读书·新知三联书店,1995年,第86—87页。

然,那样生动。"①"今天,思想界出现了空前活跃的局面。应该用新的眼光,拨开庸俗社会学的迷雾,去认识这部作品的实质了。"②这种号召是长期压抑在翻译家心底的声音,这声音呼唤人们去认识作品中人物的人性,而这种人性体现的是作家的人道主义精神。格里高力的美好人性表现为他从不人云亦云,而总是以自己的独立思考去看待生活现实,用生活的勇气和强大的生命力去保卫土地,保卫和平,用善良与爱去温暖人生。认识到本体生命的价值并怀着对生活的热爱去斗争,这是俄罗斯文学人道主义内涵的一个重要表现。作家肖洛霍夫在写《静静的顿河》这部作品的时候,也怀着高尚的人道主义,并希望通过自己的书将这种理想传播开来。肖洛霍夫说:

> 我作为一个作家,无论过去和现在都认为自己的天职在于,用我的过去和将来的一切作品,向劳动的人民、建设的人民、英雄的人民表示敬意……我希望我的书,能够帮助人们变得更完美、心灵更纯洁、能够唤起对人的爱、唤起人们积极地为人道主义和人类的进步理想而斗争。如果我多少能做到这一点,我就是幸福的。③

经历了时代风云的洗礼,我们对俄罗斯文学的研究转向对人性的关注。

另一方面,人道主义的普遍性意义是这部分要讨论的另一话题。在人道主义思想遭到排斥的时代,个体生命的价值在集体主义的幌子下被任意践踏。现在我们有一个提法叫"中国梦",值得注意的是我们对"中国梦"有一种普遍性的解释:"中国梦"是一个集体的梦想,同时也是一个个人的梦想。每个人对生活的梦想都得以实现,那就是"中国梦"的实现。这种解释说明对个体生命的尊重在今天的中国已经深入人心,而这种人道主义思想在改革开放后新时期初的20世纪80年代才刚刚萌芽。

中国文化是强调集体主义的,为集体而牺牲个体被认为是理所当然的。集体主义观念的产生有其历史原因,它与人类的生存状况有关。人类在生存中需要相互帮助,形成一个强大的力量来对付生存中遇到的种种困难,集体主义就在这个过程中逐渐产生了。不过,集体主义意识只有在与个人主义意识相平衡的时候,才是健康的、有益于社会的;反之,对集体意识的过分强调、过分偏重则

---

① 力冈:《美好的悲剧形象——论〈静静的顿河〉主人公格里高力》,《外国文学研究》,1989年第1期,第49页。
② 同上注,第80页。
③ 草婴:《我与俄罗斯文学——翻译生涯六十年》,上海:文汇出版社,2003年,第136页。

往往会导致对个性的压抑。有一段时期,中国文学中的人道主义思想或者被打入冷宫,或者被曲解。但无论在什么样的历史语境下,一个作家都应该保持思想和精神的独立性,否则,他是无法创造出真正的艺术。

苏联的意识形态与人道主义思想的冲突也可以从俄苏文化传统中找到缘由。别列左瓦娅指出:

> ……文化复兴提倡的具有自身价值的个人理想是从外部,即从欧洲文化进入俄罗斯的,它们落入一片陌生的土壤,这片土壤浸透了集体共同理想、村社生活理想、有庇护权的君主专制制度理想、民族孤立主义理想、吞没一切的国家体制理想。作为摹仿启蒙运动的成果而产生的俄罗斯文学真正是饱经痛苦才形成自己对人道主义和人的尊严的理解。①

别列左瓦娅认为西方意义上的"人道主义"思想在俄罗斯不能被立即接受的主要原因在于俄罗斯文化强调集体主义思想。在这样的土壤中,对个体的关注往往会导致误解,这种思想可能会因为不够大气、缺乏凝聚力而遭到排斥。所以,在高度重视集体主义精神的俄罗斯文化中,西方意义上的人道主义思想很难深入人心。然而,俄罗斯的一些伟大作家不管时代风云如何变幻,始终保持着对人类未来的清醒思考、对人类生活的认真反思、对人性实质的不断挖掘。这种人道主义精神的可贵之处就在于它源于作家对人性、对生活的原初认识。在改革开放后曙光初上之际,俄罗斯文学的人道主义思想成了最令我们感动、最令我们震撼的东西。

《静静的顿河》和《日瓦戈医生》这两部作品都在中国产生了巨大的影响,以此为例可以展示中国新时期对人道主义思想内涵的理解与诠释。这两部作品的作者分别是肖霍洛夫和帕斯捷尔纳克,他们都是20世纪风云变幻时代当之无愧的弄潮儿。两部作品都以俄罗斯19世纪末20世纪初那段动荡的历史为背景。如果说《静静的顿河》在中国走过了一条由盛转衰、再由衰转盛的道路,那么《日瓦戈医生》则一出世就成了命运的弃儿,被无情封杀。这部伟大的小说在不为人知的角落里沉睡了三十年。1958年,作家帕斯捷尔纳克被授予诺贝尔文学奖。获奖当年,《日瓦戈医生》就受到苏联官方的批判;中国紧随苏联文艺脚步,将《日瓦戈医生》视为"毒草",严禁翻译和出版。帕斯捷尔纳克于1960年去世,在他死后二十七年,苏联才为作家恢复名誉。1986年,漓江出版社翻

---

① П·别列左瓦娅、Н.别尔里亚科娃:《俄罗斯文化的"普希金"模式》,陆人豪译,《俄罗斯文艺》,2005年第2期,第32页。

译出版了《日瓦戈医生》这部世纪经典。

《静静的顿河》和《日瓦戈医生》中的人道主义思想主要体现在小说主人公的独立精神方面。正是这种独立精神,使《静静的顿河》中的主人公格里高力能够站在人道主义立场上选择自己的人生道路,使日瓦戈医生能够从人性出发、从人道主义出发去思考时代问题,冷静判断历史的风云。独立精神是觉醒的中国所热爱的,是改革开放后的中国所呼唤的。

与《静静的顿河》相比,《日瓦戈医生》在中国传播的历史没有那么悠久,但却产生了令人震撼的效应。1986年《日瓦戈医生》出版后,在中国掀起了一股研究热潮。中国改革开放后对这部作品的接受既与中国社会的实际需要有关,也与中国人的心理需要有关。经历了"文化大革命"的中国人不但在考虑人对社会的责任,同时,其个人意识也在觉醒,开始思考社会对人的责任。日瓦戈的形象符合人们这种审美需求,因此,对于这部文学作品,中国读者是通过自己的阅读去体会、去感受、去思索,而不带有任何形式的强迫性质。即使那些有关小说介绍的导向性阅读提示以及初期所做的研究,也没能限制人们的思路。另外,小说中对个人情感的细致书写和对个人苦难、求索精神的表现,成为鼓舞人们的一种无形的力量,帕斯捷尔纳克诗化的语言也强烈吸引着中国读者。《日瓦戈医生》被禁三十年后重见天日,这一传播历程本身就是最佳的广告词。当时,人们争相阅读这本书,以窥视那个时代最隐秘的伤痕。

在21世纪的今天,我们对《日瓦戈医生》所做的研究呈多元化趋势,特别是对《日瓦戈医生》中的宗教思想及其艺术成就方面的探索做得非常细致。然而,人道主义思想这个最古老的话题则是任何关于《日瓦戈医生》的研究都无法绕过去的问题,因为对人性的尊重、对生命的尊重、对人情感的尊重等普适性价值是《日瓦戈医生》的灵魂。

早在20世纪80年代,晓歌为这本书所写的长达十四页的序言就把我国读者的目光引向了帕斯捷尔纳克的人道主义思想。序言追忆了《日瓦戈医生》的作者帕斯捷尔纳克,详细介绍了其生平、思想和艺术。序中写道:

> 帕斯捷尔纳克是一个热爱祖国和人民的正统的苏联知识分子,有自身的不足之处。他经历了十月革命暴风雨的洗礼,含辛茹苦,走过沼泽和泥泞。在被革命营垒误解倍受熬煎的时刻,仍眷恋着俄罗斯的一草一木,不忍被逐,老死作他乡之鬼。作家的传世之作《日瓦戈医生》是一本抒情小说,它以深沉的诚实的历史唯物主义态度,反思十月革命及后来发生的种种世态人心,特别是普通人和知识分子的命运、理想、爱情、追求、迷惘……

现在人们愈来愈清楚地理解了帕斯捷尔纳克与自己的时代进行的对话、争辩不是政治方面的,他是十月革命的同路人,苏维埃社会主义制度的拥护者,他是位严肃认真的爱国主义者,俄罗斯文学人道主义传统当之无愧的继承者,是一位一丝不苟的文坛巨匠。①

译者怀着无法抑制的激情写下这篇文字。文中说帕斯捷尔纳克是"十月革命的同路人,苏维埃社会主义制度的拥护者",这是一种定性的文字,译者似乎想要借助这种政治上的定性来确定小说出版的合法性,这也反映了乍暖还寒时节人们内心对于文学政治性的谨慎态度。同时,译者指出这部小说体现了俄罗斯人道主义传统,这暗示着小说表现的是个体的人以及作为个体的人在历史变迁大潮中所受到的冲击。

二、重新解读苏联"红色经典"中的价值观念

正如我们对俄苏文学作品中的人道主义思想的理解出现了变化一样,在改革开放以后,我们在对苏联"红色经典"的解读中也体现出一些价值取向上的变化。

1990年前后,中国文化中出现了一股热潮,许多传统的革命题材的小说、影视艺术作品流行起来,有人形象地用"红色经典"一词来称谓这些写得十分成功、广受欢迎的革命题材作品。"红色经典"又被用来指代世界其他国家的同一题材作品,主要是苏联文学作品,这种归类方式渐渐被人们所接受。外国文学中的"红色经典"在中国译介最多的是苏联文学作品,但也有西方国家的文学作品,比如爱尔兰的《牛虻》。《牛虻》和《钢铁是怎样炼成的》是风靡中国的"红色经典",它们塑造了一代人对欧美文学的记忆。这种记忆与中国的革命年代相连,也与那个年代人们的思想命运不可分割。当然,对"红色经典"这一提法尚有学者持否定意见,学界讨论的焦点主要在于:"经典"是否应该被赋予色彩,是否应该具有某种意识形态的倾向性,此外还包括被列为"红色经典"的作品是否达到了"经典"的水准这个充满争议的问题。当时,甚至"文化大革命"期间的样板戏也被纳入中国"红色经典"的范围,这引起人们的普遍质疑。"红色经典"到

---

① 晓歌:"序",帕斯捷尔纳克:《日瓦戈医生》,顾亚铃、白春仁译,长沙:湖南人民出版社,1987年,第14页。

底算不算经典,这涉及如何定义"经典"的问题。这里,我们姑且不从"经典"一词的确切定义来判断,而是广义地把"经典"理解为反映了生活现实、揭示了某个时代的时代精神、有悠久的流传历史并产生了广泛影响的作品。我们认为用"红色经典"这一提法指代一类产生过影响的文学作品是可行的,因为"红色经典"有它的共性,可以通过这种归类对其进行整体性研究。基于这种考虑,本文也采用"红色经典"这一术语。

"红色经典"歌颂理想,倡导积极的人生态度。像《钢铁是怎样炼成的》《青年近卫军》这样的作品一般被认为是宣传共产主义理想的作品,这类作品让我们更容易注意到它的政治性内容,正如"红色经典"这个标签所昭示的。"红色经典"中的主人公是在保卫祖国的战斗中或者建设祖国的事业中忘我奋斗的英雄,他们身上体现了大公无私、舍己为人的精神境界。保尔·柯察金是红色经典中的典型人物形象。保尔有一段名言,谈到人的一生不可碌碌无为,而要把自己的全部生命都献给为人类的解放而斗争的事业。这段名言具有代表性,体现了红色经典中英雄人物的人生观念和理想。

"红色经典"在中国有着跌宕起伏的命运。20世纪五六十年代,"红色经典"是那个时期中国主要的精神食粮。《钢铁是怎样炼成的》这部小说中的主人公保尔是中国青年的偶像,保尔的名言是激励中国20世纪五六十年代的青年人奋斗拼搏的座右铭。"红色经典"作品中所塑造的英雄人物是进步青年的榜样,它所表现的革命斗争是青年人向往的火热生活,它所表现的革命情谊是青年人情感的寄托。然而,在"文化大革命"中,"红色经典"并没有因为"红色"而免遭劫难,大量的"红色经典"变成了禁书。"文化大革命"之后,人们对国内外"红色经典"的热情远不如20世纪五六十年代。但在20世纪90年代,中国再次出现"红色经典"热。对中国产生巨大影响的苏联小说《钢铁是怎样炼成的》在中国被拍成电视连续剧,再次引人注目,引起强烈反响,保尔也成为新一代青年熟悉的英雄。在中国新时期对《钢铁是怎样炼成的》等苏联"红色经典"的接受过程中,对其诠释主要体现出两方面的变化:一方面是强调了革命英雄主义中的人性内涵;另一方面是对崇高理想审美意蕴更为重视。这两个方面的变化是中国历史进步的产物,也是我们对"红色经典"解读从主观、偏颇走向客观、全面的体现。

从思想上讲,"红色经典"作品通常体现出强烈的历史责任感。它是特定历史时期的产物,是时代精神的写照。"文学是否具有历史感,就要看其是否表现历史活动的真实面貌,表现出了强烈的时代精神,表现出历史的深层意识和本质运动,表现出历史中人的观念、精神发展的历程和人在历史活动中的主动性。"①有历史感的文学本身就具有一种不朽的性质,因为好的文学作品会成为铭刻人在特定历史时期精神活动的纪念碑,它体现的是永恒的人性在历史变迁中呈现出的状态。此外,"红色经典"所塑造的人物有模式化倾向,他们身上通常体现的是人生的理想境界,体现的是人性的崇高和伟岸。尽管有时候这些人物给人一种生硬和僵化的感觉,但是,由于主人公为之奋斗的目标源于对人类终极命运的关怀,在这样的理想光辉的映照下,"红色经典"塑造的人物令我们十分仰慕,因此也就淡化了其僵化和生硬的一面。革命者的奋斗目标是一种求善的目标,其本身就是美好人性的体现。比如苏联文学作品就很善于表现美好的人性,英雄人物就是那些把美好的理想和美好的人性结合在一起的人,这样的人物才拥有持久的魅力。只要人类仍渴求自身的完美、世界的完美,那么对于"红色经典",我们永远都会在心灵深处给它留下一个位置。

在新时期对"红色经典"的解读中,我们更加侧重于探索这些作品中的基本价值观,比如在苦难中对生命的坚守、对人的信念、对纯洁情感的追求。这是根植于每一个个体生命中最有普遍性和永恒性的价值,它体现的是超越时代、超越政治立场的人性的内涵。

改革开放后,人们对于人性的内涵给予了认真的思考和关注。我们对苏联"红色经典"的认识和对国内"红色经典"的认识源于同一种文化语境,并且有很多相似之处,所以,我们先从分析改革开放后中国"红色经典"回潮中的一些现象入手,来进一步解读我们对苏联和其他国家的"红色经典"的诠释。

若论国内最杰出的"红色经典"作品,当首推出版于1961年12月的《红岩》,这部小说被誉为文学史上丰满的"英雄群雕",在中国引起巨大反响。对于20世纪90年代的人来讲,那种呆板的英雄图谱已经不能满足人们的审美需求,人们喜爱的是高于我们,却又与我们相似的人物。这种对中国"红色经典"中英雄的人性内涵的认识,进一步延伸到我们对苏联"红色经典"中所体现的英雄观念的认识。

改革开放后,我们在诠释"英雄"的内涵时,开始赋予这个字眼更多的人情味,或者说更丰厚的人性内涵。我们以苏联作家瓦西里耶夫的小说《这里的黎明静悄悄……》来阐释这个问题。20世纪80年代,有一部苏联文学作品改编的同名电影风靡中国,这就是《这里的黎明静悄悄……》。这部作品写的是战争

---

① 杜昌忠:《跨学科文化批评视野下的文学理念》,北京:北京大学出版社,2004年,第66页。

中的一曲英雄悲歌,但同时,它又是一曲美的赞歌。小说写了英雄作为平常人的情感,写了在战争的严酷环境下英雄身上体现的人性和他们的人性所经受的考验。小说中对英雄的刻画有其独特之处,作品中的英雄不是以壮烈的牺牲来打动我们,而是以她们对生活的热爱、对美的追求打动我们,以其美好的人性打动我们。

第一,小说的主人公具有乐观向上的精神,在面对灾难时仍热爱生活,这种精神境界体现的是生命的美好和信仰的纯洁。小说中塑造的英雄主要是一些青年,这些追求理想的青年在黎明前逝去,他们年轻的生命之花尚未来得及开放就已凋谢,让人痛惜,让人感叹。这个悲剧留给人们的是痛苦,但更多的却是一种向上的精神。它告诉我们要珍惜和平,珍惜生命,尊重生命,而这些正是刚刚经历了"文化大革命"的中国所迫切需要的。

1981年《苏联文学》第3期刊登了小说作者瓦西里耶夫的访谈录《〈这里的黎明静悄悄……〉的创作过程》。瓦西里耶夫谈到,小说的情节是以真事为基础的,德国法西斯企图切断摩尔曼斯克铁路附近的一个前沿阵地,但未能得逞。于是,德国人派来了伞兵,其中两个伞兵小队被消灭了,但第三个伞兵小队隐藏在森林里,潜伏在一个会让站附近。这个会让站只有少数士兵驻守,其中还有些伤员和老人,但是他们没有后退,没有逃离,而是英勇抵抗,最后只有一个中士幸存下来。在小说中,瓦西里耶夫将男士兵换成了女士兵,这并不违背生活的真实,因为在第二次世界大战中,俄国有成千上万的女战士参战,她们和男人们一起流血牺牲,保卫祖国。在谈到这一改变的时候,瓦西里耶夫说:

> 一个士兵在战争中牺牲——这不管看上去多么令人难受,多么悲痛,但毕竟是意料中的事,是严酷的战争中必然发生的事情。然而,一个年轻的姑娘倒毙在敌人的子弹下,这却是令人发指的违反常理的悲剧,它会引起人们特别强烈的悲痛,因为这些姑娘本是为了爱情和繁衍后代而来到人间的。[①]

通过这种改变,小说产生了更加丰富的寓意,因为女人直接是生命的创造者,女人也总是与美丽相连。战争毁灭母亲,就是毁灭爱的源头,毁灭人间的美丽。通过以女战士为主人公这一情节安排,瓦西里耶夫为小说增添了更加深刻、更加丰富的人性内涵。

---

① Б.瓦西里耶夫:《〈这里的黎明静悄悄……〉的创作过程》,潘桂珍编译,《苏联文学》,1981年第3期,第142页。

第二,《这里的黎明静悄悄……》让人性在生与死面前经历考验,也让读者通过这个故事来思考正义、良知、生命与人性等问题。人的生命在严酷的战争面前是那样弱小。战争把人分成了两大阵营,但无论是敌是友,作为个体的人,他们都是活生生的生命,而战争就是对生命的毁灭和摧残。在小说中,残酷的战争夺去了可爱的青春生命。小说中写了五位女兵,其中只有丽达做了母亲,可是她的幸福也被战争毁了。她的丈夫是一位飞行员,战争开始的时候就牺牲了。如果没有这场战争,这些可爱的姑娘会有幸福的家庭,会成为母亲,会让生命绽放更加美丽的花朵,但她们都被这场无情的战争吞没了。生命被战争所摧残,这是最令人痛惜而又无法弥补的遗憾。人类的灾难,无论是战争灾难,还是其他灾难,都是以剥夺和摧毁生命为特征的。当我们读到小说中一个个鲜活的生命,一个个对生活、对明天充满向往的生命,都被战争扼杀的时候,我们受到的触动是巨大的。

> 五条曾以那样鲜活、美丽的生命在战争中一个一个牺牲了,在这个过程中,五个女兵对生命的认识也在发生变化。最初她们还陶醉在年轻女孩欢乐、爱美的天性中,对生命的认识并没那么深刻,但当战争一步一步走近她们身边时,特别是当她们的亲人一个一个死在敌人的屠刀下,她们要用自己柔弱的生命保卫国家、保卫民族时,她们才意识到自己的生命是多么可贵。于是,即使一场小小的战斗,她们也毅然决然地以自己的生命为代价,去赢得这场战斗。①

20世纪80年代,我们处在和平时期,战争的硝烟早已散尽,而这部描写战争的作品却在我们心中引起了共鸣,这是因为小说激起了我们潜意识中对生命的思索,而这种思索又是与"文化大革命"的历史背景联系在一起的。"文化大革命"中也有许多美好的情感、美好的生命遭到摧残,"文化大革命"后,我们心中潜藏的对美好生活的向往需要借助文学媒介来表现,《这里的黎明静悄悄……》正是这样一种载体。生命就像暴风雨中的小草,雨后又会重新站立起来。文学和艺术就是滋养生命的阳光,因为文学和艺术所表达的最根本的就是对生命的爱、理解和关怀。《这里的黎明静悄悄……》这部以谴责战争、热爱生命为主题的作品更是直接触动了人类的生命意识。小说让我们认识到人最宝贵的是生命,人没有任何理由去毁灭和剥夺他人的生命。正是在这样的文化语境下,我们从《这里的黎明静悄悄……》

---

① 丁洁:《〈这里的黎明静悄悄〉——以艺术的名义反思战争》,《中国艺术报》,2005年5月13日,第13页。

中读出了我们自己的心声。

在小说中,战争使法西斯士兵丧失了人性,他们用暴力夺去了五个姑娘的美好生命;然而,从另一个角度来看,这些毁灭生命的法西斯士兵自己也是人,也有人性。在小说中,有一位德国军官的口袋里放着妻子和孩子的照片,他也和俄国战士一样有自己的亲人,他所向往的也是一种和平、宁静和美好的生活。然而,一旦沦为战争的机器,他们就不得不放弃自己的善良人性,成为毁灭他人生命的刽子手。在小说中,女兵热妮娅的全家都被德国人杀害了,但当她为了救准尉第一次杀死一个德国士兵时,她哭了,坐在河边,将匕首扔到了河里。她美丽明亮的眼睛凝望着远处的河水,此时,她体会到的不是报仇雪恨的欣喜,而是对一个与自己一样的生命之消失所感到的痛苦与困惑。人性在战争的场域中处于失衡状态,战争不容分说地毁灭了生命:自己的生命、他人的生命。不论你多么痛恨杀人,战争却逼迫你去杀人。《这里的黎明静悄悄……》最为深刻的一笔是:幸存下来的准尉对于五位女兵的牺牲的价值产生了质疑,为了保卫这片国土,五位年轻的姑娘献出了她们的生命,付出这样的代价值得吗?将来的人们会理解这样的牺牲吗?一个生命逝去了,那是一个永远都无法弥补的损失,是这片土地上留下的永远不会痊愈的伤疤。在这种质疑中,我们读到的是作家对于人类历史上一切暴力的谴责和愤慨。

第三,《这里的黎明静悄悄……》所塑造的英雄形象非常饱满,是一种立体的形象,这对习惯了高大全式英雄形象的中国读者来说,有如清风拂面,细雨润心。长期以来,我们的文艺作品中塑造的人物是脸谱式的,革命英雄的形象几乎都被神化,如同概念的图解一样,与现实生活相距甚远。那时候,我们的文学创作虽然一直都在提倡现实主义,但实际上,我们所遵循的创作原则并不是现实主义的。在我们当时的创作中,人物被凭空抬高,悬在半空,就像一株被晒干的植物,失去了水分和生命力。我们原本也是要表现理想,但由于代表理想的人物被神化,使人们很难去认同和喜爱那些失去人情、失去人性的人物,而且,这也在民众心理上造成了一种误解,以为理想和人性具有不可调和性。人性是本然的存在,它比一切虚拟出的思想意识更有力量。经历了"文化大革命",人们对人性的内涵和生命的价值更加关注,这时,那些假大空的作品就再也不能引起人们的兴趣了。一部描写英雄的作品走下圣坛,走进我们的生活中,使我们认识到英雄也有最平凡的人生追求,而感动我们的正是英雄身上体现出的这种平凡,这种普通的人性。《这里的黎明静悄悄……》在中国引起强烈反响,这是改革开放后我们欣赏眼光变化的必然结果,而这部作品反过来也使我们更加关注英雄的人性内涵。

《这里的黎明静悄悄……》与另一部在中国引起强烈反响的作品《钢铁是怎样炼成的》最大的不同在于：前者赞美平凡，而后者推崇伟大。自古以来，中国的传统文化宣扬志当存高远的人生信念，这是积极向上的民族精神的体现，但它也说明我们有拒绝平凡的思想倾向。长期以来，平凡似乎成了庸俗的同义词，为伟大的理想而生活成了最令人神往、最令人推崇的人生目标，但在改革开放后，我们对平凡的英雄体现出更多的热爱。《这里的黎明静悄悄……》所刻画的不是保尔那样的英雄。他们出于对美好生活的爱、对毁灭美好生活的敌人的恨而参加战斗。与保尔的爱恨相比，他们的爱恨更加个人化，更具真实性。保尔在献身革命、献身社会的过程中将自己的"小我"融入"大我"之中，把自己的一切，包括个人的幸福、生命和家庭都献给了党；而《这里的黎明静悄悄……》中的英雄则把生命献给了保卫美好生活、保卫祖国的事业。

在苏联卫国战争期间最为流行的一首诗是西蒙诺夫的《等待着我吧》。诗中写道：

> 等待着我吧，我要回来的。
> 但你要认真地等待着。
> 等待着吧，当那凄凉的秋雨
> 勾起你心上的忧愁的时候，
> 等待着吧，当那雪花飘舞的时分，
> 等待着吧，当那炎热来临的日子，
> 等待着吧，当大家在昨天就已经忘记，
> 不再等待别人的时候。
> ……
> 等待着我吧，我要回来的，
> 我要冲破一切死亡。
> 那没有等待的人，
> 让他说一声："这是侥幸"。
> 还有那些没有等待的人，
> 他们不会了解在炮火当中，
> 是你拿自己的等待
> 才救活了我的命。
> 我是怎么活下来的，

>只有我和你两个人才会知道，
>这只是因为你啊，
>比任何人都更会等待我。①

诗中表达了细腻的情感、深挚的爱和坚定的信念。这首诗最动人之处不在于它写了战争，而在于它写了战争中的人，写了人对生活的渴望、对生命的珍惜。对爱的承诺就是这种"等待"，而"等待"在特殊的战争年代里更是爱的拯救，是爱对死的宣战。这首诗之所以拥有持久的艺术魅力，就在于它表达了人对生命的热爱、对和平的向往，体现出人最本质的需要。面对残酷的战争，人不放弃生命，也不放弃对生活的信念，这是人的精神中最宝贵的东西。诗中没有任何高谈阔论，只有浓浓的情谊，正是爱的力量才让人走过战争的残酷，超越命运的无常，这也正是《这里的黎明静静悄悄……》这部作品的主旋律。

西蒙诺夫的《等待着我吧》在苏联家喻户晓，其内涵让人联想到在中国红遍大江南北的一首电影插曲《九九艳阳天》。《九九艳阳天》的歌词以叙事诗的方式描述了这样一个告别场景：一位想上前线参加革命的十八岁的青年，临行前向相恋的姑娘表达情感，希望她能等自己回来娶她，而姑娘告诉他，她一定会等情郎回来，并希望他成为建功立业的英雄。诗中所描述的那个送情人去战场的时代早已过去，但今天这样的歌曲还是能够打动人心，原因就在于它把人在任何一种境遇下都追求美好生活的心愿表达出来。这样的文学作品写的是人最普通的一种需要：爱情的需要和亲情的需要。至于《等着我吧》和《九九艳阳天》写的是哪一个时代，主人公所要参加的是什么斗争，随着时代变迁，这些问题都变得不再重要，但它们表达了人性的美，表达了一种具有普遍性的价值，正是这些延长了作品的生命力。当然，在两部作品中我们除了读到人性的内涵以外，也看到了英雄主义的内涵。它们所描写的英雄都是我们最熟悉的人，就像我们自己，这些英雄像我们一样珍视亲情和爱情，热爱美好的生活，并且为保卫美好的生活参加了战争。在这些作品中，英雄主义的内涵融于人性内涵之中，从而使这些作品中的英雄成为各个时代所接受的人物形象。

《中国比较文学》2005年第3期刊登了一篇文章，题为《不只是一种文化政治行为——也谈〈牛虻〉的经典之路》，文中指出：《牛虻》中有"怡情悦性"的东

---

① 西蒙诺夫：《等待着我吧》，戈宝权译，https://www.360doc.com/content/10/1121/13/4677806_71146568.shtml（访问时间：2020年4月9日）。

西,正是这种东西成为革命理想和斗争以外最引人注目的因素。《牛虻》之所以让人不能割舍,原因在于它不仅写了战争与革命,还写了情与爱。而这"'怡情悦性'指的便是有别于干瘪的革命话语、更加接近人性、能撼动心灵的世俗的亲情与爱情纠葛"①。从这样的文字表述中,已经可以清晰地看到对英雄人物解读的变化。我们开始从人性本身出发对文学作品进行思考,这是人思想解放意识的真正觉醒。

改革开放后,对人道主义的认识、对人性的探索重新回到我们的视野,影响了我们对欧美文学的解读,特别是对那些在中国产生过深远影响的"红色经典"的解读。无论是在战场上保卫祖国的英雄、投身民族解放运动的英雄,还是在国家建设中建功立业的英雄,他们之所以在改革开放后能重回我们的视野,在一个多元文化的世界里仍能找到一条通往我们心灵的路径,最重要的原因是因为这些作品中蕴含着具有普遍意义的价值,因为改革开放后人们对这些价值给予了发现和挖掘。

以对中国产生过巨大影响的苏联小说《钢铁是怎样炼成的》为例。《钢铁是怎样炼成的》发表于1932年,最初并没有引起很大反响,后来,开始被苏联批评界广泛关注,并被改编成电影,从而走上了经典之路。在中国,《钢铁是怎样炼成的》在20世纪五六十年代成为畅销书。当时中华人民共和国刚刚成立不久,那是一个崇尚理想、提倡奉献精神、崇拜英雄的时代,保尔成了那一时代理想的化身。

到了20世纪80年代,改革开放之初,《钢铁是怎样炼成的》在中国受到冷落。20世纪90年代,当《钢铁是怎样炼成的》随"红色经典"热潮再次引起我们的关注时,仍有学者对保尔这一人物形象提出批评。然而,尽管质疑之声、批评之声不绝,但对我们来说,这部作品还是具有一种让人无法释怀的魅力。那么,应该如何理解对于《钢铁是怎样炼成的》这部作品的质疑之声及其经久不衰的魅力呢?

我们先来回答第一个问题:如何理解对这部作品的质疑。第一,这种质疑之声的出现说明,解放思想使我们摆脱了精神的束缚,勇于思考人生问题、理想问题和信念问题。对"红色经典"《钢铁是怎样炼成的》发出质疑,说明盲目崇拜"红色经典"中的英雄的那个时代已经过去了。我们开始拒绝教条的东西,开始认真践行一切从实践出发的理念,重新去认识世界,认识社会,认识人自身。

---

① 卢玉玲:《不只是一种文化政治行为——也谈〈牛虻〉的经典之路》,《中国比较文学》,2005年第3期,第187页。

第二，对《钢铁是怎样炼成的》这类"红色经典"的质疑表明，中国人正在形成一种反思意识。当然，在中国文化中，也存在作为伦理意义的反思。比如《论语》中提道："吾日三省吾身：为人谋而不忠乎？与朋友交而不信乎？传不习乎？"然而，在这里，反思的内容主要涉及伦理道德，是很具体的，不是基于人类的终极关怀基础上的反思。改革开放后，在中国先进的知识分子那里，这种反思意识正在逐渐形成。

那么，《钢铁是怎样炼成的》又是如何获得经久不衰的魅力呢？从表面上看，是当时中国的社会问题所造成的复杂心理需求让《钢铁是怎样炼成的》再度走红。我们普遍感觉到小说中所描写的那个时代非常具有吸引力，每个人都可以在其中找到自己的位置，而将生命交付于无限事业的理想也使生命变得不再孤单。对于那些20世纪五六十年代的老读者来说，这部书给了他们怀旧的机会；对于年轻一代来讲，这部书可以让他们暂时避开眼前的现实生活问题，与今天年轻人所面临的失业、住房等严峻现实问题相比，那个火热的年代似乎要好得多，所以小说在某种程度上满足了当代青年对一个纯洁的社会环境的天真幻想。但这仅仅是一种表面现象，因为尽管有种种外在原因使我们对《钢铁是怎样炼成的》刮目相看，但我们阅读这部作品时所产生的内心喜悦却不会欺骗我们，这种喜悦表明这部作品中有某种无形力量紧紧抓住了我们的心，实际上，这就是崇高美的力量。

改革开放十几年，"红色经典"热又悄然出现，保尔又回来了。这次对保尔的兴趣虽然离不开官方对"红色经典"所给予的支持，但除此之外也还有一种自下而上来自读者自身的动因。20世纪80年代以来，中国人在发展经济的过程中物质欲望不断膨胀；到了90年代，我们已经习惯于漠视信仰和理想这些形而上的东西了。此时，我们才猛然发现，在经济社会飞速发展的时代，我们的精神变得空洞了。就是在这样的时刻，颂扬理想的作品《钢铁是怎样炼成的》又一次走进我们的视野。这部小说对理想的推崇与追求使之呈现出一种崇高之美，令我们魂牵梦绕。回顾改革开放初期的审美心理，那是一种去崇高、去宏大的审美心理。由于"文化大革命"中对高大全式人物的推崇，所以"文化大革命"后我们很自然地把崇高与不切实际的浮夸画了等号。物极必反，十年后，我们却发现原来我们的精神要求寻找一个支点，这时，我们找到了保尔，小说《钢铁是怎样炼成的》所体现的崇高之美似乎成了拯救我们灵魂的妙药。

朗加纳斯认为崇高的风格有五个真正的源泉："第一而且首要的是能有庄严伟大的思想……第二是具有慷慨激昂的热情……其余三者则来自技巧，第三是构想辞格的藻饰……此外,是使用高雅的措词……第五个崇高因素包括上述四者,就是尊严和高雅的结构。"①

朗加纳斯所谈的技术方面的崇高风格更适合西方文学中的史诗。就内容而言,他所言的崇高风格的两个来源,即,"庄严伟大的思想"和"慷慨激昂的热情"正是"红色经典"的主要特征。"崇高美"是"红色经典"作品普遍拥有的一种审美倾向。"红色经典"小说或者戏剧常以具有伟大革命理想的人物为主人公;"红色经典"的主题思想,从更普遍的意义上讲,赞美的是集体主义精神;"红色经典"的诗歌散文作品则抒发激昂的革命热情和对理想社会的憧憬。从"红色经典"所体现出的这些特征可以看出,"红色经典"在审美倾向上推崇崇高美。

此外,"红色经典"故事的基本结构是:个人牺牲了,但个人所捍卫的理想却取得了胜利,这一结构也带有强烈的中国传统文化的色彩。长期以来,我们从中国文学作品中得到这样的印象,即认为中国人喜欢圆满的结局,却不乐于接受悲剧,其实这种观点是片面的。在我们的上古神话中,就有一些悲剧色彩强烈的故事,如大禹治水、精卫填海、夸父逐日等故事都不同程度地体现了先民在悲剧命运面前不屈不挠的意志、崇高的英雄情怀和不怕牺牲的精神。在这些故事中,个体生命虽然遭受了严重的损失,但伟大的理想却胜利了,这可以说是中国式悲剧的典型模式,它蕴含了强烈的乐观主义精神,体现了崇高美所带来的审美愉悦。

崇高美会净化我们的灵魂,帮助我们在物质和精神之间找到一种心灵的平衡。主人公保尔在任何艰苦条件下都不放弃希望,努力拼搏,热爱生活,这种精神在任何时代、任何社会制度下都是有价值的。其实,人类能够生存下去,靠的就是这种顽强不屈的精神;在我们每个人的个体生命中,也都呼唤这种精神。对这种精神的崇拜使我们认同保尔这个英雄形象,在他身上,我们看到了一种美,这种美是圣洁的、崇高的。如果说20世纪五六十年代我们对保尔的认同主要是对保尔体现出的"为了革命理想而献身,为了集体利益而牺牲个人"这种献身精神的认同,那么,改革开放后我们对这部小说的接受则主要是对小说中体现的崇高美的认同,是崇高美使《钢铁是怎样炼成的》这样的"红色经典"在改革开放后焕发了青春。

20世纪90年代,对于"红色经典"中崇高美的发现已经由自发意识变成了一种自觉的意识。在1995年再版的《牛虻》的译者自序中,我们读到了这样的

---

① 章安祺编订:《缪灵珠美学译文集》(第一卷),北京:中国人民大学出版社,1998年,第83页。

文字：

> 小说自始至终，我们都能感受到牛虻那种忠贞不渝的追求，那种不可调和的仇恨，以及那种感人肺腑的爱情。在伏尼契的笔下，牛虻已经得到了永生，仍旧震撼我们的心弦，可歌可泣。这是因为牛虻具有一种坚韧不拔的精神，这种精神已经超越了时空。①

这篇序言没有对《牛虻》中的父子关系问题和政治问题进行议论，而是大书特书牛虻的精神，认为虽然《牛虻》20世纪50年代在中国的流行受益于特殊的政治语境，但牛虻百折不挠的精神将使这部作品青春永驻。不难看出，在20世纪90年代，我们对于《牛虻》的认识更为看重的是作品的普适性价值，是牛虻精神展现出的崇高之美。

20世纪90年代为《牛虻》所作的序与十年前大不相同。在1981年中国青年出版社出版的《牛虻》译本的编者序言中，编者李俍民谈到应该如何理解牛虻和蒙泰尼里两个人物。他认为："牛虻有很多值得我们学习的东西，他对意大利的热爱、他顽强战斗的性格、他坚贞不屈的精神、他为革命视死如归的英雄气概都是可歌可泣的。"②至于牛虻的局限性，编者写道："尽管牛虻在敌人面前可以威武不屈，然而在蒙泰尼里面前却常常要打败仗，他幻想以五年非人的痛苦经历、满身吓人的伤疤去唤醒蒙泰尼里，他想用父子之爱去感化他的神父……他杀'老鼠'的精神在他父亲面前，显得是那样软弱无力。在这个矛盾的紧要关头，父子之情还是战胜了它。""用人性是打动不了敌人的！牛虻认不清这是阶级的搏斗，他的死的教训告诉我们，对待敌人，绝不能因为亲属的关系，而模糊阶级的界限。"③对于蒙泰尼里，评价是这样的："蒙泰尼里是个容易使人模糊的形象。从表面看，蒙泰尼里似乎是一个和善而又诚恳的人，满口'慈悲''博爱'、'圣洁的面孔''纯净迷人的声音'，而实际上他不仅是宪兵手中的驯服工，而且是新教皇庇护斯九世的代理人。"④

《牛虻》的两个序言的不同正展现出改革开放后中国人思想上发生的巨变。现在我们仍然爱那些"红色经典"，但我们的爱不带有强迫性，也不存在盲目性。我们为"红色经典"中英雄的伟大人格所吸引，为他们身上体现的崇高美而陶

---

① 庆学先："序"，伏尼契：《牛虻》，庆学先译，桂林：漓江出版社，1995年，第3页。
② 李俍民："序"，艾·丽·伏尼契：《牛虻》，李俍民译，北京：中国青年出版社，1953年，第2页。
③ 同上书，第3页。
④ 同上。

醉。在小说《牛虻》中,牛虻最后写给恋人的遗书中有一首小诗:"无论我活着,还是我死去,我都是一只,快乐的飞虻……"诗中洋溢着为信仰而献身的激情,牛虻无怨无悔、视死如归的精神令人感叹,令人振奋。此外,这首小诗中还有一种东西可以让我们抛开任何背景来理解,那就是牛虻对生活的热爱。捷克作家、文艺评论家伏契克说过,我们为了欢乐而生,为了欢乐而死,这展现了一个无产阶级革命者最伟大的情怀。他在《绞刑架下的报告》中写道:"太阳。你这个圆圆的魔术师,如此慷慨地普照着大地,你在人们眼前创造出了这么多的奇迹。然而生活在阳光里的人却是这么少。是的,太阳一定要照耀下去,人们也一定要在它的光辉中生活。"这里没有革命道理,没有空洞的理论,然而,从这样的文字中,我们却能够感受到革命者伟岸的情怀,感受到革命者对快乐和幸福的追求、对生活的热爱、对美好世界的向往——这些是超越朝代、超越阶级的。正是在这样的追求中,我们看到了英雄身上的崇高之美,看到了我们这个物质日益丰富的时代所需要的那种极为罕见、又极为珍贵的精神。

三、俄苏"白银时代"研究热潮

俄苏的"白银时代"指的是从 19 世纪末到 20 世纪 20 年代这段时期,在此期间,俄苏经历了十月革命以及斯大林时期。这是动荡的 30 年,但俄苏文化不但没有停止发展,反而取得了巨大成就。"白银时代"最绚丽多彩、最为辉煌的成就体现在文学方面,特别是在诗歌创作方面,象征主义、阿克梅主义和未来主义诗人纷纷亮相俄苏文坛。在改革开放后的中国,"白银时代"文学受到前所未有的重视。有关"白银时代"文学的论文在多种重要学术期刊上发表,还有相关专著问世。究其原因,一方面,苏联解体为"白银时代"文学的传播开辟了道路。20 世纪 20 年代,"白银时代"文学研究作为一个学术研究领域在苏联得以确立;但接下来的 30 年代到 50 年代,即斯大林时期,"白银时代"文学研究受到冷落,作品不再出版;80 年代后期,即戈尔巴乔夫时期,"白银时代"文学在俄苏复兴;苏联解体后,又出现了"白银时代"文学热潮。有批评家指出:"白银时代是一种失落的文化现象,……是渴望的对象,是人们在一个集体性的回溯认同的努力中希望回归的一个领域。"[①]苏联解体后,俄罗斯文学的研究方向发生了变

---

① 伊琳娜·帕佩尔诺:《序言:从下个世纪之交看上个世纪之交、从西方看俄国》,林精华主编:《西方视野中的白银时代》(上),北京:东方出版社,2001年,第6页。

化。1993年5月召开的俄罗斯文学国际学术讨论会上,19世纪末至20世纪20年代的俄苏作家——主要是"白银时代"的诗人群体——受到了广泛关注。俄罗斯本土对"白银时代"作家的重视为我们引入"白银时代"文学提供了契机。另一方面,中国改革开放后的西学热也为白银时代文学的介绍提供了良好的语境。白银时代的俄苏文学与西方文学有着密切关系,它从西方文学那里吸收了营养。欧洲的浪漫主义、唯美主义、象征主义、现实主义流派的许多作家,如布莱克、诺瓦利斯、兰波、马拉美、易卜生等都对"白银时代"的俄苏作家产生过影响。白银时代的作家对西方文学广泛接纳,同时也注重从本民族文学中挖掘艺术宝藏,创作既现代又富有民族特色的作品。白银时代文学的这种特殊背景为中国提供了一个借鉴的榜样,为改革开放后中国的西方文学热潮增温。

新时期对俄苏"白银时代"作品的译介和研究主要体现了三个特点。

第一,重视白银时代文学作品对个体生命价值的探索。宣扬个体生命价值在西方文学作品中非常普遍,但是俄罗斯文学对个体人生价值的宣扬对中国来说更具有非凡的意义。"白银时代"的诗歌作品与我们所熟悉的俄罗斯风格截然不同,它浓墨重彩地表现个体生命价值,真诚地表达生命的痛苦与快乐。20世纪最伟大的俄罗斯女诗人茨维塔耶娃的作品就属于这种类型。她善于书写对生活的质疑、对灵魂的探索。1925年,茨维塔耶娃与丈夫迁居法国,开始了流亡生活。1939年,茨维塔耶娃返回苏联,但悲剧接踵而来。女儿和丈夫被指控反苏而被捕,丈夫被枪决。贫困交加中,茨维塔耶娃于1941年自杀。动荡的时代吞没了这位天才诗人。茨维塔耶娃的诗歌记录了个人生活的不幸以及她所生活的那个时代的痛苦。她在一首离别诗中写道:"你的灵魂与我的灵魂是那样亲近,/仿佛一个人身上的左手和右手。/我们亲密地依偎,陶醉和温存,/仿佛是鸟儿的左翼和右翅。/可一旦刮起风暴——无底深渊/便横亘在左右两翼之间。"①诗中把个人的遭遇与时代的命运联系起来,表现了人在社会变迁与政治风云中的孤独与无助。亲密与疏远,全要听命于那场风暴。风暴隔开了相亲相爱的人,使他们成为孤立的断翅,再也不能翱翔。

茨维塔耶娃的诗中不仅有强烈的爱和恨,更有对社会现实的富有洞察力的思索。她在《生活说着无以伦比的谎话》一诗中写道:"生活说着无以伦比的谎话:/高于期待,高于谎言/可是,凭借着所有脉搏的颤动,/你就会懂得:什么是

---

① 茨维塔耶娃:《生活说着无以伦比的谎话》,汪剑钊译:《茨维塔耶娃诗11首》,《俄罗斯文艺》,2005年第2期,第14页。

生活!"①诗的语言非常朴实,但却表达了诗人深沉的思想和坚定的信念。人只有通过对自身的觉悟,而不是对空幻理想的盲目投诚,才能找到生活的真谛。同是生活在"白银时代"的俄罗斯作家弗兰克在《生命意义》一书中写道:"爱不是冷漠的、空虚的、利己主义的享乐渴望,但爱也不是奴隶式的献身、为他人而毁灭自己。"②其实,这样的生命理念渗透在许多"白银时代"作家的作品中。这些思想虽然并不产生于中国的文化土壤,但是中国人却在这些思想中找到了共鸣。"白银时代"的作家用文字为俄罗斯的动荡时期建造了一座人类心灵的丰碑,借助文学的传播,它也在中国的大地上扎下了根。

"白银时代"的俄罗斯文学中出现了多种流派并存的局面。以巴尔蒙特、梅列日科夫斯基、吉皮乌斯、别雷、勃洛克为代表的象征主义诗歌构思别致,表达新奇;以古米廖夫、阿赫玛托娃、曼德尔施塔姆为代表的阿克梅派诗人多方借鉴象征主义艺术手法;以叶赛宁为代表的俄罗斯"乡村诗人"兼具象征派和阿克梅派的特征;以赫列勃尼科夫、马雅可夫斯基为代表的未来主义诗人勇于探索新的表现手法,独辟蹊径,不拘一格。强烈的个性化诗歌也体现出白银时代诗歌的现代艺术精神。"真正的现代艺术离开了个性的表达是不可想象的,艺术正是依靠现代个性才具有与生活同步的生命意义。"③

白银时代的作家在艺术上追求文学表现形式的多元化,在思想上关注人生以及人类生存所面临的普遍性问题,白银时代作家的作品常常会引发我们对生活的质疑。通过了解"白银时代"的文学,我们充分认识到:

> 文学作为文化的一部分,它的人性内涵并不与整体意义上的文化之人性内涵相一致。文学因其本质上属"自然之子"而与文化有某种叛逆性。文学对人的现实关怀,主要并不体现在强化人的理性上,而在于使人的自然生命获得自由与解放。文学和美让人获得一种自由,从而使人依恋人生,热爱生命,这是文学所拥有的人文情怀和特殊功能。④

改革开放后,我们肯定了"白银时代"对个体生命价值的尊重,对从人道主

---

① 茨维塔耶娃:《生活说着无以伦比的谎话》,汪剑钊译,《茨维塔耶娃诗11首》,《俄罗斯文艺》,2005年第2期,第15页。
② 叶娟:《俄国自由主义知识分子群体的思想特征——以弗兰克〈俄国知识人与精神偶像〉为中心》,《俄罗斯文艺》,2005年第1期,第46页。
③ 季明举:《"我们共同的流派"——"有机批评"与斯拉夫派艺术观比较》,《俄罗斯文艺》,2005年第2期,第63页。
④ 蒋承勇:《西方文学"人"的母题研究》,北京:人民出版社,2005年,第40页。

义思想出发反对暴力革命的思想给予了更为客观的评价,采取了更为宽容的态度,并充分肯定了"白银时代"作家在艺术上取得的杰出成就。

第二,重视文学作品背后的文化因素。到了21世纪初,研究者的目光已经转向了对"白银时代"文化的研究,研究者关注更多的是什么样的社会文化思潮催生了"白银时代"的文学。《俄罗斯文艺》2005年第1期刊登的文章《俄国自由主义知识分子群体的思想特征》介绍了谢·柳·弗兰克的一些著作。文章指出,弗兰克"从宗教哲学的角度分析了近半个世纪以来俄国知识分子追求社会正义、献身人民幸福的思想及其对俄国社会发展的影响,同时对共产主义思想和布尔什维克在俄国的胜利进行了思考,提倡尊重个性价值和精神生活,呼吁回归俄罗斯传统、回归东正教,以实现国家精神的复兴。无论弗兰克的个人经历[1]抑或是他对俄国知识分子、俄国革命与共产主义思潮、俄国与西方社会问题的思考,都在他所处的时代——白银时代的自由主义知识分子中具有很大的代表性"[2]。白银时代的文学深入自我世界、心灵世界,要想研究它,就必须直面文学作品背后的社会思潮、哲学思潮,关注历史进程中人们的精神史。

另一项重要的研究就是对俄罗斯宗教的研究。这项研究的成果正在逐年增加,虽然尚不成系统,但这是一个很有前景的研究方向。

> 开展对白银时代俄罗斯宗教批评理论的研究,一方面可以使这段被尘封了数十年的文学批评理论重见天日,还文学史以本来面目;另一方面更能够让我们从中获得理论思维、批评方法和审美理想等方面的启示……白银时代俄罗斯宗教文化理论批评家们……在对真理的执著探索中、在对世界与人的关系的思考中、在研究艺术的时空构造中,采取了一些独特的认识方式和批评方法,这些无疑是极有价值的人类文明成果。[3]

"白银时代"的宗教文化批评理论探索宗教与艺术的关系,把宗教和艺术看成是人类两种不同的文化现象和不同的社会意识。两者之间相互依存,又相互矛盾。艺术通过表现情感来揭示人生活的丰富性,而宗教则对神性因素进行纯精神的理解和表现。

当"白银时代"的作品,主要是诗歌作品在中国重见天日的时候,我们开始

---

[1] 弗兰克青年时代信仰马克思主义,后转向宗教唯心主义。1922年,由于政治原因被苏维埃政权驱逐出境,此后一直流亡国外。白银时代的一些作家也遭受了类似的命运。

[2] 叶娟:《俄国自由主义知识分子群体的思想特征——以弗兰克的〈俄国知识人与精神偶像〉为中心》,《俄罗斯文艺》,2005年第1期,第44页。

[3] 张杰:《白银时代俄罗斯宗教文化批评理论研究》,《外国文学评论》,2000年第2期,第129—130页。

在具体的诗作中读到"白银时代"的俄罗斯人对宗教的热忱,但这最初的感性认识凭借什么样的机遇发展成为理性认识,又有多少因素综合作用才使我们开始自觉地研究"白银时代"的宗教思想,这些都无法得以证实,因为我们所看到的只是这种认识发生质变后的结果。结果已经出现,它反过来证明了"白银时代"的诗歌背后那种强大的宗教因素是不能在研究中被忽略的,而是应该引起我们高度重视的文化现象。

"白银时代"的文化发展也引起了学界的关注。一个时期表现出的文化气氛就像文学所处的气候,它决定了文学的花圃中会长出什么样的植物。有学者在学术刊物上发表了有关"白银时代"文化气氛的文章,其中特别提及尼·亚·别尔嘉耶夫的《自我认识》一书。该书指出:

> 现在人们难以想象那里的气氛。从那个时代的创造高潮中产生了许多东西,已进入俄罗斯文化的进一步发展中,并且至今还是整个俄罗斯文明社会的财富。但在当时,存在的只是对创作热情的陶醉、革新、紧张努力、斗争和呼唤。许多馈赠都是这些年月里被送至俄罗斯来的。这是独立的思想在俄罗斯觉醒的时代,诗歌繁荣,审美感受敏锐化,宗教信仰上的不安与探寻、对神秘事物和彼岸世界的兴趣加剧。新的精神出现了,创作生活的新源被发现了,人们看见了新的曙光,把日暮感、毁灭感和改造生活的希望结合起来。[①]

文字中洋溢着激荡的精神和不可遏止的思绪,反映出"白银时代"是俄国历史上一个思想非常活跃的时期,一个充满质疑精神的时期,一个独立精神觉醒的时期。

第三,对"白银时代"诗歌的译介和研究拓宽了我们的俄苏文学研究范畴,使我们从更加宽广的层面去阅读并理解俄苏文学。

"五四"时期的作家郑振铎说:

> 我对于现在我们文学界里的,俄罗斯文学介绍之热闹,是极抱乐观的。为什么呢?因为第一,我们三四十年来的西欧文学介绍,大都是限于英法的古典主义,罗曼主义,及其他消遣主义的小说,永不能见世界的近代的文学真价……第二,我们中国的文学,最乏于"真"的精神,他们拘于形式,精于雕饰,只知道向文字方面用工夫,却忘了文学是思想、情感的表现。所以

---

① 汪介之:《关于俄罗斯文学的"白银时代"》,《俄罗斯文艺》,1996年第4期,第3页。

他们没有什么价值。俄罗斯的文学,则不然。他是专以"真"字为骨的;他是感情的直觉的表现;他是国民性格、社会情况的写真;他的精神是赤裸裸的,不雕饰、不束格律的表现于文字中的。所以他的感觉,能够与读者的感觉相通,而能收极大的效果。现在我们能够把它介绍来,则足以弃自己的陋,而另起一新文学。这是极有利益的事。第三,俄罗斯的文学是人的文学,是切于人生关系的文学,是人类的个性表现的文学。而中国的文学,则恰恰与之相反……是不能表现个性的文学。我们不能得文学之益——或者还受其害——的原因,大半是因此。现在能够把俄罗斯文学介绍过来,或者可以把这个非人的、不切于人生关系的、不能表现个性的文学去掉,而创造一与俄罗斯相同的新文学来。这又是很有利益的事。第四,俄罗斯的文学,是平民的文学,非同我们一样,除了颂圣酬和、供士大夫的赏玩吟咏以外,绝少与平民有关系。所以现在把它介绍来,以药我们的病体,实在是必要的。第五,我们的文学,久困于"团圆主义"支配之下。差不多一切的小说诗歌,都千篇一律,奉为典范,而悲剧的文学,因而绝少发现,文学的真假,也永远地不能披露了!而俄国的文学,则独长于悲痛的描写,多凄苦的声音,足以打破这个迷信,引我们去到文学的真价。这也是极与我们文学界前途,有大关系的。①

  郑振铎的观点揭示了俄罗斯文学热潮的形成与我国文学发展的关系,对我们有一定的启发。俄罗斯文学的"真"、它的写实性、它对人生的关怀、它对悲剧的坦然书写,都是中国文学所急于学习的东西。同时,它也是改造中国的社会和国民性所需要的东西。这些观点直到现在还影响着我们对俄罗斯文学的理解。俄苏文学多以善恶冲突为主要内容,表达强烈的道德意识。罗赞诺夫指出:"俄罗斯文学开辟了道德世界观的新纪元,西方读者为俄国作家所倾倒,但他们崇尚的绝不是俄罗斯作家创作的高超艺术性,而是其崭新的独特的道德世界观。"②别尔嘉耶夫也说:"19世纪伟大的俄罗斯作家不是因创作喜悦才去写作,而是由于渴望把人民从人类苦难、从社会不平等状态中解救出来才想要通过文学的手段来意欲达到这一目的。"③关注道德是俄罗斯文学的重要特色,也是俄罗斯文学特别吸引我们的重要原因。有着"文以载道"传统的中国对俄罗斯文学有种天然的亲近感。

---

① 郑振铎:"序二",《俄罗斯名家短篇小说第一集》,北京:新中国杂志社,1920年,第4—5页。
② 赵桂莲:《天堂不再——"白银时代"的普希金印象》,《国外文学》,1999年第1期,第109页。
③ 同上注,第109—110页。

但是,郑振铎先生所概括的俄罗斯文学主要是"五四"时期翻译过来的富于反抗精神、以社会公平正义为主题的现实主义文学作品。我们在译本选择上的偏颇导致我们把现实主义作家,如托尔斯泰、高尔基等看成是俄罗斯文学的全权代表。但是,除了赋予文学以现实意义、道德主题、人学成分、本真描写和表述以外,俄罗斯文学还有另一道不为我们所知的风景——这就是"白银时代"的文学。

"白银时代"文学使我们有机会了解这类作品中所揭示的那个崭新的思想和艺术世界。如果说我们在托尔斯泰的作品中领略了俄罗斯民族精神的博大和宽广,在陀思妥耶夫斯基的作品中感受到人类精神的深邃与惨烈,在以反法西斯为主题的作品中体会到俄罗斯英雄的民族精神,在斗志昂扬的理想主义作品中领略了俄罗斯人西伯利亚暴风雪般狂放的激情的话,那么在"白银时代"的诗歌中,我们则看到俄罗斯民族细腻的情感与深邃、浪漫的心灵。"白银时代"是充满创新精神的时代,无论在文学创作方面,还是在文学研究方面,都有丰硕的成果。"白银时代"对普希金的研究就是一个很好的例子。

普希金在俄罗斯文学史上拥有举足轻重的地位,他是俄罗斯文学永恒的丰碑、不朽的神话。

> 现代主义把自己的全部归于普希金神话,这就使扩展神话的边界而超越了独一无二的诗人个性的范围成为必然。关于普希金的神话,自然会逐渐成为普希金的时代——俄罗斯诗歌"黄金时代"的神话(它在20世纪初文化运动中得到了具体化的更新)。[①]

"白银时代"俄罗斯的普希金研究最引人关注的一个论题就是诗人与他人的关系问题。有评论指出:"作为天才的诗人,'普希金不是生活的智者',而且以他那独特的不完善之举之特点'结束自己的世俗生涯'的(其中包括,决斗是'实际生活中仇恨与浮华''沉湎于热情'的结果)。"[②]在这样的评论中,我们看到普希金作为一个诗人不寻常的生活方式。换一个角度来看,这是诗人释放个体生命中的压抑成分、追求心灵绝对自由的一种表现。普希金以生命为赌注的行为当然不值得提倡,但是他是天才诗人,天才总是有天才的逻辑。每一个人,尤

---

① 鲍里斯·盖斯帕洛夫:《"黄金时代"及其在俄国现代主义文化神话中的角色》,林精华主编:《西方视野中的白银时代》(上),北京:东方出版社,2001年,第380页。

② 伊琳娜·帕佩尔诺:《白银时代人的生活与普希金》,林精华主编:《西方视野中的白银时代》(上),北京:东方出版社,2001年,第65页。

其是天才,常常会遭到世人的误解。别雷认为普希金是无法解释的,他指出:

> 独一无二的普希金是属于俄罗斯和整个世界的,他不属于任何地方,同时又属于每个地方。他没有留下直线,但是从他的艺术"尖端"绽放出俄国文学的"锥形物"。俄国文学的"田野",换用另一个比喻,从普希金萌芽的"种子"里生长起来。①

普希金留给俄罗斯文学的传统是永不过时的财富。别尔嘉耶夫认为:"普希金身上存在某种'文艺复兴'时代所特有的成分,而在这一点上就其精神实质而言毫无文艺复兴特质的整个19世纪伟大的俄罗斯文学没有追随普希金。"②在文艺复兴的白银时代,俄罗斯评论家则大显身手,挖掘普希金留下的艺术宝藏。普希金对人类的大爱、对人类生存的终极目标的追求使他的作品成为永恒。探索个体生命的价值、追求自由幸福的人生、爱一个被艺术所温暖的美的世界,这正是"白银时代"在解读普希金作品时所看到的内容,而这恰恰是"白银时代"诗歌最显著的特征。

另外,对"白银时代"诗歌作品的引入直接影响了我们对俄苏作家的解读方式。"白银时代"的诗歌善于书写个性、书写心灵。研究白银时代的作品,我们会把更多精力放到对作品本身的解读中,研究走向微观层面。这种倾向也被我们带到了对托尔斯泰、陀思妥耶夫斯基、高尔基、普希金等作家的研究中,使我们对这些作品中的多重思想内涵和审美意蕴有了更充分的挖掘。改革开放后,"白银时代"文学重新回到我们的视野中,对白银时代文学的研究引导我们将俄罗斯文学置于广角镜头下,使我们对俄罗斯文学的认识由片面走向全面,由单一化走向多元化。

---

① 约翰·E.马尔姆斯塔德:《黄金中的银丝线:安德烈·别雷的普希金》,同上书,第467页。
② 赵桂莲:《天堂不再——"白银时代"的普希金印象》,《国外文学》,1999年第1期,第109页。

第七个问题：

如何认识改革开放以来我国欧美文学史编撰观念的演变？

1978年，中国进入了改革开放的新的历史时期。这个时期百废待兴，经济领域和文化领域都出现了前所未有的发展。在外国文学史研究领域，我们有了长足的发展。新时期之前最重要的一部外国文学史著作是杨周翰版的《欧洲文学史》(北京：人民文学出版社，1964—1979年)。这部文学史的基本编撰原则是"倾向性"(指以马列主义、毛泽东思想为指导思想)、"知识性"(指以普及文史知识为主)、"稳定性"(指采取客观的态度评估作家作品)。这部文学史书利用文学社会学的分析方法对欧洲文学史进行了综合性的研究。然而，随着时代的发展进步，这种书中所提供的文学史编撰范式越来越不能满足人民的要求，学者们跃跃欲试。从20世纪90年代起，"重写文学史"的诉求越来越高。学界对文学批评方法的认识进一步拓展了，并且对文学史观也有了新的认识。虽然，外国文学史的重构工作并没有在短时期内见到成效，但是，"重构文学史"的观念却成了促进文学史理论与实践革新的指导思想，外国文学史编写的范式转型期到来。过去的文学史编撰的概念被突破，文学史观念更加开放和多元化。如陈建华主编的《插图本外国文学史》(高等教育出版社，2002年)，将图片、故事、史实融和一处，使文学史既有教育性又有娱乐性。这类的新型的文学史编撰方式成为学者们热衷探索的思路。

较之于早期的杨周翰版的《欧洲文学史》，李赋宁版的《欧洲文学史》(北京：商务印书馆，1999—2001年)全方位地体现了学界在外国文学史方面的进展。李版《欧洲文学史》篇幅浩大，内容跨度由古代到1980年，对于以前的文学史中忽略的宗教文学、唯美主义文学以及现代派文学都给予了一定的篇幅，让我们看到了欧洲文学的全景画面。更值得一提的是，李版《欧洲文学史》在文学史观上不再恪守新时期初的一些认识，而是实事求是，努力让自己的文学史观念更具有包容性和时代性。

思想创新和思路创新成了文学史编撰领域一种普遍性追求。在这样的追求中,的确涌现出不少具有时代意义的创新性文学史编撰思路。刘建军的《演进的诗化人学——文化视界中西方文学的人文精神传统》(长春:东北师范大学出版社,1998年)便是这样一本体现新思路和新观念的文学史书。该书从文化学角度重写文学史,系统论述人文精神传统对西方文学的浸透及影响。该书既是对文学史实的解读,又是透过文学史实对人类精神历史的诠释。

除此之外,在新时期,我们也加大了对东方各国文学史的撰写力度,把新思想、新观念和新方法带入这些文学史书中。学者们做了大量的工作,在反思过去的基础上,不断地前进。外国文学史在中国的编撰经历了这样的巨大的变革,这本身就值得我们仔细地研究探索。

有学者指出:

> "文学史"本身就是从西方进来的概念。就是因为清末觉得不行了,连续战败,得弄点西学了,大概是师夷之长技以制夷那种想法吧,于是朝廷出钱办这么一个学。当时的京师大学堂,也就是后来的北大,都要引进新学,课程表的设置也参照了德国和日本的大学,后来蔡元培当校长时又参照过美国大学。文学史就是那时候开始设立的。原来的书院或者私塾里哪有什么文学史啊,就讲子曰诗云、经史子集。但小说、戏曲之类,虽然不能在精英教育里登大雅之堂,却可以在社会上、在民间广泛流传。可是,如果文学史的设置是当时中国朝野一些精英人士模仿西洋来转变自己的知识样式、教育样式的一个产物,那我想他们在筛选近代作品的时候自然就会有一种态度,比如说更重视某些时代主题的表现。①

这段话确实说明了文学史在我国的发展情形,这不仅指中国文学史,欧美文学史的发展情形也大致如此。我国的文学史观虽然在发展中出现了各种各样的问题,但它还是不可阻挡地进步着。文学史观的嬗变一旦拉开序幕,就再无法退出舞台了。

一、文学史范式的中国化"改写"

"改写"是翻译研究学者勒菲维尔首创的一个词,泛指对文学原作进行翻译、改写、编选、批评和编辑等一系列加工和调整的过程。"翻译当然是对原文

---

① 查建英主编:《八十年代:访谈录》,北京:生活·读书·新知三联书店,2006年,第26页。

本的改写。所有的改写，无论它的目的如何，反映出某种意识形态和诗学，并因此操纵文学作品以使之以一种特写的方式方法在一个特定的社会里起作用。"①在这里，勒菲维尔把对作品原文本的任何一种移位都称之为"改写"。翻译是语言的移位；改写是语言、情节和内容的移位；编选则是文学原作在本国的排序位置上的移位，但这种移位并非简单的排序问题，它体现的是排序者的取舍与选择，更深一层讲，编选体现的是编者对原作的态度和价值判断；甚至连批评也被看成是一种改写，也就是说，文本在接受批评的时候，其意义也随之改变。把所有这些变化打包成"改写"，这体现了作者意在把握众多不同方式的移位现象背后共性的东西。这种共性的东西主要是对移位产生作用的两大因素：诗学和意识形态。诗学关注和意识形态关注的关系是：前者要在后者的规约下发挥作用，也就是说，有权力决定"改写"什么作品、传播什么思想的人要利用他们的话语权力对"改写"过程进行干预，从而指导并影响专业人士的诗学选择。文学史的编撰过程涉及对作品的翻译、改动、编选、批评和编辑等一系列的"改写"程序，因此，借助"改写"这一术语来研究文学史的嬗变是十分恰当的。文学史范式的中国化"改写"就是要研究中国的文学史观念是如何受诗学关注与意识形态关注影响的。

勒菲维尔认为控制文学翻译的因素包括两方面：一方面是"专业人士"(the professionals)，包括批评家、评论者、教师、译者等，这些人关注的通常是"改写"的诗学形态；另一方面是赞助人(patronage)，也就是有权力控制人们阅读、书写的人或者机构，可以是宗教团体、政党、社会阶层、出版商、报纸或者电台等传播媒介，赞助人所关注的是影响"改写"的意识形态因素。可以说，权力在欧美文学的"改写"中起到重要作用，而这种作用体现为正负两方面：

> 改写是一种操纵，其服务于权力，但其肯定方面是：改写可以促进文学和社会的进步。改写可以引入新概念、新流派、新手段，文学改写的历史反映了一种文化对另一种文化的塑形能力。但是改写也可能压制创新，歪曲并牵制创新，而且，在一个对任何事情都进行操纵的时代，对文学处理过程的研究，如对翻译的研究，可以帮助我们进一步认识我们所生存的这个世界。②

---

① Susan Bassnett and Andre Lefevere, "General editors' preface," Andre Lefevere, *Tranlation, Rewriting and the Manipulation of Literary Fame*, London: Routledge, 1992, p. vii.

② Ibid.

赞助人影响下的"改写",也是权力话语控制下的"改写"。福柯用"权力"话语来阐释影响文化发展的力量。"权力"在福柯那里是一个广义的概念,指的是一切对人的思想和行为有支配力的东西,比如国家机器、法律等,这些是显性的权力,而宗教、文化习俗、伦理道德等因素也是控制人们行为、影响人、支配人的力量,这些可以称之为隐性的权力。显性权力和隐性权力共同构成了权力之网,在这个网中,真理和知识都是权力的表现形式。在《知识考古学》和《规训与惩罚》中,福柯将话语看成是浸透了意识形态的言语或者文本,是施展权力的工具,也是掌握权力的工具。在一个社会中,不同的社会层面有不同的话语,这些话语控制着人们的思维和行动。勒菲维尔所言的影响文本改写的意识形态关注体现的就是在文本迁移中起作用的权力话语。

政治意识形态对欧美文学史"改写"的主导作用主要体现在对翻译什么样的外国文学史的选择方面。有学者一针见血地指出:

> 如果说20世纪上半期的二三十年代,外国文学翻译所起的主要作用是为中国新文学观念的变革和文学规范的形成起到了刺激、借鉴作用的话,那么,从30年代后期开始,文学翻译已经逐渐被纳入到社会政治运行轨道之中了。而从毛泽东1942年《延安文艺座谈会上的讲话》之后,一种新的文学理念在解放区盛行开来,逐渐向国统区渗透。这种新的文学理念在中国共产党夺取全国政权以后,更是得以全面推行、强化,成为新中国文艺的纲领性文件。①

1949年以后,俄苏文学作品的翻译在我国翻译界占据了主导地位,俄苏文学作品的译作数量远远超过其他国家文学作品的译作数量。新时期以来,欧美文学的翻译急剧升温。俄苏文学经历了一段时间的降温后,也加入了译介的热潮中,但是它再也不能重现往日一统天下的风光,而是成了欧美文学翻译大潮中一个平等的组成部分。欧美文学的翻译是如此,欧美文学史的编撰也是如此。在欧美文学史的"改写"中,我们逐渐减少了意识形态的影响,开始容纳更多的诗学影响成分。此时,我们翻译了一些欧美学者写的文学史书,这些文学史书与我们所熟知的苏联的文学史书不同,它们更重视诗学观念,对艺术规律的探索实事求是,这些文学史书的翻译对我国欧美文学史领域的发展起到了重要的作用。

新时期以来,文学史编撰取得了很大成绩。在文学史编撰方面出现了将文

---

① 查明建、谢天振:《中国20世纪外国文学翻译史》(下册),武汉:湖北教育出版社,2007年,第561页。

学史与文学选读编在一起的文学史书,这样编撰的好处在于:它可以直接把文学史书中对文学作品所做的评价与文学作品本身表现的内容进行对照,给读者一个很好的进行自我判断的机会。文学选编对入选作品进行有失偏颇的过滤。现在,在这种半是文学史、半是文学作品的组合中,我们可以把文学史仅仅当成一种供我们参照的观点,而通过直接接触作品来对作品进行判断。新时期,我们大量译介欧美文学选编作品,使我们有机会接触大量的欧美文学作品;文学史编撰方面也取得了突破性的进展,这些进步的取得是历史的必然。

新时期以来,文学史的"改写"在取得进步的同时,它的问题也渐渐浮出水面。我们不像欧美国家那样有众多的文学思想流派和文学理论来支撑我们的文学史观。在这种情况下就出现了一个空档,出现了这样的现象:一方面是在欧美文学作品的引进中缺乏系统性的指导思想,另一方面是对西方文艺理论过度地追捧。

由于我们的文学史观尚不成熟,还无法为我们引进什么样的欧美文学作品提供足够的指导,这样,在我们的欧美文学作品引进方面就出现了一些问题。我们不知道应该引进什么样的文学作品,大家的出发点各不相同。当时,我们大量引进欧美现代派文学作品,除了真正从文学发展的角度考虑之外,也不排除是猎奇心理在起作用,或是被五花八门的时髦字眼注入了兴奋剂,或是为欧美现代派文学中个性化、人性化的一面所吸引,并在这些作品中找到些许心灵的安慰。当时还有一部分人,认为凡是在欧美流行的作品肯定就是好的,所以这个时期产生了大译特译欧美畅销书的热潮,比如《飘》这样的畅销书就被疯狂地抢译。冯至先生说他感觉这种现象非常可悲,在冯至先生看来,《飘》只是一本畅销书,它离欧美文学经典还有距离。我们对畅销书的这种狂热追求体现出我们思想的浅薄、心理的浮躁,以及面对隔绝已久的欧美文学世界时表现出的某种程度上的手足无措。当时我们似乎以为,只要跟着欧美人读畅销书,就跟上了欧美文学的发展步伐。

我们在欧美文学引进方面经历了短暂的欢呼,随后便陷入持久的迷惘与混乱中,这一文学引进方式可以称为"追星式引进欧美文学的方式"。追星者通常是青年,这个群体的特征是具有激情,但缺乏经验,没有多少人生阅历。因此,追星者通常心智是不成熟的。追星是一种对"偶像"的崇拜。当一个人需要崇拜别人,才能感受到生活意义的时候,那么,这个人其实是一个迷途者。追星者不能区别偶像与现实的关系,在他们的内心中,会把偶像和现实混在一处。回顾新时期之初,我们对欧美文学就持这样的一种态度。渴求了解西方文化的学子与民众都加入庞大的追星行列。作为读者,我们在没有任何准备的情况下就被暴露于浩瀚的欧美文学世界中,于是,那些喊得最响、跳得最高、占据了最抢眼位置的通俗文学作品、畅销文学作品就不由分说地锁住了我们的视线。在中国的新时期,"外国文学经典"这个词的内涵变得越来越不确定。

在我们的欧美文学史中,有本国特色的文学分析模式尚处于形成过程中。文学史在梳理文学历史的同时,其实也是在提供一种文学批评观念,因为书写历史离不开观点的表达。由于中国传统的文学史理论性科学性不足,而科学的文学研究又离不开理论工具的指导,在这种情况下,就使我们对西方文学理论的依赖性增强了。这种渴求,与其说是被西方文学理论之精华所吸引,不如说学习西方文学理论是消除我们诗学影响乏力的一个最好的方式。在1949年以后的一段历史时期,我们的文学分析跟着苏联走。不论是分析人物,还是分析主题,我们的研究最终总是要落到阶级斗争主题上。进入新时期,当庸俗社会学文学批评撒手西去后,我们的文学批评一时间如坠迷雾。

二、新时期外国文学史观念嬗变的原因

对中国式的文学史改写进行梳理后,我们接下来探索我国新时期文学史观念嬗变的原因。新时期的中国百废待兴,再次掀起西学热潮;到了20世纪90年代中期,又出现了中国传统文化热潮。文化发展态势总的来说是好的。推动文学史观念产生变化的原因很多,这里,我们重点谈两个原因:一是西方文艺理论的引入冲击了欧美文学史的编撰观念;二是全球化的进程使文化交流越来越频繁,这进一步促使我们的文学史观念发生转变。

一方面,西方文艺理论的引入推动了中国欧美文学史编撰观念的变迁。这种影响关系虽然不能通过实证加以论证,但是,由于以下几点原因,这种影响关系的存在是不容置疑的。第一,新时期,欧美文学作品的引入和西方文艺理论的热潮相继出现,后者在很大的程度上为我们理解欧美文学作品打开了思路。欧美文学史的编撰者同时也是欧美文学的研究者,所以,其受到西方文艺理论的影响是必然的。第二,我们在编撰欧美文学史时,必然要参考欧美国家的一些文学史料,而只要看一看欧美文学史的相关参考书目,就会对这些文学史料一目了然。我们的欧美文学史编撰者在参考这些资料的时候,必然会接触到欧美文学批评的新观念。第三,在我国文学领域发生翻天覆地变化的新时期,欧

美文学史编撰者也必然要突破原有的文学史编撰思路，那么最便捷的方式就是到西方文艺理论中去寻找理论支柱。第四，从接受者的角度讲，受到西方文艺理论熏陶的读者也自然希望能在文学史书的评论性文字中印证他们的一些理论观念，所以，满足读者的这种需要，文学史编撰者也必然更多地关注欧美文艺理论。综上种种原因，就使得西方文艺理论对我们的欧美文学史编写产生了影响。

西方文艺理论为我们文学史观念的发展输入了新鲜血液。正是因为有了西方文艺理论，我们才找到看待艺术的多重视角。西方文艺理论的丰富性使我们更深刻地认识到文学发展有其自身的规律，认识到文学的发展与社会的发展之间存在着不可思议的、微妙的联系。过去，我们在接受外国文学作品时，或者以某种理想化的模式为标准去要求这些作品，并常常因为它们达不到这个标准而贬低、否定它们，或者为了肯定某些外国文学作品而人为地去曲解、拔高它们。新时期，在接受了西方文艺理论的滋养以后，我们的心胸开阔了，我们编写文学史的思路也畅通了。比如说，在新时期，我们开始重视文学的文学性，这和西方文艺理论中新批评派的影响分不开。文学失去文学性就不能称之为艺术，好的内容还要有好的形式。如果说对于文学的文学性的重视是一切文学爱好者天然的本能的话，那么西方的新批评理论家则把这种本能理论化、系统化，使之富有理性色彩，而我们在文学史编撰工作中，也可以理直气壮地要求给文学性以合法地位。再如，西方的许多批评家强调文学传统的作用，像艾略特就撰文《传统与个人才能》来阐释文学传统对于诗歌创作的功用。哈罗德·布鲁姆在《影响的焦虑——一种诗歌理论》一书中指出："诗的历史是无法和诗的影响截然区分的。因为，一部诗的历史就是诗人中的强者为了廓清自己的想象空间而相互误读对方的诗的历史。"[①]布鲁姆把诗的发展历史说成是诗人相互影响并从影响中脱颖而出的历史，这实际上是强调文学影响的无处不在。与艾略特的文学传统承继观点的不同之处在于，布鲁姆认为，伟大的诗人是在有意无意地误读前人诗歌的基础上创造了自己的诗歌，或者是在前人诗歌艺术比较薄弱的环节上找到突破口，创造了自己的诗歌。不论影响以什么样的方式发生，影响在文学创作中是重要的。我们新时期的文学史书很注意论述作家之间的影响关系，这与西方文艺理论的影响是分不开的。新时期，西方文艺理论对我们所产生的影响比以往任何一个时期的影响都大，我们甚至淡忘了我们自己的传

[①] 哈罗德·布鲁姆：《影响的焦虑——一种诗歌理论》，徐文博译，南京：江苏教育出版社，2006年，"绪论"第Ⅱ页。

统诗学,而把更多精力投入到西方文学理论的研究中去,试图从那里找到我们自己的批评话语。这一时期我国出版了很多关于西方文艺理论的著作,包括对西方文艺理论的全面介绍性著作、单独针对某一理论流派的译本和介绍性著作,以及某些著名批评家的系列著作等。以西方文艺批评理论为工具进行文本分析的论文也纷纷发表,数量惊人。

虽然西方文艺理论热潮带来了种种弊病,如文学批评界在文本解读时过度依赖理论,简单地套用理论,使文学分析出现模式化、僵化的现象,生动的社会科学研究被理论所限制,出现"瓶颈""失语"等现象。但是,出现这些现象,错不在于西方文艺理论本身,而在于我们对于这些理论的过分依赖。我们将五花八门的西方文艺理论不分青红皂白地吞下去,全然不顾西方各流派的文艺理论都具有片面性和局限性这一事实。我们纷纷把这些理论拿来研究各类文学作品,我们的文学批评学术期刊上到处泛滥着西方文学理论中的批评术语,出现了大量印证他人文学理论式的批评文章。不可否认,欧美文学研究者在这类文学批评上的努力或多或少为欧美文学研究做出了一些贡献,让我们更多地了解了西方的文学研究成果,然而,这样走下去是没有发展前途的。因为理论产生于对文本进行阐释的实践,我们现在再回过头来用更多的实践中的例子来印证理论——仅仅是印证而不是发展理论——这样最终会形成一个怪圈:先是西方的文艺理论原创者从文学批评实践中摸索出文艺理论,接下来,我们紧随其后,用更多类似的文学实践去印证这个理论。我们后来所熟知的"失语"现象、"瓶颈"现象正是对西方文学理论不加分析直接接受的结果。

但是,总的来看,西方文艺理论热潮产生的正面影响更大。它不仅使中国欧美文学批评界开阔了视野,也影响了我国欧美文学史的编撰观念。就欧美文学的批评领域来看,从大批评家到普通的文学研究者,思想上都经历了一场蜕变。在这场蜕变中,我们的思维走向科学化、逻辑化、概念化,形成了学者应该具有的社会科学研究意识,所以西方文艺理论培养了我们进行社会科学研究的基本思维方式。此外,通过学习西方文艺理论,我们对西方文化有了更多的了解。由于西方文艺理论以整个西方文化为基础,建立在西方哲学宗教文化的地基之上,所以,学习西方文艺理论也就意味着间接地学习西方文化。通过对西方文艺理论及其所涉及的哲学、宗教和文化等方面知识的学习,我们以积沙成岳的方式,逐步走近了欧陆哲学,而欧陆哲学在中国的传播反过来又进一步促进了我们对西方文艺理论的深入理解。

另一方面,在新的历史时期,全球化的发展使世界各国人民之间的政治、经济与文化的交流越来越广泛。中国新时期政治道路的选择也适应了这一时代发展要求。中国的改革开放使中国经济步入了世界市场,民族的界限被打破了,各民族之间的影响增强了,不同民族的精神产品变成了公共财产,人们已经越来越认可这样的说法,即"越是民族的,越是世界的"。20世纪末期,文化传播工具不断完善,这种技术上的进步极大地促进了欧美文学的翻译和介绍。欧美文学通过多种艺术形式走进了我们的日常生活,此时,欧美文学不再是被束之高阁、供文化精英享用的精神食粮,而是成了为广大民众所消费的精神产品。正是在这种情况下,欧美文学的"世界性"问题被提到日程上来,而这又让我们进一步认识到我们的文学研究与世界上其他国家的文学研究接轨的必要性。回顾我们的欧美文学史观,我们发现它已经远远落后于时代的要求,因此可以说,这种在全球化语境下产生的与国际接轨的需要最终催生了我们欧美文学史观的变化。

新时期,我们的文学史观正在经历一场革命。这场革命以对文学史编撰观念的反思开始,进一步完善更新了文学史的一些观念,突出了文学史中的人本主义思想。而且,在这场革命的推动下,我们的文学史观也随着时代的发展而被注入新的内容。新时期我国文学史观的变化主要体现在以下几个方面:

第一,不断反思过去的文学史观,探索文学史编撰的原则。文学史是一种阐释方式,在编撰文学史时,我们致力于为纷繁复杂的文学现象找到理性的阐释方式。唯物主义史观认为,历史事件的终极原因和动力是社会的经济发展,是生产方式和交换方式的改变。社会的基本矛盾是生产力和生产关系的矛盾,是经济基础和上层建筑的矛盾,生产力决定生产关系,经济基础决定上层建筑。唯物主义的文学史观是建立在唯物主义历史观基础上的文学发展观,中华人民共和国成立后的中国文学界表现出对唯物主义史观的浓厚兴趣,马克思主义文艺理论著作被大量地翻译出版。一开始,我们对文学的唯物史观的理解就与决定论的思想画上了等号,这其实是一种对唯物史观的误解,这种误解对文学研究的思想方法产生了重大影响。在这种文学史观的指导下,我们把文学研究的使命确定为对文学发展过程中一切现象产生的因果关系进行挖掘。这样,我们就将文学现象这一人类的精神产品与物质世界做了一一对应,相信精神结构与物质结构可以一一对应这一假设。说它是一种假设,是因为没有充分的证据表明这种对应关系的存在。文学会受到社会环境的影响,这是不容置疑的,但是这种影响是复杂的,它们之间的联系不是直接的,不像决定论者想象的那么简单。文学与社会、与意识形态的关系是一个有待我们探索的问题,而不是一个已经有了现成的线索、只要顺藤摸瓜就能找到答案的问题。

由于决定论思想的局限,我们在编写文学史时,对于文学现象之间影响关系的微观研究比较薄弱,而更喜欢宏观地分析某些历史现象对文学的影响。柳鸣九先生在2007年出版的三卷本《法国文学史》前言中对自己的文学史观进行了反思与检讨,他说:

> 在一九七八年我为上卷写的"前言"中,有这样一段话:"阶级社会的历史是阶级斗争的历史。法国文学作为社会的意识形态,本身就是社会阶级斗争的一部分,它的整个过程都表现了阶级的矛盾与冲突,充满了进步倾向与反动倾向的斗争。法兰西阶级斗争在世界历史中具有某些典型性,曾是马克思主义经典作家用来阐述历史唯物主义原理的典型例证,而法国文学作为反映历史、印证马克思主义历史唯物主义的思想材料,对于各国人民无疑也是非常宝贵的。"在今天看来,对于文学史的编写而言,这是明显的"理论失态",是错误的"理论纲领"。在当时流行的这种阶级斗争史观套话中,至少表面上有两个逻辑上的阻隔与脱节:一是,作为意识形态的文学并不一定在任何时候都是"社会阶级斗争的一部分";二是,文学史的过程不见得"都表现了阶级矛盾与冲突",特别不见得"充满了进步倾向与反动倾向的斗争",至于"阶级社会的历史"是不是都是"阶级斗争的历史",更是整个人类发展史观中的一个有待探讨的重要问题。①

这里,柳鸣九先生反思了自己20年前,即1978年左右所持的文学史观念,并对它进行了深刻的批判。1978年,新时期刚刚开始,文学史编撰观念仍延续了20世纪五六十年代的指导方针。柳鸣九先生做出反思的重大意义在于:这种"理论失态"以及"错误的'理论纲领'"并不只属于柳先生一人,而是那个时代的通病。柳鸣九先生对最高"公理"的质疑反映了时代的呼声,用"斗争的哲学"来衡量文学的时代已经无可挽回地走到了穷途末路,实事求是地认识文学的历史、认识人类的历史才是正确的道路。而我们高兴地看到,随着新时期改革进程的推进,以前错误的认识逐渐被发现、被抛弃,前进道路上的障碍逐渐被清除。

同时,柳鸣九先生还提道:

> 文学史从来都是"继承史",而不是"批判史",它的基本性质与基本目

---

① 柳鸣九主编:《法国文学史》(第一卷),北京:人民文学出版社,2007年,第10—11页。

的,就是建构历史的文学珍藏馆,有系统地展出历史上那些优秀的文学珍品、有特定价值的文学佳作,它的基本任务就是整理、分类,发掘与说明这些文化遗产的美学价值,弘扬它们的意义。这项工作完全是建设性的,而不是清算性的,从事这项工作首先应该满腔热情、推崇、赞美、鉴赏玩味甚至顶礼膜拜。①

在李赋宁总主编的四卷本《欧洲文学史》的绪言中,也有这样的文字:"创作离不开文学传统,文学研究更不能脱离文学传统。研究欧洲文学必须熟悉欧洲文学传统。"②李赋宁先生认识到"文学传统"在文学发展中的作用。

柳鸣九先生与李赋宁先生都强调:在研究文学史时,要研究其继承史,要研究其传统的重要性,这是我们的文学史观在新时期取得的突破性进展,它为文学史回归客观指明了一条道路。其实,文学的发展就如河水奔流不息;河流的发源地,它的流经地,它流经地区的地形和土质,它一路遇到的其他河流,它一路走过时天气的变化,它一路流动时许多偶然因素的作用,所有这一切都是塑造它的因素。真正的文学史就是把这些因素找出来,展示给我们,让我们在分析这些因素的基础上,了解文学发展的规律。我们的文学史编撰者已经踏上了探索文学内部联系的理论之路,这对于中国的文学史编撰来讲是一个崭新的开端。

不能把文学史写成"批判史",这并不意味着在书写文学史时不需要做出价值判断;恰恰相反,价值判断是必须存在的,因为任何材料本身都带有某种倾向性。正如韦勒克所说:

> 在文学史中,简直就没有完全属于中性"事实"的材料。材料的取舍,更显示出对价值的判断:初步简单地从一般著作中选出文学作品,分配不同的篇幅去讨论这个或那个作家,都是一种取舍判断。甚至在确定一个年份和一个书名时都表现了某种已经形成的判断,这就是千百万本书和事件之中何以要选取这一本书和这个事件来论述的判断。纵然我们承认某些事实(如年份、书名、传记上的事迹等)相对来说是中性的,我们也不过是承认编撰各种文学年鉴是可能的而已。可是任何一个稍稍深入的问题,例如

---

① 柳鸣九主编:《法国文学史》(第一卷),北京:人民文学出版社,2007年,第20页。
② 李赋宁:"绪言",刘意青、罗经国主编:《欧洲文学史》(第一卷),北京:商务印书馆,1999年,第1页。

一个版本校勘的问题,或者渊源与影响的问题,都需要不断地作出判断。①

新时期以来,我们的文学史观被注入了新鲜血液,它的变化直接影响了我们对欧美文学作品的选择方式、评价方式和研究方式。

从以上分析可以看出,学者们已经不满足于以传统的意识形态决定论的方式来书写文学史。文学史既然是被叙述的、被描绘的历史,那么这种历史就是开放的历史,它应该给予书写者以充分的叙事空间。直面文学的历史,这不仅是正直的学者必须采取的态度,而且更为重要的是,它标志着一个民族精神上的成熟。一个民族,如果能够将它的文学历史客观地叙述出来,就说明这个民族理解了自己的民族精神;如果能够将外国的文学史进行客观的编撰和选择,就说明这个民族有了对人性的充分认识以及丰富的情感储备。文学记录的是人的精神、历史的事件、个人的命运、社会的背景,文学离不开这些。但是,诸如历史事件、社会背景等因素并不是文学的灵魂,归根结底,文学的灵魂还是人的精神。文学史是探索人类精神之旅的历史,文学史要记录文学旅程中驻足的驿站以及一路的风景。

第二,编撰文学史的思路和关键性概念的变化。新时期以来,欧美文学研究界对文学研究领域的庸俗社会学批评进行了反思,人们将目光转向文学的文学性问题,开始意识到我们必须要解放思想,以开放的姿态对待欧美文学作品。1991年4月,高等教育出版社出版了陶德臻、马家骏编撰的《世界文学史》,这部文学史书在前言中写道,该书"在加大宏观概括时,突出对重点作家作品的剖析;在作规律概括、思想评述时,注意对作家作品的艺术成就、艺术个性进行审美分析"②。作者特意在前言中指出要"对作家作品的艺术成就、艺术个性进行审美分析",这表明中国学界对文学的文学性越来越重视。

新时期编撰文学史的思路也有了创新性的尝试。1990年,陶德臻在《外国文学史纲》的前言中提出了编撰纲领,这个纲领指出:"1. 采取东、西方文学各成系统又互为补充的结构形式,以便能较好地反映外国文学发生发展的实际;2. 适当扩大本书的覆盖面,增加了评析当代外国文学的篇幅。"③这个纲领体现出作者在文学史编撰中已经形成了新思路,即致力于使文学史的内部结构之间产生一种有机联系,以便建构作为有机整体的外国文学史。该书编者尝试通过调

---

① 雷·韦勒克、奥·沃伦:《文学理论》,刘象愚、邢培明、陈圣生、李哲明译,北京:生活·读书·新知三联书店,1984年,第32页。
② 陶德臻、马家骏主编:《世界文学史》(上册),北京:高等教育出版社,1991年,第1页。
③ 陶德臻主编:《外国文学史纲》,北京:北京出版社,1990年,第1页。

整文学史纲的结构,使东西方文学史互为补充。此外,这部文学史纲也提出要对当代作家给予适当的关注,这部出版于20世纪90年代初的文学史书在扩充篇幅时,把当代作家纳入了研究视野,这说明改革开放十年以来,我们已经基本完成了"补课"任务,即完成了对我们以前所忽略的作家作品进行介绍的任务。从此以后,我们对外国文学的介绍和翻译逐渐走上了与外国文学同步发展的轨道。

此外,在新时期,我们也开始对文学史所涉及的一些概念进行反思。例如"世界文学"的概念。我们以前通常是这样理解世界文学的,即认为世界文学是各民族文学的总和,这种看法对于世界文学史编撰具有重要影响。在这种看法的指导下,我们的世界文学史书通常都会写成各国文学的组合,因为既然世界文学是由各国文学组成的,那么把各个国家的代表性文学作品包括进来,就可以组合成世界文学了。过去,我们的世界文学史书通常从时间上分为古代、近代和现代,或者从空间上分为欧美文学和亚非文学两大部分,每一大类下面为国别文学。有时这类文学史书也会对某一时期大范围的文学现象进行整体性介绍,但是,重中之重依然是各个国家的文学发展历史。其结果就是,对各个国家的文学家和文学作品介绍进行汇总后,即形成了世界文学史。以此类推,欧美文学史其实就成了欧美文学家及其作品的汇编。这种模式的文学史书人为地为文学发展设置了一个框架。以时间作为叙事线索的文学史书编撰策略虽然有一定的合理性,但是,它通常会将文学的发展过程设想为简单的线性模式,而文学的发展过程中其实还包括了前进中的反复、反弹,甚至倒退、偶然突变或者回归传统等种种复杂现象。以时间为线索的文学史叙事模式很难使文学现象的复杂性得到充分体现。一个时期的经济发展状况被当作决定文学现象产生的原因,这正好与按时间顺序编写的世界文学史叙事不谋而合,决定论论调与文学史线性叙事方式结合为一,使世界文学史被进一步简化。

第三,欧美文学史中的人本主义意识浮出水面。21世纪所编写的文学史书与20世纪八九十年代所编写的文学史书的分野已经渐渐分明了。20世纪八九十年代的文学史书有以下几个特点。一是把马克思主义文艺理论与我国新时期文学研究的现实相结合。这种结合主要是通过探索历史唯物主义的真正内涵来实现的,虽然这种探索仍然不能完全摆脱思想的束缚,但其目的是实现对文学的客观性评价。二是20世纪八九十年代的文学史书初步认识到文学作品的文学性问题,并开始关注这一问题,想通过唤起人们的审美意识来引起人们对外国文学作品的文学性的重视。我们可以看到,唤起人们的审美意识成了理解外国文学作品、接受外国现代派艺术的一个突破口。在我国的外国文学研究中,这一突破口是很有效的。中国传统的文学批评很重视文学的审美性,我们对文学的欣赏几乎就是对文学美的挖掘,《文心雕龙》和《二十四诗品》都对文学的美进行了充分的描述和阐释,这是我们在接近外国文学作品时倾向于重视作品审美性的原因。而到了21世纪,文学史书开始从不同的角度探索文学问题,从人本主义思想出发对文学进行理解的研究视角尤其受到重视。

郑克鲁在编写《外国文学史》一书的过程中,注意吸收了国内外新的研究成果,增加了信息量。这部文学史书已经注意到欧美文学中的人本主义意识,书中提及:

> 20世纪欧美文学在人本意识上的变化,说明了20世纪欧美作家在"人"的问题的探索上的创新与深化,表现了西方文学人文观念的发展进入了新阶段。但是,这并不意味着这些作家找到了"人"的问题的终极的和绝对正确的答案,也不意味着20世纪欧美现代主义和现实主义作家都是非理性的崇拜者。非理性倾向是20世纪欧美社会的时代特征,20世纪欧美文学表现出非理性人本意识,正是文学对社会现实和时代精神的一种"反映"。但"反映"并不是文学与生活和人生之关系的全部,"反映"生活也并不等于认同生活。欧美作家在反映人面临异化的生存状况,并以非理性反抗异化、反抗现代文明、反抗理性主义文化价值体系时,对人的非理性本身又常常表现出忧虑、恐惧甚至否定。他们真切地体察到了人的非理性内容并视其为人的生命本体,但对于回归原始状态、获得非理性意义上的"自由"的人,又是充满忧虑的,极少作家将非理性支配下的混乱和无序的世界作为人生的理想境界去追求。①

作者肯定了西方文学对"人"的探索。人本意识是贯穿西方文学的中心理念,对于这一理念的挖掘体现了我们对西方文学的认识更加客观,更加符合西方文学发展的实际状况。在20世纪80年代,改革开放初期,我们谈论人和人性、人道主义这些观念,更多的是对人性的一种肯定。当时,我们所理解的人本意识主要是理性层面的,对于非理性层面的人本意识是什么样的,我们没有顾及,甚至把西方作家在非理性层面表现人本主义关注看成是一种不健康的倾向。而在这部21世纪初编写的文学史书中,作者则指出西方的非理性倾向也是人本意识的体现,并且指出作家描写非理性世界并非就是认同非理性世界。

---

① 郑克鲁主编:《外国文学史》(修订版)(下),北京:高等教育出版社,2006年,第7页。

另一个值得注意的现象是，作者着重指出应该如何理解"反映"这个词。在该书作者看来，"反映不是认同"，也就是说，作家在作品中所反映的客观现实，并不是作家所尊崇的客观现实。这似乎是一个不言而喻的问题，但是，长期以来，我们在文学批评中总是不知不觉地把作家的作品反映了什么内容和作家的思想意识画等号。

第四，比较的意识发展促进了文学史观的发展。19世纪末，"比较文学"作为专门的文学批评术语被西方学界普遍接受。1931年，法国学者梵·第根的著作《比较文学论》出版，该书全面总结了近百年来比较文学的相关理论和发展历史，成为比较文学学科的奠基之作。在中国的新时期，比较文学研究获得了极大的发展。比较文学是以研究各民族文学之间的事实联系和相互影响而起步的，影响研究是比较文学中最早的一种研究类型，比较文学存在的价值在很大程度上依赖于影响研究。与影响研究同样重要的平行研究则打破了实证主义和唯科学主义的旧观念，强调可以对没有影响事实的作家作品进行对比研究，研究的基点在于人类心理、价值观念以及人类历史发展进程中存在的相似性。平行研究是比较文学开拓的一个新领域，这一研究模式在东西方文学的比较研究中最为实用。此外，一些中国学者还提出了阐发研究，如余国藩在1973年向美国现代语言学会提交了一篇论文，提出原则上可以运用某些西方的批评观念和范畴来研究中国文学。实际上，阐发不仅仅是用西方的东西来解释中国，也可以反其道而行之。不同文化体系的民族文学与文学理论可以通过比较研究达到互相阐发的目的，从而有助于我们对文学作品的价值进行评估，提高我们审美判断的准确性。接受美学理论提出后，又形成了比较文学的接受研究范式。研究类型的不断扩大，使比较文学学科快速发展，并自成一体。比较文学研究极大地促进了文学研究中比较意识的形成，并且对我们的文学史观产生了影响。

这种影响具体表现为：一是欧美文学史编纂更加关注世界各国作家之间的相互交流与影响，影响的事实材料被记录在文学史书中，可以为我们了解作家思想的形成原因提供有效的信息；二是在文学史编写方面，有些学者开始尝试书写比较文学史，以研究作家之间的影响为主要内容，这就打破了文学史按时间顺序书写的常规做法，为文学史的编写提供了一个新视角。另外，比较意识为我们提供了更大的创新空间，因为通过比较，我们更容易发现问题，更容易找到新思路、新方法。加入了比较意识的文学史也有望将人本主义阐释得更加具体，更加深入，更加大胆，更具创意。比如：对于我们热衷于研究的《简·爱》这部作品,在比较文学研究没有大量介入这部作品的研究之前,我们对于简·爱这个人物的研究基本采用单一视角;但当简·爱这个人物被拿来与形形色色的其他人物相比较时,我们发现了简·爱身上存在的许多以前被忽视的东西。这也促使我们思考许多不同的问题,比如:简·爱的独立意识与《飘》中斯佳丽的独立意识有什么不同?简·爱的女性独立意识中蕴含着怎样的传统思想?虽然在比较方法介入《简·爱》研究之前,对于这些问题人们已经有所觉察,但是,比较文学研究方式的介入却使我们思路更加清晰。在 21 世纪初,我们的思想已经得到了充分解放,所以我们的文学史观将走向客观化、多元化。

第八个问题：

基督教文化的深入研究对欧美文学中国化产生了怎样的影响？[①]

众所周知,宗教与西方文学传统有着天然的联系。如果说中国的儒释道哲学为中国文学提供了成长的养分,那么基督教文化则滋养了欧美文学。萌芽于东方的基督教是在汲取了希腊和希伯来文化基础上发展起来的,并在罗马帝国境内成长为罗马人的国教,所以,基督教文化对西方的影响不是从中世纪开始,而是从古代的希腊罗马就开始了。[②] 中世纪时期,入侵欧洲的蛮族尽管摧毁了西罗马帝国,把希腊和罗马的古典文化一扫而光,但却最终臣服于罗马帝国的基督教,由此诞生了欧洲各民族的文字和文学。自此,基督教文化成为集体无意识,流淌在西方民族的血液中,对西方文学产生了无比深远的影响,从但丁、莎士比亚、弥尔顿、狄更斯、托尔斯泰、马克·吐温到20世纪以降的现代派作家艾略特、卡夫卡、贝克特、马尔克斯等,他们的作品无不具有鲜明的宗教意象和强烈的基督教精神。因此,"如果不讲基督教,不讲基督教文化传统,对西方文化和文学的任何把握都是非常皮毛的"[③]。

有着五千年文明的中国自近代以来,面临着前所未有的文化冲击,时时刻刻处在中西交汇、新旧冲突之中,而作为"新"与"西"文化因子的基督教文化自然受到国人的关注。由于百年来基督教在中国的复杂境遇,国人对欧美文学的认识和接受也几经变化。总体看来,以1978年为界,大致分为前后两个时期：1978年以前,人们开始初步引进基督教文化以认识和理解欧美文学；1978年以后,基督教文化视野成为重新认识与研究欧美文学的一个重要维度,并取得了多方面的成就。

---

① 本问题由浙江师范大学郭晓霞撰写。
② 参阅刘建军:《基督教文化与西方文学传统》,北京:北京大学出版社,2005年,第19页。
③ 同上书,第2页。

一、改革开放前基督教与欧美文学关系研究的发展历程

"五四"前后,随着西方文化在中国的倡导与引进,基督教文化也开始初步进入中国欧美文学学者的研究视野中,但是自20世纪50年代至1978年,受"极左"思潮影响,基督教文化一度成为中国欧美文学研究的规避点甚至批判的靶子。因此,此时期又分为两个阶段:第一,"五四"时期至20世纪50年代之前的初步研究阶段;第二,20世纪50年代至1978年的规避和否定阶段。

"五四"时期至20世纪50年代之前这一时期欧美文学在中国得到大规模译介和研究,在这一过程中,基督教文化视野也进入欧美文学译介和研究中,主要表现为两种基本情况:

首先,欧美文学的基督教文化因素得到中国现代启蒙主义学者的认可。尽管基督教是伴随着帝国主义的枪炮利剑再次传入中国的,从而使得基督教留下殖民侵略势力帮凶之嫌,但是,由于近代以来的西学东渐是以基督教传播为先导的[①],而且来华传教士在基督教传教事业的四大支柱——布道、出版、教育、医疗——中都做了积极的努力,基督教和传教士在西学东渐过程中起到了不可忽视的作用[②],因此,基督教在近代中国产生了一定影响。尤其在"五四"时期,作为西方文化两大源头之一的基督教文化,成为中国启蒙知识分子借以批判中

---

① 中国历史上第一次西学东渐时间是明末清初,主要为16世纪后期至18世纪前期200年间。有两个高峰:一是明末崇祯年间,此间盛行经世致用思潮,一些进步知识分子看到西方传教士所介绍的知识与国计民生、巩固边防有关,遂与其交往,合译一些科学著作,如熊三拔、徐光启合译《泰西水法》等。二是清初康熙年间,康熙任命传教士汤若望、南怀仁等为宫廷官员,对西方传教士传播西方文化持欢迎态度。第二次西学东渐以1811年马礼逊来华传教为开端,传播方式主要是出版西著,传播主体仍然是传教士。"五四"之后可谓第三次西学东渐,中国人成为东渐西学的主体。关于前两次西学东渐的论述可参阅郭延礼:《近代西学与中国文学》,南昌:百花洲文艺出版社,2000年;熊月之:《西学东渐与晚清社会》,上海:上海人民出版社,1994年。

② 就欧美文学作品的译介而言,除了中国学者的译介外,在华传教士也做出了很大贡献,如1853年,宾惠廉(William Chalmers Burns)翻译了英国作家约翰·班扬的《天路历程》,1907年德国牧师叶道胜翻译、中国人麦梅生润色了托尔斯泰作品集《托氏宗教小说》等。与中国学者的译介不同的是,传教士以基督教文化作为译介选择的主要标准。具体可参阅刘树森:《西方传教士与中国近代之英国文学翻译》,汪义群主编:《英美文学研究论丛》(第二辑),上海:上海外语教育出版社,2001年,第350—366页;高黎平:《美国传教士与晚清翻译》,天津:百花文艺出版社,2006年;高黎平:《传教士翻译与晚清文化社会现代性》,重庆:重庆大学出版社,2014年;何绍斌:《越界与想象:晚清新教传教士译介史论》,上海:上海三联书店,2008年。

国儒家文化的武器,受到普遍认可和关注[①];同时出于主动的拿来主义,欧美文学第一次大规模地被译介到中国,欧美文学中的基督教文化因素也得到中国学者和读者的关注与认可,许多学者还对外国文学中的基督教文化因素做过论述,如郑振铎始作于1923年、完书于1927年的《文学大纲》[②]。作为一部包含中国文学在内的世界文学通史,不仅介绍了奥古斯丁的《忏悔录》、但丁的《神曲》、弥尔顿的"三大史诗"、班扬的《天路历程》,而且还对《圣经》及其故事进行了专门论述。著名作家兼翻译家茅盾先生曾在1935年出版的《汉译西洋文学名著》[③]一书中评介了荷马、但丁、薄伽丘、莎士比亚、弥尔顿、莫里哀、歌德、雨果、狄更斯、托尔斯泰等西方32位作家的作品,注意到了这些作家的宗教情怀。在1936年出版的《世界文学名著讲话》[④]一书中,茅盾明确指出但丁的《神曲》不仅是"社会的政治的象征"[⑤],也是"宗教的道德的象征"[⑥],雨果"倾向于基督教的社会主义"[⑦]。

除了上述学者以外,周作人对欧美文学的基督教文化因素的认识也较为清晰。周作人在其研究著作《欧洲文学史》中将欧洲文明归于两希传统,并将其作为人性中"灵"与"肉"的不同代表,认为欧洲文明"本于二希,即希腊与希伯来思想,史家所谓人性二元者是也",而"希伯来思想为灵之宗教,希腊则以体为重,其所呼吁,一为天国未来之福,一则人世现在之乐也"[⑧]。这一说法比较客观,也比较有见地,它基本上奠定了国人对西方文化和文学的认识。他本人通晓希腊文,对希腊人文主义比较推崇,对以希伯来思想为基础的西方基督教文化也给以肯定和推崇。这一观念奠定了此时中国对欧美文学的基本认识,并影响了

---

① "五四"时期至20世纪50年代之前,中国知识分子对基督教的态度极为复杂,概括起来大致有三种情况:一、启蒙知识分子为了启蒙民众、改善中国的国民性,对基督教采取推崇态度,如陈独秀、周作人、钱玄同等;二、激进知识分子在民族主义意识下,否定和排斥基督教,如蔡和森、朱执信、恽代英等;三、基督教知识分子在证道护教以及追求基督教本色化过程中,努力弘扬基督教文化,如赵紫宸、刘廷芳、吴雷川等。具体可参阅杨剑龙:《论"五四"知识分子与基督教文化》,《江西师范大学学报(哲学社会科学版)》,2005年第3期,第3—15页。
② 《文学大纲》始作于1923年,自1924年1月起连载于郑振铎先生主编、商务印书馆出版的《小说月报》,共连载三年,至1927年于商务印书馆出版,分4大卷,约80万字。该书依时间先后梳理了中外文学的发展历程,它打通了中西文学世界,是一部真正意义上的世界文学史。
③ 参阅茅盾:《茅盾全集(第三十卷):外国文论二集》,北京:人民文学出版社,2001年,第285—443页。
④ 参阅同上书,第1—284页。
⑤ 同上书,第105页。
⑥ 同上。
⑦ 同上书,第211页。
⑧ 周作人:《欧洲文学史》,上海:商务印书馆,1918年,第65页。

欧美文学在中国的译介。周作人曾在其翻译的小说集《点滴》的序言中表明了他译介西方小说的原则:

> 这便是人道主义的思想。无论乐观,或是悲观,他们对于人生总取一种真挚的态度,希求完全的解决。如托尔斯泰的博爱与无抵抗,固然是人道主义;如梭罗古勃的死之赞美,也不能不说他是人道主义。他们只承认单位是我,总数是人类;人类的问题的总解决也便包涵我在内,我的问题的解决,也便是那个大解决的初步了,这大同小异的人道主义的思想,实在是现代文学的特色。因为一个固定的模型底下的统一是不可能的,也是不堪的;所以这多面多样的人道主义的文学,正是真正的理想的文学。①

"人道主义"在西方有两个渊源,一是古希腊,一是希伯来,但在周作人看来,"现代文学上的人道主义思想,差不多也都从基督教精神出来"②,他因此提醒世人,"我们想理解托尔斯泰,陀思妥也夫斯奇等的爱的福音之文学,不得不从这源泉上来注意考察"③。可见,周作人的"人道主义"核心是基督教精神。"人道主义"不仅仅是周作人的译介原则,实际上"整个五四时期的翻译文学都表现出这种倾向"④,这些翻译过来的外国文学影响了中国一批优秀的现代作家,并成为中国新文学的一个组成部分。

其次,现代中国学者初步探讨了基督教典籍——《圣经》的文学价值。周作人是国内《圣经》文学研究的先驱。作为欧美文学的研究专家,周作人深刻地认识到《圣经》在欧美文学发展中的重要地位,他指出:"我们要知道文艺思想的变迁的情形,这《圣书》便是一种极重要的参考书,因为希伯来思想的基本可以说都在这里边了。其次现代文学上的人道主义思想,差不多也都从基督教精神出来,又是很可注意的事。"⑤他不仅肯定了基督教文化在欧美文学中的重要意义,而且还较早地从文学角度认识和译介基督教的典籍——《圣经》。周作人本人并不是基督徒,但他曾于1901年在南京江南水师学堂读书期间接触过《圣经》,被《圣经》的故事和文学之美所吸引,"很看重《圣书》是好文学"⑥,由此开始

---

① 周作人:《〈点滴〉序》,高瑞泉编选:《理性与人道:周作人文选》,上海:上海远东出版社,1994年,第9页。
② 周作人:《艺术与生活》,止庵校订,石家庄:河北教育出版社,2002年,第39页。
③ 同上书,第40页。
④ 秦弓:《二十世纪中国翻译文学史:五四时期卷》,天津:百花文艺出版社,2009年,第24页。
⑤ 周作人:《艺术与生活》,止庵校订,石家庄:河北教育出版社,2002年,第39页。
⑥ 南樵:《周作人与〈圣经〉文学研究》,《金陵神学志》,1994年第1期,第52页。

学习希腊文,萌发了重新翻译《圣经》的想法。1921年,周作人在《小说月报》上发表了《圣书与中国文学》一文,详细阐述了《圣经》的文学特质及中国文学的影响。他从比较文学的角度将《圣经》与中国四书五经进行对照,探讨《圣经》的文学价值,认为"《新约》是四书,《旧约》是五经,——《创世记》等纪事书类与《书经》《春秋》,《利未记》与《易经》及《礼记》的一部分,《申命记》与《书经》的一部分,《诗篇》《哀歌》《雅歌》与《诗经》,都很有类似的地方"①。受美国神学博士谟尔(George F. Moore)的影响,他把《雅歌》与中国的《诗经》做比较,认为《雅歌》是一本爱情诗歌集,他因此赞同谟尔的观点:"那些歌是民间歌谣的好例,带着传统的题材、形式及想象。这歌自然不是一个人的著作,我们相信当是一部恋爱歌集。"②他将《创世记》等列为史传,还将《路得记》《以斯帖记》看作小说,如他在创作于1921年的《欧洲古代文学上的妇女观》一文中对这两部作品的文学性和思想性进行了深入精辟的论述,他指出:

> 《旧约》里纯文学方面,有两篇小说,都用女主人公的名字作篇名,是古文学中难得的作品;这便是《以斯帖记》和《路得记》……《以斯帖记》有戏剧的曲折,《路得记》有牧歌的优美。两个女主人公也正是当时犹太的理想中模范妇人,是以自己全人供奉家族民族的人,还不是顾念丈夫和儿子的贤妻良母,更不是后来的有独立人格的女子了。③

周作人对《圣经》的文学研究奠定了中国的《圣经》文学研究基础,开启了中国《圣经》文学研究的先河。自此,《圣经》文学研究愈渐深入,先后涌现了吴耀宗的论文《略述希伯来思潮与基督教文学》④、朱维之的专著《基督教与文学》⑤、贾立言等的译著《圣经之文学研究》⑥。这股研究潮流止于1951年,是年朱维之将自己的《圣咏文学鉴赏》《雅歌与九歌》《景教碑文章句》等共22篇论文结集为《文艺宗教论集》,在上海青年协会书局出版。之后,《圣经》文学研究走向沉寂。

总之,这一时期,中国学界尽管对欧美文学的基督教文化基础给予了一定肯定,但是并没有这方面的系统研究,欧美文学的中国化主要体现为对欧美文

---

① 周作人:《艺术与生活》,止庵校订,石家庄:河北教育出版社,2002年,第36页。
② 同上书,第38页。
③ 同上书,第79页。
④ 吴耀宗:《略述希伯来思潮与基督教文学》,郑振铎、傅东华编:《文学百题》,上海:生活书店,1935年,第14—22页。
⑤ 朱维之:《基督教与文学》,上海:青年协会书局,1940年。
⑥ 摩尔登(Richard G. Moulton):《圣经之文学研究》,贾立言、冯雪冰、朱德周译,上海:广学会,1936年。

学契合中国人对人性的思考上,而忽略了对人类共同命运和价值的追求;《圣经》文学研究虽得到了初步发展,但还停留在引介和初步研究层面,没有产生较大影响,而且没有与海外学界产生互动。

20世纪50年代至"文化大革命"期间,欧美文学中的基督教倾向成为国人否定和批判的内容。首先,对中世纪宗教文学的认识和研究陷入政治性否定的误区,全面否定宗教文学的价值,认为中世纪的宗教文学"宣扬世俗生活的罪恶,劝人忏悔或用迷信恐吓人们"[1],其目的在于"通过宗教文学宣扬否定现世生活的蒙昧主义思想"[2]。正是受当时这种思想的影响,1949年以来第一部关于欧洲文学的权威性教材即杨周翰等主编的《欧洲文学史》,在关于"欧洲中古文学"这一章中,并没有给中世纪教会文学与英雄史诗、骑士文学和城市文学同等的地位,没有以独立的篇章专节论述,甚至没有在概述中提及中世纪宗教文学,而仅仅简单介绍了基督教经典《圣经》的情况。冯至1958年主编的《德国文学史》也认为,德国中世纪教会文学多否定生活意义,宣扬基督教,其用意在于"使基督教为他们自己的利益服务"[3],他批判中世纪的德国骑士史诗受到了基督教的影响,指责骑士史诗"为了宗教,他们承认上帝是'至善'"[4]。其次,对欧美作家作品中出现的基督教倾向采取忽视和批判的态度。如卞之琳在《略论巴尔扎克和托尔斯泰创作中的思想表现》一文中采用二分法,先肯定了这两个作家的成就,认为"巴尔扎克和托尔斯泰的重要作品所以能成为艺术高峰,主要原因也就在于他们最善于揭露当时的社会现实"[5],接着对二者表现在作品中的宗教信仰进行否定和批判,认为"至于宗教信仰……天主教实际和新教一样,也转而维护资产阶级统治。巴尔扎克在十九世纪法国信奉的天主教实质上也是这样。托尔斯泰的宗教信仰和英国教友派差不多,归根结底,实质上还是维护的资产阶级统治"[6],因此认为他们同时具有进步与反动的两面性。这种评价反映了当时人们对欧美文学中的基督教文化的认识特征。

---

[1] 杨周翰先生曾于1964年主编出版了《欧洲文学史》(上卷),并于1965年完成了《欧洲文学史》(下卷)的写作,但《欧洲文学史》(下卷)并没有得到出版,直到1979年才和修订后的《欧洲文学史》(上卷)一起出版,但是1979年版的《欧洲文学史》基本遵照"十七年"期间的观点。杨周翰、吴达元、赵萝蕤主编:《欧洲文学史》(上卷),北京:人民文学出版社,1979年,第94页。

[2] 同上书,第3页。

[3] 冯至:《冯至全集(第七卷):德国文学简史》,石家庄:河北教育出版社,1999年,第160页。

[4] 同上书,第173页。

[5] 卞之琳:《略论巴尔扎克和托尔斯泰创作中的思想表现》,《文学评论》,1960年第3期,第5页。

[6] 同上注,第7页。

二、改革开放以来基督教文化与欧美文学关系研究在中国的主要成就和特征

新时期以来,伴随着拨乱反正的大潮流,基督教在当代中国的命运也发生了变化。1980年10月,中国基督教第三届全国会议召开,成立了全国性的教务机构——中国基督教协会;1982年3月,中共中央下发了《关于我国社会主义时期宗教问题的基本观点和基本政策》,全面阐释了党对宗教问题的基本观点和基本政策;12月,宪法再次确认宗教信仰自由政策,这些宗教政策确保了基督教在中国的合法性。同时,改革开放打开了国门,西方发达的物质文明和良莠并存的各种思潮涌入中国,在东方与西方、传统与现代的比较中,基督教再次成为西方文明的代表和象征,因此,人们对基督教不再盲目批判,逐渐开始深入研究基督教文化,以期为中国当代文化的启蒙与发展寻求借鉴。

在此背景下,新时期以来,国人对外国文学的重新认识是从关于人道主义的大讨论开始的。紧接着出现关于真理标准大讨论之后,中国当代思想和文化领域展开了关于人道主义的大辩论,辩论起始于外国文学领域。1978年初,朱光潜在《社会科学战线》上发表了《文艺复兴至十九世纪西方资产阶级文学家艺术家有关人道主义·人性论的言论概述》一文,系统梳理了西方作家人道主义的发展,指出人道主义体现为两个彼此对立的因素"博爱主义和个人主义",而19世纪西方文艺作品中的"博爱"都是按照"基督教义来理解的"[1],该文由此拉开了外国文学人道主义大讨论的帷幕。伴随着外国文学的人道主义大讨论,基督教文化重新进入欧美文学的研究视野。这个研究历程大致以2000年为界分为两个时期:2000年之前为起步阶段,主要为散乱零星的单篇文章;2000年以后为成熟阶段,出现了大量的研究专著。就研究成果而言,新时期以来在基督教文化视野下对欧美文学的研究,主要表现为"基督教文化与欧美文学关系研究""《圣经》文学研究""基督教文学与文化研究"三个方面的突出成就。

第一,基督教文化与欧美文学关系研究方面。如前所述,基督教是欧美文学的精神内核,因此,要深入认识和研究欧美文学,必须首先厘清基督教与欧美文学的深层关系。改革开放以来,基督教文化与欧美文学的关系日渐引起中国

---

[1] 朱光潜:《文艺复兴至十九世纪西方资产阶级文学家艺术家有关人道主义·人性论的言论概述》,《社会科学战线》,1978年第3期,第271页。

学者的研究兴趣。1989年,李玉莲发表了《基督教与西方文学》一文①,从宏观角度指出西方文学是在基督教文化的土壤上成长、繁荣的,提出要研究西方文学不应忽略基督教的影响,正如作者所言,该文在就基督教与西方文学的关系研究中确实起到了抛砖引玉的作用。接着,1991年,董洪川发表了《论基督教对西方文学的影响》,杨慧林发表了《基督教精神与西方文学》,罗坚发表了《西方文学中的宗教意识》;1993年舒天发表了《基督教与中世纪的西方文学发展》;1994年边国恩发表了《试论二十世纪西方文学向神学的回复》等②。这些文章初步从宏观角度探讨了基督教文化对欧美文学发展的影响,而基督教文化与欧美文学关系的研究也日益成为学者关注的话题。1994年10月10—12日,在北京燕京研究院召开的中国首届西方文学与基督教国际学术研讨会上,来自美国、加拿大、中国等国家的100多位学者发表了相关研究报告,预示着这一研究高潮的到来。

进入21世纪以来,基督教文化与欧美文学的关系成为欧美文学研究的重要维度,这方面的研究著作如雨后春笋般涌现,成果丰硕。卞昭慈的《天路·人路:英国近代文学与基督教思想》③集中探讨了约翰·班扬等13位英国作家的代表性作品,着力把握基督教信仰对英国近代作家创作的影响。北京大学外国语学院与北京大学欧美文学研究中心主编的《欧美文学研究论丛(第二辑):欧美文学与宗教》④共收录了11位学者的13篇研究文章,探讨了《仙后》《大卫之歌》《贝奥武甫》等多部欧美文学作品中的基督教精神以及多恩、普希金、托尔斯泰、高尔基等多个欧美重要作家的基督教思想。王汉川、谭好哲主编的《基督教文化视野中的欧美文学》⑤共收录了20篇研究文章,这些文章分别从基督教对欧美文学的影响、欧美文学中的宗教情感等方面进行了论述。这三部论著再一次加深了人们对这一问题的认识。

国内第一部系统研究基督教文化和西方文学传统关系的学术著作当推刘建军教授的专著《基督教文化与西方文学传统》,该著作分四个部分探讨基督教

---

① 李玉莲:《基督教与西方文学》,《河北民族师范学院学报》,1989年第4期,第27—32页。
② 董洪川:《论基督教对西方文学的影响》,《重庆师范大学学报》(哲学社会科学版),1991年第3期,第100—105页;杨慧林:《基督教精神与西方文学》,《文艺研究》,1991年第4期,第139—149页;罗坚:《西方文学中的宗教意识》,《广西民族学院学报》(哲学社会科学版),1991年第1期,第54—59页;舒天:《基督教与中世纪的西方文学发展》,《国外文学》,1993年第3期,第104—115页;边国恩:《试论二十世纪西方文学向神学的回复》,《廊坊师专学报》,1994年第2期,第8—11页。
③ 卞昭慈:《天路·人路:英国近代文学与基督教思想》,成都:四川大学出版社,2001年。
④ 任光宣主编:《欧美文学论丛(第二辑):欧美文学与宗教》,北京:人民文学出版社,2002年。
⑤ 王汉川、谭好哲主编:《基督教文化视野中的欧美文学》,北京:中国盲文出版社,2004年。

文化和西方文学传统的关系：欧洲基督教文化的来源和作用，基督教文化和中世纪文学，基督教文化和近代欧洲文学，基督教文化与现当代文学。与以往论著相比，该著作具有以下几个方面的创新和意义：第一，该著作从历史学和社会学角度对欧洲基督教文化进行了深入研究，颇有建树地论述了欧洲基督教文化的来源和作用，认为基督教文化的出现是信仰维持方式对血缘维系方式的取代，信仰维系方式又在社会和文化自身的作用下发展成为近现代的理性维系方式和当今的人权维系方式，因此，没有基督教，"就不会形成后来西方世界的思维模式和看待人与世界关系的方式，从而也就不会有今天意义上的西方文明"①。第二，该著作第一次较为客观地论述了中世纪基督教文学的价值，认为："中世纪欧洲的基督教文化对后代西方文化的作用，绝非只是一个过渡的问题，而是一个奠基的过程！更是一个发展交流和相互影响的过程！"②第三，该著作第一次系统论述了基督教文化与欧洲文学的关系，分别论述了文艺复兴时期、启蒙运动时代、19世纪与现当代时期基督教对西方文学传统的影响。第四，该著作还开创性地指出了基督教文化当代的发展趋势以及与欧美文学的基本走向——"注重在文化'境遇'中发现新的人的解脱拯救之路"③。总之，该著作不仅深入、全面地论述了基督教文化自身的特质、基督教文化的演进过程以及基督教文化的思维模式，而且系统剖析了西方文学精神的古今演变流程和基本特性，是我国基督教与西方文学关系研究的典范之作，其中的许多真知灼见已被学界奉为圭臬。

刘建军教授长期致力于基督教文化与西方文学关系的研究，是国内该研究领域的领军人物之一。在他研究的同时期，国内相继出现了一批学者，从不同层面深入探讨了基督教和欧美文学的关系，并贡献了他们的研究成果。比较有代表性的有：齐宏伟的《心有灵犀：欧美文学与信仰传统》（2006）；莫运平的《基督教文化与西方文学》（2007）；陈召荣、李春霞编著的《基督教与西方文学》（2007）；齐宏伟编的《目击道存：欧美文学与基督教文化》（2009）；任光宣等的《俄罗斯文学的神性传统：20世纪俄罗斯文学与基督教》（2010）；秦海鹰主编的《欧美文学论丛（第六辑）：法国文学与宗教》（2011）；夏茵英的《基督教与西方文学》（2012）；高伟光的《西方宗教文化与文学》（2012）；肖四新的《欧洲文学与基督教》（2013）；郭晓霞的《当代美国黑人女作家的基督宗教观》（2015）；袁先来的

---

① 刘建军：《基督教文化与西方文学传统》，北京：北京大学出版社，2005年，第2页。
② 同上书，第56页。
③ 同上书，第311页。

《盎格鲁—新教源流与早期美国文学的文化建构》(2016)、《破碎的遗产：现当代美国文学与信仰危机》(2017)等。① 这些研究成果既有宏观上的整体探讨与系统梳理，也有对某一国别文学的深入研究，还有对特定阶段的国别文学或某一群体作家的专题研究。总之，21世纪以来，"基督教与欧美文学关系研究"已经成为当前欧美文学研究一个重要领域，学者们从中国语境出发，从宏观、微观等多个层面探讨了基督教文化与欧美文学的内在关系，加深了国人对欧美文学本质特征的认识。

第二，《圣经》文学研究方面。改革开放以来，中国的《圣经》文学研究肇始于1980年朱维之先生撰写的《希伯来文学简介——向〈旧约全书〉文学探险》一文②，该文的主要成就是确立了《圣经·旧约》文学研究的基本概念和框架结构。朱先生将《旧约全书》分为"经书或律法书""历史书""先知书""诗文集"四个部分，认为这四个部分暗合我国"四库全书"或《四部丛刊》的"经、史、子、集"的四分法，并认为各个部分均富于文学价值，且"诗文集"是希伯来文学作品的主要部分。朱先生还在文中详细介绍了希伯来诗歌的形式与风格特征，并开创性地用中国古代的骚体转译《耶利米哀歌》，体现了深厚的文学功底和学贯中西的文化素养。两年后，朱先生又发表了《圣经文学的地位和特质》一文③，该文重点论述了《圣经》对自但丁、弥尔顿、约翰·班杨、雨果到20世纪现代派等整个欧美文学的影响。这两篇文章为中国的《圣经》文学研究指出了两个基本研究方向——"《圣经》文学本体研究"与"《圣经》与世界文学关系研究"，又称为"狭义的《圣经》文学研究"与"广义的《圣经》文学研究"，亦即研究"作为文学的《圣经》"(the Bible as Literature)与研究"《圣经》与文学"(the Bible and Literature)的关系。事实证明，改革开放以来，中国的《圣经》文学研究正是

---

① 齐宏伟：《心有灵犀：欧美文学与信仰传统》，北京：北京大学出版社，2006年；莫运平：《基督教文化与西方文学》，北京：中央编译出版社，2007年；陈召荣、李春霞编著：《基督教与西方文学》，兰州：甘肃人民出版社，2007年；齐宏伟编：《目击道存：欧美文学与基督教文化》，沈阳：辽宁教育出版社，2009年；任光宣等：《俄罗斯文学的神性传统：20世纪俄罗斯文学与基督教》，北京：北京大学出版社，2010年；秦海鹰主编：《欧美文学论丛（第六辑）：法国文学与宗教》，北京：人民文学出版社，2011年；夏茵英：《基督教与西方文学》，广州：中山大学出版社，2012年；高玮光：《西方宗教文化与文学》，北京：中国社会科学出版社，2012年；肖四新：《欧洲文学与基督教》，广州：暨南大学出版社，2013年；郭晓霞：《当代美国黑人女作家的基督宗教观》，北京：中国社会科学出版社，2015年；袁先来：《盎格鲁—新教源流与早期美国文学的文化建构》，北京：北京大学出版社，2016年；袁先来：《破碎的遗产：现当代美国文学与信仰危机》，北京：中国社会科学出版社，2017年。

② 朱维之：《希伯来文学简介——向〈旧约全书〉文学探险》，《外国文学研究》，1980年第2期，第106—118页。

③ 朱维之：《圣经文学的地位和特质》，《外国文学研究》，1982年第4期，第45—49页。

按照朱维之先生指明的方向稳步前进的,成绩斐然。刘意青、梁工、刘建军、杨慧林、王立新、陆扬、张思齐、叶舒宪、刘洪一、赵敦华、卢龙光、卓新平、游斌、陈贻绎等专家学者辈出;北京大学、河南大学、东北师范大学、中国人民大学、南开大学等相继成立了《圣经》文学和文化研究基地,并多次举办了国际性的、高规格的《圣经》文学专题学术会议;河南大学梁工主编的《圣经文学研究》集刊(2007年创办,CSSCI收录)已经成为中国《圣经》文学研究领域的专业性学术辑刊。

毫无疑问,《圣经》是基督教的宗教典籍,但它同时也是一部历史著作和文学经典,可以说《圣经》具有神学—伦理学经典、史学经典和文学经典这三重性质。从文学角度研究《圣经》的学术传统在西方源远流长。早在公元3世纪时期,希腊教父奥利金为了诠释《雅歌》的寓意而分析其诗体,将该诗解释成男女对唱的戏剧。拉丁教父奥古斯丁、哲罗姆也在释经过程中注意到《圣经》诗歌的特点。1753年牛津大学教授罗伯特·洛斯(Robert Lowth)出版了《希伯来圣诗讲演集》一书,深入考察了《圣经》中希伯来诗歌的形式、节奏、韵律、风格等。20世纪中期以后,西方学者"为了保持西方文学经典持久不衰,为了继续张扬西方人文传统"[1],再次掀起了《圣经》文学研究的热潮,几乎所有的大学都先后开设了《圣经》文学阐释课。改革开放以来的中国《圣经》文学研究不仅回应了西方当代《圣经》文学研究热潮,而且从中国立场出发丰富和补充了世界学术史上《圣经》文学研究的内容。

20世纪八九十年代,一批中国学者纷纷撰文探讨《圣经》的文学特性,如都本海的《莫把〈旧约〉中的两个创世神话混而为一》《古代人类美好本性的颂歌——〈旧约·六日创世故事〉精华探析》、刘连祥的《〈圣经〉伊甸园神话与母亲原型》《试论圣经的神话结构》等论述了《圣经》的神话特征[2];梁工的《希伯来文学中上帝形象的演变》、陆扬的《圣经上帝形象美学考》等分析了上帝形象的演变和内在特征[3];周辉的《试论旧约文学中的妇女形象》、张思齐的《论以斯帖形

---

[1] 刘意青:《略论圣经文学研究的当代意义》,《河南大学学报》(社会科学版),2009年第3期,第85页。
[2] 都本海:《莫把〈旧约〉中的两个创世神话混而为一》,《东北师大学报》(哲学社会科学版),1986年第6期,第79—83页;都本海:《古代人类美好本性的颂歌——〈旧约·六日创世故事〉精华探析》,《社会科学战线》,1987年第1期,第284—288页;刘连祥:《〈圣经〉伊甸园神话与母亲原型》,《外国文学评论》,1990年第1期,第35—37页;刘连祥:《试论圣经的神话结构》,《上海师范大学学报》,1992年第4期,第77—81页。
[3] 梁工:《希伯来文学中上帝形象的演变》,《南开学报》,1989年第5期,第28—36页;陆扬:《圣经上帝形象美学考》,《东方丛刊》,1997年第3期。

象的美学意义》、吴芬的《马利亚的神化与人化》等则探讨了《圣经》中的女性形象①;刘振江的《〈圣经〉中的比喻》、张思齐的《论〈雅歌·春天狂想诗〉的意象》等则分析了《圣经》的修辞和意象②。同时,中国学者相继出版了众多综论《圣经》文学的专著。朱维之的《圣经文学十二讲》系统论述了神话、传说、史诗、历史文学、先知文学、启示文学、智慧文学、抒情诗、小说等《圣经》文学体裁及其文学价值,该著作不仅是中国《圣经》文学研究领域的基石,而且多年来已经成为中国外国文学和《圣经》文学教学与研究的必读学术经典。其他比较有代表性的研究著作还有梁工的《圣经诗歌》《圣经文学导读》、杨慧林等人主编的《圣经新语》、朱韵彬的《圣经文学通论》等③。这些论著奠定了改革开放以来我国《圣经》文学本体研究的基础。

2000年以来,中国的《圣经》文学本体研究在介绍性和综论的基础上向专题性、深入性开拓,代表性著作有:刘意青的《〈圣经〉的文学阐释——理论与实践》(2004),梁工、赵复兴的《凤凰的再生——希腊化时期的犹太文学研究》(2000),梁工的《圣经叙事艺术研究》(2005)、《当代文学理论与圣经批评》(2014),王立新的《古代以色列历史文献、历史框架、历史观念研究》(2004)、《古犹太历史文学语境下的希伯来圣经文学研究》(2014),李炽昌和游斌的《生命言说与社群认同——希伯来圣经五小卷研究》(2003),游斌的《希伯来圣经的文本、历史与思想世界》(2007),陈贻绎的《希伯来语圣经——来自考古和文本资料的信息(至公元前586年)》(2006),刘建军主编的《〈圣经〉研究与文学阐释——"西方宗教文化与文学"学术研讨会论文

---

① 周辉:《试论旧约文学中的妇女形象》,《新疆师范大学学报》(哲学社会科学版),1995年第1期,第57—62页;张思齐:《论以斯帖形象的美学意义》,《东方丛刊》,1999年第2期;吴芬:《马利亚的神化与人化》,《外国文学评论》,1998年第4期,第64—71页。

② 刘振江:《〈圣经〉中的比喻》,《沈阳师范学院学报》(社会科学版),1993年第4期,第115—119页;张思齐:《论〈雅歌·春天狂想诗〉的意象》,《外国文学研究》,1999年第1期,第58—65页。

③ 朱维之:《圣经文学十二讲》,北京:人民文学出版社,1989年;梁工译:《圣经诗歌》,天津:百花文艺出版社,1989年初版,1998年增订版;梁工:《圣经文学导读》,桂林:漓江出版公司,1990年;杨慧林、方鸣、耿幼壮主编:《圣经新语》,北京:中国卓越出版公司,1989年;朱韵彬:《圣经文学通论》,郑州:河南人民出版社,1989年。

集》(2011),刘锋的《〈圣经〉的文学诠释与希伯来精神的探求》(2007)等。①上述著作致力于《圣经》文学本体研究,主要是对圣经文学的基本面貌和特质的考察和解析,涉及的学术问题主要有《圣经》的文学成就、思想观念、主题意蕴、形式结构、文体特征、文化原型、文学意象、语言风格、修辞特征、历史背景、编著过程等。

《圣经》作为一部具有宗教、历史和文学三重性质的典籍,再加上广泛的流传,必定深深影响着世界各国作家的思想和创作。改革开放以来的中国学者认识到了这个特征,并运用比较文学的理论和方法对《圣经》与世界文学的关系进行了广泛而深入地研究。代表性论文有:朱维之的《希伯来文化和世界文学》,孙大公的《浅议基督教〈圣经〉对西方文学的影响》,马小朝的《希腊神话、〈圣经〉的表象世界及其对西方文学的模式意义》等②;代表性论著有:梁工主编的《圣经与欧美作家作品》(2000)、《莎士比亚与圣经》(2006)、《圣经视阈中的东西方文学》(2007),孙彩霞的《西方现代派文学与〈圣经〉》(2005),杨彩霞的《20世纪美国文学与圣经传统》(2007),罗芃、任光宣主编的《欧美文学论丛(第五辑):圣经、神话传统与文学》(2007),廖廉斌主编的《西方文学中的圣经故事》(2008),陈会亮主编的《圣经与中外文学名著》(2009),张欣的《耶稣作为明镜——20世纪欧美耶稣小说》(2010),周家斌、王文明编著的《〈圣经〉对英美文学的影响》(2013),贾国栋的《海明威经典作品中的〈圣经〉文体风格——〈马太福音〉与〈老人与海〉比较研究》(2016),褚潇白的《空间叙事与终末意识:古典时代晚期基督

---

① 刘意青:《〈圣经〉的文学阐释——理论与实践》,北京:北京大学出版社,2004年;梁工、赵复兴:《凤凰的再生——希腊化时期的犹太文学研究》,北京:商务印书馆,2000年;梁工:《圣经叙事艺术研究》,北京:商务印书馆,2005年;梁工:《当代文学理论与圣经批评》,北京:人民出版社,2014年;王立新:《古代以色列历史文献、历史框架、历史观念研究》,北京:北京大学出版社,2004年;《古犹太历史文学语境下的希伯来圣经文学研究》,北京:商务印书馆,2014年;李炽昌、游斌:《生命言说与社群认同——希伯来圣经五小卷研究》,北京:中国社会科学出版社,2003年;游斌:《希伯来圣经的文本、历史与思想世界》,北京:宗教文化出版社,2007年;陈贻绎《希伯来语圣经——来自考古和文本资料的信息(至公元前586年)》,北京:昆仑出版社,2006年;刘建军:《〈圣经〉研究与文学阐释——"西方宗教文化与文学"学术研讨会论文集》,长春:东北师范大学出版社,2011年;刘锋:《〈圣经〉的文学性诠释与希伯来精神的探求》,北京大学出版社,2007年。

② 朱维之:《希伯来文化和世界文学》,《国外文学》,1988年第2期,第63—78页;孙大公:《浅议基督教〈圣经〉对西方文学的影响》,《丽水学专学报》(社会科学版),1994年第4期,第7—10页;马小朝:《希腊神话、〈圣经〉的表象世界及其对西方文学的模式意义》,《山东师大学报》(社会科学版),1995年第5期,第71—76页。

教文学研究》(2016)等①,而郭晓霞的《五四女作家和圣经》(2013)②则是"《圣经》与中国文学关系研究"方面的新收获。

与此同时,海外学者有关《圣经》文学研究的重要著作也被译介到国内,如美国学者莱肯的《圣经文学》《圣经文学导论》,加百尔等的《圣经文学导论》(中文译名《圣经中的犹太行迹》),加拿大著名理论家弗莱的《伟大的代码——圣经与文学》,著名学者谢大卫(即戴维·莱尔·杰弗里)的《圣书的子民:基督教的特质和文本传统》《英语文学与圣经传统大词典》(共三册),美国著名批评家罗伯特·阿尔特的《圣经叙事的艺术》《圣经的文学世界》,以色列著名学者西蒙·巴埃弗特拉的《圣经的叙事艺术》,美国"耶鲁学派"主要批评家哈罗德·布鲁姆的《神圣真理的毁灭:〈圣经〉以来的诗歌与信仰》等③。这些译著介绍了西方学界《圣经》文学研究的前沿成果,开阔了中国学者的研究视野,扩展了中国《圣经》文学研究的思路。

第三,在基督教与西方文化关系的理论研究方面。改革开放以来随着国门的打开,西方文化思潮大量融入中国,中国知识界再次面临着中西交汇、古今冲突。在此语境下,来自西方的基督教文化与中国的儒释道文化进行着碰撞与对话。与基督教的宗教学和神学研究不同,一批中国学者试图从文学和文化角度探讨基督教思想,在跨文化、跨学科的对话与交流中寻求"共同的价值",探索个

---

① 梁工主编:《圣经与欧美作家作品》,北京:宗教文化出版社,2000年;梁工主编:《莎士比亚与圣经》,北京:商务印书馆,2005年;梁工等:《圣经视阈中的东西方文学》,北京:中华书局,2007年;孙彩霞:《西方现代派文学与〈圣经〉》,北京:中国社会科学出版社,2005年;杨彩霞:《20世纪美国文学与圣经传统》,北京:中国人民大学出版社,2007年;罗芃、任光宣主编:《欧美文学论丛(第五辑):圣经、神话传说与文学》,北京:人民文学出版社,2007年;廖廉斌主编:《西方文学中的圣经故事》,北京:农村读物出版社,2008年;陈会亮主编:《圣经与中外文学名著》,北京:宗教文化出版社,2009年;张欣:《耶稣作为明镜——20世纪欧美耶稣小说》,北京:宗教文化出版社,2010年;周家斌、王文明编著:《〈圣经〉对欧美文学的影响》,武汉:武汉大学出版社,2013年;贾国栋:《海明威经典作品中的〈圣经〉文体风格——〈马太福音〉与〈老人与海〉比较研究》,北京:中国人民大学出版社,2016年;褚潇白:《空间叙事与终末意识:古典时代晚期基督教文学研究》,北京:中国社会科学出版社,2016年。

② 郭晓霞:《五四女作家和圣经》,北京:中国社会科学出版社,2013年。

③ 勒兰德·莱肯:《圣经文学》,徐钟、刘振江、杨平译,沈阳:春风文艺出版社,1988年;利兰·莱肯:《圣经文学导论》,黄宗英译,北京:北京大学出版社,2007年;J.B.加百尔等:《圣经中的犹太行迹》,梁工等译,上海:上海三联书店,1991年;诺思洛普·弗莱:《伟大的代码——圣经与文学》,郝振益、樊振中、何成洲译,北京:北京大学出版社,1998年;谢大卫:《圣书的子民:基督教的特质和文本传统》,李毅译,北京:中国人民大学出版社,2005年;戴维·莱尔·杰弗里(谢大卫)主编:《英语文学与圣经传统大词典》(共三册),刘光耀、章智源译,上海:上海三联书店2014年;罗伯特·阿尔特:《圣经叙事的艺术》,章智源译,北京:商务印书馆,2010年;罗伯特·奥尔特:《圣经的文学世界》,成梅译,北京:商务印书馆,2016年;西蒙·巴埃弗特拉:《圣经的叙事艺术》,李锋译,上海:华东师范大学出版社,2006年;哈罗德·布鲁姆:《神圣真理的毁灭:〈圣经〉以来的诗歌与信仰》,刘佳林译,上海:上海人民出版社,2013年。

人或自我的精神出路,也探寻民族或国家的文化之路。这方面的研究主要以刘小枫、杨慧林、刘建军等为代表,涌现了众多有分量的研究成果,同时中国人民大学杨慧林主编的《基督教文化学刊》(1998年创刊,CSSCI收录)已经成为中国该领域重要的专业性学术刊物。

  刘小枫教授是当今学术界的重要人物之一,其研究经历从早年的文艺学、美学、心理学转向了哲学、神学、社会理论和语文学领域,但每一次转向都引领学界风潮,在中国学界产生了巨大影响。无论其学术道路如何转向,刘小枫在中西文学与文化的对照中对个体与民族精神的学术探寻是不变的。他擅长从比较文学与文化的角度研究基督教文化。1988年,刘小枫出版了《拯救与逍遥——中西方诗人对世界的不同态度》[①]一书,该书从比较文学的角度论述了中西诗人在不同的信仰体系下对世界的不同态度,批判了中国诗人因其儒家和道家思想具有的"逍遥"态度,肯定了西方诗人因基督教对世界具有"拯救"的思想,这一观点今天看来无疑具有一定的局限性,但是在20世纪80年代中国知识者"价值追问"与"价值重建"的特殊时期,该著作及其观点作为一种崭新的知识立场,受到了当时人们的热烈欢迎,具有一定的历史意义。1995年出版的《走向十字架上的真——20世纪基督教神学引论》[②]仍然以"本土语境"为参照物,评介了20世纪西方近20位基督教思想家的思想和著作,包括舍斯托夫、海德格尔、汉斯·昆、莫尔特曼等,尽管作者对这些思想家多有溢美之词而对中国文化多有批判,但显然"刘先生的基督神学关怀的是个人存在与非存在的真,是与每一个体的实存本身的问题贴合最紧的知识学,是关于人之成人的知识学"[③]。1999年出版的《沉重的肉身——现代性伦理的叙事纬语》[④]通过对昆德拉、卡夫卡、基斯洛夫斯基等艺术家作品的复叙事,批判了现代以来的两种典型伦理——人民伦理和自由伦理,肯定了基斯洛夫斯基的观点:"他深信有一位旧约式的道德上帝,唯一的正义者,个人必须面对这样的绝对仲裁者,个人在伦理抉择时,会感到'唯一的正义存在于我们心中的那杆秤上'"[⑤],即"神义论的自由伦理"。该著作反映了刘小枫20世纪90年代对现代性社会伦理的思考。进入21世纪以后,刘小枫基本遵循前期的研究思路,并逐渐转向社会理论和文学

[①] 刘小枫:《拯救与逍遥——中西方诗人对世界的不同态度》,上海:上海人民出版社,1988年。
[②] 刘小枫:《十字架上的真——20世纪基督教神学引论》,上海:上海三联书店,1995年。
[③] 支宇:《十字架上的真对汉语文化的挑战——评〈走向十字架上的真〉》,《学术月刊》,1995年第8期,第109页。
[④] 刘小枫:《沉重的肉身——现代性伦理的叙事纬语》,上海:上海人民出版社,1999年。
[⑤] 同上书,第314页。

领域,先后出版了《圣灵降临的叙事》《共和与经纶:熊十力〈论六经〉〈正韩〉辨正》《设计共和:施特劳斯〈论卢梭的意图〉绎读》等①。

作为比较文学研究的知名专家,杨慧林教授主要致力于西方文论与宗教学的跨学科研究,从神学层面探讨文学的终极意义以及人文学术的价值,他以比较研究为基本方法,在中西思想的对话中努力将中国思想带入西方话语体系中。在1995年出版的《罪恶与救赎——基督教文化精神论》②一书中,杨慧林教授从神学、哲学、历史、文学等多个方面解释基督教精神;在2002年出版的《基督教的底色与文化延伸》③一书中,他分三个部分——"基督教神学的人文视野""西方文学与基督教资源""文化论说中的基督教主题",从神学阐释学、文学、哲学文化学三个层面对基督教文化进行了深层透视。他自称"游走在文学与神学的边界",2012年出版的《在文学与神学的边界》④体现了他的这种思想,该作是作者多年来研究的汇总,收集了作者早年发表的相关研究文章,修订后分别编入"文学与神学""意义与诠释""中国与西方"三个部分,力图在文学与神学的边界处,从"意义结构"的角度探究其中的公共性问题,并与当代西方的相关研究形成对话,为比较文学领域的跨学科研究提供可行的尝试。该作将文学的研究从基督教文化的视野扩展到神学视野,具有强烈的思辨色彩,可以说,《在文学与神学的边界》是文学与神学研究的开创者和实践者。除上述著述外,《追问"上帝":信仰与理性的辩难》(1999)、《圣言·人言——神学诠释学》(2002)、《移动的边界》(2002)、《意义:当代神学的公共性问题》(2013)⑤等也是杨慧林教授对基督教文学文化研究的重要成果。

作为欧美文学研究的知名专家,刘建军教授除了致力于欧洲中世纪文学研究、基督教文化与欧美文学关系研究外,还对基督教进行了文学与文化的深入研究,以探寻促进欧美文学中国化的途径。他先后撰写大量高水平的相关文

---

① 刘小枫:《圣灵降临的叙事》,北京:生活·读书·新知三联书店,2003年;刘小枫:《共和与经纶:熊十力〈论六经〉〈正韩〉辨正》,北京:生活·读书·新知三联书店,2012年;刘小枫:《设计共和:施特劳斯〈论卢梭的意图〉绎读》,北京:华夏出版社,2013年。
② 杨慧林:《罪恶与救赎——基督教文化精神论》,北京:东方出版社,1995年。
③ 杨慧林:《基督教的底色与文化延伸》,哈尔滨:黑龙江人民出版社,2002年。
④ 杨慧林:《在文学与神学的边界》,上海:复旦大学出版社,2012年。
⑤ 杨慧林:《追问"上帝":信仰与理性的辩难》,北京:北京教育出版社,1999年;杨慧林:《圣言·人言——神学诠释学》,上海:上海译文出版社,2002年;杨慧林:《移动的边界》,北京:中国大百科全书出版社,2002年;杨慧林:《意义:当代神学的公共性问题》,北京大学出版社,2013年。

章,在学界产生了深远影响。《欧洲中世纪基督教神学文化形成的原因》[①]一文提出,人类从神话思维到宗教思维是造成原始宗教向神学宗教转变的根本原因,同时,希腊罗马文化被理性总结时的神学价值取向、基督教与当时人们的历史需求的契合、基督教学说与西方远古文化精神的一致性以及基督教自身巨大的文化包容性等也是欧洲中世纪基督教神学文化形成的原因。《基督宗教十字架的象征》[②]一文,从文化学角度深入探讨了基督教十字架的象征意义,创造性地指出基督教的十字架是"束缚与解放""死亡与新生"相互依存的哲学象征,是"纵组合与横聚合"的基本关系的有机结构的物质显现。《耶稣是被谁杀死的?——〈新约〉中耶稣被钉十字架故事的深度解析》[③]一文指出,耶稣是被本族中掌握社会政治、经济和文化权力的一批具有原教旨主义思维方式的人杀死的,耶稣被钉十字架的故事反映了宗教文化由血缘维系方式向信仰维系方式的转变。《后现代语境下基督教文化形态的基本特征》《当前基督教文化的转型与走势》《改造性的阐释:基督教对犹太教的传承与发展》[④]等文章也是这方面研究的重要成果。

总体上看,自改革开放以来,我国的基督教文化与欧美文学关系研究取得了长足进展,人才辈出,成绩喜人,但是由于学者们普遍欠缺宗教学、神学的专业训练,因此,对基督教文化的认识和研究还需要进一步加深,微观研究也有待进一步深入。可喜的是,越来越多的专家学者和众多受过希腊语、希伯来语、拉丁语等多种语言训练的青年才俊投身该领域的研究,有的还有宗教学、神学、文学等专业的海外留学背景,因此,未来我国基督教文化与欧美文学的关系研究将对基督教文化的研究持有更加客观的批判性立场,将从更加微观的角度探索基督教与一些重要文学现象、文化现象的细节性关联,将更加深入地探讨包括《圣经》自身阐释历史在内的基督教文化发展史。

---

① 刘建军:《欧洲中世纪基督教神学文化形成的原因》,《东北师大学报》(哲学社会科学版),2000年第1期,第40—46页。

② 刘建军:《基督宗教十字架的象征》,梁工主编:《圣经文学研究》(第二辑),北京:人民文学出版社,2008年,第248—257页。

③ 刘建军:《耶稣是被谁杀死的?——〈新约〉中耶稣被钉十字架故事的深度解析》,《山东社会科学》,2014年第5期,第78—82页。

④ 刘建军:《后现代语境下基督教文化形态的基本特征》,《东北师大学报》(哲学社会科学版),2006年第2期,第86—91页;刘建军:《当前基督教文化的转型与走势》,《河南大学学报》(社会科学版),2009年第3期,第101—103页;刘建军:《改造性的阐释:基督教对犹太教的传承与发展》,《东北师大学报》(哲学社会科学版),2013年第6期,第128—133页。

三、基督教文化与欧美文学关系研究对欧美文学中国化的作用

基督教文化与欧美文学关系的深入研究对我国的欧美文学研究以及欧美文学中国化具有极其重要的意义和作用,具体表现为:

首先,有助于我们深入认识欧美文学的精神内核,探索世界文学发展的内在规律。西方学术界之所以日益重视《圣经》文学研究、基督教与欧美文学关系研究,显然是因为他们担心,西方年轻一代如果对传统文化经典《圣经》和基督教了解甚少,将会难以真正读懂从乔叟到乔伊斯的整个西方文学精华。因此,为了挽救西方文学经典,越来越多的西方学者和精英热衷于《圣经》文学研究以及基督教与西方文学的跨学科、跨文化研究。[①] 改革开放以来,我国越来越多的专家、学者也已经达成共识,要想全面深入地认识欧美文学的本质,决不能忽视对《圣经》和基督教文化的研究,不能忽视对欧美文学中的基督教因素的研究。就世界文学发展的规律而言,文学与宗教具有内在的联系。宗教的启示性和超验性不仅可以为文学艺术提供主观体验与浪漫幻想的空间,而且可以使文学超越审美活动本身,趋近审美活动的本质——对自由的追寻。正如朱光潜说的,"诗虽然不是讨论哲学和宣传宗教的工具,但是它的背后如果没有哲学和宗教,就不易达到深广的境界。诗好比一株花,哲学和宗教好比土壤。土壤不肥沃,根就不能深,花就不能茂"[②],只有那些具有表现人类永恒话题和终极关怀、达到深广境界的优秀作品,才能够经过历史选择和时间洗礼后流传下来成为经典。因此,深入研究文学与宗教的关系,必定有助于认识人类现存的文学经典,把握世界文学发展的规律。

其次,有助于中国作家学习和借鉴欧美文学的成就和创作经验。改革开放以来,外国文学作品和外国文学理论以井喷式进入中国,并以狂飙式影响了中国的文化和文学发展。[③] 和中国现代文学在外国文学影响下形成与发展一样,中国当代文学史可以说就是一部外国文学中国化的历史。《世界文学》于1987年开辟了"中国作家谈外国文学"栏目,据统计,至2008年,该栏目中共涉及466

---

① 参阅刘意青:《略论圣经文学研究的当代意义》,《河南大学学报》(社会科学版),2009年第3期,第85页。
② 朱光潜:《诗论》,北京:生活·读书·新知三联书店,1984年,第74页。
③ 参阅陈众议:《外国文学与中国文学三十年》,《当代作家评论》,2009年第1期,第15—21页。

个外国作家1293次,就国家和地区来看,主要以法国文学(215次)、美国文学(207次)、俄苏文学(201次)、英国文学(178次)和拉美文学(109次)等西方文学为主。① 就具体作家而言,昆德拉之于王蒙、托尔斯泰之于张炜、卡夫卡之于余华、艾赫玛托夫之于张承志、福克纳之于莫言、塞林格之于刘索拉等,前者无不深深影响了后者的创作。就文学思潮和文学流派而言,中国的"寻根文学"显然是在魔幻现实主义文学的启发下诞生的,而20世纪80年代中期的"先锋小说"则受到新小说派、意识流小说、超现实主义等西方现代主义文学的影响。毫无疑问,中国新时期以来的文学取得了重要成就,而这些成就很大程度上是建立在对西方文学观念、写法和技巧等的模仿、借用、转换性创作的基础之上。但是,也正是中国当代作家大都停留在对外国文学形式上的吸收和运用上,结果,他们的写作在"器"的层面虽然变得越来越成熟,但却无法在"道"的层面上有大作为。② 鉴于这种现象,许多作家和学者都呼吁,当下汉语言文学的创作要借鉴西方文学,但主要的是"借鉴西方文学的内核和境界"③。基督教文化与欧美文学关系的深入研究,显然加深了中国作家对西方文化内核和境界的认识,促进了中国作家更多地从欧美文学中汲取更丰富的营养和价值。因此,从这个意义而言,基督教文化的深入研究,不仅加深了国人对欧美文化和文学的认识,而且大大促进了欧美文学的中国化进程。

最后,为当下中国文化的发展提供了可资借鉴的途径。历史上,基督教福音传播的历程浸透着宗教与各种民族文化的冲突和相互影响。就基督教第一次与"异教文化"——希腊罗马文化——的相遇而言,基督教就表现出巨大的文化适应能力。王晓朝在《基督教与帝国文化》一书中首先对这次二希文化交流做了深刻剖析,他说:

> 基督教本身是一个动态的文化体系,按文化变迁的一般规律发展变化着。它的转型在一个具体的文化环境中发生,受各种各样的历史、物质、心理、社会因素所制约。由护教士所代表的拉丁基督教是文化扩张的主体,而罗马帝国及其文化是基督教进入其中并与之发生碰撞的外部环境。基督教对罗马帝国的胜利是基督教与希腊罗马文化之间碰撞与调和的产物,其结果是产生了一个基督教化的帝国和一个希腊化的基督教。发生变化

---

① 参阅李卫华:《新时期中国作家对外国文学的接受:一个统计学的视角》,《世界文学评论》,2011年第1期,第288—292页。
② 参阅赵勇:《面向世界:中国当代文学还缺少什么?》,《文学自由谈》,2008年第6期,第65页。
③ 贾平凹:《中国当代文学缺什么?》,《小说评论》,2000年第2期,第37页。

的不仅有罗马,还有基督教本身。①

　　王晓朝据此现象提出文化冲突以及继之而来的不同程度的调和是基督教本身发展的根本动力。基督教的调和与动态特性还体现在西方文学的发展中。在不同时代、不同国别和境遇下,面对不同的作家个体,基督教为他们提供了不同的创作资源;换句话说,不同时代、不同国家和境遇下,不同性别和身份的作家根据自己的需要,创造性地利用基督教文化的资源,从而创作了符合自己思想和个性的优秀作品。基督教在不同时代与不同作家个体的相遇与融合,为全球化语境下当下中国文化的发展提供了可资借鉴的途径。在当下的中国文化语境中,欧美作家对《圣经》和基督教文化的化用表明,外来文化只有中国化才具有意义,中国文化同时以自我语境和自我需要为立足点,吸收并转化异己文化及一切有益的文化资源,才能焕发活力。

---

① 王晓朝:《基督教与帝国文化》,北京:东方出版社,1997年,第98—99页。

第九个问题：

社会学批评的深入发展对欧美文学研究产生了怎样的促进作用？①

文学社会学在西方文学研究中是一门显学，流派众多，其中各流派与"马克思主义文学观""马克思主义文学社会学"之间的影响、交流和碰撞具有举足轻重的意义。就国内而言，我们所说的社会学批评，在中华人民共和国成立以后较长一段时期内隶属于马克思主义社会学批评。马克思主义社会学批评于20世纪30年代开始活跃在苏联和东欧各国，逐渐影响到中国的文学批评，尤其是到了20世纪40年代，以毛泽东的《在延安文艺座谈会上的讲话》为标志，马克思主义文学观在文学理论、中外文学批评、文学史史观等方面占据主导地位，形成了那个时期文学社会学批评的"中国特色"。限于篇幅，本章侧重于谈谈中华人民共和国成立以来社会学批评在外国文学研究领域的影响和变迁。

就中国的学术界和文坛而言，社会学批评是中国文学研究中的显学。在与"马克思主义文学观""马克思主义文学社会学"相互浸透、相互影响、相互吸收与排斥中，各种观点层出不穷，异彩纷呈，蔚为大观。中华人民共和国成立以来，中国的社会学批评历经了三个历史发展阶段：一是中华人民共和国成立至"文化大革命"期间的强化期，在当时阶级斗争为纲的背景下，借助社会学批评的方法，老一辈学者灵活地运用了马克思主义的"历史的观点"，对外国当代进步文学进行了介绍和评价，对文学作品中体现的社会发展规律进行了探索研究，促使中国人了解了国外统治阶级对人民的压迫和剥削，了解了外国人民为争取光明和自由所进行的英勇斗争，在广大读者中起到了积极的教育作用；二是改革开放至20世纪90年代初的反思期，这一时期清算了庸俗社会学的不良影响，反思了政治批判的标准，发起了"人道主义"与"现代派"的论争，将批评从外部社会价值观批判转向对现代化背景下人的内在情感世界的探索，同时深化了对文学的意识形态性的讨论；三是20世纪90年代中后期至今的平衡期，社

---

① 本问题由东北师范大学刘建军、袁先来合撰。

会学的内涵扩展到文化视野,社会学批评的单一性、封闭性被打破,女性主义、种族主义、后殖民主义、新历史主义等多样性的话语实践所具有明显的"政治旨趣",也进入了社会学批评领域。可以说,在很大程度上,中国的社会学批评是在理解消化马克思主义文艺批评的曲折道路上,结合中国发展实际,在与西方各种新兴流派相互比较、碰撞、借鉴和扬弃的过程中发展壮大的。

一、中华人民共和国成立以后三十年(1949—1978)间社会学批评的回顾

这一阶段主要是指中华人民共和国成立以后至"文化大革命"期间,因中国特殊的历史语境,在当时的政策与苏联文学批评界的影响下,中国的文学社会学走上了一条不同的发展道路。按今天的眼光重新审视,马克思、恩格斯关于经济基础和上层建筑的关系的理论,为建立科学的文学社会学思想体系奠定了基础。而且,马克思、恩格斯对文学的评论,也是从文学艺术自身规律出发,经得起历史的或现实的社会生活实践、文学实践的检验的。马克思主义思想并没将文学视为政治、社会的附庸。例如,恩格斯曾这样评价巴尔扎克:"他在《人间喜剧》里给我们提供了一部法国'社会',特别是巴黎上流社会的无比精彩的现实主义历史",展现了上升的资产阶级对贵族社会日甚一日的冲击。"这一贵族社会……尽力重新恢复旧日法国生活方式的标准",却不可避免地腐化并逐渐灭亡。他"经常毫不掩饰地加以赞赏的唯一的一批人"是"圣玛丽修道院的共和党英雄们"。"他看到了他心爱的贵族们灭亡的必然性,把他们描写成不配有更好命运的人。"[①]这里,恩格斯将社会学批评的"历史的观点"和"美学的观点"统一在一起,既印证了马克思《资本论》中社会发展阶段的观点,又从美学的角度阐明了文学问题。然而,我们由于受到当时政治因素的影响,在外国文学研究中走入了庸俗文艺社会学的泥潭。我们片面地将马克思对社会关系的理解简单地归结为生产力与生产关系的关系,而生产力与生产关系的冲突又表现为阶级斗争或阶级利益的冲突。于是,以此为依据,我们便认为必须将文学这一精神文化现象还原到这种斗争关系中才能够理解它。20世纪20年代苏联庸俗社会学的代表之一弗里契声言:"经济—阶级—阶级心理—艺术,这就是马克思

[①] 马克思、恩格斯:《马克思恩格斯选集》(第四卷),中共中央马克思恩格斯列宁斯大林著作编译局编译,北京:人民出版社,2012年,第590—591页。

主义所理解的艺术一元论";艺术是"经济进化的标志","艺术作品是用艺术形象的语言翻译的社会经济生活",艺术同法律、科学、道德、宗教、哲学一样,都是为"表达社会的经济内容和阶级内容"而存在的。① 不仅保尔·拉法格粗暴地对待资产阶级作家的创作倾向,卢卡契在批评文章中也将一切现代派文学贴上颓废文学的标签,这些都对中国的文学社会学批评的发展产生了负面影响。

中华人民共和国成立后最初的三十年,虽然我国的外国文学学者已经敏锐地认识到苏联社会学批评的不足,但在当时的历史条件下,还是自觉或不自觉地将文学与社会的关系处理成一种僵化的一对一的关系。社会学批评被框限在机械反映论的认知模式中。杨周翰、吴达元和赵萝蕤三位教授主编的《欧洲文学史》就反映了这种矛盾。《欧洲文学史》上、下卷分别于1964年和1979年问世,这部文学史书代表了当时我国学者对欧洲文学的认识和研究水平。这部教材从社会学视角进行文学批评,并力图把马克思主义的社会发展理论引入其中,反映了老一代学者世界观改造的新的进步。但不可否认的是,这部文学史也仍然过度地强调了历史背景与作家、作品之间的关系,如在讨论狄更斯、萨克雷等人的现实主义小说创作时,特别强调"他们大都经历过宪章运动或受到这一运动的影响"②。这种历史叙事明显夸大了工人运动的作用,没有对文学与当时社会历史的各种具体的细节和中介环节做更细致入微的分析,影响了马克思主义社会批评的"历史的观点"的真正贯彻。该书对浪漫主义进行了"政治"性解读,将其分为所谓的"积极浪漫主义"和"消极浪漫主义",认为积极浪漫主义作品"符合广大人民的利益和愿望,强烈要求摆脱封建束缚,追求个性解放;这种激情往往体现在他们描写的大自然中"③。而"消极浪漫主义"诗人华兹华斯因其"颂扬统治阶级的国内外反动政策"的政治立场,不予讨论,这样,从效果上看,文学的价值高低就完全取决于它是否反映了社会现实、是否选择了正确的政治道路,而对作品的审美性判断被搁置在一边了。

如何公允地看待这一时期的外国文学研究中的社会学批评呢?应该注意到,在当时特殊的历史环境下,刚刚完成社会革命的中国,必然要在思想文化领域巩固和发展革命成果。从现实情况来看,对于文学创作、翻译和评论而言,压倒一切的中心任务是听从号召、联系实际、面向群众,为无产阶级政治建设服务。由于阶级斗争的弦绷得太紧,以至于在这样的政治局面下,我们在外国文

---

① 参阅吴元迈:《文艺与意识形态》,《外国文学评论》,1990年第2期,第4页。
② 杨周翰、吴达元、赵萝蕤主编:《欧洲文学史》(下卷),北京:人民文学出版社,1979年,第151页。
③ 同上书,第43页。

学的研究中,不由自主地就将阶级分析、政治批判当成了判断作品优劣的唯一手段和标准,并且,将外国文学作品的翻译、介绍和评论视为思想教育的手段,从而导致分析和评价作品时主题先行,过多注重作品的时代背景、思想上的革命与否、作品的思想教化功能。典型的例子就是,认为《战争与和平》宣扬不抵抗主义,而《威尼斯商人》则是攻击犹太人。这类分析有意无意间让文学作品充当了当时政治思想的载体,剥夺了文学本身的本质属性。应该说,恰恰是我们要用马克思主义的立场、观点、方法改造西方的社会学批评理论的时候,由于对马克思主义社会发展理论理解的机械化和教条化,致使我们要建设的更科学的社会学理论,反而成了庸俗社会学批评。这种批评方式的僵化和视野的狭窄,必然导致对外国文学作品理解的片面,比如,我们的文学批评界曾无法容忍19世纪批判现实主义作家的人道主义和有神论思想,以政治尺度衡量作家作品。"文化大革命"期间,评价陀思妥耶夫斯基都是采用鲜明的阶级分析方法,对作家个人政治定性:世界观是矛盾的,流放前相信革命,流放后皈依宗教,宣扬忍耐,是反动的;运用唯一的社会学批评标准,表现在作品评价上,只肯定《穷人》和《死屋手记》,对《罪与罚》《被侮辱与被损害的》《卡拉玛佐夫兄弟》等提出要批判地吸收其中一部分,即对俄国社会现实的真实反映,对穷人的悲惨处境的刻画,对资产阶级及金钱关系的揭露等;用作品直接图解历史,认为《群魔》是最反动的作品,歪曲革命家形象,污蔑革命斗争;否定陀氏的病态描写,白痴式主人公、分裂的人格等;最彻底批判的是他为社会寻求出路开出的宗教药方,要人们驯服忍从。① 这种做法走向极端时,甚至对19世纪及以后的作品进行了全盘否定。

当然,如前所言,也要注意到,在长期的批评实践中,一些大翻译家、评论家以过人的胆识和高超的理论造诣,本着"为革命服务,为创作服务"的宗旨,在重点介绍苏联和各社会主义国家的文学的同时,还对英、美、法等西方资本主义国家的文学给予了应有的重视。那样的情况下,这种工作尤其难能可贵,因为当时的欧美文学更多的是被当成资产阶级的大毒草,"供批判用"引进的。一方面,外国文学研究者灵活地运用了马克思主义的"历史的观点",为中国的外国文学的社会学研究做了奠基性的工作。他们对外国当代进步文学的介绍和评价,使中国人从中了解到国外统治阶级对人民的压迫和剥削,了解外国人民为争取光明和自由所进行的英勇斗争,唤醒了中国民众投入到和平运动和反帝斗

---

① 参阅王圣思:《陀思妥耶夫斯基与中国的社会学批评及其突破》,《外国文学评论》,1989年第3期,第108页。

争中,推动一批又一批人参加社会主义建设,在广大读者中产生了积极的影响。另一方面,当时的有些外国文学研究者所做的一些评论,在今天看来都是较为公允和全面的,有真知灼见的,甚至在今天的教材中仍然得以沿用,如陆凡在《陀思妥耶夫斯基》一文中,就客观地评价道,陀思妥耶夫斯基"对于十九世纪后半期俄罗斯生活和社会矛盾的艺术概括,对人物内心生活的深刻分析,语言的表现力等又都和现实主义的、人道主义的俄罗斯文学传统不可分割地联系着,因而也就是对于人类文化宝库的光辉贡献"①。李赋宁在《莎士比亚的"皆大欢喜"》中认为:

> 《皆大欢喜》在莎士比亚的创作道路上占有重要地位,它可以帮助说明由于社会矛盾的加深,由于莎士比亚世界观的深刻化和成熟化,莎士比亚的创作逐渐由喜剧时期过渡到悲剧时期;莎士比亚的人文主义世界观表现出这样的转变:从对族长式的牧歌社会抱着幻想进入对资本主义原始积累时期英国社会关系加以深刻分析和严厉批判。②

前辈们建立起来的作品、作家与时代、社会、思想传记,文学的社会作用,教育意义三大模块得以在后来的教材系统中长期沿用,摆脱了外国文学研究"欧洲中心"论现象。尤其值得一提的是,研究者比较全面地揭示了19世纪日益得势的资产阶级与贵族之间的矛盾以及资产阶级内部的矛盾;暴露了资本主义社会民主自由的虚伪,描述了资本主义社会人与人之间的冷酷关系和资产阶级的伪善面目;指出了在充满罪恶的社会中,作者无力解决社会矛盾时,不得不诉诸改良主义的无奈;分析了作者对人生与社会持悲观态度、颓废情绪的原因。最后,前辈们在译介外国经典文学的同时,还注意引进和介绍与文学社会学批评密切相关的西方文艺理论和进步文艺论著,如《安诺德文学评论选集》、福克斯的《小说与人民》、林赛的《论社会主义现实主义》、法斯特的《文学与现实》,还有《托·史·艾略特论文选》等现代派文艺论著。中国老一辈外国文学学者苦心经营,极大地推动了中国传统文学批评的现代化演进进程,这是老一代学者对马克思主义文学社会学批评的历史贡献。

---

① 陆凡:《陀思妥耶夫斯基》,《文史哲》,1956年第4期,第62页。
② 李赋宁:《莎士比亚的"皆大欢喜"》,《北京大学学报》,1956年第4期,第66页。

二、改革开放至 20 世纪 90 年代初对社会学批评的反思

整个 20 世纪 80 年代的文学观念主要集中在文学的社会性问题上,要求文学挣脱庸俗政治论的束缚,摆脱从属于社会学的地位,获得独立品格。文学理论和批评不仅清算庸俗社会学和政治批判,还将对文学的特质的重视重新提到日程上来。1978 年,外国文学评论家、翻译家叶水夫先生发表了《批判"文艺黑线专政"论,努力做好外国文学工作》。文中指出:"四人帮"在外国文学上的这种排外主义与虚无主义,是直接对抗马克思主义经典作家关于吸收外国优秀文学遗产的教导,是直接对抗毛主席的"古为今用,洋为中用"的方针的。[①] 1979 年,《上海文学》发表评论员文章《为文艺正名——驳"文艺是阶级斗争的工具"说》,这类文学评论成为文艺界正本清源、拨乱反正的先声。在文艺理论界,童庆炳先生在 1983 年发表的《文学与审美——关于文学的本质问题的一点浅见》一文中提出,"只有在文学理论的各个问题上深深地引进'审美'的观念,我们的文学理论才有可能打开新的局面"[②];次年,童庆炳在自编教材《文学概论》中明确提出"文学是社会生活的审美反映"及"审美是文学的特质"等新见解。

1985 年曾经被誉为我国文学研究的"方法论"年。国内文艺界先后在北京、厦门、扬州、武汉等地召开一系列会议,中心议题就是讨论文学研究方法论更新,这股热潮从 1985 年持续到 1987 年。1987 年,钱中文先生主张"必须建立我国科学的文学社会学"。在"方法论热"的推动下,前辈学者翻译和引介了一批国外的文学社会学成果,如埃斯卡皮的《文学社会学》、阿诺德·豪泽尔的《文学社会学》、阿尔方斯·西尔伯曼的《文学社会学引论》、戈德曼的《文学社会学方法论》等;另外,还引进了英国伯明翰"当代文化研究中心"和法国波尔多"文学和大众艺术技术研究所"等国际著名的文艺社会学研究机构的研究成果,如雷蒙德·威廉斯的《文化和社会,1780—1950 年》、R. 霍加特的《文学的用途》与《文学和社会学》等重要的文艺社会学文献。这些文献在 20 世纪 90 年代被翻译到国内,便立即在国内的学术研究中被参考并引用。国外文学社会学新成果

---

① 参阅叶水夫:《批判"文艺黑线专政"论,努力做好外国文学工作》,《文学评论》,1978 年第 1 期,第 48 页。
② 童庆炳:《文学与审美——关于文学的本质问题的一点浅见》,《文学审美特征论》,武汉:华中师范大学出版社,2000 年,第 27—28 页。

有力地推动了国内文学社会学的研究。这一时期虽然接受美学、符号学、文学现象学、精神分析学、神话原型批评、新批评、符号学、结构主义与解构主义等现代批评方法涌入研究视野,但是从社会学批评视野反观,可以说,这些现代批评方法背离了传统社会学批评用僵化的"描摹"、机械的"反映"来体现文学作品与社会之间关系的做法,但也可以理解为现代批评方法是从具体的文本细读、现代逻辑概念出发,重新构建了文学作品和社会之间的复杂关系,这些关系可能是因果关系、从属关系、类似关系;可以说,研究方法的更新似乎使得文学的"自主性"和"自律性"观念占据优势。这些研究理论也大大拓宽了传统社会学批评的视野,既是对社会学批评的局限突破,又是对社会学批评的充分运用。之所以这样说,是因为在新时期特殊的语境下:

> 20世纪80年代的中国有太多的矛盾关系,需要依赖意识形态来维系社会的整体和谐与共同目标,文学研究笼罩在一种理想化的主流意识形态话语之下,这种话语的特点是设置了一系列的二元对立:现代/传统,改革/反改革,左/右,现代化/反现代化,所以文学社会学的研究基本上还是政治的视角,根据政治的需要来进行研究,文学社会学也就成为革命事业的一个有机组成部分。①

一个鲜明的标志就是,对外国现代派文学作品的引介和对现代派文学的重新审视,激发了席卷文学创作界和理论批评界的大讨论。这场讨论的始发阶段,其初衷是把注意力转向文学自身的审美规律,以辩证的态度对待西方现代派文学。在徐迟先生发表《现代化与现代派》一文中,阐述了经济的"现代化"与文学的"现代派"的关系,提出把"实现社会主义的四个现代化"与具有"现代派思想感情的文学艺术"联系起来。② 该文提倡新文学的崛起,颇具探索精神,但是,当时许多研究者认为经济的"现代化"与文学的"现代派"并不存在着"必然的联系",文学的"现代化"也并不等于"现代派"文学。③ 因此文的观点,在"反精神污染运动"中,徐老成为全国重点的"清污"对象。原本是学术意义上的讨论,仅仅因为太多的社会变革需求被寄托在"现代派"这个当时并不明确的概念上,便不可避免地导致了批评的歧义和混乱。於可训先生曾客观地评价这场风波:

---

① 蒋述卓、涂昊:《不断走向现代形态的文学社会学——新时期文学社会学研究述评》,《文艺争鸣》,2004年第4期,第24页。
② 参阅徐迟:《现代化与现代派》,《外国文学研究》,1982年第1期,第115—117页。
③ 参阅李准:《现代化与现代派有必然的联系吗》,《文艺报》,1983年第2期。

关于"现代化和现代派"的讨论,还基本上是在"历史的观点"内提出问题,那么,上述两个问题的讨论,显然已经进入了"美学的观点"的范畴。虽然它还不是一种严整的基础理论,但它对于马克思主义的社会批评中本来就十分有限的"美学的观点",无疑是一种极为重要的补充和启示。①

随着各种国外文学作品与思想的大量传入和理论界关于审美问题的热烈争论,人们在对过去的政治社会学批评定势进行重新梳理基础上,开始重新审视文学社会学。叶水夫在1987年《社会主义新时期的外国文学工作》一文中指出,当前外国文学研究中:

> 首先是文学与政治的关系问题。……文学是上层建筑,政治也是上层建筑,文学虽然不能脱离政治,但却有它相对的独立性,而且也能对政治产生影响。……更成问题的是我们对政治还有片面的、狭隘的理解,即:什么样的政治产生什么样的文学。……这完全违反了列宁的每个民族文化里都具有进步与反动两种文化的学说。而且,文学的发展,也并不总是与社会一般发展相适应的。②

1988年,中国社会科学院外国文学研究所召开"青年学者外国文学理论研讨会",会议指出:

> 走出困境,势必重新界定文学理论。微观、宏观是两个值得探索的出路。我们的困境与过去对文学理论的界定关系极大。是什么?现在我们可以说它既不等同于政治理论,也决不属于政治思想;其基本内容就是语言结构、词语的音、形、义、句、段等内部构成的客观规律,其余的一切都不能称之为文学理论。③

尽管20世纪80年代有太多的争论和纠葛,但是从文学创作、翻译和批评角度来看,时代的整体倾向就是由外部社会价值观批判转向对人的情感世界的诉求,促使批评视角转向现代化背景下的思想感情。反映人生,表现时代,既融入心理意识,又折射外部世界的社会现实,是这一时期批评的特点。夏仲翼先生在1988年发表的《文学性的演变标志着文学走向》一文的观念颇具代表性:

---

① 於可训:《社会学批评在新时期的更新和开放》,《文艺争鸣》,1987年第1期,第34页。
② 叶水夫:《社会主义新时期的外国文学工作》,《外国文学研究》,1987年第2期,第6页。
③ 蔡坚:《困境与出路——"青年学者外国文学理论研讨会"综述》,《外国文学评论》,1989年第1期,第140、138页。

其实,过分地强调"摹仿"和"理念"的对立也许只是研究思想现象时的形而上学的权宜,非此不足以说明两种倾向的本质。……文学性是一个历史的概念,文学性发展到现在已经是一个有庞大组成要素的集合体,每个时代几乎都为它添加过某种新的质。我们通常说文学是人学,文学要描写人。①

但是,重新反思文学与政治的关系不等于彻底地否定文学的意识形态性,1990年吴元迈先生的《文艺与意识形态》一文可谓是对新时期头十余年文学与社会形态的认识的结论性总结。文章认为,将文艺直接归属于经济基础或经济因素,把文艺这种"更高的"意识形态简单化、直线化,并不是马克思主义,而是以"马克思主义权威"自居的庸俗社会学。吴先生认为"把文艺确定为意识形态之一,这是马克思主义对人类文艺理论的一个重大的历史性发现"②。但是,马克思坚决反对把文艺同经济基础或经济因素直接挂钩。恩格斯关于文学艺术的中介性质,即它们属于"更高的远离物质经济基础的意识形态"或"更高地悬浮于空中的思想领域"的提法,是一个极为重要的思想。③ 在具体研究上,学界也开始重新校正过去对意识形态的机械理解,如在1981年上海译文出版社根据新文艺版修订并重印的《卡斯特桥市长》的"内容提要"和"译后记"中写道:

> 托玛斯·哈代(1840—1928)是19世纪末英国著名的批判现实主义作家。……他的作品大都描写乡村风貌,反映资本主义渗透下乡镇人民的悲惨命运,揭露资产阶级道德和宗教观念的虚伪本质。作品描写的是19世纪初叶,资本主义在英国发展,并向农村渗透时期,发生在英国一个乡村市镇上的一出悲剧……作者通过这一悲剧的描写,在一定程度上揭示了资本主义发展给劳动人民带来的苦难,谴责了资本主义制度的不合理性。④

1989年,郭树文先生撰文指出,在19世纪新兴的资本主义,处于取代封建主义的上升时期,是新兴的合理制度,给社会带来进步,"其时的资产阶级道德和宗教观念,正以消除和亵渎传统旧观念而显示其强大新质,而不是虚伪无力"⑤。而"译后记"将社会中新与旧的冲突只归结为这两个阶级的矛盾,过于

---

① 夏仲翼:《文学性的演变标志着文学走向》,《外国文学评论》,1988年第3期,第4页。
② 吴元迈:《文艺与意识形态》,《外国文学评论》,1990年第2期,第11页。
③ 同上刊,第5页。
④ 侍桁:"译后记",哈代:《卡斯特桥市长》,侍桁译,上海:上海译文出版社,1981年,第407页。
⑤ 郭树文:《批判现实主义质疑——重读一部西方小说引发的对一种理论定势的思考》,《外国文学评论》,1989年第1期,第6页。

简单,忽视了旧制度、旧关系和旧观念与发展中的新社会制度、新社会关系和新观念的矛盾冲突。可以说,只有充分认识社会历史发展阶段和变革时期的复杂性,并对这种复杂性作出客观的分析与判断,才是科学地运用马克思主义辩证唯物主义和历史唯物主义的体现。

朱维之先生主编的《外国文学史》(欧美卷)于1985年出版,现已出到第五版,其间几经修订,不断更新观念,充实内容,是这一时期较为经典的教材。朱先生的这部《外国文学史》(欧美卷)在结构安排上十分明晰:古代文学、中世纪文学、文艺复兴时期的文学、17世纪文学、18世纪文学、19世纪初期文学、19世纪中期文学、19世纪后期文学、20世纪前期文学。在这个大的时间框架下,对各个历史时期的代表作家进行介绍评论。在这部文学史著作中,对欧美文学的每一个历史分期都有一篇关于这一时段的文学发展的情况概述。概述部分简要介绍了特定历史阶段的社会状况、思想意识、文艺思潮,但这种介绍不是决定论式的。作者并不着意建立历史语境与文学创作之间的关系,而是通过记录某特定历史时期的社会情况,描述了意识形态与文学发生的可能性关系。比如,在概述17世纪文学的时候,作者下结论说:法国古典主义是君主专制制度的产物,并用论据说明了这一观点。法国专制王权要求文学语言规范化、文学样式程式化。亨利四世时代的诗人马来伯提出诗歌要为王权服务,法国政府则通过设立奖金,笼络文人为王权服务。在这种叙述中,告诉我们的是统治集团利用手中的权力控制文学话语权的举措,这种举措最终要加入文学发展的语境中,而不是成为文学发展的决定性前提。此外,此部文学史注意借用传记性材料,借用来自批评家的非政治性评论来介绍具体作家和作品,将文学史的叙事从庸俗社会学的樊篱中拯救出来,回归到现实的地面。这种书写文学史的思路向我们传达了一条信息:文学史不再是卡在决定论棋盘上不能挪动的棋子,不再是政治阴影笼罩下的一潭死水,而是可以发展为一种基于材料占有基础上的敞开型的历史叙事。

三、20世纪90年代以来社会学批评的平衡发展

在20世纪90年代我国市场经济全面确立、全球化思潮不断扩大的情况下,文学社会学走过了20世纪80年代中期的介绍与酝酿区间,经过了人道主义和现代主义思潮讨论中"政治性"论辩的浸润时段,走过了从文明冲突、文化

反思和文化嬗变等颇带"中性"色彩的文化研究角度来扩展内涵的发展时期,进入了探索文学在社会文化历史发展中的意义阶段。

文化研究在东西方的学术语境中的理解存在歧义。一般意义而言,它是20世纪六七十年代以来探讨资本主义文化中文学与社会关系的各种流派的集合,内容涉及大众文化、传播机制、文化机构、文化消费、权力话语、殖民主义与后殖民主义、政治阐释学等,观察文学与社会的视角更为广阔,诸如法国夏蒂埃(Roger Chartier)书籍史研究突破过去作者、文本、读者之间封闭循环,扩展到编辑、出版人、书商、船运商、书贩、注释者等;以色列帕露许(Iris Parush)等人拓展了读者反应批评的新领域,开创阅读群体之社会性别、读书俱乐部的研究;澳大利亚莫瑞(Simone Murray)、美国安德鲁(Dudley Andrew)等人关于文学与电影改编之关系的新探讨,细致地拓宽了文学社会学的各个领域。[①] 20世纪90年代以来,王宁、盛宁、郑敏、王逢振、王岳川、张京媛、陈晓明等一批学者致力于国外新历史主义、后殖民理论、女权主义等文化理论的介绍和研究,中国社会科学出版社的"知识分子图书馆""传播与文化译丛",商务印书馆的"现代性研究译丛""文化和传播译丛"、中央编译出版社的"大众文化研究译丛"、南京大学出版社"当代学术棱镜译丛"等系列译著的出版,都极大地推动了文化研究的发展。

文化批评的兴起在李赋宁教授任总主编的三卷本《欧洲文学史》中得到了充分的体现。该书对中世纪文学进行了客观的评价,消除了贬低中世纪文学的偏见,不再简单武断地把基督教定位于"精神统治工具",指责其"从精神上麻痹人民"并对其进行否定,而是认同了基督教文化对于西方文学的意义。新编《欧洲文学史》克服了单一价值判断的偏颇态度,对中世纪复杂面貌进行了详细的分析,清晰地揭示了中世纪思想的三大"古典源泉",同时肯定其对文化发展的进步意义。与以往学者将德国浪漫派视为颓废、消极不同,编撰者认为其"将狂飙突进运动所崇尚的情感更推前一步,将文学的创作看成是个体心灵的表现,从而使作品融合作家的个性,并打破了只把创作主体看成是模仿和反映客观世界的工具这一僵死的传统观念,最终使文学的立足点由客观转向了主观"[②]。在评价作品时,编撰者完全突破传统社会学批评的单一性倾向:"它营造了自我、欲望、理想与社会网络、时代变迁、主导性意识形成之间的张力,最终则取得

---

① 参阅严蓓雯:《"文学社会学"之后的文学社会学》,《外国文学评论》,2011年第1期,第225页。
② 彭克巽主编:《欧洲文学史》(第二卷),北京:商务印书馆,2001年,第14页。

某种调和,允许在基本的社会框架内有一定程度的自我实现。"①在对《简·爱》的解读中,编撰者充分吸收了女性主义文学研究的成果:"书中的伯莎·梅森的形象尤其引起关注,关在楼顶的疯女人和小简·爱被关在红房间几乎致疯的情节被看成同一母题的回旋重复与强化,伯莎的纵火倾向和折磨着简的内心怒火也有同一指向,故可将伯莎看成简的性格中为社会所不容的一个侧面,而简的人生之旅必须'直面'这一隐秘的自我,才能达到身心体魄的健康。"②在论述19世纪英国浪漫主义诗人时,编撰者回顾了拜伦、雪莱与"湖畔派"等诗人在过去两个世纪中世人评价的历史轨迹,揭示了不同文化背景和历史氛围对"期待视野"的影响,显示出接受美学的介入。再如对康拉德的评价:"虽然他的小说中有不少人物仍带有传统人道主义的思想痕迹,但总体来说,康拉德的作品在不同程度上有意识或无意识地反映出欧洲中心主义情结。"③这种评论显然是运用了后殖民主义的文学理论话语。

当代文学社会学批评虽然采用女性主义、种族主义、后殖民主义、新历史主义等多样性的话语实践,但是,总体而言,文化研究本身都有一种或明或暗的"政治旨趣",尤其是福柯的《话语的秩序》、哈贝马斯的《作为意识形态的技术与科学》、伊格尔顿的《美学意识形态》、詹姆逊的《政治无意识》、丹尼尔·贝尔的《意识形态的终结》等一系列理论著作的问世,标志着文化政治理论的兴盛发达。这种情形使种种当代话语实践批评倒向政治旨趣,从而使文化研究具有明显的批判性介入的特征。弗雷德里克·詹姆逊强调,政治阐释具有优越性:"它不把政治视角当作某种补充方法,不将其作为当下流行的其他阐释方法——精神分析或神话批评的、文体的、伦理的、结构的方法——的选择性辅助,而是作为一切阅读和一切阐释的绝对视域。"④他还将这一道理推广到其他所有社会文本:"一切事物都是社会的和历史的,事实上,一切事物'说到底'都是政治的。"⑤布鲁姆对此深感忧虑:"在现今世界上的大学里文学教学已被政治化了:我们不再有大学,只有政治正确的庙堂。文学批评如今已被'文化批评'所取代,这是一种由伪马克思主义、伪女性主义以及各种法国、海德格尔式的时髦东西所组成的奇观。西方经典已被各种诸如此类的十字军运动所代替,如后殖民

---

① 彭克巽主编:《欧洲文学史》(第二卷),北京:商务印书馆,2001年,第264页。
② 同上书,第276页。
③ 罗芃、孙凤城、沈石岩主编:《欧洲文学史》(第三卷上册),北京:商务印书馆,2001年,第38页。
④ 弗雷德里克·詹姆逊:《政治无意识》,王逢振、陈永国译,北京:中国社会科学出版社,1999年,第8页。
⑤ 同上书,第11页。

主义、多元文化主义族裔研究,以及各种关于性倾向的奇谈怪论。"①就是说,就文化批评本质而言,"解构"瓦解了文学与其他文类的界限,等于重新否定了文学的自足性和审美性,使得社会学批评再次彻底政治化,只是其体系和话语更为复杂。

这种文学批评的走向令人担忧。盛宁先生对国内的学术跟风现象评价说:

> 人家搞女权主义/女性主义,我们也搞女权主义/女性主义,人家搞非裔美国文学,我们也搞非裔美国文学,像托妮·莫里森或艾丽丝·沃克这样的作家,既是黑人,又是女性,于是就愈加左右逢源,一下子红遍了天……对于重要的经典作家的研究也不是没有,然而研究的视角却基本上都是政治性的,看重的是作品告诉了我们什么……读康拉德,从他书中去抠对待殖民主义的态度;读福克纳,读的是美国南方在对待农奴、黑人、妇女等问题上的态度;读亨利·詹姆斯,读他对待古老的欧洲与美洲新大陆两种不同文化的态度,读他对于笔下女性的态度,甚至他的一些极为次要的短篇小说中的儿童形象,也硬要把他们阐释成由其父母所代表的男女两性性别冲突的牺牲品……②

如何将文学社会学批评或文化批评从浓重的社会政治化倾向中解放出来,是当前外国文学研究亟须反思的问题。

吴元迈先生也曾指出我国文学界和批评界跟着西方文论跑这个问题的严重性:

> 吴元迈先生一直坚持运用马克思主义基本观点、立场和方法对有关文学艺术问题进行创造性的研究,取得了丰硕的成果;同时他又积极运用比较文学方法论和文学比较方法阐述东西、中外文学交流,以及古今文学的传承和超越,"在'同'中寻求'异趣',在'异'中探究'同律'"。尤为可贵的是,他能够在研究中不断地汲取当代文论的新成果,并加以创造性的发展。吴先生没有忙着去操作时髦的学术话语,也没有被西方的现代、后现代文论所湮没,而是在理性精神、差异性意识的观照下,谋求各种文艺理论的融通,于通俗平实的叙述和评论中透视文艺学领域的诸多问题,又随处可见

---

① 哈罗德·布鲁姆:《西方正典:伟大作家和不朽作品》,江宁康译,南京:译林出版社,2005年,"中文版序言"第2页。
② 盛宁:《对"理论热"消退后美国文学研究的思考》,《文艺研究》,2002年第6期,第10页。

发人深思的论断和独到的见解,于平实之中见出功力,于系统之中见出深刻。①

思想舆论环境的变化、国外批评理论的引进以及一代代学者的艰苦探索,为我国的社会学批评发展创造了条件。总体来看,经验与教训包括几个方面:一是要不断审视"社会"和文学的内涵与外延,拓展文学和社会生产的多维性和复杂性,差异、冲突与争辩才是调整新知识秩序的源泉。过去将历史统一于政治的一体化逻辑的批评方式抹杀了社会发展的差异性,也抹杀了文学知识秩序的差异性。中华人民共和国成立后最初三十年由于机械反映论的滥用和唯政治话语,使得文学社会学批评常常与庸俗社会学混为一谈。科学的马克思主义社会学批评应该尊重辩证法,既反对"内部规律"绝对化,也反对将"外部规律"与文学的关系绝对化,不可顾此失彼,流于偏颇。二是注重文学的内部研究。国外学术界数百年来一直有优秀的"内部研究"传统,尤其是现代专注于文本语言结构的结构主义、符号学、新批评等所谓纯文学研究方法,虽然与外在社会语境没有直接关系,但是这种研究体现了对文学自身所固有的审美属性和文本属性的尊重,当下的文化研究固然摆脱以文本为中心的琐屑,却拒斥了经典文学,颠覆和瓦解一切秩序。三是注重问题意识。文学社会学批评自身是一个开放的、充满活力的理论形态。在服膺于文学研究的价值本位的前提下,作为一种很强的社会实践性理论,文学社会学批评要以文学为话语中介,介入社会的思想批判,关注当代社会的问题,有意识地介入当下社会与文学变革的关系问题,并探索其深远的历史寓意。文学社会学批评应该在文学作品的生产、传播、消费等社会现实实践和文化思想实践中进行。

---

① 刘景兰:《"把历史的内容还给历史"——从〈吴元迈文集〉看吴先生的文论》,《外国文学研究》,2006年第1期,第174页。

第十个问题：

比较文学学科发展对外国文学中国化有什么作用与价值？[①]

中国比较文学百余年的发展历程与外国文学中国化进程紧密相连。追溯中国比较文学的历史嬗变，其中外国文学中国化极大地促进了中国比较文学中国特色的形成；外国文学中国化是中国比较文学研究中的重要内容，也是取得实绩最为丰厚、最为系统的一个领域；中国比较文学的兴起在思维方式、研究视野、研究方法、解构西方中心主义等诸多方面为外国文学中国化提供了理论与实践的支持。

一、改革开放以来我国比较文学学科取得的重要业绩

中国比较文学研究发轫于20世纪初叶中西文化剧烈碰撞融汇之时，20世纪20年代作为一门独立的学科开始孕育，之后历经半个多世纪的曲折与磨砺，在20世纪70年代末80年代初演变为学术热潮，以中国比较文学学会为代表的各级学术组织纷纷成立，《中国比较文学》等学术刊物相继创办，学术活动日益活跃，作为独立学科的培养机制日趋完备。自此，中国比较文学逐步形成了具有中国特色的研究对象、研究观念和研究方法，并得到国际比较文学界同人的认可。因此乐黛云先生指出："中国比较文学是继法国、美国比较文学之后在中国本土出现的、全球第三阶段的比较文学的集中表现。"[②]

中国比较文学的兴起，是与近代以来中西文化的撞击、交融联系在一起的。最初，它是"五四"思想启蒙运动中来自异域的反思、批判中国传统文化、旧文学的新方法；之后，它为中国文学与文化的现代性转换披荆斩棘；20世纪80年代

[①] 本问题由东北师范大学刘研撰写。
[②] 邹建军：《文本、文学与文化：中国比较文学发展的动力——乐黛云教授访谈录》，《外国文学研究》2008年第1期，第3页。

随着中国的改革开放,中国比较文学也迎来了新生,在中国独特的文化土壤上,由对西方比较文学的借鉴模仿转入对自我本体的探寻,逐步确立了自己独立的研究体系。纵观中国比较文学的发展历程,大致可以分为四个阶段:发轫期、发展期、潜沉与繁荣期以及复兴与确立期。

发轫期(清末—20世纪20年代),中国比较文学经历了由自发到自觉的演变过程。起始阶段的写作者来自社会各个阶层,所涉内容庞杂,多为零星随感,后来逐渐形成规模,这一阶段的特点是文学比较与政治社会改良相关。严复因译介《天演论》成为"介绍近世思想的第一人",他的"信、达、雅"的翻译标准为中西文化的比较搭建了桥梁,对中国翻译起到了深远的影响。梁启超作为译介政治小说的第一人,倡导"翻译强国",通过译介倡导"小说界革命",在《翻译文学与佛典》《中国近三百年学术史》等文章里阐明了翻译对中国语言文学的重要作用。林纾在翻译欧美小说的同时,也用比较的方法辨析中西小说叙事的不同,进而介绍西洋文学。王国维用叔本华的悲剧理论与弗洛伊德的心理分析学说分析《红楼梦》和宋元戏曲作品,一举突破古典文论的禁锢。鲁迅1907年发表的《摩罗诗力说》被视作是中国比较文学崛起的滥觞之作,他自觉"别求新声于异邦",目的是呼唤"精神界之战士"的出现,呼唤中国人从奴性状态中觉醒,进而实现"立人"的思想。可以说,在中国比较文学诞生之初就体现了鲜明的特色:推介外国文学,是为了更新和发展本民族文学和文化,是为国家民族的发展寻求新的路径。因此,"从起源上看,中国人的比较文学意识并非是直接从西方接受过来的,中国比较文学也并非来自于西方或起源于西方,而是在中外文化交流的大语境中,基于中外文学对话与文学革新的内在需求而发生的,是'内发'与'外发'相互作用的结果。"[①]当然,这一时期虽然在文学观念和研究方法进行着中外比较,但很少真正具有自觉的比较文学意识。

"五四"新文化运动之后,涌现了一批自觉从事中外文学比较的学者,产生了一系列的比较文学论文与著作。胡适的《文学进化观与戏剧改良》、茅盾的《托尔斯泰与今日俄罗斯》《自然主义与中国现代小说》、周作人的《文学上的俄国与中国》、郑振铎的《研究中国文学的新途径》、钟敬文的《中国印欧民间故事之相似》以及陈寅恪有关中印文学影响研究的专题论文等均是运用比较文学的视角审视中国传统文化与文学,尽管存在着中/外、传统/现代二元对立的简单比附的特点,但是异域文化与文学的渗入确实拓深了本民族文化的发展程度。

[①] 乐黛云、王向远:《中国比较文学百年史整体观》,《文艺研究》,2005年第2期,第51页。

同时,20世纪20年代开始,比较文学作为一门学科被正式引进中国大学,吴宓于1924年在东南大学开设了"中西诗之比较",这是中国第一个比较文学讲座。清华大学、北京大学、燕京大学等高校相继开设比较文学课程,标志着比较文学学科在中国的产生。

发展期(20世纪30年代—1949)对于中国比较文学而言,是一个承前启后的重要时期,也是成果最为丰硕的时期之一,中国比较文学从单向的文化移植走向双向乃至多元的互动与交流。郑振铎的《文学大纲》《插图本中国文学史》等著作立足世界文化与文学之间的相互影响,着手建构中国学界的文学史研究。1936年,商务印书馆先后出版了傅东华翻译的法国洛里哀的《比较文学史》和戴望舒翻译的梵·第根的《比较文学论》,在中国第一次系统介绍比较文学的历史、理论和方法。朱光潜《文艺心理学》(开明书店,1936)运用双向阐发的方法,既应用西方文学理论阐发中国文学,也应用中国文学理论阐发西方文学,探索中西文学的共同规律。钱锺书在《谈艺录》(开明书店,1948)中以"打通"的方式将中西文学理论熔为一炉,客观地探讨世界文学中共同的规律,将之归纳为"东海西海,心理攸同;南学北学,道术未裂"。林林的《鲁迅与果戈里》、洛蚀文(王元化)的《鲁迅与尼采》、唐君毅的《中国哲学与中国文学的关系》、郭沫若的《契诃夫在东方》等论文也是这一时期中国比较文学研究的个案成果,其中,有关中俄文化与文学的比较占有相当大的比例。

在比较文学的发展期,研究者们把目光聚焦具体文本,注重对文学本体的研究,同时以中国文化、中国现实为出发点,在对中外众多文学现象的阐释和解读中寻求共同点。一方面,学者们找到了其和世界现代文学理论的连接点,在把比较文学引向更加广阔的天地和疆界的同时愈发凸显中国特色;另一方面,学者们复兴、发展了中国传统文学,开掘出传统走向现代、走向世界的路径。

第三个阶段为潜沉与繁荣并置期(1949—1978)。中国比较文学在20世纪50年代至70年代处于一种潜沉状态,话题多集中在中外文化交流与中外文化关系。20世纪五六十年代中俄(苏)文化与文学的比较,特别是研究鲁迅与高尔基等这一中外文学关系的命题为数很多。冯雪峰的《鲁迅与果戈里》、戈宝权的《陀思妥耶夫斯基的作品在中国》、范存忠的《〈赵氏孤儿〉杂剧在启蒙时期的英国》以及季羡林的"中印文化关系史论丛"是这一时期的代表性成果。季羡林讨论了印度文学与中国文学的渊源,如中国的早期神话中有一些很有可能来自印度,印度《五卷书》的记载同中国《太平广记》以及宋代诗话、宋明笔记小说所载也有类似之处,这其中很难否认有影响关系。钱锺书的《通感》一文发表于

《文学评论》1962年第1期,从西方哲学、心理学、语言学、文艺学和艺术音乐美术等不同学科角度出发论析中外文学创作中"感觉挪移"这一共通现象。翻译家傅雷将中国传统美学观念纳入翻译实践提出了"神似论",在对中西思维方式、文化特征、美学情趣的异同比较中,认为翻译不可拘泥于字面,应该传神达意,再现原文精髓,进而把对翻译理论的认识提高到了美学范畴,拓宽了翻译理论的研究视野。

然而,遗憾的是,"文化大革命"之后比较文学在中国大陆(内地)沉寂了一段时间。相较同一时期的中国大陆(内地),中国台湾、中国香港地区的比较文学却在美国学派的影响下率先繁荣起来。1971年7月中下旬在淡江大学召开的第一届"国际比较文学会议"上,朱立元、颜元叔、叶维廉、胡辉恒等学者在会议期间提出了比较文学"中国学派"这一学术构想。自此,李达三致力于中国学派的倡导,陈鹏翔、古添洪等学者对"阐发研究"予以界定和论述。1976年,古添洪、陈慧桦在比较文学论文集《比较文学的垦拓在台湾》的序言中明确提出:"援用西方文学理论与方法并加以考验、调整以用之于中国文学的研究,是比较文学中的中国学派。"[①]当然由于过于强调西方理论的普适价值,所谓"中国学派"后来遭到美国和中国大陆学者的批评和否定。

1985年10月,中国比较文学学会成立大会暨首届学术讨论会召开,上海外国语大学创办的《中国比较文学》在学会成立后成为中国比较文学学会会刊,学会创立之后便成为国际比较文学协会的团体会员。同年,在巴黎举办的国际比较文学学会第11届年会上,时任中国比较文学学会会长的杨周翰被选为国际比较文学协会的副会长,艾金伯勒作了《比较文学在中国的复兴》的总结性演讲。与此相应,学术研究成果空前丰盛:"据《中国比较文学论文索引(1980—2000年)》(江西教育出版社,2002年)一书的统计,80年代至90年代的二十年间,仅中国的学术刊物上就刊登出了一万两千多篇严格意义上的比较文学文章,还出版了三百六十多部严格意义上的比较文学著作。"[②]1986年第一部《中国比较文学年鉴》(杨周翰、乐黛云主编,北京大学出版社)出版,对中国比较文学的发展历程做了系统梳理。国际比较文学学会第22届年会于2019年首次在中国的深圳大学召开。这些都标志着中国比较文学研究进入到第四个发展阶段——复兴与确立期。

同时,来自现代文学、古代文学、文艺理论、语言学、外语翻译与教学等各个

---

① 转引自曹顺庆、王蕾:《比较文学中国学派三十年》,《外国文学研究》,2009年第1期,第126页。
② 乐黛云、王向远:《中国比较文学百年史整体观》,《文艺研究》,2005年第2期,第52页。

领域的学者投身比较文学研究,众多高校同时在本科和硕士阶段开设比较文学与世界文学方面的课程。1985年以来中国出版教材百余种,如孙景尧、卢康华合著的《比较文学导论》、乐黛云所著的《比较文学原理》、刘象愚、陈惇、谢天振等主编的《比较文学》、杨乃乔主编的《比较文学概论》、胡亚敏主编的《比较文学教程》、张铁夫主编的《新编比较文学教程》、曹顺庆主编的《比较文学论》等,满足了各类高校各个级别的教学实践。比较文学专业从本科到博士、博士后流动站的系统连贯的人才培养机制也逐步形成。

令人瞩目的是,中国比较文学独特的话语体系正在逐步确立。1979年钱锺书《管锥编》的出版被视作是中国比较文学复兴的标志。《管锥编》立足中国文学和文化智慧,贯彻"一贯于万殊"和"打通"原则为中国比较文学树立了典范,指明了努力的方向。宗白华在《美学散步》(1981)中的跨学科比较、季羡林在《中印文化史论文集》(1982年再版)中的影响研究、金克木在《比较文化论集》(1984)中的平行研究与阐发、杨周翰在《攻玉集》(1984)中以中国文学为参照系对莎士比亚、弥尔顿、艾略特等欧洲作家作品的重新解读,以及范存忠的《英国文化论集》和王元化的《文心雕龙创作论》等先贤诸论,都是适应中国时代需求和发展所构建的具有中国特色的本体论与方法论。

总之,在全球化时代,中国比较文学立足本土文化,以"和而不同"作为根本发展策略,在广阔的世界文学的背景下,兼收并蓄,不断拓展研究领域、研究对象、研究方法,在学科理论、中外文学关系、译介学、文学形象学、海外华人流散文学、文学人类学、文学与宗教等诸多方面都取得实绩,在世界比较文学界独树一帜,发出了中国的学术之声。

二、中国比较文学在欧美文学中国化进程中的基本特征

中国比较文学百余年的发展历程不仅与中国学术的现代性转型以及现代学术话语体系的构建同步,而且与外国文学中国化进程紧密相连,二者可谓相辅相成,互补互动。一方面,外国文学中国化是中国比较文学研究中的重中之重,也是取得成果最为丰厚、最为系统的一个领域,而外国文学中国化又极大地促进了中国比较文学中国特色的形成;另一方面,中国比较文学的兴起在思维方式、研究视野、研究方法等诸多方面都为外国文学中国化开疆拓土,使之落地生根。

比较文学旨在探究异质文化和不同学科以文学为平台进行沟通交流的种种历史、现状和可能,通过不同民族(国家)文化、文学之间的互识、互证和互补,促进彼此之间的相互理解,实现文学与文化的超越与创新。质言之,比较文学研究必须具备两个条件,一是跨文化或者跨学科,一是文学研究。比较文学在19世纪"世界主义"和"民族主义"的思潮中应运而生,肇始于19世纪初至30年代的法国,史称"法国学派"。法国学派开创了专注史料文献实证为特色的传播和影响研究。20世纪50年代随着战后美国成为世界强国,比较文学进入"美国学派"时期,美国学派以新批评为理论根基,以发掘"文学性"为己任,拓展出"平行研究""跨学科研究"的新天地,其研究范围不断更新,研究范式嬗变卜居。当代比较文学内部,"危机""学科已死"等声音此起彼伏,但一次次的危机和挑战最终转化为学科发展的契机和动力。

毋庸置疑,比较文学自诞生之日起,变化与求新便是它的本质特征。在它不断变化与丰富的过程中,我们也可以明晰地发现,它诞生于民族国家自觉之际,在不同国家和时代的迫切需求中担负着特定的历史使命。

中国文学在中外文化交汇转型中开拓着自身由古典向现代转型的历史进程。纵观这一进程,"取法于外国"以实现文学的现代化,进而实现人的现代化,是近代以来中国文学为自己确立的目标,外国文学在中国影响之深、范围之广,在世界范围内都是前所未有。由于每个国家、民族都有自己的期待视野,不同民族文化心理必然会对传入的文学和理论加以改造以适合本民族文化的特征和欣赏习惯,因此外国文学中国化便成为20世纪中外文化交流中的基本特征之一。而探寻多元文化与文学间的关系是比较文学的根本性论题,由此一来,外国文学中国化也必然成为中国比较文学的根本性课题。在比较文学的视阈下,外国文学译介、外国文学在中国的传播与影响、多元文化中不同文学的对话与"打通"等这些具体领域收获丰厚,实现了众多突破。

首先,外国文学中国化始于翻译,译介研究是中国比较文学理论建设与实践的基点。在法国学派的比较文学中,翻译是作为文学交流的媒介而被纳入研究视阈的,属于媒介学范畴,传统比较文学中的媒介学就是以翻译研究为核心的,研究集中在译作在译介之后的影响、语际转换中的差异、以翻译为媒介的深层文化交流以及翻译史研究等。中国比较文学对外国文学的译介,时时以外国文学和传统文学为参照,以翻译文学在中国文学中的地位、创造性叛逆、中西方文化差异为主要研究内容。20世纪初,严复、梁启超以及林纾等人的翻译是最早在中国文化的框架下去理解西方原著的尝试和实践,因此译介研究对于比较中西文化的不同,研究中西方文化会通中的问题,以及理解中西文化之间的体悟等,都有其独特的意义。同时,中国文学现代化进程中,汉语实现了它的巨大转型,给它提供实践与话语支撑的便是翻译。在翻译的过程中,引发的是对自我文化与文学的反省、批判。这也是比较文学译介学研究的重要内容。

20世纪80年代后,翻译文学研究作为中国比较文学的一个重要分支学科繁荣起来。相关著作有:马祖毅《中国翻译简史——五四以前部分》、陈玉刚主编《中国翻译文学史稿》、王克非编著《翻译文化史论》、孙致礼《1949—1966:我国英美文学翻译概论》、方华文《20世纪中国翻译史》、孟昭毅和李载道主编《中国翻译文学史》、郭延礼《中国近代翻译文学概论》、谢天振与查明建主编《中国现代翻译文学史(1898—1949)》、王炳钦《20世纪中国翻译思想史》、王向远《二十世纪中国的日本翻译文学史》。其中,有对翻译家的比较和评价,有对近代翻译理论的回顾和分析,也有对翻译中语言和文化关系的解剖。译介的目的是要"拿来",然而,拿什么、怎样拿、为什么要拿,涉及中国这一侧的时代需求、文化立场、情感态度、价值取向等各种因素,这些因素决定着译什么、怎样译。优秀的译作一旦进入中国文化语境,自然会获得普遍认同,会产生精神的契合、情感的共鸣。优秀的译作一方面满足了中国文化的精神需求,另一方面又能通过翻译这种特殊的写作方式丰富、发展和刷新中国语言和文学的表达方式和内容。通过翻译,外国文学变成了中国文学的有机因子。

谢天振在《译介学》中对比较文学的译介学研究对象、范畴、运行规则、研究方法等做了全面的研讨,并指出翻译文学不等于原初的外国文学,翻译文学应该是中国文学的一个组成部分。王向远在谢天振的"翻译文学是中国文学的组成部分"这一命题的基础上,加上了"特殊"二字,进一步提出"翻译文学是中国文学的一个特殊组成部分"[①],翻译文学史也必然成为中国文学史的一个重要构成部分。

其次,中国比较文学的中外文学传播史、文学关系史研究取得的成就更加突出,它呈现出外国文学对百余年来中国文学的影响是全方位的,任何一种文体的变化、文学思潮的兴起乃至某些文学现象的出现都与外国文学息息相关,而中国文学通过交流和借鉴也自觉加入了世界文学的总体格局之中。

外国作家、作品在中国的影响研究非常活跃。就国别而言,中法、中英、中德、中俄、中日等文学关系研究不断推陈出新;就文体而言,有比较神话学和比

---

① 王向远:《翻译文学导论》,北京:北京师范大学出版社,2004年,第18页。

较故事学研究、中外诗歌、小说、戏剧比较研究。就具体外国作家而言,集中在对中国文学影响比较大的作家、文论家方面,如尼采、易卜生、泰戈尔、厨川白村等。1918年《新青年》刊发易卜生专号,胡适发表《易卜生主义》,张扬个性与倡导女性解放成为中国文学界接受易卜生文学的要点,对易卜生文学的译介从内容到形式都直接推动了中国话剧的成长。中国作家受俄苏文学影响的研究硕果累累,如王富仁《鲁迅前期小说与俄罗斯文学》、李春林《鲁迅与陀思妥耶夫斯基》、戈宝权《托尔斯泰和中国》《中外文学因缘——戈宝权比较文学论文集》、孙乃修《屠格涅夫与中国》、张铁夫主编《普希金与中国》、倪蕊琴主编《论中苏文学的发展进程》、汪介之《选择与失落——中俄文学关系的文化透视》、汪剑钊《中俄文字之交——俄苏文学与二十世纪中国新文学》、陈建华《20世纪中俄文学关系》等,可以说从实证性的事实联系到审美层面的文学阐释,对俄苏文学与中国现当代文学的关系进行了全方位的剖析。

中国与东方国家的文学关系研究也取得了辉煌的成绩。如卢蔚秋编《东方比较文学论文集》、孟昭毅《东方文化文学因缘》等分别论述了中国与朝鲜、与日本、与越南、与印度、与伊朗、与阿拉伯的文化文学的交流历史。关于中印文学关系研究有郁龙余的《印度文学文化论》。其中中日文学关系研究的成果也较为突出,有王晓平《中日近代文学交流史稿》、严绍璗《中日古代文学关系史稿》、严绍璗、中西进主编《中日文化交流史大系6:文学卷》、王晓平《佛典·志怪·物语》、李树果《日本读本小说与明清小说——中日文化交流史的透视》、于长敏《中日民间故事比较研究》、高文汉《中日古代文艺比较研究》、刘柏青《鲁迅与日本文学》、孟庆枢主编《日本近代文学思潮与中国现代文学》、王向远《中日现代文学比较论》等,迎来了中日文学与文化交流的新的高潮。

近三十余年来中国比较文学的学者们在中外文学关系的研究上越发系统和全面。大型丛书不断推出,比较有代表性的有:季羡林总主编的"中外文化交流史丛书""跨文化沟通个案研究丛书""东学西渐丛书""北京大学比较文学研究丛书",季水河主编的"比较文学与世界文学研究丛书",王向远主编的"比较文学与世界文学学科建设丛书",高旭东主编的"比较文学与文化新视野",谢天振、陈思和、宋炳辉主编的"当代中国比较文学研究文库",钱林森主编的十卷本《外国作家与中国文化》,钱林森、周宁主编的十七卷《中外文学交流史》,以及复旦大学的项目"二十世纪中外文学关系""外来思潮流派理论在中国现代文学史上的影响",北京大学的"中国现代作家在古今中外文化坐标上"等。这些大型丛书的陆续出版,系统回顾了中国比较文学自20世纪80年代以来的发展历程,以中国文学与文化为根基,将20世纪的中国文学与世界文学作为一个整体加以探讨,在中国比较文学的话语体系中占有重要的位置。

在外国文学中国化进程中,实际上存在着"主体"转换的问题。一开始移植照搬外国文学以西方文学为主体建构中国文学,随着中国化进程的深入,将西方文论话语与中国传统话语、中国独特的言说方式相结合,创造性地吸收西方文学并能在现当代文学创作和批评实践中发扬光大,这样才是真正实现外国文学中国化。早在中国比较文学诞生之初,周作人就在《日本近三十年小说之发达》(1918)中论及"模仿与影响"的关系问题,以日本近代文学为例,指出只有认真模仿别人,方能蜕变出独创的文学。20世纪80年代王富仁在《鲁迅前期小说与俄罗斯文学》中论及"文学影响"时也指出,文学影响不是直接、外部、形式的借用,而是对外国作家创作经验的有机融合。乐黛云的《尼采与中国现代文学》、王锦厚的《五四新文学与外国文学》、龙泉明的《中国新诗流变论》、温儒敏的《三十年代现实主义思潮所受外来影响及其流变》、陈平原的《二十世纪中国小说史》、陈思和的《中国文学中的世界性因素》等著作都没有满足于对具体影响现象的事实罗列,而是多层面阐明了外国文学影响与中国现代文学流变的复杂关系,通过勾勒经过接受者的选择、融合之后有机创造出来的中国现代文学的样态,强调它是由自身处境生成、是在中国作家主体性意识关照之下的抉择与创造。

最后,中国比较文学立足于民族传统、吸收外国一切批评方法而构建新的方法体系,其终极目标就是实现中国文化与文学的创新。因此建立在比较文学学科的三大功能"互识、互证、互补"基础之上的,多元文化下不同文学的对话与"打通"研究既促进了外国文学中国化的进程,也促进了中外异质文学彼此之间的沟通与理解、发展与创新。

异质文化相遇,只有在比较参照中才能突破原有思维模式,才能期待有新的性质出现。在中国比较文学的发轫和发展阶段,王国维首开以西方理论阐发中国传统文学的先河,朱光潜、宗白华以西方文论梳理中国文化,梁宗岱则以深厚的中国古典文学素养对话西方文学,钱锺书探寻中西文学理论中共同的"诗心"和"文心",这种跨越国界、民族文学美的意蕴的辨析以及理论阐发不是单向的,而是中外文学思想和艺术体验的双向参照与融合,很大程度体现了一种世界文学共同审美意向的探寻。叶维廉对此指出:

> 我们在中西比较文学的研究中,要寻求共同的文学规律、共同的美学据点,首要的,就是就每一个批评导向里的理论,找出它们各个在东西方两

个文化美学系统里生成演化的"同"与"异",在它们互照互对互比互识的过程中,找出一些发自共同美学据点的问题,然后才用其相同或近似的表现程序来印证跨文化美学汇通的可能。①

在两种文化发生对话和相遇的情况之下,它们既不会彼此相互混同,也不会风马牛不相及,而是各自都会保持自己的统一性、开放性和完整性,同时因相互交流而彼此丰富起来。

中外比较诗学的研究在当代也呈现出勃勃生机。乐黛云、叶朗、倪培根合作主编工具书《世界诗学大辞典》为中国比较诗学奠定了扎实的基础。黄药眠、童庆炳主编的《中西比较诗学体系》、钱念孙的《文学横向发展论》、曹顺庆的《中西比较诗学》、王元化的《〈文心雕龙〉创作论》、周来祥的《东方与西方古典美学理论的比较》以及饶芃子主编的"比较诗学丛书""比较文艺学丛书"等著作不但对中外古代文论进行系统的比较,而且从文化背景、艺术本质、艺术起源、艺术思维、艺术风格、艺术鉴赏等层面进行理论上的对比研究,同时试图吸纳西方文学理论的最新发展加以改造来解释中国的文学现象。曹顺庆提出了比较文学的变异学研究:

> 比较文学变异学将比较文学的跨越性和文学性作为自己的研究支点,它通过研究不同国家之间的文学现象交流的变异状态,以及研究没有事实关系的文学现象之间在同一个范畴上存在的文学表达上的异质性和变异性,从而探究文学现象差异与变异的内在规律性所在。②

杨乃乔在《东西方比较诗学:悖立与整合》将"经"与"逻各斯"视为东西方诗学的中心,认为经学中心倡导书写话语权力,逻各斯中心倡导语言中心主义,在体系的总体比较中探寻诗学本源。尽管这些理论探讨引发了很多争议,但是从理论研究的艰难跋涉中我们可以看到当代中国学者在文学理论方面力图中外"打通"上的不懈努力。

三、中国比较文学在欧美文学中国化进程中的作用

中国比较文学的产生标志着中国文学从此结束了封闭的状态,意味着中国

---

① 叶维廉:《寻求跨越中西文化的共同文学规律》,黄维樑、曹顺庆编:《中国比较文学学科理论的垦拓——台港学者论文选》,北京:北京大学出版社,1998年,第94页。
② 参阅曹顺庆、李卫涛:《比较文学学科中的文学变异学研究》,《复旦学报》(社会科学版),2006年第1期,第82页。

文学与外国文学开始展开平等对话,开始自觉融入世界文学发展的大潮之中。在这一发展历程中,中国比较文学为百余年外国文学的中国化提供了开阔的世界性视野、多维比较的思维路线和具有延展拓深能力的研究方法,同时也迎来中国比较文学与中国文学的创新性发展。

首先,西方比较文学的学术发展,以法国学派和美国学派为主导形态,中国比较文学是在这两种形态的基础上形成的,并孕育于中西文化剧烈碰撞时刻,复兴于"全球化时代",它"肩负着东西方(文化)对话、沟通的使命,不仅能在这新一轮的对话、沟通中寻求自身的发展与创新,同时也将对西方面临的理论危机提供不可或缺的鉴借"[1]。因此,中国比较文学自觉以跨越东西方的全方位的世界作为自己的理论视野,塑造具有现代分析精神的主体意识,来实现文化上的推陈出新。

胡适的《文学改良刍议》《白话文学史》以及郑振铎的《文学大纲》《插图本中国文学史》等篇章都立足于世界性视野和比较性思维,考察各国、各民族、作家、流派之间的相互影响,为中国文学史研究和编写机制奠定了基础。中国比较文学强调世界视野,就是要贯通中外,打造自觉的比较文化与比较文学的意识。其实质就是在"世界"中发现他者,只有认识他者,才能更好地认识自己。由此引进外国文学与文化,将之作为自身发展的参照系。

其次,比较文学的"比较"所引发的思维方式的变革对于文学研究来讲是至关重要的。这种思维方式是开放性和主体性兼具的综合思维,既有利于展现世界文学的多样性,又能促进不同文化间的互识、互证与互补,推进不同地域、不同时代、不同文化的人们实现对话,极大地拓展了文学研究的空间。在外国文学中国化进程中,作家和理论研究者正是以这种"比较"的思维方式以中国文化去发现和接受域外文化,反过来又以域外文化观照自身文化的发展。

> 比较文学的"比较"并不仅仅是指学科方法,它更重要的意义是表示一种新学科的辩证思维方式,也就是说"此比较非彼比较也"。这个"比较"的真正含义是世界多种文学研究思维方式的差异性存在与互生,是世界多元文化的对话和融合,也是它们永远不会完全同一的发展,只有在这个层次上,才有了歌德和马克思的世界文学。[2]

人类彼此能够互相理解,人类所具备的思维方式、方法及其规律,可能达到

---

[1] 孟庆枢、王宗杰、刘研:《中国比较文学十论》,长春:吉林文史出版社,2005年,第13页。
[2] 方汉文:《新辩证观念:中国比较文学与多元文化对话》,《中国社会科学》,2000年第6期,第160页。

的深度与广度,以及思想发展的历史规律,是可以通过比较和交流达成相互理解、认同和呼应的。对不同地域、民族的文化进行比较研究,将比较的双方放在各具独立性的立场上衡量,把各民族的文学放到平等的地位来比较,可以避免某一国族的文学与文化偏执发展。

鲁迅在《摩罗诗力说》中前瞻性地提出了"首在审己,亦必知人,比较既周,爰生自觉"①的知己知彼的比较原则。勃兰兑斯在《十九世纪文学主流》也特别指出:"这样的比较研究有两重好处,一是把外国文学摆到我们眼前,便于我们吸收;一是把我们自己的文学摆到一定的距离,使我们对它获得更符合实际的认识。离眼睛太近或太远的东西我们都看不真切。"②阅读外国文学,常常自然联想中国作家作品,从时代、社会、思想与风格诸多层面展开比较。假如在思维的层面缺乏比较文学的意识和方法论的自觉,即使面对再多的中外文学现象也会熟视无睹,更难以发现事物之间各种有形无形的联系。在文学现代文化转型过程中,我们需要对中外文学和文化的不同特性及其融合与冲突的可能性有更全面更深入的认识,离开了比较则无法做到这一点。

再次,中国比较文学对外国文学中国化还具有方法论上的价值,它在翻译媒介、影响研究、阐发研究、科际整合等多方面都为外国文学的中国化提供了切实可行的操作方法。

在中外文学关系的比较中应用的方法论,既有基础性的传播研究,也有进一步延伸至文学审美特质的影响研究。王向远区别了"传播研究"与"影响研究",认为"传播研究"是建立在外在事实和历史事实基础上的文学关系研究,关注的是国际文学关系史上的基本事实,特别是一国文学传播到另一国的途径、方式、媒介、效果和反应,其基本的研究方法是历史学的、社会学的、统计学的、实证的方法,它是文学社会学的研究。"影响研究"是一种探讨作家创造的内在奥秘、揭示作家的创作心理、分析作品的成因的一种研究,它本质上是作家作品的本体研究,是立足于审美判断,特别是创作心理分析、美学构成分析上的研究。它的基本的研究方法主要不是实证,而是审美判断和创作心理分析。而因此主张将"影响研究"与"传播研究"区分开来,从而就清楚地界定了两种不同研究方法。③尽管如此,在具体实践中,二者也往往你中有我,我中有你。

---

① 鲁迅:《摩罗诗力说》,《鲁迅全集》(第一卷),北京:人民文学出版社,1981年,第65页。
② 勃兰兑斯:《十九世纪文学主流》(第一分册),张道真译,北京:人民文学出版社,1997年,第1页。
③ 参阅王向远:《坐而论道:王向远教授讲比较文学与翻译文学》,北京:中央编译出版社,2014年,第7—8页。

在中国比较文学的方法论建构上,钱锺书提供了超越影响研究和平行研究的范例。他在《诗可以怨》中如此概括:"人文科学的各个对象彼此系连,交互映发,不但跨越国界,衔接时代,而且贯串着不同的学科。"①他在文学研究中借重历史和哲学,"博采而有所通,力求而有所入",纵横捭阖,追溯古今中外共同的"诗心""文心",将散落在历史长河中的中国文论众多独到的妙悟转化为共时性的构成,在一定意义上为困扰着我们的难题——中国古典文论的现代转换提供了路径。

比较文学的方法论督促我们追溯东西方异质文化所赖以形成、发展的根源和来龙去脉,进一步清理文化范畴群及其文化架构、文化机制和文化发展规律。从外国借用已有的理论资源与学术建设的成果,审视和选择各个国家、民族、地域、不同时代千姿百态的文学作品、文学思潮、批评样式、文化语态,从本民族的文学创作与批评实际出发,进行理论的概括化和本土化的改造。

最后,比较文学的初级目标是通过文学比较发现文学主题、人物、故事、历史原型等诸多相似性,终极目标是通过不同文化中的文学审美经验特性的比较,由文化交流到文化杂糅进而实现文化创新。中国比较文学通过东西方的打通寻找文学发展的共同规律,打破西方中心主义,树立中国学术的文化自信,实现中国文化与文学的不断创新。

中国比较文学为了实现理论超越,与西方比较文学最大的不同在于,最大限度地将东方文学包容进来。王向远近年大力倡导"东方比较文学"的创立:"主要以中国文学为出发点与立足点,以东方(亚洲北非)其他文学为比较对象的文学研究,也包括东方各国文学的区域性、总体的比较研究,即'东方文学'的研究。"②东方比较文学的建立实则是通过强调"东方"来抵制中国学界普遍存在的西方中心主义,从而建立更为客观与全面的世界文学观念。

也就是说,比较文学以宏阔的视野不固执于某一文化中心,或者在反对某一中心时又不自觉地陷入对立的另一中心,而是跳出彼此的局限,谋求一种更为宏观和公正的视野。这就为外国文学中国化进程中可能出现的种种偏差提供了不断警醒和反思的目光。中国现代文化转型与中外文化冲突相伴,西方学术知识资源在应付和解决现代性问题方面所拥有的丰富经验,为中国文化的发展提供了可供借鉴的捷径,同时也对中国传统学术话语构成了巨大挑战,外国文学与文化甚至有取而代之的势头,中外之争从此贯串着整个现代知识学科的

---

① 钱锺书:《七缀集》,上海:上海古籍出版社,1985年,第113页。
② 王向远:《坐而论道:王向远教授讲比较文学与翻译文学》,北京:中央编译出版社,2014年,第8页。

建设。

  1995年曹顺庆基于中国文化和文论的现状提出"失语症"一说,引发文艺理论界和比较文学界广泛批评和论争。他认为西方文化在近代中国的激进引进造成了传统文化的断裂,失去了自己的学术规则、意义生成方式和话语表述方式,患上了理论的"失语症"。"失语症"这一提法很多学者并不认同,但在比较文学的视阈反思中国现代文论话语体系的建构,是有现实警醒意义的。之后"重建中国文论话语""中国话语建设""古代文论的现代转换"等一系列话题的热烈讨论可以说是对这个问题的回应和深度思考。

  实现中国文学的创新,关键在于找到中国和西方文化的结合点,找到本民族传统可以实现现代转型的部分,同时结合和解决中国语境在不同文化交融下文学艺术发展的实际问题,通过这样的途径来形成自己独立的知识话语和理论体系。茅盾是新文学史上现实主义文学的主要倡导者,他总是把自己接触到的外国文学思潮用来补充他所倡导的"为人生"的写实主义。他在《自然主义与中国现代小说》《左拉的危险性》等文章中,根据中国文学发展的现实需求,吸收现实主义、浪漫主义、自然主义以及现代主义思潮的因素,打造属于中国自己的独特的现实主义体系。中国比较文学只有在真实反映全球化背景下中国文学的独特命运,同时也借此对世界文学的发展方向获得更具体的把握时,才能发出显自己的声音。

  质言之,中国比较文学是在反思中国传统、关注中国文学现实发展的进程中开拓自己的生命历程的,它和中国文学的发展一样,始终以中外文化的冲突与交融、选择与比较作为自身发展的背景和内容。它在译介传播、文本解读、诗学比较等诸多方面取得的实绩,为外国文学中国化提供了一条比较的思维理路,一种开阔的世界文化视角,以及行之有效的批评手段和操作方法,也为重新认识自我、探求自我发展的新路打下了坚实的基础。

第十一个问题：

如何看待文学伦理学批评的出现对中国话语建设的作用？[①]

进入 21 世纪之后，欧美文学"中国化"进程中的一个重要现象开始出现，这就是文学伦理学批评的兴起。文学伦理学批评是在中国传统文学理论与文化思想的基础上，汲取欧美伦理学批评的有益因子，并针对当前中国乃至世界文坛的文学批评忽略伦理和道德价值的弊端而提出的一种具有鲜明的中国话语特色的文学批评理论与批评方法。这是欧美文学"中国化"进程中的一个重要的节点。它不仅标志着欧美文学研究和批评领域"中国话语"建设的自觉尝试，也体现着文学批评领域"中国话语"走出去的可贵实践。

20 世纪最伟大的哲学家之一托马斯·库恩（Thomas S. Kuhn）于 1962 年推出《科学革命的结构》（The Structure of Scientific Revolutions）。半个世纪过去了，库恩在该书中关于"范式"（paradigm）的研究对科学之外的其他学科诸如社会学、历史学、文学等领域产生持续不断的影响。对于研究"范式"，库恩提出了两点重要的标准：一是该研究所取得的成就"空前地吸引一批坚定的拥护者"；二是该研究所取得的成就"足以无限制地为重新组成的一批实践者留下有待解决的种种问题"，"凡是共有这两个特征的成就"，库恩便称之为"范式"。[②] 由中国学者聂珍钊倡导并构建的文学伦理学批评以开放性、包容性的姿态积极构建了一套较完整的理论话语体系，正吸引着一大批国内外学者专注这一理论的批评与实践，并取得了丰硕的成果，这些正符合库恩所界定的具有"范式"作用的研究"范例"。

[①] 本问题由江苏师范大学张连桥撰写。
[②] 托马斯·库恩：《科学革命的结构》（第四版），金吾伦、胡新和译，北京：北京大学出版社，2012 年，第 8 页。

一、文学伦理学批评在中国的兴起与发展历程

文学伦理学批评作为一种批评理论和批评方法的时间起点,大约在 2004 年。文学伦理学批评在中国的发展历程,主要有两条路线,一是理论的提出与阐释,二是国际会议与国际对话,两条路线共同作用于文学伦理学批评的发展。文学伦理学批评的开创者聂珍钊教授在数十年的研究,尤其是近十余年的研究中,不断推出新成果。具有标志性的《文学伦理学批评导论》的出版,让文学伦理学批评在理论构建上更加完善,成为具有完整理论体系与批评话语的研究方法。与此同时,一系列国际会议的召开、国际学术组织的成立使得文学伦理学批评的国际化程度越来越高;国际学者的广泛参与,围绕着文学伦理学批评的研究议题也得到不断拓展与深化。更重要的是,在与国际学术界的沟通与对话的过程中,文学伦理学批评以一种开放的姿态积极走出去,提升中国学术的国际话语权。在中外学者共同努力下,文学伦理学批评逐渐发展壮大起来,现如今成为在国际上产生广泛影响的中国学派。

改革开放以来,随着中国经济的崛起,中国在世界范围内产生了广泛的影响,然而中国学术话语权的构建却相对滞后,中国学术界的声音始终被西方话语所遮蔽,在中国文论研究领域尤其如此。早在 20 世纪末,中国学者便开始注意到这一趋势并积极呼吁中国学者勿忘中国立场与中国本位,如曹顺庆有关中国文论"失语"的批判,体现了中国学者的忧患意识和责任意识:"中国现当代文坛,为什么没有自己的理论,没有自己的声音?其基本原因在于我们患上了严重的失语症。我们根本没有一套自己的文论话语,一套自己特有的表达、沟通、解读的学术规则。"[①]中国文学研究"失语症"的观点提出之后,引发各方讨论,连季羡林先生都参与讨论并寄语后人:"中国文论家必须改弦更张,先彻底摆脱西方文论的枷锁,回归自我,仔细检查、阐释我们几千年来使用的传统的术语,在这个基础上建构我们自己的话语体系。"[②]可见,改革开放以来,中国文学研究过度依赖西方文学理论给中国文学研究带来了诸多"后遗症"问题,诸如言必西方、过度阐释、厚西薄中等,进而导致中国文论话语权的丧失。

文学伦理学批评正是在这种现实语境中应运而生的。针对中国文学批评

---

① 曹顺庆:《文论失语症与文化病态》,《文艺争鸣》,1996 年第 2 期,第 51 页。
② 季羡林:《门外中外文论絮语》,《文学评论》,1996 年第 6 期,第 6 页。

理论的"失语"现象,中国学者富有创见地提出中国特色的本土理论,旨在为构建中国学术话语体系而努力。2004年底聂珍钊推出《文学伦理学批评:文学批评方法新探索》一文,对文学伦理学批评进行详细的介绍与阐释。作为开创性的理论探索,论文刊发前作者在"中国的英美文学研究:回顾与展望"全国学术研讨会(2004年6月,南昌)和"剑桥学术传统与批评方法"全国学术研讨会(2004年8月,宜昌)上以大会报告的方式对其做过详细阐释,引起学界的热议。由于文学批评的伦理角色的缺场,当时中国的外国文学批评出现了两个倾向:一是文学批评远离文学,即文学批评不坚持对文学的批评;二是文学批评的道德缺位,即文学批评缺乏社会道德责任感。文学伦理学批评的倡导与实践,就是为了纠正这种不良倾向,从中国语境出发,构建中国特色的理论体系。文章指出,文学伦理学批评的理论基础源自西方的伦理学研究传统和伦理批评,结合中国的道德批评,提出文学伦理学批评研究对象和研究内容,诸如研究作家的伦理、道德观及其形成的原因和对其创作的影响,作家对作品中有关伦理、道德问题的评价,作品中所展示的伦理、道德问题与现实社会中相关问题的关系;研究读者对作家道德观和作品中道德倾向的认知、感受和评价,作品中的道德倾向对读者及社会的影响;此外还包括研究如何从伦理和道德的角度研究文学作品以及文学与社会、文学与作家、文学与读者等关系的种种问题,还研究作家从事写作的道德责任与义务、批评家批评文学的道德责任与义务,甚至包括学者研究文学的学术规范与学术态度等方面。[①]《文学伦理学批评:文学批评方法新探索》一文首次就文学伦理学批评作为文学研究的新方法提出,一经提出便得到我国学者的积极呼应,纷纷撰文探讨文学伦理学批评的理论问题,使得文学伦理学批评在中国得到不断深化和推广。

2005年初,《外国文学研究》杂志推出系列专题论文,从不同的角度进一步探讨文学伦理学批评的相关学理问题,包括聂珍钊的《关于文学伦理学批评》、王宁的《文学的环境伦理学:生态批评的意义》、克努特的《理想的断言:易卜生戏剧中的伦理》、刘建军的《文学伦理学批评的当下性质》等论文。其中,聂珍钊的论文《关于文学伦理学批评》针对文学伦理学批评的一些关键问题进行了明确的界定与阐释,指出了文学伦理学批评的标准问题。王宁的论文《文学的环境伦理学:生态批评的意义》针对文学与生态批评之间的关系,指出文学的环境伦理学是突破生态批评理论缺陷的关键。固然,文学伦理学批评在提出之初会

[①] 参阅聂珍钊:《文学伦理学批评:文学批评方法新探索》,《外国文学研究》,2004年第5期,第19—20页。

涉及文学与伦理之间的标准问题，正如刘建军在论文《文学伦理学批评的当下性质》所指出那样："虽然今天的文学伦理批评不再有所谓明确、单一的伦理价值标准，但却不等于没有伦理批评标准，对多角度、质疑性、揭示性作品内涵的推崇，其实本身也是一种价值判断，也是一种伦理批评标准。"①

2006年初，《外国文学研究》再次推出系列论文，针对文学伦理学批评的理论建构问题进行积极阐释。其中聂珍钊的论文《文学伦理学批评与道德批评》，从古希腊神话以来的诸多文学现象中分析和阐释文学伦理学批评的理论渊源及其与道德批评的联系与区别。聂珍钊指出，道德批评和文学伦理学批评在研究对象上有交叉的地方，但是道德批评注重从现实语境出发，以当下道德立场评价文学作品中的道德现象，而文学伦理学批评则从文学作品中的虚拟语境出发，还原作品的伦理现场，以历史语境的道德标准衡量作品中的道德问题。"文学伦理学批评主要运用辩证的历史唯物主义的方法研究文学中的道德现象，倾向于在历史的客观环境中去分析、理解和阐释文学中的各种道德现象。"②

2010年之前聂珍钊所刊发的论文重点解决文学伦理学批评的定义与界定、理论基础、研究对象与研究范围等问题，而2010年之后所刊发的论文在进一步完善理论主张的同时细化批评实践的术语使用，诸如：论文《文学伦理学批评：基本理论与术语》(《外国文学研究》，2010年第1期)解决的是文学伦理学批评的基本理论及其术语问题；论文《文学伦理学批评：伦理选择与斯芬克斯因子》(《外国文学研究》，2011年第6期)进一步对伦理选择做出阐释，进而提出"斯芬克斯因子"的重要术语；论文《文学伦理学批评：口头文学与脑文本》(《外国文学研究》，2013年第6期)针对口头文学展开研究，提出"脑文本"的重要概念；《文学伦理学批评：人性概念的阐释与考辨》(《外国文学研究》，2015年第6期)针对学界对人性的误读，重新阐释人性论概念；此外还有论文《论文学的伦理价值与教诲功能》(《文学评论》，2014年第2期)、《文学伦理学批评：论文学的基本功能与核心价值》(《外国文学研究》，2014年第4期)、《"文艺起源于劳动"是对马克思恩格斯观点的误读》(《文学评论》，2015年第2期)等，对文学的本质、文学的起源、文学的基本功能、文学的核心价值等问题展开阐释，构建了一整套文学伦理学批评的理论体系。这一系列论文一经刊发，便获得了较高的下载率和引用率，让文学伦理学批评在中国获得了广泛的关注，众多学者、研究生纷纷采用这一批评方法从事实践研究。

---

① 刘建军:《文学伦理学批评的当下性质》,《外国文学研究》,2005年第1期,第22页。
② 聂珍钊:《文学伦理学批评与道德批评》,《外国文学研究》,2006年第2期,第16页。

由于历史的原因,中国学术在国际学术界长期处于"失声"状态,要想在国际话语权被西方长期"垄断"的现实语境中彰显中国立场与中国声音,实属不易。为了构建一个沟通与对话的平台,《外国文学研究》先后组织了类型不同的国际国内学术会议,借此表达中国学者的声音。2005年10月,"文学伦理学批评:文学研究方法新探讨"全国学术研讨会(武汉)顺利召开。作为第一届文学伦理学批评学术研讨会大会,"会议围绕伦理学批评方法与外国文学经典作品的解读、文学存在的价值判断与伦理批评、文学批评的道德责任、伦理学批评方法同其他批评方法的融合等几个议题展开"①,收到了80多篇从不同角度探究文学伦理学批评的论文。该次大会不仅得到了中国学者的积极响应,也受到了境内、境外众多学者的广泛关注,标志着文学伦理学批评在中国的勃兴。此次会议的成果《文学伦理学批评:文学研究方法新探讨》于2006年由华中师范大学出版社出版。会议的成功召开和会议论文集的出版,表明"用文学伦理学的批评方法解读不同文体的文学作品,则可以见出这一批评方法的确具有广泛的运用价值"②。

2012年12月,"第二届文学伦理学批评国际学术研讨会"在宜昌召开。此次会议以"理论探索与批评实践"为主题,探讨了文学伦理学批评的理论构建与批评实践的诸多问题。时隔七年,有关文学伦理学批评的会议第二次召开。此次会议与之前会议的重要不同在于:其一,国际学者广泛参与,这次会议有来自挪威、爱沙尼亚、葡萄牙、美国、韩国、日本、新加坡和马来西亚等国际数十位学者参与,包括中国学者在内,会议规模达170人;其二,此次会议在研究议题方面,理论探讨更加深入,初步构建起完整的伦理体系;其三,此次会议成立了"国际文学伦理学批评研究会",选举吴元迈为会长,聂珍钊、克努特·布莱恩希尔兹沃(Knut Brynhildsvoll)、金英敏、居里·塔尔维特(Jüri Talvet)等为副会长,这一事件标志着文学伦理学批评的国际组织正式成立。当然,此次会议仍旧有些遗憾需要进一步解决,正如苏晖在闭幕式上总结发言时指出:

> 首先,从研究对象来看,目前的研究主要集中于英美文学作品,而且着眼于对叙事性作品的解析,今后可进一步扩大研究对象与范围,尤其应该关注除英美文学以外的其他西方文学作品,以及东方文学作品,还有中国

---

① 王松林:《"文学伦理学批评:文学研究方法新探讨"全国学术研讨会综述》,《当代外国文学》,2005年第6期,第171页。
② 刘茂生:《文学伦理学批评实践的可能空间——兼评〈文学伦理学批评:文学研究方法新探讨〉》,《外国文学研究》,2006年第6期,第172页。

文学作品等;其次,还需进一步加强文学伦理学批评的理论探讨,使之不断丰富和完善,可以将文学伦理学批评和其他批评方法如生态批评、女性主义批评、后殖民主义批评等深入结合。①

2013年10月,"第三届文学伦理学批评国际学术研讨会"在宁波召开。此次会议延续上一届会议的精神,国际化程度更高,研究视角更加广泛,研究问题更加深入。此次会议不少参会者回应了当前国际文学研究"伦理转向"的呼吁,体现了文学伦理学批评包容性、开放性的特点,再次展示了文学伦理学批评具有的开创性和强大的生命力。正如吴元迈在大会发言中指出:

> 20世纪文学无论是创作流派,还是文学理论学派,甚至代表人物,都是层出不穷,异彩纷呈,成绩卓著。然而在生活与文学、主体与客体、内部规律与外部规律等对立而统一的关系方面,常常绝对化。在形式主义、新批评、结构主义和解构主义那里,伦理道德是没有任何地位的,即所谓的文不载道。进入21世纪后,所谓的"伦理转向""生态转向"等等,无非是重新回到以往文学研究的优秀传统和正确道路上来。这是时代使然。②

2014年12月,"第四届文学伦理学批评国际学术研讨会"在上海召开。此次会议可谓一次高规格、高水平、国际化的大型学术研讨会,进一步推动文学伦理学批评研究的繁荣发展。会议吸引包括欧洲科学院院士斯加尔·纽宁(Ansgar Nünning),德国海德堡大学副校长维拉·纽宁(Vera Nünning),美国艺术与科学院院士查尔斯·伯恩斯坦(Charles Bernstein)、英语期刊《语言与文学》主编杰夫·霍尔(Geoff Hall),《文体》杂志副主编威廉·贝克(William Baker),俄罗斯期刊《文学问题》主编伊戈尔·沙伊塔诺夫(Igor Shaytanov),《比较文学与文化》副主编西蒙·埃斯托克(Simon Estok),《世界比较文学评论》主编彼德·豪伊杜(Peter Hajdu)等。如此众多的国际知名学者参加会议,说明文学伦理学批评不仅在国际上产生广泛影响,更重要的是获得了国际学者的认可,他们纷纷运用文学伦理学批评的理论和术语研究文学作品中的伦理问题。"随着文学伦理学批评在中国的日益兴盛与广泛接受,众多西方学者也不由地将目光转向中国,不仅充分关注文学伦理学批评的最新进展,而且还积极

---

① 苏西:《"第二届文学伦理学批评国际学术研讨会"综述》,《外国文学研究》,2013年第1期,第174—175页。

② 徐燕、溪云:《文学伦理学批评的新局面和生命力——"第三届文学伦理学批评国际学术研讨会"综述》,《外国文学研究》,2013年第6期,第172页。

参与其中。"①

2015年10月,"第五届文学伦理学批评国际学术研讨会"在韩国召开,此次会议获得了韩国国家研究基金(NRF)提供的近40万元人民币资助。国际文学伦理学批评研究会第一次赴海外召开会议,吸引了中国150余人参会,同时吸引了海外数十个国家的学者参加。在这次会议中,国际学者纷纷用文学伦理学批评作为研究方法,对各国文学作品和文学现象展开研究:

> 在当下的多元文化语境中,世界文学研究者已不满足于对旧的僵化模式的突破,而是更多地将着眼点集中在对新的研究范式的建构上。"文学伦理学批评"这一概念的提出,实际上是要倡导研究者立足于文学的本质属性来看待文学问题,经由重新认识与深入发掘而产生新的理论创获。②

韩国会议取得了圆满的成功,为国际文学伦理学批评研究会走出去奠定了重要的基础。而2016年10月在欧洲爱沙尼亚召开的第六届会议同样吸引了世界数十个国家的学者参会。爱沙尼亚会议是国际文学伦理学批评研究会第一次远赴欧洲举办会议,来自中国的声音吸引了欧洲多家媒体的关注与报道。

> 较之于前五届会议,此次会议在文学伦理学批评与经典文学文本研究、文学伦理学批评与比较文学和世界文学的教学与研究、文学伦理学批评与"中心"—"边缘"文学及跨文化对话等方面,极大拓展了文学伦理学批评理论研究和批评方法的实践。③

2017年8月在英国伦敦大学召开了第七届文学伦理学批评国际学术研讨会,第八届会议则于2018年7月在日本九州大学召开。

二、文学伦理学批评的基本特征与贡献

文学伦理学批评对当代文学批评的重要贡献主要有两点:其一,文学伦理

---

① 林玉珍:《文学伦理学批评研究的新高度——"第四届文学伦理学批评国际学术研讨会"综述》,《外国文学研究》,2015年第1期,第163页。
② 黄晖、张连桥:《文学伦理学批评与国际学术话语的新建构——"第五届文学伦理学批评国际学术研讨会"综述》,《外国文学研究》,2015年第6期,第166—167页。
③ 刘兮颖:《文学伦理学批评与跨国文化对话——"第六届文学伦理学批评国际学术研讨会"综述》,《外国文学研究》,2016年第6期,第171页。

学批评构建中国元素、中国特色、中国实践的原创理论体系；其二，文学伦理学批评作为跨学科研究的批评范式，其开放性、包容性、创新性特征推动了当下跨学科、跨文类的研究的繁荣发展。改革开放以来，"尽管西方新的文学批评方法对于我国的文学批评的影响和贡献有目共睹，但是我国在接受和运用西方批评方法过程中出现的问题也暴露无遗，这就是全盘接受西方理论而无自己的建树以及理论脱离实际，认为这就是导致我们不能与西方学术界进行平等对话的原因"[①]。中国学者对我国文学研究领域长期以来"失语"的反思恰恰是推动文学伦理学批评在中国本土孕育而生的内部动因；而文学伦理学批评产生的外部原因涉及跨学科知识的融合背景与研究理论的发展基础。

由中国学者提出的文学伦理学批评是对西方伦理批评的重构，一方面体现在文学伦理学批评的学术观点上，这些学术观点是批评实践的前提，另一方面文学伦理学批评提出了一整套可操作性的批评术语。在理论构建的过程中，聂珍钊针对目前文学理论中有些"貌似正确"的观点进行了辨析，并提出了与之完全不同的观点，有的观点甚至是颠覆性的。要知道，提出此类会产生争议的观点是需要勇气的，也是需要理由的。对于文学伦理学批评的研究策略而言，文学伦理学批评所提出的重要学术观点不可不提及，这些观点既是理论体系的组成部分，也是批评实践的前提：

其一，文学表达论。针对"文学起源于劳动"等观点提出文学表达论，文学起源于劳动这种观点混淆了生产方式与劳动本身，事实上，根据文学伦理学批评，文学的产生源于人类伦理表达的需要，文学创作的原动力来源于人类共享道德经验的渴望。

其二，文学文本论。针对"文学是语言的艺术"提出文学文本论，文学是语言的艺术这种观点混淆了语言同文字的区别，忽视了作为文学存在的文本基础，只有由文字符号构成的文本才能成为文学的基本载体。

其三，文学物质论。针对"文学是审美的意识形态"提出文学物质论，文学是意识形态这种观点忽视了文学是一种物质存在，口头文学实际上是口头表演，属于表演艺术，而文学以文本为载体，是以具体的物质文本形式存在的，因此，文学在本质上是一种物质形态而不是意识形态。

其四，文学教诲论。针对"文学是审美的艺术"提出文学教诲论，文学是审美的艺术这种观点混淆了审美主体和审美客体的区别，文学是审美的对象，文

[①] 聂珍钊：《文学伦理学批评在中国》，《杭州师范大学学报》（社会科学版），2010年第5期，第37页。

学本身不能审美,只有人才能拥有审美的能力和体验,文学从起源上说其目的和功用不是为了审美,而是为了道德教诲,因此文学的基本功能是教诲功能,审美活动是实现文学教诲功能的途径。①

同时,文学伦理学批评在批评实践过程中,强调客观公正地分析和研究历史上的文学和文学现象,而不主张用我们今天的伦理观念与道德标准去批评文学;文学伦理学批评方法不排斥其他批评方法,而是积极吸收、容纳与借鉴其他批评方法,补充和完善文学伦理学批评方法;文学伦理学批评有着积极的现实意义,即文学伦理学批评坚守文学的道德责任,坚守文学的伦理使命。此外,在批评实践过程中,文学伦理学批评倡导回到伦理现场,注重文学作品中的伦理环境;注重文本细读,抓住文本细节阐释伦理主题。正如陆建德所言:"对伦理问题敏感的人,必然对具体的细节感兴趣。文学的特点就具体细致,人物性格、伦理场景总是通过细节来呈现的。"②

上述重要观点是文学伦理学批评与西方伦理批评重要不同之处,同时中国学者所倡导的文学伦理学批评得益于众多中外学者的广泛参与。

> 由于众多学者的共同参与和讨论,尤其是聂珍钊一系列探讨文学伦理学批评理论和实际运用的论文的发表,文学伦理学批评逐渐在理论上自成体系,得到学界广泛关注,迅速在中国发展起来,对中国的文学批评理论建设起到了重要的推动作用。③

文学伦理学批评在中国从兴起到走向繁荣的过程中,一个重要的标志就是聂珍钊的专著《文学伦理学批评导论》的出版。该书体现了中国学者从理论探讨走向构建一种文学研究的新范式,一经出版便在国内外产生广泛影响,不仅中外学者纷纷撰文给予高度评价,而且出版之后迅速获得大量学者、研究生的学术引用。

刘建军的论文《文学伦理学批评:中国特色的学术话语构建》对《文学伦理学批评导论》给予了高度的评价:

> 该书作者聂珍钊教授,作为中国的文学伦理学批评的发起者、提倡者和领军人物,怀着强烈的历史和社会责任感以及解决现实问题的使命意识,以敏锐的学术眼光、扎实的学术功力和探索创新精神,开创了这一中国

---

① 参阅聂珍钊:《文学伦理学批评导论》,北京:北京大学出版社,2014年,第9页。
② 陆建德:《文学中的伦理:可贵的细节》,《文学评论》,2014年第2期,第20页。
③ 朱振武、朱晓亚:《中国文学伦理学批评的发生与垦拓》,《当代外国文学》,2013年第2期,第100页。

特色的学术话语领域并做出了较大的学术贡献。①

刘建军在文中指出,《文学伦理学批评导论》一书既是文学伦理学批评发展的"阅兵",也为文学伦理学批评建立了完整的理论体系,具有三个方面的特征:一是有当代问题意识和解决中国现实问题的针对性,认为文学伦理学批评主要针对当代中国社会现实中出现的种种道德问题和人文精神危机问题而提出,同时也针对我国文学理论界和文学批评界存在言必称西方而丧失话语权的现象而提出;二是表现出了清晰而自觉的中国学人立场,认为中国学者一段时间内缺乏对中国立场的认识和坚守,而文学伦理学批评以中国立场为出发点,立足中国传统文化,积极构建与国际对话;三是在学理上也体现了强烈的创新精神,认为文学伦理学批评提出了不同于西方伦理批评的原创理论体系和批评术语,构建了一套中国特色的文学批评模式。"在把握创作自由和社会责任的辩证关系的基础上,聂珍钊深入地探究了作家包括文学批评家的社会道德责任,提出了文学伦理学批评,在一定程度上推动了当代文学理论的发展。"②

杨金才在《中国文学伦理学批评学术成就之我见》中梳理了文学伦理学批评的学术概念及该理论发展历程,以及《文学伦理学批评导论》的出版对中国文学研究的重要贡献。其中,针对《文学伦理学批评导论》,杨金才指出:

> 《文学伦理学批评导论》对文学研究和文学伦理学批评有着重要贡献,尤其是该书附录了关键术语和概念的索引。文学伦理学批评在中国兴起不久,但以聚集效应的方式对领域的研究尝试至今不为多见。在先前出版的合集和论著基础上,聂珍钊的《文学伦理学批评导论》是第一次系统地研究文学伦理学批评的专著,该书既是一部学术著作,也是一部本科生或研究生研究文学的入门指南。③

同时,吴笛也在《追寻斯芬克斯因子的理想平衡——评聂珍钊〈文学伦理学批评导论〉》的论文中指出,该书首次对文学伦理学批评进行了全面系统的阐述,标志着我国文学伦理学批评研究的成熟。"入选国家哲学社会科学成果文库的新著《文学伦理学批评导论》,则为经典的价值发现提供了一条理想的也是不可忽略的途径,也为衡量经典的标准树立了一个重要的价值尺度,即文学作

---

① 刘建军:《文学伦理学批评:中国特色的学术话语构建》,《外国文学研究》,2014年第4期,第14页。
② 杨和平、熊元义:《文学伦理学批评与当代文学的道德批判》,《外国文学研究》,2015年第2期,第50页。
③ 杨金才:《中国文学伦理学批评学术成就之我见》,《外国文学研究》,2016年第5期,第40页。

品的伦理价值尺度。"① 此外,樊星、雷登辉在《文学伦理学批评的理论建构与批评实践——评聂珍钊教授〈文学伦理学批评导论〉》一文中指出,中国学者所倡导的"文学伦理学批评在世界文学呈现'伦理转向'时高举伦理和道德的旗帜,强调文学的教诲功能,不仅在理论建构上表现出惊人的建构能力和思辨能力,还在批评实践上力促融会创新,用批评实例生动地向我们展示了文学伦理学批评这一批评方法的可行性和有效性,已经得到理论界广泛认可,对批评方法创新、文学经典阐释和文学理论界的道德责任的培育都有极大的促进作用,而《文学伦理学批评导论》正是这一成果的集中呈现"②。另有张龙海、苏亚娟在《中国学术界的新活力——聂珍钊〈文学伦理学批评导论〉评析》的论文中指出:

> 作为文学伦理学批评的一部经典著作,《文学伦理学批评导论》提供了解决文学理论问题的新思路,解读文学经典作品的新视角。文学伦理学批评具有很强的兼容性,能很好地同美学、心理学、社会学等其他方法相融合,从而增加了自己的适用性。③

多位学者对文学伦理学批评给予高度评价,指出文学伦理学批评对当下文学批评有着重要的贡献。

文学伦理学批评在中国得以迅速发展,另一个重要原因在于文学伦理学批评拥有自己专门的批评术语,这是文学伦理学批评区别于西方伦理批评的一个重要特征。文学伦理学批评的核心术语主要有伦理环境、伦理身份、伦理选择、自然选择、伦理两难、伦理禁忌、伦理线、伦理结、伦理意识、斯芬克斯因子、人性因子、兽性因子、理性意志、自由选择、自由意志、非理性意志等,另有自然情感、道德情感、非理性、激情、人性、天性、脑文本、物质文本等。其中,在批评实践过程中,最为关键的、也是最为复杂的两个术语:伦理身份与伦理选择。文学伦理学批评之所以强调关注作品中人物的伦理身份,是因为伦理身份既是伦理选择的前提,也是伦理选择的结果。伦理身份是所有问题产生的伦理因素,"在众多文学文本里,伦理线、伦理结、伦理禁忌等都同伦理身份联系在一起……伦理身份是构成文学文本最基本的伦理因素……伦理身份的变化往往直接导致伦理

---

① 吴笛:《追寻斯芬克斯因子的理想平衡——评聂珍钊〈文学伦理学批评导论〉》,《外国文学研究》,2014年第4期,第20页。
② 樊星、雷登辉:《文学伦理学批评的理论建构与批评实践——评聂珍钊教授〈文学伦理学批评导论〉》,《外国文学研究》,2014年第3期,第172页。
③ 张龙海、苏亚娟:《中国学术界的新活力——聂珍钊〈文学伦理学批评导论〉评析》,《外国文学研究》,2015年第2期,第161页。

混乱"①。

根据文学伦理学批评,伦理身份的背后承载着人物的伦理责任与伦理义务,要分析伦理身份变化的根源,必然要涉及"斯芬克斯因子"(Sphinx Factor)。聂珍钊在《文学伦理学批评导论》中再次专章讨论"斯芬克斯因子与伦理选择"。根据文学伦理学批评,"斯芬克斯因子"由人性因子(human factor)与兽性因子(animal factor)组成,两种因子有机地组合在一起,从而使人成为有伦理意识的人,其中人性因子是占据主导的因子,兽性因子是被主导的因子,人性因子如果不能主导兽性因子,人可能会犯下错误。斯芬克斯因子的不同组合和变化,将导致文学作品中人物的不同行为特征和性格表现,同时形成不同的伦理冲突,表现出不同的道德教诲价值。"斯芬克斯之谜"告诉我们一个道理:"在人类文明发展进程中,人类面临的最大问题是什么?就是如何把人同兽区别开来以及在人与兽之间作出身份选择。"②斯芬克斯通过追问什么是"人"的问题表明人类经历自然选择并没有解决人类的伦理问题,也就是没有把人同兽区别开来。在斯芬克斯明白什么是人的"谜底"之后,她必须要经历伦理选择才能把自己同兽区别开来。因此,斯芬克斯跳崖的"这一举动恰恰证明了她最终做出了人的行为,即通过死亡证明了自己是一个有理性的人,用死亡的方式完成了她的伦理选择。"③换言之,"只有经过伦理的洗礼,人才能把自己同兽区别开来,认识到自己同兽的不同,建立起伦理观念,变成理性的人"④。因此,伦理身份与伦理选择是文学伦理学批评一个重要的批评术语,在研究路径与研究范式的呈现过程中有着不可或缺的作用。打一个比方,对伦理身份的研究相当于打开宝藏的一把钥匙,而探寻宝藏的过程就是分析伦理身份变化的过程,最终探寻作品人物的伦理选择即宝藏中的宝物。聂珍钊在接受美国学者查尔斯·罗斯(Charles Ross)采访时谈及伦理身份与伦理选择之间的关系:"伦理身份的自我确认是伦理选择的逻辑起点。我们按照伦理意义上的人所必需的条件进行选择而成为人。我们依据决定我们伦理身份的各种条件进行选择,并决定选择什么和如何选择。"⑤苏晖在《华裔美国文学中华人伦理身份与伦理选择的嬗

---

① 聂珍钊:《文学伦理学批评:基本理论与术语》,《外国文学研究》,2010年第1期,第21页。
② 聂珍钊:《文学伦理学批评导论》,北京:北京大学出版社,2014年,第32页。
③ 张连桥:《"斯芬克斯之死"——论〈动物园的故事〉中的身份危机与人际隔离》,《华中学术》,2015年第1期,第85页。
④ 刘建军:《文学伦理学批评:中国特色的学术话语构建》,《外国文学研究》,2014年第4期,第18页。
⑤ 查尔斯·罗斯:《文学伦理学批评的理论建构:聂珍钊访谈录》,杨革新译,《外语与外语教学》,2015年第4期,第78页。

变——以〈望岩〉和〈莫娜在希望之乡〉为例》中针对两个美国华裔作家笔下不同的人物面对不同的伦理立场选择了不同的身份展开研究,从而得出这样的结论:"伦理身份可以不由个人所处的血缘或文化背景所决定,它不是固定不变的,而是流动可变的,它能根据个人的伦理选择来确定。"①

2015 年,聂珍钊发表《文学伦理学批评:人性概念的阐释与考辨》一文,该论文是针对目前学界关于"人性"的误读所作。文章从文学伦理学批评角度理解人性,认为要理解人性,首先要理解何为"人"。人不仅要有人的外形,还要有人的属性,如前文所述,人是一种斯芬克斯因子的伦理存在,人是自然选择的结果。其次,要弄清楚人性的含义,还要区分天性的含义。天性(human naturality)是人的自然属性,具有与生俱来的、先天性的特点,因此天性并非人所独有,所有动物包括人类在内都具有天性。但人性(human nature)则是后天形成的,人性是指人的道德属性,一个人如果没有道德属性,则这个人没有人性。聂珍钊认为,人性概念具有三个特征:其一,人性是人独有的,其他动物不具备人性;其二,人性不是天生的,而是后天获得的。天性可以遗传,但人性不能遗传;其三,人性是在特定的伦理环境中形成的,是在道德教诲中完善的。因此,关于人性善恶的讨论其实是混淆了人和人性的概念,人有善恶之人,但人性的属性是道德的、是善的。"人性的完美有程度之分,但人性的性质无好坏之别。"②

在论证人性的概念过程中,聂珍钊以一些对人性"误读"的例子说明人和人性一字之差所带来的理解差异:如戴尔·卡耐基(Dale Carnegie)的作品《如何赢得友谊和影响他人》(*How to Win Friends and Influence People*)被翻译为《人性的弱点》,菲利普·罗斯(Philip Roth)的小说《人的污点》(*The Human Stain*)被翻译为《人性的污点》,威廉·毛姆(William Somerset Maugham)的《人的枷锁》(*Of Human Bondage*)被译成《人性的枷锁》等。通过聂珍钊的阐释,人性概念更加清楚明了。在批评实践过程中,区别人和人性的概念有助于更好地理解小说人物性格的形成及其伦理选择的过程。

此外,作为文学研究的批评范式,文学伦理学批评迅速在中国崛起还得益于文学伦理学批评的跨学科、跨文类研究实践。文学伦理学批评本身也是跨学科研究的产物,其与伦理学、叙事学、生态批评等学科之间,以及在影视、绘画、

---

① 苏晖:《华裔美国文学中华人伦理身份与伦理选择的嬗变——以〈望岩〉和〈莫娜在希望之乡〉为例》,《外国文学研究》,2016 年第 6 期,第 60 页。
② 聂珍钊:《文学伦理学批评:人性概念的阐释与考辨》,《外国文学研究》,2015 年第 6 期,第 17 页。

音乐、戏剧等艺术门类之间的交叉与融合,又促进了跨学科、跨文类研究与批评实践。经过过去十余年的发展,中外学者运用文学伦理学批评展开跨学科、跨文类研究取得了丰硕的成果,为国际学术研究提供了重要的学术资源。"'文学伦理学批评'具有学术的兼容性和开放性品格。这一品格是由其方法论的独特性所决定的,即它牢牢地把握了文学是人类伦理及道德情感的表达这一本质特征。"①一方面,文学伦理学批评研究不排除吸收其他理论要素,诸如女性主义、后殖民批评等理论;另一方面,文学伦理学批评在批评实践过程中往往并非局限于研究诗歌、小说、戏剧等纯文学或文字类作品,实际上,在影视、动漫、图片、广告、新闻等作品中,同样可以基于相关伦理命题的需要,运用该理论去挖掘、阐释其中的伦理问题,为社会的发展提供道德警示。"文学伦理学批评应该是一种开放式的,是与读者对话的。"②因此,文学伦理学批评正是以包容性、开放性和创新性等特点吸引了大批学者从事这一研究,他们在理论构建上不断丰富和发展,深化和拓展了文学伦理学批评在其他学科理论领域的运用,并解决了诸多学科理论自身不能解决的问题。

其中,文学伦理学批评与生态批评的结合最为典型。近年来生态批评在我国获得了较多关注。由于生态资源保护、生态文明建设等日益受到重视,文学伦理学批评与生态批评的结合取得了重要成果。然而,从文学伦理学批评来看,很多问题生态批评并未有效地解决,反而走向了人类中心主义或生态中心主义的死角。在王宁看来,文学伦理学批评的提出与当前全球范围内的生存环境和文化环境有关,因此,在"伦理转向"的语境下,生态环境伦理学的构建成为可能:"人与自然应该始终处于一种和谐的状态,因为人类本身就是自然的一部分,人类的发展在任何时候都不应当以牺牲自然和破坏自然为代价,而应该设法找出一条双方都可以接受的途径来达到人与自然的双赢。"③

同时,文学伦理学批评的跨文类研究也取得了丰硕的成果。正如王立新所指出的:"从这个意义上说,21世纪初在我国迅速发展起来的文学伦理学批评,正是在吸收了西方多种批评方法的理论资源,同时又借鉴了伦理学研究方法的基础上形成的一种具有文化诗学特征的新的文学批评方法。"④此外,中国学者在运用文学伦理学批评解读中外小说、西方古典主义诗歌等方面已显示出特殊

---

① 王松林:《作为方法论的文学伦理学批评》,《文艺报》,2006年7月18日,第3版。
② 张杰、刘增美:《文学伦理学批评的多元主义阐释》,《外国文学研究》,2007年第5期,第142页。
③ 王宁:《颠覆西方二元对立思维建构生态环境伦理学》,《理论学刊》,2009年第6期,第106页。
④ 王立新:《作为一种文化诗学的文学伦理学批评》,《外国文学研究》,2014年第4期,第30页。

的解释力,获得了不同于传统批评的研究结论,同时在英美现代主义诗歌的研究过程中也有着强大的阐释力,因为"英美现代主义诗歌中包含有大量的关注社会道德与伦理的内容,其中最突出的至少有两点:一是揭露和鞭笞现代社会道德沦丧和伦理失序,二是试图通过伦理重建而拯救现代世界"[①]。中国学者在文学伦理学批评的理论建构与批评实践过程中,从跨学科、跨文类研究视角对其进行了全方位解读与阐释,推动着这一理论在中国的发展与繁荣。

三、文学伦理学批评的国际合作与国际影响

国际文学伦理学批评研究会的成立并在其主导下定期召开一系列文学伦理学批评国际学术会议,包括研究会组织的各类中外学者访问活动,都为中国学术走向世界构建起了一整套对话机制。对话的目的是消除彼此之间的隔阂和文化交流上的障碍,中外学者通过有效对话,增进了解,促进交流。更重要的是,通过平等对话,中外学者实现彼此之间的尊重。中外文化和文学存在着诸多的差异性,文学形态与表达方式也有着千差万别。在日益全球化的今天,对话机制对于尊重各自文化与文学的多样性就显得非常重要。构建对话机制为实现国际合作提供保障。21世纪以来,随着中国在各个层面上国际影响力逐渐提升,中国学者的声音开始受到西方学界的关注,过去西方长期垄断国际学术界的局面有所改变。可以说,国际合作成为国际学术界的主流,是消除文化霸权主义的有效手段之一。面对新的国际合作环境,中国学者主动出击,积极参与,围绕着文学伦理学批评的理论建构与批评实践,与西方学者展开密切合作,卓有成效。其中,《外国文学研究》先后推出多个国际合作的专题研究,长期开设文学伦理学批评的专栏,刊发国内外学者研究文学伦理学批评的最新成果。实践证明,在诸多国际合作的举措中,专题研究是最有效果、影响最广的合作。近年来,国际文学伦理学批评研究会组织了一系列文学伦理学批评专题研究,并在多个国际知名期刊上陆续刊出,引起较大反响。

欧洲名刊《阿卡狄亚》(*Arcadia*)于2015年第1期重磅推出文学伦理学批评研究专题,刊发了中外学者围绕着文学伦理学批评研究的最新成果,其中有聂珍钊和尚必武合作撰写的《文学伦理学批评:东方与西方》一文,另有聂珍钊

---

① 董洪川,《文学伦理学批评与英美现代主义诗歌研究》,《外国文学研究》,2014年第4期,第36页。

独著的《走向文学伦理学批评》和尚必武独著的《成长的不能承受之轻：伊恩·麦克尤恩〈水泥花园〉中的伦理意识与伦理选择》；西方学者的研究成果有沃尔夫冈·米勒（Wolfgang G. Müller）的《从荷马的〈奥德赛〉到乔伊斯的〈尤利西斯〉：一种叙事伦理学的批评与实践》（From Homer's *Odyssey* to Joyce's *Ulysses*: Theory and Practice of an Ethical Narratology），另外有维拉·纽宁（Vera Nünning）的《〈虚构〉形式中的伦理：从文学认知学的观点来看换位思考与说服力》（The Ethics of (Fictional) Form: Persuasiveness and Perspective Taking from the Point of View of Cognitive Literary Studies）。中外四位学者从理论构建与批评实践对文学伦理学批评进行不同的阐释，引起读者的广泛关注。更重要的是，《阿卡狄亚》杂志编辑部为该组专题论文推出了长达三页的导论。在导论中，编者强调，杂志从未为某期论文撰写过导论，编辑部打破惯例为该期文学伦理学批评专刊撰写导论是因为该期专刊首次把中外学者汇聚到一起，作为对这一重要议题的重视和回应。其中的片段如下：

> 《阿卡狄亚》编辑部非常高兴也很荣幸能在本期刊登一组与聂珍钊教授倡导的文学伦理学批评理论相关的专栏文章。一般而言，我们不会为某期专刊撰写导论，但是本期专刊不仅主题重要，而且还把中西方的学者汇聚到一起，别具一格，因此我们打破惯例为本期专刊撰写一篇导论，作为对这一批评理论的思考和反应。我们既想突出这一批评理论的价值，也要指出从我们的观点看，为了增强说服力还可以怎样扩展这一批评理论。……文学研究的伦理视角是欧美学界备受推崇的传统之一，但聂珍钊教授在此传统上却另辟蹊径。他发现了西方形式主义批评、文化批评和政治批评中的"伦理缺位"，从而提出了自己的新方法，认为文学的基本功能是道德教诲。他认为文学批评家不应该对文学作品进行主观上的道德评判，而应该客观地展示文学作品的伦理内容，把文学作品看作伦理的表达。……尽管并不是所有的人都会同意聂珍钊教授和尚必武教授所主张的文学使命，但他们富有挑战性的观点毫无疑问将激起读者去进一步思考文学的这一基本问题。①

《阿卡狄亚》杂志破例为这一期专题研究撰写导言，可见该杂志对文学伦理学批评的重视。

---

① See "General Introduction," *Arcadia*: *International Journal of Literary Culture*, 50.1 (2015), pp. 1—3.

享有百年盛誉的英国《泰晤士报文学副刊》(The Times Literary Supplement)也于 2015 年推出中外学者合作研究的论文。《泰晤士报文学副刊》的《文体》(Style)杂志副主编威廉·贝克和尚必武合写的论文《硕果累累的合作:中国学术界的文学伦理学批评》详细介绍了中国学者倡导的文学伦理学批评。文章刊出后,同样引起广泛关注。文章针对聂珍钊提出的文学伦理学批评这一重要理论产生的原因、文学伦理学批评的基本伦理主张、文学伦理学批评的提出与中国学术研究转向传统文化相一致等问题,进行了深入的阐释,并就学术"中国梦"的内涵展开分析。文章指出:

> 习主席提出的"中国梦"在很大程度上是对工业化、商业化和享乐主义在文学领域引起的一系列问题做出的及时回应。这些问题中最为突出的表现就是伦理关怀和道德价值的缺失甚至是更为严重的背离。因此,习主席提出的"中国梦"可以看成是回归中国传统伦理价值观念的号召。在这种语境里,聂珍钊教授的文学伦理学批评可以看成是知识界对此号召做出的回应,这不仅仅是对一种政治号召做出的回应,也是对一个被工业化和商业化所主导的时代做出的回应。①

《泰晤士报文学副刊》作为欧洲传统文学副刊,对中国问题研究向来较少提及,但这一次重点推介中西学者所撰写的文学伦理学批评的论文,实属西方学界对文学伦理学批评认可的重要体现。

与此同时,美国著名期刊《比较文学与文化》(Comparative Literature and Culture)也于 2015 年底推出《21 世纪小说的文学伦理学批评专刊》(Special Issue: Fiction and Ethics in the Twenty-first Century),共计推出了 13 篇中外学者围绕着文学伦理学批评的术语运用及批评实践所撰写的论文。这些研究成果涉及文学伦理学批评的诸多术语,诸如伦理身份、伦理选择、伦理环境、伦理两难、斯芬克斯因子、理性意志、自由意志等,研究者围绕着伦理的核心从多个角度阐释文学作品中的主题。该刊所推出的 21 世纪小说的文学伦理学批评专刊论文,涉及中国、美国、英国、韩国等国家在 21 世纪推出的经典小说,15 位中外学者针对不同的文本,运用文学伦理学批评不同的批评术语,探讨作品中不同的伦理问题,如莫言小说中的伦理经验(Ethical Experience)、麦克锡小说中的伦理选择(Ethical Choice)、伍慧明和任碧莲小说中的伦理身份(Ethical

---

① William Baker and Biwu Shang, "Fruitful Collaborations: Ethical Literary Criticism in Chinese Academe," *Times Literary Supplement*, 2015.07.31, p. 14.

Identity)、罗门小说中的伦理困境与虚无主义(Ethical Dilemma and Nihilism)、严歌苓小说中的伦理话语与叙事策略(Ethical Discourse and Narrative Strategies)和伦理转换(Ethical Transformations)、麦克尤恩小说中的伦理两难与伦理顿悟(Ethical Dilemma and Ethical Epiphany)等。该期专刊所刊登的论文议题广泛且讨论深入,让西方读者全面了解了文学伦理学批评的理论体系及批评策略,推动了文学伦理学批评在西方的发展。

此外,中国台湾名刊《哲学与文化》于2015年第4期推出文学伦理学批评专刊,围绕文学伦理学批评展开研究,共计刊发了8篇论文和2篇书评。其中聂珍钊的论文《文学伦理学批评:新的文学批评选择》探讨了文学伦理学批评的核心观点。其余论文作者主要针对中国、马来西亚、英国等国家的文学批评现状,运用文学伦理学批评对作家作品进行具体分析,研究作家作品中的伦理价值。这期专刊论文重点突出中国和东南亚国家学者的合作研究,正如聂珍钊在导论中指出一样:这些论文"应用文学伦理学批评的基本术语,对文学文本重新解读,发掘其中蕴藏的伦理价值,寻找对我们现实社会的道德启示"①,一方面有助于中国与东南亚学者对文学伦理学批评的理解与运用,另一方面提升文学伦理学批评在国际上的影响力。

作为文学研究方法的文学伦理学批评在国际上得以迅速崛起,助推中国文学走向国际,主要得益于国际合作研究和国际会议的宣传。正如聂珍钊所指出的,国际会议和轨迹合作具有三重意义:

> 一是借助研究成果的国际发表深化中外学术交流与对话,推动中国学术"走出去"。二是改变人文学科自我独立式的研究方法,转而走中外学者合作研究的路径,为中国学术的国际合作研究积累经验,实现中国学术话语自主创新。三是借助国际学术期刊和国际会议的召开助推中国学术的海外传播,向海外展示中国学术魅力,增强中国学术的海外影响力。②

尽管文学伦理学批评在中国走过了十余个年头,但是终究属于起步阶段,相关理论建构不够完善,批评实践过程中也出现一些遗憾,体现在三个方面:其一,大量论著标题冠以"某某作品的文学伦理学批评""文学伦理学批评视野下的某某作品研究"等——这样的论文不是不好,而是让人产生一种误解,似乎这

---

① 聂珍钊:《导言:文学伦理学批评专题》,《哲学与文化》,2015年第4期,第4页。
② 黄晖、张连桥:《文学伦理学批评与国际学术话语的新建构——"第五届文学伦理学批评国际学术研讨会"综述》,《外国文学研究》,2015年第6期,第166页。

样的标题可以放之四海而皆准。因此,文学伦理学批评未来的发展尽量避免标签化倾向,当以具体作品中的具体命题为准绳,对相关伦理问题给予高度而准确的提炼。其二,目前所发表的包含文学伦理学批评的论著里,有不少论文表面上运用文学伦理学批评,实则上所讨论的话题集中于哲学、社会学、伦理学话题。虽然文学伦理学批评本身就是一种跨学科研究方法,但文学伦理学批评毕竟是研究文学作品的研究方法,过于淡化其研究边界无疑也会让人产生误解。伦理视角并非无所不能,当回到文学作品中来,具体问题具体分析,让文学伦理学批评解决文学的问题。其三,文学伦理学批评并非只能适用于研究外国文学作品,实际上,古今中外的作品中都涉及诸多伦理的问题。我国学者在运用文学伦理学批评的过程中,当更多地关注中国文学作品的伦理问题,为推动中国文学研究走向国际做出积极努力。

综上所述,文学伦理学批评方法以中国立场构建了一种新的理论体系和批评范式,为推动文学伦理学批评的国际化发展做出了重要的贡献。同样,文学伦理学批评的理论建构与批评实践旨在让充满中国元素、中国特色、中国实践的原创性理论体系引领国际学术的发展与走向,积极助推中国文学走出去,增强中国学术在国际上的话语权。

第十二个问题：

新时期相关学术团体的涌现如何加速了欧美文学中国化进程？

新时期，与欧美文学中国化相伴的是相关学术团体的涌现。从1979年"全国美国文学研究会""中国俄罗斯文学研究会""全国西班牙、葡萄牙、拉丁美洲文学研究会"以及"中国文艺理论学会"的前身"高等学校文艺理论研究会"建立，到1980年"中国外国文学学会"建立，1982年"全国法国文学研究会"建立，1983年"全国德语文学研究会"建立，1985年"中国比较文学学会""全国高校外国文学教学研究会"（"中国高等教育学会外国文学专业委员会"前身）建立，再到1989年"中国北欧文学学会""中国意大利文学学会"的建立，1994年"中国中外文艺理论学会"建立，1997年"全国英国文学学会"建立，2007年"中国外国文学学会英语文学研究分会"建立——新时期欧美文学领域自发成立的学术团体如雨后春笋般纷纷出现，这些团体的成立及其工作表现出新时期欧美文学中国化进程的一些重要特征。

一、新时期以来外国文学主要学术社团与学术活动

新时期外国文学领域主要出现了11个比较有影响的学术团体，以下简要介绍各学术团体的成立及活动情况，以管窥新时期欧美文学中国化的发展状况。

（一）中国外国文学学会

"中国外国文学学会"成立于1980年，隶属于中国社会科学院外国文学研究所，是国务院批准的国家一级学会，主管全国各地的"外国文学学会地方分会"以及英国、俄罗斯、法国、德国、西葡拉美、日本、印度、阿拉伯、意大利、北欧等不同国家、不同地区文学等分支学科的"外国文学学会分科学会"。自成立之

日起,冯至先生、季羡林先生、黄宝生教授和陈众议教授历任会长,会员包括国内外国文学研究领域的众多专家,在国内的外国文学界具有极大的影响力。自成立之日起(截至 2016 年年底),学会共举办十三届年会。

中国外国文学学会第一届年会于 1980 年 11 月 25 日在成都举行,会议主题为"研讨外国现当代文学"。参会代表共 178 人,列席代表 42 人。在开幕式上,学会会长冯至先生做了报告,题目为《继续解放思想,实事求是地开展外国文学工作——在中国外国文学学会第一届年会上的报告》。在报告中,冯至先生指出自 1978 年全国外国文学研究工作规划会议以来,国内外国文学研究、翻译、出版、教学等方面冲破了重重禁区,提高了信心,打开了局面,取得了很大成绩;提出面对外国文学必须采取实事求是的态度,指出下一步的工作重点是介绍外国文学的优秀作品,在外国文学研究中执行百家争鸣的方针,在马克思主义的旗帜下解放思想。① 副会长叶水夫先生作了《中国外国文学学会会务工作报告》。大会收到论文 60 余篇,包括北京大学李赋宁教授的《什么是比较文学》、广州外国语学院蔡文显教授的《关于编写英国文学史的问题和意见》、南开大学朱维之教授的《关于弥尔顿的三个问题》、南京大学余绍裔教授的《哲学、革命、文学——列宁论托尔斯泰》、山东大学陆凡教授的《索尔·贝娄小说中的妇女形象》等。会议期间,与会代表按照语种和工作性质,分别参加了苏联文学工作座谈会、英美文学工作座谈会。在闭幕式上,学会副会长吴富恒发表了《中国外国文学学会第一届年会闭幕词》,指出代表们在大会中继续解放思想,批判了"四人帮"在政治和文化上的"极左"思潮和行动,就该领域工作中方向性、方针性、政策性的问题交流了经验。②

会议讨论通过了中国外国文学学会第一届年会主席团、秘书长名单,计划筹备成立"法国文学研究会""莎士比亚研究会""比较文学研究会""东欧文学研究会"等分支学会,并决定创办《外国文学学会通讯》。③

中国外国文学学会第二届年会于 1984 年 10 月 16 日至 22 日在烟台召开,会议主题为"外国现当代文学",来自全国各高校、出版机构等从事外国文学工作的代表共 170 多人参加了会议。在开幕式上,学会副会长叶水夫致开幕词,

---

① 参阅冯至:《继续解放思想,实事求是地开展外国文学工作——在中国外国文学学会第一届年会上的报告》,《世界文学》,1981 年第 1 期,第 4—10 页。
② 参阅吴富恒:《中国外国文学学会第一届年会闭幕词》,《外国文学研究》,1981 年第 1 期,第 17—18 页。
③ 参阅刘玉麟:《中国外国文学学会第一届年会在成都召开》,《外语界》,1980 年第 2 期,第 1—2 页。

概述了近年来外国文学领域所取得的成绩,指出这次大会的指导思想是开创研究外国文学的新局面,使外国文学工作成为社会主义精神文明建设的组成部分,更好地为中国人民、为社会主义和两个文明建设服务。① 学会秘书长姚见受理事会委托,作了中国外国文学学会1983年至1984年的工作报告。会议期间,与会代表通过大会发言、小组讨论、阅读材料等形式交流了经验。吴富恒、杨周翰、李赋宁、周钰良、孙绳武、袁可嘉等学者向大会做了报告。②

中国外国文学学会第三届年会于1987年11月28日至12月3日在南京举行,来自全国外国文学研究、翻译、教学、出版等领域的150多位代表参加了会议。在开幕式上,冯至教授作了重要讲话。他回顾了外国文学研究逐渐走向深化、研究领域逐渐扩大、新学科得到发展等成绩,提出引进外国理论必须"正本清源"等迫切需要解决的问题。会议发言和讨论围绕三个主题展开:关于外国文学史的编写理论与方法;关于外国文学翻译、出版、教学和研究的改革途径;关于20世纪世界文学的发展特征。在外国文学史编写方面,大多数学者认为仍应坚持知识性、稳定性、科学性相统一的原则,但文学史也应注重文学性,还要有自己的个性与特点。在外国文学教学方面,大多数同志主张把文学教学与作品鉴赏结合起来,并尽量吸收文学批评的新成果。关于20世纪外国文学发展的特征,大多数同志认为现实主义与现代主义在不同的发展时期具有不同的内容;对现实主义和现代主义,应该从历史的进程中去了解。今天现实主义与现代主义正处于相互渗透、相互影响、相互交融的时期,对现代主义的各种流派要做具体分析,既不能全盘吸收,也不能简单粗暴地加以否定。

大会选出了中国外国文学会新理事会及其领导机构。冯至同志连任中国外国文学学会会长,季羡林、吴富恒、叶水夫、杨周翰、王佐良、张羽任副会长,黄宝生任秘书长。③

中国外国文学学会第四届年会于1991年10月14日至18日在扬州召开。此届会议以江泽民同志的"七一"讲话为指南,回顾、交流过去四年我国外国文学研究、翻译、出版、教学等方面的情况,进一步明确外国文学在社会主义精神文明建设中的任务。副会长叶水夫在开幕词中指出,外国文学工作必须坚持以马克思列宁主义、毛泽东思想为指导,坚持"二为"的方向,贯彻"洋为中用"的方

---

① 参阅叶水夫:《中国外国文学学会第二届年会开幕词》,《外国文学研究》,1985年第1期,第3—6页。
② 参阅文兵:《中国外国文学学会第二届年会在烟台举行》,《外国文学研究》,1984年第4期,第26页。
③ 参阅章正博:《中国外国文学学会第三届年会在南京召开》,《外国文学评论》,1988年1期,第103页。

针,更好地为我国的社会主义文艺和精神文明建设服务。他强调学会要在警惕和防止和平演变的前提下,扩大同外国的文化交流,博采众长,为我所用。中国社会科学院外国文学研究所所长吴元迈在开幕式上发言,就外国文学工作和建设有中国特色的社会主义文学、充分吸收世界优秀文化成果与反对西方资本主义文化渗透、充分吸收世界文化优秀成果和洋为中用的关系做了论述,指出我国外国文学工作者一定要用马克思主义对外国文学的思想内容和表现方法进行分析、鉴别和批判,要勇于和善于借鉴世界文学中一切有价值、有意义的东西,为发展和繁荣有中国特色的社会主义文学做出自己应有的贡献。在大会发言和分组讨论中,与会代表充分肯定了十几年来我国外国文学工作所取得的成绩,并对外国文学工作的现状及存在的问题进行了分析。如何正确对待外国文艺思潮、外国文学理论和西方现代文学作品等是着重讨论的问题。对于西方文论,有的同志概括为"片面的深刻性"和"深刻的片面性",即从局部看西方文论有片面的深刻性,从总体看则存在着严重的片面性。因此,代表们认为对于西方文论在宏观上要有批判意识,在微观上要紧扣文本,进行细致深入的分析。对于苏联文学和西方现代派文学,许多同志认为不能全盘肯定或否定,而要用辩证唯物主义和历史唯物主义这一科学的世界观和方法论去分析各种复杂的文学现象。不少同志认为,在继续深入评论20世纪文学的同时,要加强对外国古典文学的研究和评论。年会还就当前高校外国文学教学的现状以及外国文学翻译出版问题进行了讨论。[①]

中国外国文学学会第五届年会于1994年9月20日至23日在北京召开,主题为"面向二十一世纪的外国文学"。在开幕式上,副会长季羡林致开幕辞,简要回顾了东西方文化的发展进程,阐明了东西方在思维方式、人与自然关系等方面的差异,提出既要继承西方文化的优秀成果,又要重视东方文化研究,继承和发扬中华民族的优秀文化传统。学会副会长、中国社会科学院外国文学研究所所长吴元迈作了题为《面向21世纪的外国文学》的专题发言,指出以下六个方面需要注意的问题:1. 需要在跨世纪时期对西方文学进行思考,即对西方文学流派的历史演变、文学理论的嬗变及其相互关系、20世纪文学的共同艺术特点和规律等问题进行研究;2. 需要建立外国文学研究的中国学派;3. 需要大力加强外国文学评论工作;4. 需要认清"冷战"后世界文学的多元化格局,即对各国文学的历史、现状及其新倾向、新思潮具有全面深入的研究,特别要注意第

---

① 参阅直理:《中国外国文学学会第四届年会在扬州召开》,《外国文学评论》,1991年第4期,第45页。

三世界国家文学的变化和发展;5. 需要注意自然科学与社会科学的关系,即外国文学研究应综合利用自然科学、社会科学和人文科学的优势,拓展新的研究领域,注意发展交叉学科;6. 提出外国文学学会成立以来出现的一些问题,比如经费短缺等现象,因此需要重新定位,明确其任务。

会议决定自1995年起创办《中国外国文学学会通讯》,在外国文学研究所创办的《外国文学动态》上发表,报道中国外国文学学会及各语种学会和地方学会的相关信息,包括学术会议、学术著作出版情况,以及其他重要学术活动等。这次会议同时调整了学会的领导机构,由于冯至先生去世,大家一致推举季羡林先生任会长,吴富恒、叶水夫、王佐良、吴元迈任副会长,赵一凡任秘书长,此外还增补了一些学者担任理事。①

中国外国文学学会第六届年会于1999年10月27日至31日在上海召开。会议首先宣布了学会新一届领导机构和理事会名单。新一届学会会长、中国社会科学院外国文学研究所所长黄宝生致开幕词,指出本届年会的两个主题是回顾中国外国文学工作在过去五十年的发展状况和交流外国文学研究的现状。他回顾了五十年来中国外国文学工作走过的曲折道路、取得的辉煌成就以及应该汲取的经验教训;强调对于外国文学现状要加强跟踪研究,以保持外国文学研究的前沿性。复旦大学的陆谷孙教授在发言中提出文学与语言之间应改变原先那种老死不相往来的状况,多一些合作与交流;希望青年学者多读原著,多掌握第一手材料,打好基本功。中外文学理论学会会长吴元迈作了题为《回顾、思考、开拓、前进、迎接新世纪:新中国外国文学研究五十年》的报告,将我国五十年来的外国文学研究分成"新兴的十七年时期""'文化大革命'十年停滞时期"以及"新时期全面发展时期"三个阶段,并提倡建立"外国文学学"。②

大会讨论的议题主要包括以下五个方面:一是从宏观角度提出中国外国文学研究的设想,探讨全球化语境下外国文学的研究方向,以及文学、社会、文化关系和文化操守等问题;二是谈论国别文学研究现状和国别文学发展动向;三是就具体论题发表见解,如,河南大学文学院的梁工教授概述了圣经文学的发展状况,南昌大学中文系的黎皓智教授谈及当前我国对于俄国白银时代文学的研究中存在的偏颇,北京大学英语系申丹教授谈到叙事学文学研究的发展动

---

① 参阅学会秘书处:《中国外国文学学会第五届年会纪要》,《外国文学动态》,1995年第1期,第79—80页,以及钟志清:《中国外国文学学会第五届年会在北京召开》,《世界文学》,1994年第6期,第313—314页。
② 参阅成昊:《回顾辉煌成就 展望远大前程——中国外国文学学会第六届年会纪实》,《外国文学研究》,1999年第4期,第3—4页。

向;四是谈文学史与丛书编纂问题;五是谈外国文学分支学科学会和各省市外国文学学会的建设问题。①

中国外国文学学会第七届年会于 2002 年 11 月 4 日至 7 日在武汉召开,主题为"20 世纪外国文学反思"。本届年会由中国外国文学学会主办,华中师范大学文学院、外国语学院和《外国文学研究》杂志等单位承办。全国外国文学学会理事、各分会领导以及和外国文学研究相关的代表近 300 人参会。在开幕式上,中国外国文学学会会长、中国社科院外国文学研究所所长黄宝生致辞,指出 20 世纪的文学批评同 20 世纪的文学一样绚丽多彩,流派纷呈;面对多元并存的复杂状态,中国的文学批评应进入一个融会贯通和综合创新的时期,中国的外国文学工作者必须提高学术素质,力求在世界文坛发出中国学者的声音。开幕式后,《外国文学评论》主编盛宁、清华大学外语学院教授王宁、中国社科院外文所副所长陈众议、《外国文学研究》杂志主编聂珍钊分别做了大会主题发言。小组讨论主要围绕"文化交流与传播媒介""学科建设与教学研究""理论探讨与学术争鸣""作家研究与文本解读"等问题展开;此外,外国文学翻译研究也引起代表们的重视。

中国外国文学学会第八届年会于 2004 年 11 月 20 日至 22 日在长沙举行,会议由中国外国文学学会和中国社会科学院外国文学研究所主办,湖南师范大学外国语学院承办。来自全国从事外国文学研究、教学、翻译和出版工作的代表(包括部分学生)共 400 人参加了会议。在开幕式上,黄宝生会长致开幕词,简要回顾了我国近年来外国文学研究工作的现状,指出在世界政治、经济和文化交流逐渐增多的背景下,中国文化只有在吸收外国文化优秀成果的基础上才能不断发展;因此,外国文学研究者应通过回顾西方文学和东方文学在现代化进程中的历史经验,对中国现代文学做出科学的总结,为当代创作提供新的启示。大会发言主要涉及"西方理论思潮的新发展""90 年代以来叙事学理论发展现状""跨文化的文学理论研究""现代化与第三世界国家建设""翻译之美""世界文学学科及其与比较文学的关系""西方当代文论和文本阅读""外国文学研究的困惑""阿拉伯文学现状"等问题。此外,大会增补了蒋洪新等十位理事,选举产生了学会新一届领导机构和理事会。②

---

① 参阅会文:《中国外国文学学会第六届年会在上海召开》,《外国文学动态》,1999 年第 6 期,第 42—45 页。

② 参阅苏玲:《中国外国文学学会第八届年会在长沙举行》,《外国文学动态》,2004 年第 6 期,第 44—45 页。

中国外国文学学会第九届年会于2007年10月27日至29日在重庆召开。此次会议由四川外语学院承办,来自全国56所大学和科研机构的200余名学者参加了会议,提交论文140余篇。本届年会的议题为"走近经典",在提交的论文中,重新解读经典文本的篇目居多,所用的理论方法也呈现出百花齐放的状态,从解构主义、后殖民主义、女性主义等西方理论方法到中国的道家理论方法,甚至包括中外对比研究、跨学科研究、形象学研究等各种比较文学方法,其中既有叙事修辞等形式研究,也有对经典主题和内容的重新阐释,体现了外国文学研究的多元性和丰富性。

在大会发言和小组讨论中,参会代表分别从"经典重读""文学经典的时代性""文学经典与民族意识"以及"文学经典的传播与教学"等四个方面进行了讨论,在"何为经典""如何重读经典""文本经典化或去经典化过程""文学经典的传播与教学""文学经典研究个案"等方面达成了很多共识。盛宁研究员在发言中提出在当下这个开放、民主、多元的时代,我们更应该认真清点并亲近经典。汪介之教授认为经典是积淀了人类普遍经验并可以指导以后的文学生产的作品,是具有永恒价值和纯诗品格的文本。申丹教授提出了对经典短篇小说的"整体性细读"的方法,即借鉴各个学科的知识,认真梳理理论,不盲从西方观点,在尊重作品本身的基础上进行理论阐释,并且要突破对经典文本的刻板印象,对作品进行整体性细读。罗益民教授认为华兹华斯是一个升华经典、发展经典的关键人物,莎士比亚的十四行诗集在华氏长诗《序曲》的经典化过程中起了重要作用,因此华兹华斯体现了经典作品的前后承继关系。王守仁教授探讨了如何选择、确立、传播、流传经典的问题,并提出了一些非常有参考价值的判断标准。本次大会体现了外国文学研究领域的最新动态,深化了对经典的认识。

中国外国文学学会第十届年会于2009年6月19日至22日在杭州召开。此次会议由中国外国文学学会主办,浙江大学外国语言文化与国际交流学院承办,会议的中心议题为"外国文学研究60年"。

在开幕式上,中国外国文学学会会长、中国社会科学院外国文学研究所所长陈众议研究员致辞,回顾了60年来外国文学研究的发展历程。在大会发言中,殷企平教授结合19世纪英国转型时期的文化背景,解读了英国作家莫里斯的小说《来自乌有乡的消息》;华中师范大学聂珍钊教授以伦理禁忌为出发点,剖析了哈姆雷特的弑母意识与两难选择;中国社会科学院外国文学研究所陆建德研究员的发言回顾了60年来外国文学的译介和研究,提出了如何在研究中体现我们特殊的问题意识和社会关怀;浙江工商大学蒋承勇教授从当下的背景出发,反思了外国文学史教材编写中的人文传统;东北师范大学刘建军教授论述了文化发展中的三大冲突:人文理性和工具理性的冲突、角色与身份的冲突、个体价值与公共价值的冲突;北京语言大学宁一中教授作了题为《比彻家族与美国文化记忆》的发言,指出人才辈出的比彻家族在宗教、政治、文艺、妇女运动和教育等领域对美国文化的重要影响。在小组讨论中,代表们围绕60年来的英国文学、美国文学、法国文学、亚非文学、俄罗斯文学、理论研究、比较文学、翻译研究、文学史等议题展开讨论。在闭幕式中,北京大学申丹教授、清华大学王宁教授、浙江大学范捷平教授、中国社会科学院外国文学研究所吴岳添研究员、南京师范大学汪介之教授分别做了《叙事学研究的回顾与前瞻》《世界文学的形成及翻译的干预作用》《文化学转向中的中国学者主体意识》《法国文学六十年》《俄罗斯文学史构建的若干问题》的发言。此次年会恰逢中华人民共和国成立60周年,主题发言大多从回顾和展望两方面展开,各小组发言体现了较高的学术水平,既是一次学术的回溯与总结,也是学科建设的一个新起点。

中国外国文学学会第十一届年会于2011年9月21日至24日在宁波举办,主题为"新世纪外国文学:传承与发展"。会议由中国外国文学学会主办,宁波大学外语学院承办,来自全国各高校、研究机构、出版机构的100余名代表出席了会议,提交论文80多篇。

在开幕式中,学会会长陈众议研究员致辞,指出我们的民族传统正在遭受跨国资本的冲击,如何借鉴世界文明成果,创造性地守护和发扬全人类的美好传统,使中华民族在物质和精神的双重层面上获得提升,是中国全体知识分子面临的紧迫课题。

大会发言分别由浙江工商大学蒋承勇教授和上海外国语大学郑体武教授、中国社科院外文所吴晓都研究员和东北师范大学刘建军教授主持。北京大学申丹教授、浙江大学吴笛教授、中国社会科学院外国文学研究所叶隽研究员、四川外国语学院刘波教授、北京师范大学夏忠宪教授、河南大学梁工教授、华中师范大学邹建军教授、浙江大学殷企平教授、南京师范大学汪介之教授、北京第二外国语学院隋刚教授、北京师范大学张冰教授、《世界文学》主编余中先教授、中国社会科学院外国文学研究所吴晓都研究员、上海大学朱振武教授分别做了大会发言。申丹教授在发言中指出修辞性叙事研究必须将结构分析和文字分析相结合,将文本考察与语境考察相结合,将文内研究与互文研究相结合;吴笛教授对欧美诗歌中的海洋意象及其生态内涵进行了深入浅出的阐发;段汉武教授以《大海啊，大海》的语言风格为例，分析了文本的换喻极和隐喻极；叶隽研究员对我国德文学科领袖冯至先生为德文学科建设所作的贡献进行了客观的评价；刘波教授针对法国后现代主义的"知""情""意"给西方文化带来的冲击，指出走向"会通"之境是后现代主义带来的最大启示；夏忠宪教授对当代语境中的苏联文学研究进行了分析；梁工教授梳理了符号及符号学概念、符号学的思想传统、现代符号学的特征及其在圣经批评中的运用；邹建军教授阐述了西方文学史观念与当代中国的外国文学史编撰情况；殷企平教授阐释了外国文学教学艺术之路的三个境界；汪介之教授呼吁编写"科学院版"《外国文学史》，指出这种外国文学史在内容上应当涵盖世界主要地区的文学，在编写观念上应体现宏阔的文化视野和为人类语言艺术发展立传的意向；隋刚教授阐释了如何将英语文学经典视为可以攻玉的他山之石；张冰教授探讨了契诃夫的艺术革新；余中先教授对新世纪十年的法语文学进行了回顾；吴晓都研究员全面深入地审视了俄苏文艺思想；朱振武教授阐发了中国加拿大文学研究的现状，指出中国的加拿大文学研究具有重要的现实意义。在小组讨论中，代表围绕新世纪初的外国文学研究与翻译、高校外国文学教学现状与未来、外国文学与文化素质教育、外国文学学科史建设、外国文学语境中的中国文学、外国文论与批评模式的传承与发展、海洋文学与中外文化交流等多个话题展开了讨论。

中国外国文学学会第十二届年会于2013年5月8日至10日在南昌大学举行。本届年会由中国外国文学学会主办，南昌大学外语学院承办，来自全国各高校、研究机构和出版社的200余名代表出席了会议。

在开幕式中，中国外国文学学会副会长、华中师范大学聂珍钊教授致辞。聂珍钊教授首先谈到了当下外国文学研究中存在的学风问题，指出在看到我们的学术成果时，也要看到不足，比如学术研究中食洋不化、盲目模仿、生搬硬套等；其次，他强调了文学批评中中国学者的学术立场；最后，他指出中国的学术研究已经不能脱离国际学术环境而独立存在，中国学术研究的发展必然要走国际化道路。

在大会发言中，申丹教授提出了"叙事的双重动力"的议题；王宁教授对西方文论界关于"后理论时代"的概念和内涵提出了全新的阐释；郭宏安分析了法国作家夏多布里昂的《基督教真谛》，指出这部作品是西方浪漫主义文学批评理论的源泉；聂珍钊教授从文学伦理学批评的视角出发，质疑了"文学是意识形态"的观点；陶水平教授探讨了后马克思主义文化政治学的内涵及其对我国文论研究的启迪意义；余中先编审、侯玮红研究员、贺元秀教授、刘略昌副教授分别就 21 世纪以来的法国文学、俄罗斯文学、中亚五国文学、新西兰文学的发展趋势及其在我国的接受作了全方位的宏观描述；湖南师范大学曹波副教授、山东财经大学刘增美教授、中国矿业大学李永彩教授分别介绍了爱尔兰文学、美国华裔文学、非洲文学的历史、现状及其在中国的译介与接受情况。①

中国外国文学学会第十三届年会于 2015 年 5 月 30 日至 31 日在成都举行，主题为"外国文学与国家认同"。会议由中国外国文学学会主办，四川大学外国语学院、当代俄罗斯研究中心承办，来自全国 60 余家高等院校和科研机构的 150 余位学者参加了年会，提交论文 120 余篇。

在主题发言中，北京大学申丹教授详细探讨了叙事的"隐性进程"这一长期以来被忽视的叙事运动；四川大学赵毅衡教授结合符号学、现象学等学科的研究成果，深入探讨了意义的定义、意义问题的地位等问题；华中师范大学聂珍钊教授论述了文学伦理学批评的要旨；北京外国语大学张建华教授提出了对俄罗斯文学特有的"世纪末焦虑"及其作家身份认同危机的思考；浙江大学吴笛教授从文学翻译的角度探讨了新时期、新形势下文学翻译的使命问题；南京大学江宁康教授结合对西方启蒙文学经典作品的分析，明确了西方启蒙文学在西方各国主权和文化身份的建构与认同方面做出的巨大贡献；四川大学王安教授总结了评论界针对《微暗的火》的隐含作者所形成的四种主要观点。小组讨论中，代表们围绕外国作家作品流派与国家认同、外国文学与文学教育、外国文学翻译之研究、外国文学出版态势研讨、外国文学与中国当代文学、中国文化语境与外国文学、纪念肖洛霍夫 110 周年诞辰、外国文学研究与中华文化的海外传播八个分议题进行了讨论。②

（二）中国比较文学学会

中国比较文学学会是由中国社会科学院外国文学研究所、文学研究所和北京大学、北京师范大学、厦门大学、福建师范大学、深圳大学等三十四个单位联合发起，于 1985 年 10 月 29 日在深圳成立的。该学会是经国务院批准的国家一级学会、全国文科最大的学会，办公地点在北京大学中文系比较文学与比较

---

① 参阅张娜：《中国外国文学学会第十二届年会在南昌大学召开》，《外国文学评论》，2013 年第 3 期，第 234—235 页，以及《中国外国文学学会第十二届年会在南昌大学举行》，《外国文学动态》，第 2013 年第 3 期，第 59 页。

② 参阅邱鑫：《外国文学学科对国家认同的探索——中国外国文学学会第十三届年会纪要》，《外国文学评论》，2015 年第 3 期，第 232—234 页，以及任立侠：《中国外国文学学会第十三届年会综述》，《外国文学动态》，2015 年 4 月，第 8—10 页。

文化研究所。目前,学会已经成为领导和协调中国比较文学研究工作、促进国内外比较文学的教学与研究、加强中国比较文学与国际的学术交流、推动中国比较文学事业发展的重要平台。

中国比较文学学会成立大会暨首届年会于1985年10月29日至11月2日在深圳大学隆重举行。国内外学者150多人出席了会议,包括国际比较文学学会会长佛克玛以及国际比较文学学会前秘书长、法国巴黎大学教授雪弗列,美国比较文学学会代表麦纳尔、美国比较文学学会前会长艾德礼教授和美国学者詹明信、叶维廉等在内的国际知名人士。国际比较文学学会会长佛克玛和北京大学季羡林教授在成立大会上致词。在大会发言中,北京大学杨周翰教授传达了国际比较文学学会第十一届年会的内容,并指出我国比较文学今后要大力提倡中国与东方各国文学的比较研究;巴黎大学雪弗列教授的《比较文学与接受美学》引起代表们的很大兴趣。小组讨论按专题进行,分为比较诗学组、东方比较文学组、文学运动的传播与作品比较研究组、比较神话组、总体文学与科际整合组、比较文学方法论组等。大会选举了以杨周翰为首的31位理事会成员,通过了《中国比较文学学会章程》。[①]

理事会选举北京大学季羡林教授为名誉会长,杨周翰教授为会长,并聘请巴金、范存忠、方重、林焕平、钱锺书、施蛰存、王瑶、伍蠡甫、郑朝宗、朱维之十名知名学者为顾问。[②]

中国比较文学学会第二届年会暨学术讨论会于1987年8月25日至29日在西安召开。来自全国各地近170名代表参加了会议,应邀参会的还有来自荷兰、美国、德国、捷克斯洛伐克、日本等国家和中国香港地区的代表13人,包括国际比较文学学会会长佛克玛教授。会议的议题包括:对于本学科现状的反思;对于比较文学的定义、理论和方法的探讨;影响研究和作家、作品的平行比较等。关于比较文学学科现状的反思,谢天振在报告《中国比较文学:危机与转机》中提出西方谈论比较文学危机的问题由来已久,但中国比较文学目前并未处于这种状态,它所遭遇的主要是方法危机而非本体危机。吴小美的发言《比较文学的开放性与中国现代文学研究的开放》系统回顾了1978年至1986年中国现代文学研究中使用比较文学方法所取得的可观成就,并提出在这一领域应加强平行研究、阐发研究和翻译研究。比较文学理论中的其他一些具体问题也受到关注。关于比较文学不同学派的问题,本次会议最重要的收获当推对"接

---

① 参阅斯民:《中国比较文学学会在深圳成立》,《社会科学》,1985年第12期,第71页。
② 参阅:《中国比较文学学会成立》,《国外文学》,1986年第1期,第268页。

受理论"的探讨。会议中比例最大的是平行研究方面的论文,影响研究方面论文虽少,但有些质量很高,比如温儒敏的《三十年代现实主义思潮所受外来影响及其流变》阐明了外国影响与三十年代中国现代文学中现实主义流变的复杂关系。在会上,佛克玛教授宣读了论文《文学理论中的程式概念与经验研究》。①

中国比较文学学会第三届年会暨国际学术研讨会于1990年7月24日至30日在贵阳召开。出席会议的国内外代表共200余人,提交论文170余篇。贾植芳、乐黛云、饶芃子、陈惇、廖鸿钧、赵毅衡、芳贺澈、郑汉模、朱立民、刘纪蕙、李炳汉、洪萨等专家到会并发言。与会代表围绕"世界文学格局中的中国文学""第三世界电影和意识形态批评""文学与宗教、神话""文类、传统、民族性""幻想的力量""文学与戏剧""文学与接受""文学与理论""文学与翻译""人类面临的共同文化问题""如何进一步开展跨学科研究"等问题进行了讨论。大会还专设英文讨论小组,就中国当代文学中是否有后现代主义、中国先锋派是否受到西方的影响等问题进行了讨论。大会选举出新一届会长、副会长和常务理事。乐黛云教授当选为会长,饶芃子、陈惇、廖鸿钧、孙景尧四位教授当选为副会长。②

中国比较文学学会第四届年会暨国际学术讨论会于1993年7月14日至17日在张家界召开,大会主题为"文化与文学",来自美国、法国、英国、荷兰、日本、韩国和中国的150多位学者出席了会议,国际比较文学学会荣誉主席佛克玛教授、国际比较文学学会副主席芳贺彻教授、国际比较文学学会理事周英雄教授以及中国社会科学院的钱中文研究员等8位知名学者进行了大会主题发言。在小组讨论中,代表们分别围绕七个不同的专题进行了讨论,论题包括中外文学中的形象学,中国文学与外来文化的关系及其影响,少数民族文学与文化比较,中西诗学对话,文学与其他文化表现形式,跨文化视野中的翻译研究,世界文化语境中的中国电影。此外,会议还组织了三次座谈会,主题分别为:青年学者信息交流会、符号学——世界与中国、比较文学教学及研究生培养。

会议期间对学会理事会进行了改选。季羡林、贾植芳、叶水夫、王佐良4位学者当选荣誉会长,北京大学比较文学所所长乐黛云继续当选新一届会长,兼任学会秘书长。钱中文、陈惇、饶芃子、孙景尧、廖鸿钧任副会长。此外,学会从

---

① 参阅肖明:《中国比较文学学会第二届年会暨学术讨论会综述》,《文学评论》,1987年第6期,第163—165页。
② 参阅傅莹:《中国比较文学学会召开年会暨国际学术讨论会》,《暨南学报》(哲学社会科学),1991年1月,第135—136页。

青年学者的发展需要考虑,在本届年会上成立了青年学术委员会,由蒋述卓担任主任委员。①

中国比较文学学会第五届年会暨国际学术研讨会于1996年8月1日至4日在长春召开,会议的主题为"文学与文化对话的'距离'"。这次年会由东北师范大学承办,来自国内各高校、科研机构以及来自日本、韩国、意大利、美国、澳大利亚等国的学者180余人参加了会议。大会围绕四个中心议题展开:1. 比较文学的学科理论、现状和前景;2. 中外文学与文化;3. 中西诗学对话;4. 人类学与文学。

乐黛云教授做了题为《比较文学的国际性和民族性》的大会主题发言,提出国际性和民族性是相辅相成的,在后殖民时期既要反对欧洲中心论和文化殖民主义,同时也要避免极端的民族主义情绪。在小组讨论中,北京大学比较文学所的陈跃红和王宇根从阐释学的角度出发,提出我们不能再重复古人的考据和注疏之法,去复活传统诗学的"原义",传统诗学需要我们凭借新的阅读视野加以重新阐释。对于文化人类学与比较文学携手共进这一问题的探究,以淮阴师专的萧兵和海南大学的叶舒宪为代表的人类学与文学讨论组是一支劲旅。此外,代表们还集中探讨了国学、人类学、比较文学的关系,以及东北亚文学、海外华文文学、形象学、翻译研究等问题。②

中国比较文学学会第六届年会暨国际学术研讨会于1999年8月15日至18日在成都举行。这次会议由中国比较文学学会、四川省比较文学学会和四川大学联合主办,西南师范大学、西南交通大学、西南财经大学、四川省社会科学院等单位协办。来自全国各高校、科研院所和世界各国的比较文学学者共230人参加了会议,其中国外代表43人。除大会主题发言外,会议按议题分为10个小组和5个圆桌会议。分组会议议题包括"面对新世纪与人文精神""亚太文化与文学""大众传媒与比较文学""文化层面上的翻译""比较文学的学科建设与发展""文学人类学比较研究""文学中的异国形象""诗学话语与中国学派""异质文化中的华文文学""具体的文学文本比较";圆桌会议包括"钱锺书先生学术思想讨论""杨周翰先生学术思想讨论""青年论坛:中西诗学对话""中西

---

① 参阅陈跃红:《中国比较文学第四届年会暨国际学术讨论会侧记》,《文艺研究》,1993年第6期,第147—149页,以及湘文:《中国比较文学第四届年会在湖南张家界召开》,《中国比较文学》,1994年第1期,第233—234页。

② 参阅王柏华:《中国比较文学学会第五届年会暨国际学术讨论会综述》,《文艺研究》,1996年第6期,第147—148页,以及东向:《面向世界与未来的文学研究——中国比较文学学会第五届年会暨国际学术讨论会综述》,《中国比较文学》,1997年第1期,第139—142页。

美学中的比较文学""比较文学(文化与出版)"。

　　本次会议最引人注目的话题之一是:面对新世纪比较文学应以人文关怀作为自己的深层背景。乐黛云教授做了题为《二十一世纪与新人文精神》的发言;钱中文教授提出"新理性精神";曹顺庆教授则从文学批评的汉语性角度切入了人文关怀的问题;佛克玛和雪弗列也从生存性危机出发,呼吁在比较文学中灌注一种公平、公正的精神。①

　　中国比较文学学会第七届年会暨国际学术研讨会于2002年8月15日至18日在南京举行。本届年会由中国比较文学学会、江苏省社科联和江苏省比较文学学会联合主办,南京大学中文系、外语学院和南京师范大学文学院、外语学院联合承办,300余名中外学者参加,提交论文260余篇。作为新世纪、新千年中国比较文学学会的第一次盛会,该年会以"新世纪之初:跨文化语境中的比较文学"为主题。乐黛云教授作了题为《21世纪中国比较文学的发展前景》的大会发言,对于比较文学学科的理论建设及未来发展趋势做了阐述。作为比较文学研究一个重要分支的译介学成为学者们探讨的重要话题;随着移民文学、侨民文学与流亡文学日益成为世界性的重要文化现象,这些现象引起代表的关注;北京大学孟华教授主持的"形象学:游记与异国形象的构建"专题研讨在代表中引发共鸣;生态文学批评、性别研究作为中国比较文学研究的重要组成部分,也是讨论的议题之一;叶舒宪教授、萧兵教授等学者就文化人类学研究发表了见解,杨正润教授、严锋教授等学者在文类比较研究方面提出了各自的观点。小组讨论的议题包括"跨文化对话:文化的冲突与融合""世界文学语境中的20世纪中国文学""中国学者视界中的世界文学""文学翻译与文化阐释""中外文学——文化的相互影响与平行观照""文明、文化与文学的理性沉思""海外华文文学、华裔文学与域外汉学研究""比较文学与世界文学学科理论""形象学专题""女性主义与女性文学研究"等。此外,会议期间还举行了"作为互动文化的美学话语实践""生态文学:比较文学的新范式""《外国作家与中国文化》丛书专题研讨""青年论坛""叶维廉学术思想与成就专题研讨"等圆桌会议。②

　　中国比较文学学会第八届年会暨国际学术研讨会于2005年8月13日在

---

　　① 参阅邓时忠、蒋荣昌:《跨文化研究的世纪盛会——中国比较文学学会第六届年会暨国际学术讨论会综述》,《中国比较文学》,1999年第4期,第150—153页,以及李思屈、肖薇、刘荣:《迈向新世界的比较文学——中国比较文学学会第六届年会暨国际学术研讨会综述》,《文学评论》,1999年第6期,第155—157页。
　　② 参阅杨莉馨:《新世纪之初:跨文化语境中的比较文学——中国比较文学学会第七届年会暨国际学术研讨会综述》,《中国比较文学》,2002年第4期,第146—152页。

深圳大学举行,会议主题为"比较文学与当代人文精神——中国比较文学20周年的回顾与反思",来自海内外的300多位学者参加了会议,包括国际比较文学协会前主席杜威·佛克玛、美国著名文学理论家希利斯·米勒、印度语言与文学协会主席哈利施·特利维第,以及包括中国比较文学学会会长乐黛云在内的众多中国比较文学的研究学者。在开幕式上,乐黛云教授作了题为《比较文学发展的第三阶段》的演讲,认为在当今欧美比较文学渐趋萎缩之际,中国比较文学却始终保持着旺盛的发展势头,其原因首先与中国比较文学本身的特点有关。美国加利福尼亚大学的希利斯·米勒、印度学者哈利施·特利维第、四川大学文学与新闻学院院长曹顺庆教授等人相继作了题为《论比较文学中理论的地位》《在全球化与本土化中重新审视比较文学》《全球化语境下的跨文明诗学对话》等演讲。在小组讨论阶段,大会分八个专题分组讨论:"新人文精神和现代背景下的诗学对话""从教育与传承的角度看比较文学的教学及其发展""大都市·空间·大众文化""文学人类学的东西对话与重构""流散文学及海外华人文学""翻译的文学与文学的翻译""跨文化文学关系研究新视野""近代以来中日西文化互动研究"。此外,年会还组织了以"学术生长点:新世纪比较文学学科的位置与功能"为议题的青年论坛,举行了"跨文明比较文学研究""全球化语境与当代文化""性别与文化""中印文学与文化关系""消费文化与美学""比较文学分支学科与发展战略"等圆桌会议。①

中国比较文学学会第九届年会暨国际学术讨论会于2008年10月12日至14日在北京举行,主题为"多元文化互动中的文学对话",会议由北京语言大学比较文学研究所承办,北京大学、清华大学和中国人民大学协办。来自国内以及法国、美国、英国、韩国、印度、日本、新加坡、墨西哥、匈牙利等国家的350多位学者出席了会议,其中14位学者做了大会发言,258位学者在18个分组和圆桌会议上宣读了论文。

北京大学乐黛云教授的发言从"多元文化互动中的文学对话"这一主题出发,围绕当代中国比较文学发展中亟待解决的问题进行了深入的阐发;美国人文科学院院士、哈佛大学杜维明教授做了题为《多元文化与文明对话》的大会发言;上海师范大学孙景尧教授代表学会学术委员会做了题为《回顾与反思:中国比较文学三十年》的大会发言,以一系列数字表明中国比较文学在过去30年中所取得的辉煌成绩;长江学者曹顺庆教授总结了比较文学中国学派在过去30

---

① 参阅陈美寿、曹芳凝:《"比较文学"时隔20年重回诞生地》,《深圳商报》,2005年8月14日A07版。

年中所经历的奠基阶段(1978—1988)、基本理论及方法体系的建构阶段(1989—1998)和继续向前推进的发展阶段(1999年至今)。①

中国比较文学学会第十届年会暨国际学术研讨会于2011年8月9日至11日在复旦大学和上海师范大学举行。本届年会由中国比较文学学会主办,复旦大学、上海师范大学与上海市比较文学研究会承办,上海外国语大学、上海交通大学、上海大学、华东师范大学与清华大学协办,来自国内外的400多名比较文学学者参加了会议。

本次会议主题为"当代比较文学与方法论建构"。围绕这一主题,大会设定18个工作议题和圆桌会议议题,具体包括:1.回归文学性:作为文学研究的比较文学;2.中外比较诗学;3.中外文学关系;4.比较文学与翻译研究;5.世界文学经典的跨文化诠释;6.流散文学与海外华人文学;7.比较文学视野下的海外中国学;8.文学与宗教;9.文学人类学;10.中国比较文学学科理论及教学研究;11.东亚文学关系研究;12.中华多民族文学关系研究;13.新媒体与文学书写;14.城市:观念、历史与文学再现;15.文学期刊的作用与现状;16.古典学与比较文学;17.青年学者论坛;18.研究生自由论坛。②

中国比较文学学会第十一届年会暨国际学术研讨会于2014年9月18日至21日在延边大学举行,主题为"比较文学与中国:百年回顾与展望"。大会由中国比较文学学会主办,延边大学与吉林省比较文学学会共同承办。

中国比较文学学会会长、中国人民大学杨慧林教授在开幕式上做了报告,将三年来开展的工作和取得的成绩概括为四个方面:一是比较文学学术机构和学术队伍不断壮大;二是比较文学学术活动更加凸显国际化的学术对话优势;三是比较文学研究领域和学科辐射进一步拓展;四是比较文学学术出版亮点频出。在主题发言环节,延边大学金柄珉教授作了《东亚文学跨文化研究刍议》的报告,高利克教授作了《我的中西比较文学研究三十年》的英语报告,副会长上海外国语大学谢天振教授做了《文化外译与翻译理念的更新》的报告。③

"中国比较文学学会"成立后,还出现了一些分支机构,包括各省的"比较文学学会"以及20世纪末成立的"中国比较文学学会中美比较文化研究会"和"中

---

① 参阅谷野平、央泉:《多元文化互动中的文学对话——中国比较文学学会第九届年会暨国际学术研讨会综述》,《中国比较文学》,2009年第1期,第143—148页。

② 参阅张静:《回归文学性:当代比较文学与方法论建构——"第10届中国比较文学年会暨国际学术研讨会"综述》,《中国比较文学》,2011年第4期,第150—154页。

③ 参阅徐东日:《中国比较文学学会第11届年会暨国际学术研讨会综述》,《东疆学刊》,2014年第4期,第202—208页。

国比较文学学会翻译研究会"。截至2016年年底,"中国比较文学学会中美比较文化研究会"已经举办了十届年会,"中国比较文学学会翻译研究会"已经举办十二届年会。

(三) 中国高等教育学会外国文学专业委员会

1985年6月17日,由北京大学、中国人民大学、北京师范大学、首都师范大学、南开大学、复旦大学、华东师范大学、上海师范大学、南京大学、南京师范大学10所大学发起,全国各地200多位学者汇聚南京,正式宣告全国高校外国文学教学研究会成立,由北京大学杨周翰教授担任会长。学会成立时原名全国高校外国文学教学研究会,1995年加入中国高等教育学会,改名为"中国高等教育学会外国文学专业委员会",但始终遵循学会建立时的宗旨,团结广大外国文学教师,围绕外国文学研究和教学中的重大问题,展开学术活动。

杨正润先生曾回顾学会的发展历程:学会1985年南京成立大会的学术讨论题是"外国文学研究中的新发展",预示了学会的学术追求:与时俱进、创新求实,始终站在学术的前沿。当方法论引起普遍关注的时候,1986年在成都教育学院举办了"外国文学新观念、新方法"讨论会;当文化问题成为学术研究的新热点的时候,1987年委托复旦大学在青岛举办了"外国文学与文化"讨论会;当20世纪行将结束的时候,1993年在广西师范大学出举行了"世纪末的反思"讨论会;当国内外学术界提出重写文学史的口号时,1995年在北京大学举办了"文学史重构与名著重读"讨论会;在严重的拜金主义大潮汹涌而至,人们呼唤人文精神的时候,1997年在厦门大学举行了"外国文学与人文精神"讨论会;1999年,全世界在纪念歌德、巴尔扎克、普希金、海明威等文学大师的时候,在中国人民大学举行了"与巨人对话"的讨论会;新世纪开始,人们在思考着世界往何处去,我们也思考着文学往何处去,2001年在南京大学举办了"回顾与展望:世纪之交的外国文学"讨论会,2005年在广州大学举办了"外国文学回眸与展望"讨论会;当9·11事件以后文化多元化的问题引起世界关注,2004年在浙江工业大学举办了"多元文化与外国文学"讨论会。学术创新是学会始终不渝的追求,近年的一些讨论会,比如2007年南开大学举办的"知识谱系与创新"讨论会,2010年在四川大学举办的"领悟与阐释"讨论会,2011年在河南师范大学召开的"回归文本与重温经典"讨论会,2012年在内蒙古大学召开的"热点问题"、2013年在北方民族大学召开的"新拓展"、2014年在黑龙江大学举办的"范式转变与接受"讨论会,都指向外国文学研究中的前沿问题,体现了学会的学术追求。

　　2015年8月17日,由东北师大文学院、外国语学院主办的中国高等教育学会外国文学专业委员会成立30周年纪念大会在东北师大举行。中国高等教育学会办公室主任沙玉梅、东北师大副校长冯江等嘉宾到会祝贺,来自全国各高校的160余名专家、学者参加了会议。

　　刘建军在致辞中首先回顾和总结了学会的优秀传统和优良的学风及会风。他指出,学会成立30周年来,始终以党和国家社会主义精神文明建设和社会主义核心价值观建设为中心开展工作,形成了重视学术民主、鼓励学术创新的良好风气,重视青年一代的培养和成长,坚持教学研究与学术研究并重。他代表学会向各个时期为本学会发展做出奉献的高校以及学者表示衷心的感谢。接着,刘建军提出并阐述了新形势下,中国高校外国文学教学和研究如何创新发展的问题。他指出,学会自1985年在南京大学成立以来,在杨周翰、季羡林、杨正润等历届会长的领导下,在许汝址先生、贺祥麟先生、黄晋凯先生、李明滨先生、刘意青先生等众多前辈学者的全力支持下,在全国高校不同时期历代学者们的热情参与下,走过了辉煌的30年的发展历程,形成了学会的一些优良传统。

　　第一,学会始终围绕党和国家社会主义精神文明建设和社会主义核心价值观的建设的这个中心开展工作。从学会每次会议的主题和连续出版的会议论文集中就可以看出,学会的发展历程,就是在高校教学和科研领域不断进行外国文学中国化的历程,就是不断呼应和自觉遵从党和国家的中心任务、不断自觉回应社会文化建设需要的历程。在今天的中国,外国文学的引进、教学和研究,说到底是为了中国的现代化建设服务的,是为了解决中国社会现代化进程中出现的问题服务的。例如,学会在成立之初,积极引进外国的优秀文学遗产,并以马克思主义为指导,回答了很多当时急需回答的问题,从而使我国高校的外国文学研究和教学始终在正确的道路上前进,既为改革开放提供了新的思想文化资源,也克服了一些全盘西化等弊端。在改革深入发展、社会主义文化事业不断前进的时候,高校外国文学学者们越来越自觉地形成了坚持为中国社会发展服务的意识,为建设以马克思主义为指导的中国特色的高等院校外国文学学科体系、教材体系和教学体系做出了巨大的贡献。可以说,学会能够取得一些成就,是和学会的鲜明宗旨分不开的,也是和历届学会领导班子坚定地把握学会正确的发展方向分不开的。这个优良传统保证了我们的学会始终按照正确的方向前进。

第二,学会形成了重视学术民主、鼓励学术创新的良好风气。从学会创建之日起,老一代学者,如杨周翰、季羡林、张月超、赵沨、朱维之、许汝址、贺祥麟、王智量、翁义钦、赖干坚等,就坚决主张在学会内部实行学术民主,鼓励学术创新。黄晋凯、李明滨、杨正润、刘意青等学会的主要领导人也从制度建设上、具体措施上不断鼓励这一优良传统的发扬。他们多次强调,学会的事情要民主决策,对学会发展中遇到的一些重大问题,必须要经过理事会和常务理事会民主协商;学会一直主张,学术上的事情要包容,要坚持百花齐放、百家争鸣的方针。同样,学会坚持认为,要保护每个学会会员的积极性和创新意识,学术上的问题要靠争论解决而不是哪个权威的裁决。在会员资格上,实行全体会员一律平等的原则。正是这种坚持,使得学会既有民主性又有创新性,从而形成了学会长盛不衰的局面。

第三,重视青年学者的培养和成长,也是学会的优良传统之一。学会能否长盛不衰,关键在青年。学会自建立起来的第一天起,就非常重视青年学者的培养。学会所举办的历次大会的主题发言,总是本着老中青相结合的原则,既有老先生的睿智学思,又有中年学者的精彩论述,也有青年学者的新锐思考。尤其是从近几届年会中,学会还单独设计了青年学术演讲专场,目的是使青年学人尽快成长起来。不仅如此,从学会领导机构来看,也是不断实行能进能出的原则,不断将后起的优秀学者吸纳进来。例如,现在这届学会的主要领导,都是在前辈学者们的提携下成长起来的。学会要把这一传统继续发挥下去。

第四,坚持教学研究与学术研究的并重。作为高校的外国文学群众性的学术组织,学会自建立以来,一直实行学术研究与教学研究并重的策略。每次学术会议,既有外国文学重大理论问题和最新进展的报告,又有新的教学改革和教学方法的研讨。这些做法有力地推动了全国高校外国文学的学科建设和教材建设,推动了外国文学研究和教学水平的提高。举例来说,现在出版的高校外国文学教材,绝大多数是学会会员主编的。学会的会员们还承担了很多国家和教育部的重大项目,出版了很多优秀的获奖著作,成绩是有目共睹的。尤其值得提出的是,学会每次全体大会结束后都会出版论文集。例如,1986年第一次会议就出版了第一本论文集,到2013年的宁夏会议为止出版的论文集已达到16本。这些会议的论文集,既给高校外国文学教师提供了很多新信息、新思路,同样也是学会成员在教学和科学研究中不断探索、不断发展创新的记录。

(四) 全国英国文学学会

全国英国文学学会成立大会于1997年9月19日至22日在保定市召开,

学会成立的宗旨是更加广泛地团结全国从事英国文学教学、研究、翻译的同志,加强学术上的交流和探讨,促进我国英国文学的教学和研究工作;同时加强自主性,探索有中国特色的英国文学教学和研究道路,为我国的英国文学研究走向世界做出贡献。

成立大会暨首届研讨会由河北大学承办,来自全国43个单位的120名代表参加了会议。全国英国文学学会筹委会秘书长、北京外国语大学英语系主任郭栖庆教授,北京大学著名学者李赋宁教授,中国社会科学院外国文学研究所副所长赵一凡博士,全国英国文学学会筹委会主任、北京外国语大学副校长何其莘教授分别在开幕式上致辞,提出全国英国文学学会的成立为众望所归。

首届研讨会的主题为"文本与语境"。在大会发言中,中国社会科学院外国文学研究所陆建德博士阐释了"英国文学教学中的社会关怀",提出要培养学生对语言的敏感性,使其通过文学接触社会和人生;北京大学韩加明博士论述了语境所具有的不同层次、不同语境的作用以及语境的局限性;北京外国语大学张中载教授和张在新博士分别以《一部反文化的小说——$Lucky\ Jim$》和《笛福小说 $Roxana$ 对性别代码的解域》为题宣读了自己的论文。此外,南京大学张冲教授、杭州大学殷企平教授以及河南大学吴雪莉女士(Shirley Wood)也先后在会上宣读了自己的论文。

大会通过《全国英国文学学会章程》,由李赋宁先生和戴镏龄先生任名誉会长,何其莘教授任会长,北京大学胡家峦教授、北京外国语大学张中载教授、中国社会科学院外国文学研究所黄梅博士任副会长,郭栖庆教授为秘书长,韩加明博士、北京外国语大学侯毅凌副教授和陆建德博士为副秘书长。①

全国英国文学学会第二届年会暨学术研讨会于1999年5月21日至5月25日在厦门大学举行,会议由全国英国文学学会主办,厦门大学外文系、厦门大学外国语言文学研究所和福建省外文学会联合承办。该年会暨学术研讨会的主题是"20世纪英国文学的回顾",来自全国各地40所高校、科研及出版单位的89名代表出席了会议。开幕式由厦门大学杨仁敬教授主持,学会会长何其莘教授致开幕词。

北京外国语大学张中载教授做了《从后现代主义小说〈法国中尉的女人〉看作者与人物对话以及对话所体现的民主平等精神》《"荒野上的狐狸"——艾略特论劳伦斯》的大会主题发言,厦门大学詹树魁副教授做了《〈海浪〉:人生瞬间

---

① 参阅姚红:《全国英国文学学会成立大会暨首届学术研讨会召开》,《外国文学评论》,1998年第1期,第139页。

印象构成的文本》的发言。①

全国英国文学学会第三届年会暨学术研讨会于2001年10月18日至22日在湖南湘潭师范学院举行,会议主题为"英国文学:教学与研究五十年",来自全国80余所高校、科研、出版单位的160余位代表出席了会议。

在大会发言中,北京大学英语系丁宏为教授题为《华兹华斯与葛德汶:一场大病》的发言审视了华兹华斯与英国无政府主义思想家威廉·葛德汶的唯理性哲学的纠缠,探讨了葛德汶思想如何促使华兹华斯抛弃激进理念而去倾听他在《丁登寺》一诗中提到的所谓"人性悲曲"。中国社会科学院外文所赵一凡研究员的《反观英美批评传统》从当时的社会历史状况出发,对英美批评传统的源头进行探索,认为英美现代批评肇始于马修·阿诺德。武汉大学外语学院张伯香教授的《非理性主义哲学与伍尔夫〈达洛卫夫人〉》借用西方的非理性哲学的观点解读《达洛卫夫人》,探讨本真的自我问题。大连外国语学院汪榕培教授在《多媒体英国文学教学的模式》的发言中演示了利用多媒体进行英国文学课程课堂教学的过程,提出了进行英国文学教学的新模式。

大会选举产生了新一届领导机构和理事会,仍由李赋宁先生任名誉会长,何其莘教授任会长,胡家峦、张中载教授及黄梅研究员任副会长,郭栖庆教授任秘书长,陆建德研究员、侯毅凌和程朝翔教授任副秘书长。②

英国文学学会第四届年会暨学术研讨会于2003年10月9日至12日在武汉理工大学外国语学院隆重召开,来自全国68所高校、科研和出版单位的160余位代表出席了本次会议。本届年会由英国文学学会主办,武汉理工大学外国语学院承办。

中国社会科学院赵一凡研究员在题为"后现代史话"的大会主题发言中阐释了学术界颇为关注的现代主义及后现代主义问题。北京邮电大学的王文宏在论文《从结构主义到后结构主义》中指出结构主义和后结构主义的差异。西南师范大学的罗益民教授剖析了华兹华斯作为自然神论者的基督教徒的心路历程,厦门大学的杨仁敬教授从现实社会背井离乡进入城市生活的打工妹切入话题,对理查逊的《帕梅拉》的女主人公帕梅拉进行了较全面的分析。在小组讨

---

① 参阅《全国英国文学学会第二届年会暨学术研讨会在厦门大学召开》,《外国文学》,1999年第3期,第65页,以及刘雪岚:《全国英国文学学会第二届年会暨学术研讨会综述》,《外国文学评论》,1999年第3期,第138—139页。

② 参阅彭石玉、曾艳钰:《全国英国文学学会第三届年会暨学术研讨会学术纪要》,《外国文学研究》,2001年第4期,第141—142页。

论中,代表们分别围绕"英国文学教学与研究中文本与文论的结合""爱尔兰文学的地位和影响(含作家作品研究)""英国女性作家及她们的作品的特点和影响"和"20世纪英国戏剧和诗歌"四个方面展开讨论。

本次研讨会有"三多",即中青年多、女性学者多、学术成果多;另一特色是代表们的发言呈现出多样化的特点;研究理论多元化及流派纷呈是本次研讨会又一显著特征。①

全国英国文学学会第五届年会于2004年11月19日至23日在福建师范大学举行,会议主题为"英国文学——历史与现实"。

全国英国文学学会第六届年会于2006年7月16日至7月20日在东北师范大学举行,会议由英国文学学会主办,东北师范大学外国语学院承办,来自全国60所高校、科研院所、出版单位的124位代表参加了会议。在大会发言阶段,中国社会科学院外国文学研究所赵一凡研究员做了题为《西方文化与变通之法》的发言;东北师范大学李增教授做了题为《英国维多利亚小说中人物阶级属性界定问题研究》的发言;山东大学王丽丽教授做了《灵魂的影子——论多莉丝·赖辛小说中的双人物》的发言;北京外国语大学的杨柳教授做了《西方解构主义翻译论在中国的接受效果》的发言。

全国英国文学学会第七届年会暨学术研讨会于2009年5月7日至10日在河南大学举行,主题为"中国视野下的英国文学"。

英国文学学会第八届年会于2011年5月11日至13日在西南大学召开,主题为"二十世纪中国的英国文学回顾与反思"。会议由全国英国文学学会主办,西南大学外国语学院、西南大学莎士比亚研究所、重庆市莎士比亚研究会承办,商务印书馆、《英语世界》杂志社、河南人民出版社、上海外语教育出版社共同协办。

在大会主题发言中,杨金才教授对目前中国的生态批评进行了审视,认为应该把握文学的本体性特征,不应盲从流行的批评方法。罗益民教授探索了我国艺术家、著名话剧导演林兆华先生推陈出新的莎剧《理查三世》的艺术特色,通过把模仿说传统和反映论结合起来,以艺术中的陌生化技术来理解和认识莎士比亚。陶家俊教授以毛翔青的作品《酸甜》为例,对华裔族群的儒"家"认同谱系这一话题进行了别开生面的探讨。董洪川教授以《"瞬时性"美学与英美诗歌

---

① 参阅毛颢、许之所:《当前英国文学的研究态势——英国文学学会第四届年会暨学术研讨会综述》,《武汉理工大学学报》(社会科学版),2004年第3期,第383—385页。

的现代性诉求》为题,讲解了他对英美意象诗歌的洞见①。

全国英国文学学会第九届年会暨学术研讨会于2013年10月8日至10日在长沙召开,会议由湖南师范大学外国语学院承办,湖南师范大学出版社、上海外语教育出版社、高等教育出版社、北京大学出版社、湖南文艺出版社、南开大学出版社协办。来自全国110余所高校、科研、出版单位的210余位代表出席了会议。

大会开幕式上,中国外国文学学会副会长聂珍钊致辞,肯定了文学的教育价值和功能,谈到自己对文学批评的理解,对文学批评的方法和社会责任作了详细介绍。全国英国文学学会会长蒋洪新教授作了学会工作汇报,他从国内英国文学研究者获得的国家社科基金、教育部人文社会科学研究项目、已发表和出版的论文著作,以及举办的有关英国文学研讨会等方面,介绍了我国英国文学研究过去两年取得的成绩,鼓励学者潜心研究,为促进我国外国文学研究的繁荣发展做出自己的贡献。常耀信、董洪川、高继海、杨仁敬等做了大会发言。②

全国英国文学学会第十届年会暨学术研讨会于2015年10月16至18日在山东济南隆重举行,会议由中国外国文学学会英国文学研究分会主办,山东大学外国语学院承办。来自全国各地的近400位学者参加了会议。

大会发言中,学会会长、湖南师范大学蒋洪新教授做了《大学的意义与经典阅读》的主题报告,将英国文学经典的阅读上升到大学办学宗旨的层面,并精炼地分析了"英语专业国家标准"指导下的"必读书目"对我国英国文学教学的积极影响。杭州师范大学殷企平教授做了题为《华兹华斯笔下的深度共同体》的报告,提出华兹华斯笔下的共同体与威廉斯提出的"情感结构"有相同之处,是一种深度共同体。北京大学程朝翔教授将莎翁戏剧与具体历史语境中的解读联系起来,就"中国新文化身份塑造中的莎士比亚"进行了细致的阐释。清华大学曹莉教授的发言题目为《文学与民族认同——从英国文学在剑桥的兴起说起》,梳理了剑桥大学英国文学研究的三个阶段,揭示文学与民族认同之间的内在逻辑,对当下的中国具有重要的借鉴作用。山东大学申富英教授做了题为《〈尤利西斯〉动物意象研究》的报告,深入探讨了《尤利西斯》中动物意象的呈现机制及其所体现的乔伊斯的艺术追求。北京大学韩加明教授则将《汤姆·琼

---

① 参阅罗益民:《20世纪中国的英国文学:回顾与反思——全国英国文学学会第八届年会暨学术研讨会会议纪要》,《当代外国文学》,2011年第3期,第173—174页。

② 参阅李升炜:《全国英国文学学会第九届年会暨学术研讨会在长沙召开》,《当代外国动态》,2014年第1期,第8页。

斯》置于传统文化语境之中进行文本细读,将其中作者充分肯定或是基本肯定的正面形象视为"智仁勇"的化身。①

(五) 全国美国文学研究会

全国美国文学研究会是由国内美国文学研究、教学、翻译、出版领域的学者组成的全国性学术团体,是我国成立最早的研究国别文学的学术团体。研究会成立于1979年7月,秘书处先后设在山东大学美国文学研究所和南京大学欧美文学研究所。学会的成立筹备肇始于1978年1月,当时在济南举办的美国文学研究工作座谈会上,来自全国各地的专家学者就聚集各高校、研究所和出版社的力量开展美国文学研究达成共识,并确定了美国文学研究的十一个方面和重点作家,分工到一些高校和研究所进行专题研究,建议翻译出版《第22条军规》等作品。此外,决定出版美国文学研究资料《美国文学丛刊》,刊登高质量的学术论文,不定期发行《全国美国文学研究会通讯》(CASAL Newsletter),通报美国文学研究会工作的进展,加强信息交流和学术合作。

全国美国文学研究会成立大会于1979年8月22日至9月1日在烟台举行。参会代表70余人,提交论文20余篇。在开幕式上,山东大学美国教授戴蒙德和江天骥教授做了主题发言。在代表提交的论文中,论海明威的有3篇,论辛格的有4篇,论美国戏剧的有3篇,还有关于欧美现代文学、存在主义与美国小说、美国当代文艺批评问题、西方现代文学等方面的论文。大会选举产生了第一届理事会,会长由吴富恒教授担任,副会长由陈嘉、杨周翰、杨岂深教授担任,陆凡兼任秘书长;大会还研究通过了《美国文学研究会章程》。②

全国美国文学研究会第一届年会于1981年4月19日至28日在上海举行,参会代表共120余人。这次年会回顾了两年来美国文学研究、教学及翻译出版方面的显著成绩和存在的问题,明确了今后工作的重点和方向。

在开幕式上,研究会会长、山东大学校长吴富恒教授做了会务工作报告,上海市委书记夏征农、上海社联副主席罗竹风致辞,上海译制片厂副厂长陈续一介绍了美国电影的发展及影响,《读书》杂志主编冯亦代做了访美报告,在京工作的四位美国专家格里德、弗雷基等分别做了有关马克·吐温和美国文学概况的学术报告。

---

① 参阅任海燕、曹波:《中国外国文学学会英国文学研究分会第十届年会暨学术研讨会综述》,《当代外国文学》,2016年第2期,第172—173页。

② 参阅《全国美国文学研究会成立》,《读书》,1979年第7期,第11页。

年会的主要议题是研究美国文学的指导思想问题。许多代表认为美国文学研究应适合我国国情,要在发扬我国悠久文学传统的基础上,吸收美国文学的精华作为创造我国社会主义文学的借鉴;认为应运用辩证唯物主义和历史唯物主义的观点对美国文学进行研究,分清精华与糟粕,以利于社会主义文化事业的发展。代表们指出:一方面,美国文学历史短、移民多、文学传统不稳定,又是最发达的资本主义国家的文学;另一方面,它没有历史的负担,因此能够突破欧洲文学的束缚,产生了如惠特曼、马克·吐温、杰克·伦敦这样的优秀作家。在这种情况下,更要求我们掌握马列主义的观点、立场和方法,进行科学的分析研究,避免简单化和教条主义。与会代表还讨论了介绍和研究外国文学、电影、电视的社会效果问题,一致决定要编选一套有利于青少年健康成长、培养他们高尚情操的美国文学名著丛书。①

全国美国文学研究会第二届年会于1985年4月22日至26日在南京举行,来自全国各高校、科研院所、出版单位的120多位代表参加了会议,包括吴富恒、陈嘉、杨周翰、杨岂深、周珏良、巫宁坤、戴镏龄、黄嘉德、林疑今、汤永宽、赵萝蕤等美国文学研究专家。美国驻上海总领事馆李柏思博士以及在北京大学、南京大学、上海外国语学院讲学的美国专家也参加了会议。②

第三届年会及第四届年会的具体情况不详。

全国美国文学研究会于1991年5月在济南举行了第一届理事会第六次(扩大)会议,会长吴富恒作了工作汇报。经协商,与会代表一致同意将全国美国文学研究会的隶属单位改为南京大学外国文学研究所。经选举产生第二届理事会,由吴富恒任会长,刘海平任常务副会长,汤永宽、施咸荣、董衡巽、陶洁、龙文佩、常耀信、王守义、王誉公为副会长,王守仁任秘书长③。

全国美国文学研究会第五届年会于1991年7月3日至6日在天津南开大学举行。来自全国各地的80余名学者参加了会议。王守义、盛宁、王守仁、汪义群、王家湘、孙学军等学者做了大会发言。代表围绕战后美国文学,特别是20世纪60年代以后的美国文学、文论、黑人文学、华裔文学及美国文学教学等

---

① 参阅《全国美国文学研究会在沪举行第一届年会》,《外国文学研究》,1981年第2期,第133页。
② 参阅苏文:《全国美国文学研究会在南京举行第二届年会》,《中国翻译》,1985年第8期,第44—45页。
③ 参阅梅文:《全国美国文学研究会举行换届选举 美国文学研究会挂靠在南京大学外国文学研究所》,《当代外国文学》,1991年第4期,第172页。

议题进行了大会发言和分组讨论。①

全国美国文学研究会第六届年会于1992年10月24日至26日在湖北大学举行,全国各地54位代表参加了会议,提交论文44篇,内容涉及三个方面:作家作品研究、文论和综合研究、美国文学教学。作家作品研究主要论及惠特曼和福克纳;文论及综合研究主要从话语和权力的理论入手,介绍了"少数话语"(Minority Discourse)这一新概念;美国文学教学探讨主要研究如何提高美国文学的教学质量。此外,讨论还涉及黑人文学、移民文学、妇女文学以及20世纪美国文坛现状及其走向等问题。②

全国美国文学研究会第七届年会于1994年5月16日至18日在成都的四川联合大学举行,会议主题为"少数话语",出席会议的中外学者共88人。

中国社会科学院外国文学研究所王逢振教授和美国富布莱特学者霍姆斯做了大会发言。王逢振概述了"少数话语"理论及其研究方法,认为"少数"不仅仅指数量,也指地位,"少数话语"是"少数文化"。霍姆斯介绍了20世纪80年代美国少数族裔作家的创作主题,分析了这一时期美国黑人、华裔、拉美裔作家与前辈作家的差别,指出他们作品的特征是文化反思和心理复杂性。作为小组代表在大会发言的有邹溱(《〈紫颜色〉中的颜色与主题》)、吴冰(《亚裔美国文学》)、钱满素(《觉醒之后美国妇女向何处去?》)和徐崇亮(《辛西娅·奥兹克的乐园之梦》)。参会代表提交的论文涉及美国黑人文学、亚裔文学、犹太文学、妇女文学、"少数话语"等方面。不少代表认为"少数话语"是美国文学批评界流行的一个术语,是处于边缘地位的"少数"向处于中心地位的"多数"发出的挑战声音,有其特定的历史背景。③

全国美国文学研究会第八届年会于1996年9月16日至17日在江西庐山举行,主题为"二十世纪的美国文学",来自全国41个高等院校、研究所、新闻出版单位的近百位代表参加了会议。在大会发言中,北京外国语大学王家湘教授全面系统地介绍了美国印第安文学的历史、发展和现状,并分析了它在主题、风格、叙事方式等方面的特征;北京大学陶洁教授提出我国学者应把文艺批评理论与作品研究结合起来;中国社会科学院外国文学研究所赵一凡研究员以《美

---

① 参阅南新:《全国美国文学研究会第五届年会在天津举行》,《外国文学研究》,1991年第3期,第2页。
② 参阅戈异:《全国美国文学研究会举行第六届年会》,《外国文学研究》,1992年第4期,第47页。
③ 参阅王守仁:《全国美国文学研究会第七届年会举行》,《当代外国文学》,1994年第3期,第138页。

国的忧郁》为题,对美国民族的文化心态及其发展变革进行了描述。①

全国美国文学研究会第九届年会于1998年10月10日至11日在西安外国语学院举行,会议主题为"现代主义及其反动",来自全国44个高等院校、研究所和新闻出版单位的100多名代表参加了会议,对美国现代主义文学的产生、发展及其内涵进行了讨论。大会发言中,中国社会科学院外国文学研究所陆建德教授对会议主题"现代主义"和"反动"的内涵做了较为全面的阐述;中国社会科学院外国文学研究所盛宁教授做了题为《现代主义、意识流与实用主义》的发言;上海外国语大学虞建华教授做了《现代主义与激进主义的对峙与姻联》的发言;南京大学王守仁教授做了《现代主义的空间性》的发言;北京外国语大学吴冰教授做了《舍伍德·安德森的短篇小说对现代主义的重大贡献》的发言。②

全国美国文学研究会第十届年会暨学术研讨会于2000年10月19日至21日在洛阳举行,会议主题为,"20世纪美国文学回顾"。会议由全国美国文学研究会主办,解放军外国语学院承办,来自全国近50所高校、科研院所及出版单位的86位代表出席了会议。

在开幕式上,全国美国文学研究会常务副会长、南京大学刘海平教授致辞。在大会发言及小组讨论中,中国社会科学院外国文学研究所赵一丹研究员的《结构主义回顾》、北京外国语大学吴冰教授的《20世纪兴起的亚裔美国文学》、南京大学朱刚教授的《从"批评理论研讨班"看美国当代批评理论的现状》、解放军外国语学院姚乃强教授的《定义的困难和归类的困惑——谈文化批评与当代美国作家的归类》、北京外国语大学郭栖庆教授的《哈金和他的获奖小说〈等待〉》、上海外国语大学虞建华教授的《艺术困境的艺术再现——冯尼戈特封笔作〈时震〉评述》、南昌大学徐崇亮教授的《一个敢于向传统观念挑战的犹太女作家》、北京外国语大学博士生石平萍的《双性同体与女性主义文学批评》受到好评。

年会选举产生了全国美国文学研究会第四届理事会和常务理事会,推举吴富恒、董衡巽为研究会名誉会长,选举刘海平为会长,陶洁、钱青、赵一凡、盛宁、郭继德、王守仁为副会长,朱刚为秘书长。③

---

① 参阅荣辉:《全国美国文学研究会第八届年会综述》,《外国文学研究》,1996年第4期,第119页。
② 参阅杨金才:《第九届全国美国文学年会在西安召开》,《当代外国文学》,1999年第1期,第175—176页。
③ 参阅郭栖庆:《全国美国文学研究会第十届年会暨学术研讨会在洛阳举行》,《外国文学》,2001年第2期,第80页。

第十二个问题：新时期相关学术团体的涌现如何加速了欧美文学中国化进程？ | 233

全国美国文学研究会第十一届年会暨第二届专题研讨会于 2002 年 1 月 2 日至 5 日在哈尔滨师范大学召开，会议主题为"美国文学和美国文学史"，来自全国 20 多所院校、研究所和出版社的学者参加了会议。在大会发言中，南京大学张冲教授的《文学、历史、文学史——美国文学史叙述思考及其意义》、南京大学朱刚教授的《美国文学史和我们》、厦门大学杨仁敬教授的《论撰写美国文学史的原则和方法》、哈尔滨师范大学姜涛教授的《关于美国文学课程建设的几点思考》引起与会专家学者深入而广泛的讨论。①

全国美国文学研究会第十二届年会于 2004 年 10 月 14 日至 17 日在山东大学举行，年会主题为"当代美国文学"，特别是"世纪之交的美国文学"。来自全国各地近 200 位代表参加了会议。在开幕式上，全国美国文学研究会会长刘海平教授致辞，厦门大学杨仁敬教授代表研究会全体成员作了题为《纪念全国美国文学研究会成立 25 周年》的发言。②

全国美国文学研究会第十三届年会暨学术研讨会于 2006 年 11 月 2 日至 5 日在重庆举行，主题为"跨文化语境中的美国文学研究"。会议由全国美国文学研究会主办，西南大学外国语学院承办，来自全国 120 多个教学、科研机构以及新闻出版单位的 200 多位专家学者参加了会议。会议发言讨论的分议题包括"跨文化语境下的当代美国文论""美国现当代文学的跨文化解读""美国经典作家的跨文化解读""美国多元文化语境中的少数族裔文学""跨文化语境中的美国女性文学""少数族裔文化与美国文学""中国文化与美国现当代诗歌与戏剧""美国文学中的别国文化""跨文化语境中的美国文学教学"等。在会议中，学者对美国文学的研究在广度和深度上都已达到相当高的程度，研究方法多样，视角独特，成果丰硕。不足之处在于：对美国文学中诗歌与戏剧的研究、中美文学的比较研究、美国文学教学的探讨等关注不够，有些研究缺乏力度和原创性。③

全国美国文学研究会第十四届年会暨学术研讨会于 2008 年 10 月 11 日至 12 日在西安召开，主题为"美国文学中的历史反思与重构"。会议由全国美国文学研究会主办，陕西师范大学外国语学院承办，来自国内外 160 余所高等院校、科研机构和新闻出版单位的近 300 名代表出席了年会，探索了在历史视角

---

① 参阅王华民：《全国美国文学研究会在哈尔滨召开"美国文学专题"学术研讨会》，《外国文学》，2002 年第 3 期，第 14 页。
② 参阅马燕：《美国文学研究会第十二届年会在济南举行》，《外国文学动态》，2004 年第 6 期，第 11 页。
③ 参阅申劲松：《全国美国文学研究会第十三届年会综述》，《当代外国文学》，2007 年第 1 期，第 168—170 页。

的观照下进行美国文学研究的新思路和新方法。

在大会发言中,中国社会科学院外国文学研究所盛宁研究员做了题为《历史、历史性与历史叙事》的发言;赵一凡研究员做了《詹姆逊对美国文学批评的反思》的主题发言;陆建德教授以《过去与现在》为题,分析了冯尼古特的代表作《五号屠场》;南京大学杨金才教授做了题为《斯坦贝克小说中伤残与怪诞书写的意义》的主题发言;北京大学陶洁教授的发言肯定了本次会议上提出的结合历史、潜入文本,而不是给作品贴上理论标签的做法。除大会发言和小组讨论外,本次会议还安排了研究生专场,前来参会的 62 名硕士、博士研究生被分为三组,宣读了论文,进行了讨论。

在 20 世纪西方文论中,文学作品的历史内涵、历史反思和历史再现或被形式主义、新批评以及结构主义忽视,或被新历史主义和后结构主义放逐,成了隐形的或飘忽不定的存在。究竟如何看待历史和文学作品中的历史再现,这成了后理论时代一个亟待反思的问题。因此,本届年会的召开对于国内美国文学研究具有重要意义。①

全国美国文学研究会第十五届年会暨学术研讨会于 2010 年 5 月 21 日至 23 日在天津举行,主题为"美国文学与美国文学研究:历史、现状与未来"。会议由全国美国文学研究会主办,南开大学外国语学院承办,来自全国 117 所高等院校、研究所、出版社的 350 名代表参加了会议。在大会发言中,中国社会科学院外国文学研究所陆建德研究员的发言《二元对立思维及其克服——论我国早期翻译小说的贡献》对早期翻译小说,尤其是林纾翻译小说对当时中国文化的贡献进行了回顾与反思;中南大学张跃军教授的发言对美国现代诗歌中的中国形象进行了梳理,分析了中国形象发展的四个阶段;吉林大学胡铁生教授题为《美国文学发展史中的全球化因素》的发言分析了美国文学发展过程中与其他文学/文化的关联,认为美国文学发展史中的全球化因素最先体现为文学输入的性质;南开大学索金梅教授的发言《日月星光下的儒家乐园——读庞德的〈诗章〉》提出庞德的"宇宙人类学"观点和儒学之间具有一定的渊源关系;此外,生态批评也是本届年会关注的热点之一。小组讨论的论题包括"中国视角下的美国文学研究和教学""美国文学的汉语翻译研究""美国文学与中国文学的互动""美国文学与全球化关系探究""重读美国文学经典"。代表们回顾了中国美国文学研究的历史,梳理了中国语境、全球化视野、美国文学研究之间的关系,

---

① 参阅胡静:《理论争鸣・历史观照・文本再现——全国美国文学研究会第 14 届年会暨学术研讨会侧记》,《当代外国文学》,2009 年第 1 期,第 172—174 页。

提出一些具有学术价值的新观点和新问题。①

全国美国文学研究会第十六届年会暨学术研讨会于 2012 年 10 月 26 日至 29 日在上海举行,主题为"美国文学研究中的美学与政治"。会议由全国美国文学研究会主办,同济大学外国语学院承办,来自全国 120 余所高等院校、研究所、出版社的 237 位专家学者参加了会议,提交论文、摘要 396 篇。在大会发言中,盛宁教授回顾了审美回归批评热潮的发展路径,指出文学批评的审美转向滥觞于 20 世纪 90 年代,在当前美国文学研究语境中具备三种可能;同济大学李杨教授做了题为《"南方文艺复兴"人物形象塑造的审美定式及政治解码》的发言,提供了一个审美与政治批评相结合的典型范例;华东师范大学金衡山教授的发言围绕"后理论时代的政治与美学"展开了精彩论述。在小组讨论中,代表围绕"文学理论与批评""戏剧""诗歌""审美与政治""文学与政治、社会""文学发展、研究态势""少数族裔""叙事""女性主义""伦理""现代、后现代"等论题进行了交流。②

全国美国文学研究会第十七届年会于 2014 年 10 月 24 日至 26 日在苏州召开,主题是"全球化语境中的美国文学研究:理论与实践"。会议由中国人民大学承办,来自全国各地的 348 名代表参加了会议。在大会发言和小组讨论中,代表围绕以下分议题展开讨论:全球化理论反思与美国文学研究新视野;美国文学与地缘政治;美国文学中的阶级、性别与种族;生态意识、美国文学中的后人文主义倾向;美国文学研究的中国视角。此外,与会代表还就创伤、历史、叙事、后现代等其他议题进行了交流,其中创伤研究和历史书写研究方兴未艾。③

全国美国文学研究会第十八届年会于 2016 年 11 月 26 日至 27 日在厦门举行,会议主题为"美国族裔文学研究:空间拓展与界域重绘"。会议由全国美国文学研究会主办、厦门大学外文学院承办,来自全国各地 180 余所高等院校、研究所、出版社的 300 多位代表参加了会议,提交论文 127 篇、摘要 371 篇。

在大会发言阶段,中国社会科学院盛宁研究员、复旦大学张冲教授和上海外国语大学虞建华教授分别进行了主题发言。盛宁以"对政治正确的文化批评

---

① 参阅浦立昕:《中国语境、全球化视野、美国文学研究——全国美国文学研究会第十五届年会暨学术研讨会综述》,《当代外国文学》,2010 年第 4 期,第 172—174 页。
② 参阅黄一畅:《美国文学研究中的美学与政治——全国美国文学研究会第十六届年会暨学术研讨会综述》,《当代外国文学》,2013 年第 3 期,第 174—176 页。
③ 参阅朱雪峰:《全球化语境中的美国文学研究——全国美国文学研究会第十七届年会学术综述》,《当代外国文学》,2015 年第 2 期,第 173—176 页。

的再审视"为主题,以美国大选为时事背景,深入剖析政治对种族和文化的冲击,指出美国文化研究的发展空间,鼓励大家开拓新的视野;张冲教授和虞建华教授则分别对美国族裔文学研究和作家的族裔身份问题提出了几点思考。南京大学朱雪峰副教授、厦门大学张龙海教授、上海外国语大学乔国强教授、贵州师范学院王薇副教授和北京外国语大学潘志明教授都对美国族裔文学研究提出各自的学术见解。

截至2016年年底,全国美国文学研究会共召开十八届年会,另有第十一届专题研讨会。

(六) 中国俄罗斯文学研究会

中国俄罗斯文学研究会成立于1979年,但学界对其活动情况记录很少。直到2000年,《外国文学动态》刊发了1999年研究会成立20周年的年会综述,这是中国知网可查的对中国俄罗斯文学研究会活动情况的首次记录。对1999年以来研究会活动情况概述如下:

"中国俄罗斯文学研究会20周年年会"于1999年11月11日至14日在北京举行,会议回顾了研究会的发展历程,展望了其未来的发展方向。开幕式上,中国俄罗斯文学研究会前会长叶水夫致开幕词,中俄友好协会会长陈昊苏、俄罗斯驻华大使罗高寿等到会祝贺。在四次大会、两次分组会议上,学会讨论的议题包括:对中国俄罗斯文学研究的回顾;对俄罗斯文学研究方法和研究原则的探讨;关于20世纪俄罗斯文学的思考;关于"白银时代"俄罗斯文化的论证;对于俄罗斯的文艺学理论、古典文学和当代文学的探讨等。会议完成了中国俄罗斯文学研究会理事的换届工作,推选叶水夫为名誉会长,石南征为会长任光宣、吴泽霖、张建华、陈敬泳、郑体武为副会长,刘文飞为秘书长。新一届理事会(即第十届理事会)由40位理事组成。[①]

2000年9月20日至22日,中国俄罗斯文学研究会学术研讨会暨理事会在哈尔滨召开。来自全国各高校及科研机构的理事会成员参加了会议。在开幕式上,中国社会科学院外国文学研究所俄罗斯文学研究室主任、中国俄罗斯文学研究会会长石南征致辞,分析了俄罗斯文学研究工作的现状,提出要正确面对时局和观念的转变,扎扎实实在学术研究的内涵和质量上做文章,有效保持本学科在当代文学研究中的传统优势。在大会发言和学术讨论中,与会代表对

---

① 参阅《中国俄罗斯文学研究会99北京年会》,《外国文学动态》,2000年第1期,第48页。

俄罗斯文学从多侧面、多角度进行了深入探讨。我国俄罗斯文学界资深学者孙绳武(人民文学出版社编审、前副总编)在发言中回顾了自新文化运动以来我国俄国文学研究所取得的成绩,重申了良好局面来之不易。包文棣(上海译文出版社编审、前主编)以《经典与时尚》为题,批评了一部分人在对待新生事物和经典文化遗产时的不正确态度。余绍裔(南京大学原副校长)和张会森(黑龙江大学教授)的发言从文学研究的思想方法和观念的高度为广大学者提出了宝贵的建设性意见。小组讨论的议题包括:1.对代表性作家作品进行探讨,尤其是对肖洛霍夫进行了深入研究;2.对俄罗斯诗人和诗歌给予极大关注,在苏联诗歌方面颇有建树的汪剑钊(中国社会科学院副研究员)的论文《苏联诗歌的三个来源》对苏联诗歌的概貌作了描述;3.俄罗斯当代文学也是会议的研究重点;4.对比研究受到关注,黑龙江大学李锡胤教授将俄国诗人纳德松和中国诗人黄仲则的社会处境、身世沉浮以及诗歌的主题和手法等做了对比分析。①

2004年9月21日至23日,中国俄罗斯文学研究会年会在四川大学召开。会议由中国俄罗斯文学研究会和中国社会科学院外国文学研究所主办,四川大学外国语学院和文学与新闻学院承办,来自全国各地高校和研究机构的共90余位学者参加了会议。开幕式由四川大学文学与新闻学院院长曹顺庆主持,俄罗斯文学研究会会长石南征致开幕辞。在大会发言中,李毓榛、白春仁、任光宣、张建华、刘文飞、吴泽霖、陈建华、王志耕、何云波、赵桂莲、刘亚丁等学者宣读了论文。这些论文在主题上涵盖了俄罗斯作家作品研究、俄罗斯文论研究、文学思潮与流派研究和中俄文学关系研究等多个方面;在时间跨度方面上溯19世纪文学,下及当代最新文学现象,基本反映了近年我国俄罗斯文学研究所取得的成果。小组讨论分为19世纪俄罗斯文学、20世纪俄罗斯文学和俄罗斯文论三个专题,代表围绕巴赫金的诗学理论、文学研究中的文化视野、社会主义现实主义经典作品展开讨论,并在更深的层次上达成了相互理解。②

"世纪之交文化语境下的当代俄罗斯文学国际学术研讨会暨中国俄罗斯文学研究理事会"于2007年11月24日至26日在北京举行。会议由北京外国语大学俄语学院、俄语中心和中国俄罗斯文学研究会联合举办。来自六个国家的近100名学者代表参加了会议。会议的议题为"世纪之交文化语境下的当代俄罗斯文学",学者们的讨论内容涉及全球化与民族性、当代俄罗斯文学研究中心

---

① 参阅刘锟:《继往开来的一次盛会——中国俄罗斯文学研究会学术研讨会暨理事会纪要》,《俄罗斯文艺》,2001年第1期,第56—58页。
② 参阅谢庆庆、余自游:《中国俄罗斯文学研究会年会召开》,《世界文学》,2004年第6期,第301页。

地位失落的问题、俄罗斯文坛多元化现状的描述、当代俄罗斯现实主义、后现代主义文学研究、后苏联文学的现代性精神价值所在、当代俄罗斯大众文化研究、俄罗斯文学在中国的译介、后苏联时期文学批评研究、俄罗斯文学传统在当代俄罗斯文学中的体现等。[①]

中国俄罗斯文学研究会年会暨"俄罗斯文学传统与当代"国际学术研讨会于2011年9月9日至11日在北京外国语大学召开。来自全国各高校、科研单位以及俄、英、日等国的代表近100人出席了会议。

大会发言中,南京大学董晓教授作了题为《影响与命运:俄苏文学在中国》的发言;首都师范大学林精华教授宣布了自己关于后苏联俄罗斯文学发展和俄联邦政治进程的研究成果;中国社会科学院刘文飞研究员与代表分享了对《往年纪事》思想史意义的思考;俄罗斯文学评论家邦达连科分析了道学影子下的布罗茨基;北京俄罗斯文化中心西戈夫教授对当代社会文化语境下俄罗斯文学的发展进行了分析与展望;北京外国语大学张建华教授探讨了索尔仁尼琴新型政治小说中的伦理与诗学问题;彼得扎沃斯克大学库尼利斯基教授阐释了19世纪俄罗斯文学中的"生命"理念;北京外国语大学王宗琥教授剖析了"真实艺术协会"的后现代因素;齐齐哈尔大学李延龄教授谈论了中国的俄罗斯侨民文学,并提出"哈尔滨白银时代"的概念;莫斯科大学涅兹维茨基教授作了题为《别林斯基论演讲文学与艺术文学》的发言;北京外国语大学吴泽霖教授关注了托尔斯泰在中国现代文化演进中的命运;王立业教授给我们展现了18世纪这一"俄罗斯诗歌的开元时代";北海道大学越野刚教授论述了当代俄罗斯文学中的中国形象;大连外国语学院王丽丹教授把目光投向了世纪之交的俄罗斯戏剧。

在分组讨论中,与会者围绕"俄罗斯诗歌与戏剧""中俄文学关系与比较""十九世纪俄罗斯文学经典重读""研究史研究""二十世纪俄罗斯文学"等议题展开了讨论。

会议完成了学会换届选举,年逾七旬的老理事退出理事会,增补了26名理事;石南征辞去会长职务,刘文飞当选会长,任光宣、张建华、吴泽霖、郑体武、王志耕、邱运华、刘亚丁当选副会长,吴晓都当选秘书长,张晓强当选副秘书长。

由中国俄罗斯文学研究会主办,山东大学外国语学院承办,哈尔滨师范大学俄罗斯文化艺术研究中心、山东省俄罗斯文学研究会协办的"俄罗斯文学:传承与创新"国际学术研讨会暨中国俄罗斯文学研究会2013年年会于2013年7

---

① 参阅百外:《"世纪之交文化语境下的当代俄罗斯文学国际学术研讨会暨中国俄罗斯文学研究会理事会"在京召开》,《外国文学动态》,2007年第6期,第42页。

月23日至27日在山东大学威海校区召开。①

（七）全国法国文学研究会

全国法国文学研究会于1982年6月23日至28日在江苏无锡召开的法国文学讨论会上成立。该讨论会由中国社会科学院外国文学研究所、南京大学外国文学研究所、北京大学西语系、江苏省作家协会和南京师范学院中文系五个单位发起，由南京大学外国文学研究所主办。这是中华人民共和国成立以来我国法国文学工作者的首次盛会，来自全国42个单位的60名法国文学工作者参加，提交学术论文48篇，就法国文学中的人道主义、存在主义、自然主义、"新小说"、新批评（特别是结构主义）等问题进行了交流。会上成立了全国法国文学研究会，通过了研究会章程，规定其常设机构设在南京大学外国文学研究所；大会成立了法国文学研究会理事会，推选李健吾、闻家驷为名誉会长，罗大冈为会长。②

全国法国文学研究会第二届年会于1984年年底在厦门举行。在古典文学方面，会议发言和讨论涉及的作家主要包括狄德罗、左拉和司汤达。有关狄德罗的论文数目最多，代表们比较深入地分析了狄德罗的作品，认为他是一位鼓舞人民前进的思想家、哲学家、戏剧理论家和小说家；对左拉的研究集中在自然主义与现实主义的关系方面；此外还分析了司汤达的作品。在现当代文学方面，存在主义作家的作品受到重视。有的代表提出存在主义所关心的是人的生存和生存条件，在政治上多半站在被剥削、被压迫人民一边；而在哲学理论方面，由于使对人的研究孤立于社会体系，因而常常陷入主观唯心主义，带有浓厚的无政府主义和悲观主义色彩。有的学者还从宏观上对欧美传统文学派和现代派的区别进行了研究，认为从文艺观上来看，欧美传统文学派的核心是反映论，而现代派则着力表现主观印象，揭示心理真实。法国现代文学特征、法国现代诗歌研究、当代法国小说和戏剧也是代表重视的论题。在文学批评方面，代表们对不同流派的文学批评展开讨论，有的畅谈了"现实主义"在不同时代和不同研究者眼中的意义演变，提出在现代派作品中也有现实主义因素，而在现实

---

① 参阅《"俄罗斯文学：传承与创新国际学术研讨会"暨中国俄罗斯文学研究会2013年年会即将召开》，《俄罗斯文艺》，2013年第2期，第66页。

② 参阅崇实：《法国文学讨论会在无锡举行并成立法国文学研究会》，《当代外国文学》，1982年第4期，第47页。

主义作品中也有现代派的因素。①

全国法国文学研究会第三届年会于1987年9月22日至25日在北京大学召开。全国80余位法国文学研究者参加了会议。代表提交论文30余篇,就20世纪的法国文学——尤其是第二次世界大战以后的文学现象进行了讨论。代表普遍认为近几年法国文学译介方面虽有一定成绩,但对法国文艺理论的系统介绍还不够。大会选举产生了研究会的领导机构:罗大冈、闻家驷为名誉会长,柳鸣九任会长,张英伦、叶汝琏、郑克鲁任副会长。研究会常设机构在中国社会科学院外国文学研究所。②

1991年8月24日,全国法国文学研究会在中国社会科学院外国文学研究所举行了座谈会,研究会在京高校会员、高校和新闻出版机构的专家出席了会议,会议由会长柳鸣九主持。会议回顾了我国法国文学翻译工作取得的成就,肯定了傅雷、李健吾、杨绛等老一辈翻译家的辛勤开拓,提出应该对他们的翻译理论与实践进行系统全面的整理和研究;同时,会议提倡科学的实事求是的评论态度和平等对话的良好学术作风。③

1998年11月9日,研究会和时代文艺出版社联合筹划,在北京举行了法国文学座谈会,讨论对法国18世纪文学家萨德的评价、21世纪文学翻译的前景、当前文学翻译的选题以及20世纪法国文学巨匠等学术问题。座谈会由法国文学研究会会长柳鸣九主持,参会代表包括在京的法国文学研究界专家许渊冲、郑永慧、桂裕芳、管震湖、李恒基、罗新璋、金志平、袁树仁、李玉民、黄晋凯、施康强、吴岳添、谭立德、余中先和时代文艺出版社外国文学编辑室主任安春海等。④

2000年11月中旬,全国法国文学研究会年会在厦门大学召开,来自全国各地的40多位法国文学研究专家出席会议,就文学研究与翻译的话题展开了讨论。柳鸣九会长的开幕词回顾了国内法国文学界近20年的历程,肯定了同行们在介绍与研究法国文学方面取得的成果,并对学会旺盛的学术生命力以及它在新世纪的发展前景充满信心。小组讨论围绕"现实主义与现代主义""二十世纪文学批评""杜拉斯的解读"等论题展开⑤。

2014年10月25日至26日,由中国外国文学学会法国文学分会和浙江越

---

① 参阅戴安康:《法国文学研究会在厦门举行年会》,《外国文学研究》,1985年第1期,第144页。
② 参阅全小虎:《全国法国文学研究会召开第三次年会》,《外国文学评论》,1987年第4期,第37页。
③ 参阅邈宇:《法国文学学会在京举行工作座谈会》,《外国文学评论》,1991年第4期,第25页。
④ 参阅未鱼:《法国文学研究会在京举行座谈会》,《世界文学》,1999年第1期,第169页。
⑤ 参阅丛越:《法国文学研究会年会在厦门召开》,《世界文学》,2001年第1期,第40页。

秀外国语学院联合举办的"法国文学研究会2014年度学术讨论会"在绍兴浙江越秀外国语学院举行。法国文学研究会会长吴岳添，副会长、越秀外国语学院院长徐真华、副会长罗国祥，越秀外国语学院常务副校长叶访春、副校长朱文斌，以及研究会秘书长谭立德和理事等近40人出席了会议。会长吴岳添致辞，副会长罗国祥教授就莫迪亚诺获诺贝尔文学奖一事做了主题发言。与会学者就莫迪亚诺的获奖原因和重要意义，以及法国当代文学的发展情况进行了广泛的讨论。会议期间举行了理事会，一致选举研究会副秘书长、社科院外文所史忠义研究员为副会长，同时增选了李元华、朱穆、陆洵和葛金玲等10名理事[①]。

2016年9月23日至25日，法国文学研究会年会在华东师范大学举行，来自全国多所高校从事法国文学研究的专家、学者、法语教师参加了这次会议。本次年会的主题为"法国文学研究：新问题与新方法"。会议期间举行了"梁宗岱翻译论坛"，中国社会科学院外文所研究员史忠义、谭立德，南京大学教授师黄荭、广东外语外贸大学前校长徐华真、北京大学教授王文融、浙江大学教授许钧、华东师范大学外语学院院长袁筱一、武汉大学教授罗国祥等多位法国文学研究学者围绕梁宗岱先生的翻译问题进行了讨论。[②]

（八）全国德语文学研究会

全国德语文学研究会在1983年4月15日至23日于北京召开的全国性"歌德学术讨论会"上成立，来自全国各高等院校、科研单位和新闻出版部门的代表50余人参加了会议，提交论文26篇。开幕式上，外国文学学会会长冯至、北京大学副校长王学珍、中国社会科学院外国文学研究所所长叶水夫讲话并祝贺这次学术会议的召开，朱光潜教授、李赋宁教授参加了开幕式。应邀出席开幕式的还有当时在北京大学执教的德意志民主共和国、德意志联邦共和国以及奥地利专家。会上，对歌德同中国文学的关系、歌德的重要作品和歌德的文艺思想进行了阐述。会议决定成立"德语文学研究会"，会址设在北京大学西语系，选举产生了由28位理事组成的德语文学研究会理事会，选举冯至任会长，严宝瑜、张威廉、董问樵任副会长。[③]

第二届讨论会于1985年5月27日至6月3日在杭州举行，主题为"二战

---

① 参阅《法国文学研究会2014年度学术讨论会在绍兴举行》，《法国研究》，2014年第4期，第99页。
② 参阅《法国文学研究会在京举行座谈会》，《法国研究》，2016年第4期，第93页。
③ 参阅卞知：《歌德学术讨论会暨德语文学研究会成立会在京召开》，《外国文学研究》，1983年第4期，第95页。

后的当代德语文学问题"。大会由中国社会科学院外国文学研究所、北京大学、杭州大学、四川外语学院联合承办,来自全国各高等院校、研究机构以及新闻出版部门等31个单位的63位代表参加了会议,提交论文48篇。代表们就当代德语国家的文学思潮、文学流派以及作家作品进行了发言,讨论涉及战后联邦德国、民主德国、奥地利、瑞士的文学情况。代表们既有从文学史角度对整个战后文学发展变化的概述,也有对作家、作品的专题研究;既有对文艺理论和文学观念、方法的探讨,也涉及通俗文学在社会生活中的地位和作用。讨论的作家包括卡夫卡、托马斯·曼、安娜·西格斯、贝托尔特·布莱希特、克里斯塔·沃尔夫、赫尔曼·康德、施特凡·赫尔姆林、马克斯·弗里施、海因里希·伯尔、弗里德里希·杜仑玛特、彼得·魏斯以及英格博尔格·巴赫曼等。代表们还对现实主义与现代主义的问题和奥地利哲学家维特根斯坦的语言哲学对德语文学的影响展开了讨论;大会介绍了"中国—席勒"国际学术讨论会、1984年在北京举行的"布莱希特活动周"以及纪念反法西斯战争胜利40周年文学讨论会的情况。会议期间举办两次座谈会:一是邀请与会的十个出版部门的代表进行座谈,交流科研和出版信息;二是邀请设有德语专业的院校代表,交流有关教育体制改革、教师进修及科研等方面的情况。代表们决定今后在德语文学翻译、介绍方面做更大努力,并注意寻找外国文学研究与中国文学发展的交叉点。①

第六届讨论会于1994年5月30日至6月3日在西安举行,中外学者40余人出席了会议。发言讨论内容主要涉及以反法西斯文学为主流的德国流亡文学和流亡文学的代表作家奈利·萨克斯、托马斯·曼、恩斯特·维歇特及其作品;莱比锡大学教授克·培措特和中国社会科学院外国文学研究所的学者以翔实的材料介绍了统一后的德国文学现状及与此相关的一些争议;冯至先生对德语文学研究的贡献及其严谨朴实的治学精神是研讨会的一个重要议题。会议选举产生了德语文学研究会新一届理事会,选举张黎为会长,范大灿、余匡复、高中甫为副会长,叶廷芳为秘书长。②

德语文学研究会第七届讨论会于1996年11月11日至15日在张家界举行,会议主题之一是纪念德语作家布莱希特逝世40周年,来自国内外的40余位德语文学研究者参加了会议。开幕式由研究会秘书长叶廷芳教授主持,会长张黎作了《纪念布莱希特逝世40周年》的报告,从新的角度阐述了布莱希特戏

---

① 参阅鲁仲达:《我校外语系主办全国德语文学讨论会》,《杭州大学学报》(哲学社会科学版),1985第3期,第137页,以及宁瑛:《第二届德语文学讨论会在杭州举行》,《世界文学》,1985年第4期,第319页。
② 参阅王山:《第六届德语文学研讨会在西安举行》,《世界文学》,1994年第4期,第154页。

剧中的"现实主义原则";中央戏剧学院丁扬忠教授的发言主要涉及布莱希特的戏剧和戏剧表演理论在当代西方的命运,具体介绍了布莱希特戏剧在德国舞台上的演出状况;此外,一些学者的发言还涉及中国布莱希特研究中鲜为人知的方面,比如布莱希特戏剧中的音乐因素、布莱希特对中国古代典籍《墨子》和《易经》的阅读和思考等。会议期间举行了第四届冯至德语文学研究奖颁奖仪式,北京大学西语系刘慧儒的专著《寻求关联》和王建的论文《克莱斯特的〈论木偶戏〉》分别获得一等奖和二等奖。[①]

第十届年会暨德语文学研讨会于 2001 年 10 月 31 日至 11 月 2 日在成都的西南交通大学举行。在大会发言中,北京大学范大灿教授做了题为《对德国浪漫文学的几点认识》的发言,对德国浪漫文学的概念和含义、其产生的历史渊源和特点以及浪漫派作家的特点等问题进行了详细而精辟的阐述。代表围绕"德国浪漫派文学"进行了探讨;讨论的议题并不限于文学领域,还广泛涉及哲学、美学、神学等相关领域。[②]

第十二届年会暨德语文学研讨会于 2003 年 10 月 12 日在上海外国语大学召开,主题为"当代德语文学",主要探讨近年来在世界文坛上产生了重要影响的几位德语作家。在发言中,北京外国语大学的王炳均教授介绍了 1968 年以来德语文论的发展状况;同济大学的袁志英教授概述了 20 世纪七八十年代联邦德国叙事文学的总体情况。四川外语学院的刁承俊、复旦大学的魏育青、南京大学的印芝虹、四川外语学院的冯亚琳、北京大学的潘璐分别就君特·格拉斯作品的思想主题、写作手法及社会影响阐述了观点;北京大学的张红艳、同济大学的黄克琴、西安外国语学院的聂军和同济大学的丁伟祥等学者围绕克里斯塔·沃尔夫、策·燕妮、耶利内克和英卡·帕莱等介绍了关于当代女性德语作家的近期研究成果;对外经贸大学的黄燎宇介绍了被称为"文学教皇"的德国文学批评家拉尼茨基的批评特色及其对德国文学界的影响;北京大学的马文韬教授介绍和评价了德国出版家瓮泽尔德对德语文学所作的卓越贡献。会议还举行了第七届"冯至德语文学研究奖"颁奖仪式。[③]

第十三届年会暨德语文学研讨会于 2008 年 4 月 12 日在成都举行,来自德

[①] 参阅永平:《第七届全国德语文学研讨会召开——暨冯至德语文学研究奖颁奖》,《世界文学》,1997年第 2 期,第 225 页。

[②] 参阅木子:《"第十届德语文学年会暨德语文学研讨会"在西南交通大学召开》,《西南交通大学学报》(社会科学版),2001年第 4 期,第 48 页。

[③] 参阅徐畅:《第十二届全国德语文学研讨会召开》,《外国文学评论》,2003 年第 4 期,第 152 页。

国及国内数十所高校的近百位专家学者参加了会议；会议由中国外国文学学会德语文学分会主办，四川外语学院承办。本届年会以"德语文学与现代性"为主题，主要探讨德语文学语境中的文学在现代化这一社会历史进程中与现代性的遭遇以及文学对现代性问题的思考和批判。会议期间，四川外语学院副院长王鲁男教授、中国社会科学院外国文学研究所副所长陆建德研究员、全国德语文学研究会会长叶廷芳教授分别致辞。会上还进行了第八届"冯至德语文学研究奖"颁奖仪式。[1]

第十四届年会暨德语文学研讨会于2010年11月初在西安外国语大学举行，主题为"德语文学：在历史与现实之间"，主要探讨德语文学研究的文学史意识，强调其与文化历史语境的互动。会议由中国外国文学学会德语文学研究会主办，西安外国语大学承办，来自国内外多所大学的专家学者参加了会议。大会发言期间五位学者做了报告，分别为李永平研究员的《文学的民族语境》、北京外国语大学韩瑞祥教授的《审美感知与感知哲学——论维也纳现代派的哲学认知基础》、柏林自由大学汉斯·费格教授的《日耳曼语言文学：在历史与现实之间》、北京大学李昌珂教授的《对托马斯·曼〈约瑟和他的兄弟们〉研究成果》以及西安外国语大学聂军教授的《奥地利文学中的传统文化意识特征》。大会还举行了"冯至德语文学研究奖"的颁奖仪式，选举产生了德语文学研究会新一届领导机构。[2]

第十五届年会暨德语文学研讨会于2013年10月24日至26日在上海召开，会议由中国外国文学学会德语文学研究会与同济大学外国语学院联合举办，来自全国各高校、研究所的近百名专家学者参会。本届研讨会的主题为"启蒙的艺术抑或启蒙的贫困：启蒙语境与德国文学"，主要关注德意志文学与启蒙运动的错综关系。围绕启蒙这一问题，代表聚焦于德意志精神及其文学整体性，讨论议题包括启蒙与浪漫，神性与理性，自然与人本的理论研究，文学与社会、历史的关系，文学对启蒙的赞同、反思、怀疑和批判。研讨内容涵盖了从中世纪文学经马丁·路德到当代德语文学的时间维度。莱辛、歌德以及德意志浪漫派成为谈论启蒙的热门话题，歌德成为本次研讨会谈论最多的诗人。此外，除了耳熟能详的经典作品如歌德的《亲合力》《威廉·迈斯特漫游时代》、冯塔纳

---

[1] 参阅《中国第十三届德语文学年会暨德语文学与现代性学术研讨会在四川外语学院举行》，《德语学习》，2008年第3期，第63页。

[2] 参阅《中国德语文学学会第十四届年会在西安召开》，http://ifl.cssn.cn/xstt/dy/201912/t20191231_5068283.shtml（访问时间：2020年4月9日）。

的《艾菲·布里斯特》以及黑塞的《彼得·卡门青》，学者们还引入了鲜有研究的新文本，如施尼茨勒的《梦幻的故事》、布洛赫的《梦游人》、艾兴格的《更大的希望》、伯恩哈德的《修正》。对文学文本本身的重视已成为学者之间的共识。①

第十六届年会暨德语文学研讨会于2016年10月21日在北京开幕，会议由中国外国文学学会德语文学研究会和北京外国语大学联合举办。北京外国语大学校长彭龙、奥地利著名小说家和剧作家彼得·汉德克出席了开幕式。大会发言中，彭龙指出文学在教育传统及文化传承中具有重要意义、对人文精神的建构具有举足轻重的作用。大会举行了《汉德克文集》发布仪式，出版方北京世纪文景文化传播公司同作者汉德克一起向北京外国语学院赠送了该文集。开幕式后，汉德克朗读了作品的章节并发表演讲。在场的校内外专家学者就汉德克的创作意识、奥地利文学特质、作品美学等问题与汉德克进行了交流。②

（九）全国西班牙、葡萄牙、拉丁美洲文学研究会

全国西班牙、葡萄牙、拉丁美洲文学研究会的前身为"全国西班牙、葡萄牙、拉丁美洲文学学会"，于1979年10月20日至28日在南京大学召开的"全国西班牙、拉丁美洲文学讨论会"上成立，是隶属于中国外国文学学会的学术团体。会议期间，来自全国29个单位的60名代表就西班牙、葡萄牙、拉丁美洲文学的介绍和研究情况及今后研究方向交流了看法，决定正式成立"全国西班牙、葡萄牙、拉丁美洲文学学会"。会议讨论修改了学会章程，选举产生了由11人组成的干事会。人民文学出版社王央乐任总干事，中国社会科学院外国文学研究所陈光孚、北京大学沈石岩、北京外国语学院柳小培、上海外国语学院张绪华任副总干事。③

第一届年会于1982年8月16日至22日在天津举行，来自全国36个单位的78名代表参加了年会，提交论文22篇。会议期间，北京大学赵德明对拉美新小说作了初步探索；北京外国语学院王志光对委内瑞拉作家罗慕洛·加列戈斯的成名作《堂娜·芭芭拉》中反映出的社会观、伦理观和法律观进行了分析；中国社会科学院外国文学研究所许铎探讨了危地马拉著名作家、诺贝尔文学奖

---

① 参阅《中国德语文学研究会第十五届年会在上海举办》，http://ifl.cssn.cn/xjdt/201311/t20131119_2406399.shtml（访问时间：2020年4月9日）。

② 参阅《"第十六届德语文学研究年会"在我校举行》，https://news.bfsu.edu.cn/archives/257042（访问时间：2020年4月9日）。

③ 参阅《全国西班牙、葡萄牙、拉丁美洲文学学会正式成立》，《拉丁美洲研究》，1979年第2期，第22页。

获得者阿斯图里亚斯的早期文学道路,并分析了他的代表作《总统先生》;西安外国语学院陈凯先分析了阿根廷作家豪尔赫·路易斯·博尔赫斯短篇小说的艺术特色;北京第二外国语学院孙家坤对哥伦比亚著名的魔幻现实主义作家加夫列尔·加西亚·马尔克斯的作品《百年孤独》进行了分析。会议期间通过新的《章程》,将学会改名为"西班牙、葡萄牙、拉丁美洲文学研究会",成为隶属于中国外国文学学会的学术团体。会议选举出15位研究会理事,并推举王央乐(人民文学出版社)为会长,陈光孚(中国社会科学院外国文学研究所)、沈石岩(北京大学)、刘习良(中国国际广播电台)为副会长,江志方(北京外国语学院)为秘书长。[①]

全国西班牙、葡萄牙、拉丁美洲文学研究会举办的"全国加西亚·马尔克斯与拉美魔幻现实主义讨论会"于1983年5月5日在西安外国语学院开幕,来自全国各地的45名代表参加了会议,提交论文25篇。会议由副会长陈光孚主持,中国社会科学院外国文学研究所顾问陈冰夷、《外国文艺》主编汤永宽、中国西班牙语、葡萄牙语教学研究会会长浦允南等出席开幕式。在发言中,陈冰夷和汤永宽同志介绍了近两年来我国外国文学研究、介绍和出版方面的情况。讨论会共分两个专题:一个是关于加西亚·马尔克斯的作品和创作思想的专题;另一个是关于拉美魔幻现实主义流派的专题。通过交流,大家取得以下共识:1.以加西亚·马尔克斯为代表的拉美魔幻现实主义流派的作家,其主要作品植根于拉美大陆的现实生活,在不同程度上反映了拉美的严酷现实,具有较高的认识价值;2.魔幻现实主义是一部分拉美作家为反映现实生活而找到的比较适宜的表现手法之一;3.拉美魔幻现实主义这一流派的产生是历史的必然,除了应从社会、历史发展的角度进行研究外,还要从文学自身的发展来探究其渊源。会议对今后研究提出四点要求:1.外国文学研究工作者要以马克思列宁主义、毛泽东思想的基本原则为指导;2.外国文学工作者应从我国国情出发,坚持"洋为中用"的原则,要关心国内文艺界的情况;3.要占有详细的材料,坚持实事求是的思想路线,具有勇于坚持真理的精神;4.要有虚怀若谷的态度和随时修正错误的勇气。[②]

---

① 参阅驰骋:《全国西、葡、拉美文学学会举行首届年会》,《拉丁美洲丛刊》,1982年第5期,第42—44页。

② 参阅谷深:《探讨加西亚·马尔克斯与魔幻现实主义我国首次举行拉美文学专题学术讨论会》,《外语界》,1983年第3期,第3—4页,以及枫林:《加西亚·马尔克斯与拉美魔幻现实主义讨论会》,《拉丁美洲丛刊》,1983年第4期,第52页。

第二届年会于 1985 年 7 月中旬在牡丹江举行,260 余位代表参加了会议。在发言和讨论中,代表指出拉美文学的崛起和发展已为世人所瞩目。对此,我国虽然在 20 世纪五六十年代做出了零星介绍,但尚不足以反映出拉美文学的全貌;最近几年,70 多位西班牙语和葡萄牙语作家的作品以及一些拉美名作被译成中文,使我国读者对西班牙、葡萄牙和拉美文学有了初步了解。然而,对这些作品的文学评论还没有跟上来,形成了翻译多、评论少的局面。代表们提出,在拉美文学的研究中,要建立自己的学派,用马列主义观点来分析拉美的文学现象和文学作品,而不是跟在外国学者的后面人云亦云;此外,大家还讨论了如何把我国优秀的文学遗产介绍到国外的问题。会议选举产生了下届年会的会长、副会长和理事;同时,为开展文学研究,协调文学作品的翻译和教学工作,研究会决定设立理论研究、翻译和教学三个委员会。[①]

西班牙作家塞万提斯逝世 370 周年纪念会于 1986 年 4 月 23 日举行。会议上,很多学者宣读了论文,从不同角度阐述了《堂吉诃德》。有的研究《堂吉诃德》在我国不同时期的出版对中国文学的影响,有的提出从马尔克斯的《百年孤独》中可以看到堂吉诃德的影子,这些论文表明我国的《堂吉诃德》研究取得了一定的成绩。代表们提出:从中国文化历史的发展来看,哪个时期我们勇于吸收外国的优秀文化,我们的文学艺术就得到发展、繁荣。因此,我们要提倡拿来主义,丰富我们文学艺术的宝库;应大力开展对塞万提斯的研究,形成研究塞万提斯的专门科学,培养塞氏研究的专家。[②]

"全国西班牙文学讨论会暨加西亚·洛尔卡逝世 50 周年纪念会"于 1986 年 9 月 2 日至 7 日在昆明召开,30 余位代表参加了会议。会议期间,代表们讨论了当前我国西班牙文学研究的滞后状况,认为其主要原因是拉美"文学爆炸"引起了人们的重视,从而忽视了对西班牙文学的介绍和研究;代表们提出西班牙文学中有许多名篇值得研究,特别是分别于 1956 年和 1977 年获得诺贝尔文学奖的两名诗人希梅内斯和阿莱克桑德雷的作品;为纪念西班牙诗人加西亚·洛尔卡被害 50 周年,代表们对他的诗歌创作手法进行了专门研讨。[③]

第三届年会于 1988 年 8 月 25 日至 30 日在北戴河举行,主题为"从拉美新小说看二十世纪拉美文学走向",国内 50 多名拉美文学方面的学者以及出版

---

① 参阅柯岩:《中国西、葡、拉美文学研究会举行第二届年会》,《拉丁美洲丛刊》,1985 年第 5 期,第 37 页,以及《西、葡、拉美文学研究会举行年会》,《外国文学》,1985 年第 9 期,第 35 页。
② 参阅《纪念塞万提斯逝世 370 周年》,《外国文学》,1986 年第 7 期,第 94 页。
③ 参阅《简讯》,《当代外国文学》,1986 年第 4 期,第 165 页。

界、新闻界代表出席了年会。

　　研究会会长沈石岩教授总结了三年来研究会的工作,主要包括以下几个方面:1. 研究会于1986年4月成立了上海分会;2. 研究会于1986年9月在昆明举行了"西班牙文学讨论会暨加西亚·洛尔卡逝世50周年纪念会",于1998年6月举行了"秘鲁作家巴尔加斯·略萨作品讨论会";3. 研究会于1987年4月与云南人民出版社签署了关于合作翻译出版"拉美文学丛书"为期5年的协议;4. 研究会在国内举行了4次国际学术交流活动:1986年4月与墨西哥戏剧家座谈,1987年2月与对外友协、墨西哥驻华大使馆联合召开"墨西哥作家胡安·鲁尔弗纪念会",1987年7月与古巴作家座谈,1987年8月接待巴西著名作家若热·亚马多;5. 第二届理事会组织成立了三个工作委员会:教学工作委员会、理论研究工作委员会和翻译工作委员会。此外,为纪念研究会成立10周年,第二届理事会决定组织出版三部文学评论集:一部是反映研究会成员近十年来撰写的西、葡语文学作品、作家、流派的论文集,一部是翻译介绍外国评论者眼中的拉丁美洲文学,一部是介绍西班牙文学、拉美文学在中国的书。

　　会议上,北京大学赵德明等13位学者和研究人员作了学术报告,从不同角度对拉美文学的走向发表见解。赵德明副教授从分析拉美文学发展的阶段性、当代拉美作家的艺术追求入手,论述了20世纪的拉美文学;中国国际电台副台长刘习良译审作了《贴近现实、反映现实》的专题发言;拉美研究所刘承军同志向大会提交了《新大陆之歌——拉美知识分子的浪漫气质与拉美当代小说的历史命运》的论文;《世界文学》副主编林一安做了题为《拉丁美洲文学爆炸中的小字辈》的发言;上海外语学院外国语言文学研究所远浩一副研究员在题为《中和之谜》的发言中将智利现代马普切民歌与以《国风》为代表的中国上古民歌作比;北京外国语学院外国文学研究所柳小培同志做了题为《拉美妇女文学在兴起》的发言。

　　在发言和讨论中,代表们肯定了近年来我国在西、葡、拉美文学翻译介绍工作中取得的成绩,注意到瞩目于世的拉美文学愈来愈引起我国文学界的重视,同时指出必须加强西、葡、拉美文学的研究和评论工作,从而更好地为繁荣我国的社会主义文艺服务。会议选举产生了新一届理事会,推举沈石岩为会长,刘习良、施永龄、江志方为副会长,林一安为常务副会长,丁文林为秘书长,柳小培、尹承东、赵德明、孙家孟为常务理事。[①]

[①] 参阅边城:《中国西、葡、拉美文学会举行第三届年会》,《拉丁美洲研究》,1988年第6期,第57—60页,以及涛凯:《简讯》,《当代外国文学》,1988年第4期,第143页。

第四届年会于1991年8月19日至24日在丹东举行,主题为"当代西班牙语文学的回顾与展望",来自全国各高校、科研院所和出版机构的35位代表参会。会长沈石岩教授作了研究会第三届理事会工作总结,主要内容包括:编辑出版拉美文学丛书的情况;举行何塞·卡米罗·塞拉作品和奥克塔维奥·帕斯作品讨论会的情况;开展国际文化交流活动的情况以及研究会成立10周年纪念活动的情况。

大会发言阶段,赵德明就当代拉美文学的成就、历史地位及其轰动效应产生的原因、拉美文学的地方性和世界性等问题做了长篇发言。赵振江围绕奥克塔维奥·帕斯的创作道路和文学成就作了发言,李廷玉和朱景东分别介绍了帕斯的生平和诗歌结构,毛金里和林一安分别谈了两次会见帕斯的情况,张云义从哲学角度对帕斯的作品做了分析,安波舜谈了从帕斯作品中受到的启示,张广森介绍了墨西哥当代作家菲尔南多·德尔·帕索的生平及其主要作品《帝国轶闻》,沈根发对智利作家何塞·多诺索的小说《污秽的夜鸟》的艺术特色做了分析,申宝楼介绍了阿根廷作家埃尔内斯托·萨瓦多的小说《英雄与坟墓》,林光介绍了智利大诗人聂鲁达的回忆录《我承认,我历尽沧桑》,林一安以《文学是叙述真情的谎言》为题,介绍了巴尔加斯·略萨和富恩特斯的新作。

小组讨论涉及当代拉美文学的成就、历史地位、产生轰动效应的原因、拉美文学的地方性、世界性及其未来发展趋势,并对帕斯、马尔克斯、聂鲁达等拉美作家及其作品进行了讨论,与会代表还就"拉丁美洲文学丛书"和"拉丁美洲作家谈创作丛书"的选题征求了意见。会议进行了换届选举,推选沈石岩为会长,林一安、施永龄、尹承东和赵德明为副会长。①

全国西班牙、葡萄牙、拉丁美洲文学研究会于1993年8月20日至23日在北京召开了西班牙语、葡萄牙语文学评论研讨会,来自中国社会科学院外国文学研究所和北京、上海、南京各大学及出版机构的代表约40人参加了会议。会上重点分析了拉美"文学爆炸"和"爆炸后文学"的成就、特点和未来走向,就如何拓宽拉美文学评论的坐标系,如何更新研究角度、提高研究质量进行了讨论。②

全国西班牙、葡萄牙、拉丁美洲文学研究会成立15周年庆祝会于1994年8月16日至19日在北京举行,主题为"西班牙葡萄牙拉丁美洲文学在中国",来

---

① 参阅《中国西葡拉美文学研究会第四届年会在丹东召开》,《世界文学》,1991年第5期,第165页,以及毛金里:《西、葡、拉美文学研究会第4届年会简讯》,《拉丁美洲研究》,1991年第5期,第62页。

② 参阅仪信:《中国西葡拉美文学研讨会在京郊召开》,《外国文学评论》,1993年第4期,第139页。

自全国各地从事西班牙、葡萄牙、拉丁美洲文学翻译、教学和研究工作的代表60余人参加了会议。会长沈石岩做了报告,总结了学会成立以来我国西班牙语和葡萄牙语文学翻译及研究所取得的成绩。与会代表就提高翻译水平、拓展文学研究领域等问题发表了意见,并参观了会场上展出的、中国近年来出版的"拉丁美洲文学""拉美作家谈创作""西班牙文学""葡萄牙文学"等丛书。①

第五届年会暨"拉丁美洲文学丛书"研讨会于1995年8月14日至18日在山东烟台召开,来自全国各地的学者及出版机构共40余位代表参加了会议。会议首先对拉美现当代文学名著"拉丁美洲文学丛书"和与之配套的学术研究丛书"拉美作家谈创作"的文学价值和出版意义进行了讨论。这些丛书是中国西班牙、葡萄牙、拉丁美洲文学研究会与云南人民出版社自1987年起携手合作翻译出版的,属于国家"八五"重点图书。与会代表认为这套丛书的编选具有很高的学术价值,为中国提供了一个了解拉美文学、拉美社会的窗口,为中国作家的创作提供了借鉴。在发言和讨论中,代表对丛书中部分作品的思想内涵和艺术特色进行了深入剖析;有的发言者就拉美魔幻现实主义与幻想小说的异同、拉美文学与文化的内在关系以及翻译的共性问题发表了见解。会议期间改选了理事会,选举沈石岩为会长,林一安、赵振江、施永龄、尹承东为副会长。②

第六届年会于1999年8月下旬在承德召开。会议总结了研究会20年来所取得的成绩,并对未来的工作进行了安排。会议还讨论了新形势下如何加强学术研究、提高译介质量的问题。会议选举产生了新一届理事会和常务理事会,常务理事会推举赵振江为会长,许铎、赵德明、尹承东、施永龄为副会长,丁文林为秘书长。③

"面向新世纪的西葡拉美文学"学术研讨会于2008年10月31日至11月2日在青岛举行,会议由中国外国文学学会西葡拉美文学研究会、北京大学外国语学院西葡语系、青岛大学外语学院等单位联合举办,来自全国各地的30余位专家学者参加了研讨会。会议发言讨论的主要议题包括:1. 西葡拉美文学的最新发展状况及其走向;2. 当代著名作家作品研究;3. 新形势下西葡拉美文学

---

① 参阅《"西班牙葡萄牙拉丁美洲文学在中国"研讨会在京举行》,《世界文学》,1994年第5期,第302页。
② 参阅西宇:《中国西、葡、拉美文学会第五届年会在烟台举行》,《世界文学》,1995年第6期,第268页。
③ 参阅《西、葡、拉美文学研究会换届》,《外国文学动态》,2000年第1期,第48页。

研究和翻译介绍工作的重点。①

"加西亚·马尔克斯与中国高端研讨会"于2014年5月17日上午在北京外国语大学外语教学与研究出版社举行。多位知名学者和资深翻译家出席会议,对马尔克斯在中国的译介及其作品的影响力等问题做了发言。中国社会科学院外国文学研究所所长陈众议对马尔克斯笔下的集体无意识、孤独与狂欢主题及其作品的翻译等问题进行了探讨;广电部原副部长、《枯枝败叶》和《恶时辰》的译者刘习良讨论了30年来中国出现的几次拉美文学热以及对相关问题进行深层研究的迫切性;北京大学沈石岩教授谈了《百年孤独》在各国的巨大影响力;上海外国语大学教授、《百年孤独》的译者黄锦炎回顾了自己的翻译过程,并结合现实讨论了作家笔下的马孔多世界;西安外国语大学教授、《没有人给他写信的上校》的译者陶玉平对该作品的存在主义主题进行了探讨。②

(十) 中国文艺理论学会

中国文艺理论学会由从事文艺理论教学、研究、评论和编辑出版工作的专业人员组成,属于全国一级学会。其前身"高等学校文艺理论研究会"于1979年5月在西安成立,周扬为名誉会长,陈荒煤为会长,黄药眠、陈白尘、徐中玉为副会长。1985年3月,"高等学校文艺理论研究会"在第四届年会上更名为"中国文艺理论学会"。该学会的宗旨是:团结全国文艺理论方面的专业人员,在马克思主义的指导下开展学科的研究,为提高教学、深化研究、活跃评论、繁荣创作、建立具有中国特色的文艺理论研究事业做出贡献。学会会刊《文艺理论研究》于1980年6月创刊。

截至2016年年底,学会已经举办十三届年会,概述如下:

第一届年会于1979年5月由西北大学筹办;第二届年会于1980年8月由江西大学筹办;第三届年会于1982年3月由中山大学筹办。

第四届年会于1985年3月在桂林召开,会议主题为"探讨新方法,改革旧观念"。发言讨论的议题包括:如何建设具有中国民族特色的马克思主义文艺理论,如何开创文艺理论研究的新局面,如何进行文艺理论研究方法的改革。关于建设具有中国民族特色的马克思主义文艺理论这一提法,大多数代表表示

---

① 参阅杨玲:《"面向新世纪的西葡拉美文学"研讨会在青岛举行》,《外国文学动态》,2008年第6期,第35页。
② 参阅杨玲:《"加西亚·马尔克斯与中国"高端研讨会在北京召开》,《外国文学动态》,2014年第4期,第21页。

赞同。他们从民族性、时代性、科学性三个方面进行关照,有的提出现代的、开放的、民族化的三位一体,有的阐述了这一体系的基本内容和主要原则,有的提出这一体系的逻辑起点应是艺术起源问题,是表现与再现的统一。关于如何开创文艺理论研究的新局面,代表们认为应该总结、吸取和借鉴三个方面的经验成果,即中国古代文论、外国文论和对当代文艺创作进行研究所取得的成果。文艺理论研究的方法论问题——尤其是关于文艺理论研究方法的更新和多样化问题——受到代表的普遍重视,这种对研究方法的重视是当时文艺理论界一股新的潮流,具有变革的意义。大会选举产生了中国文艺理论学会组织机构。[①]

第五届年会于 1988 年 5 月在芜湖召开,主题为"呼唤独立意识,表现真的现实"。来自全国各地研究文艺理论的学者 180 人参加了会议,包括王元化、王西彦、徐中玉、耿庸、何满子、高尔泰、曾卓、公刘、梅朵等作家和学者。会议期间,哲学家王若水作了《关于反映论和主体性问题》的报告。大会发言讨论主要围绕三个问题展开:1. 现实主义的审美特性和历史命运问题;2. 新时期现实主义文学的新发展以及现实主义与现代主义的关系问题;3. 当前发展真正的现实主义文学需要解决的关键问题。对于现实主义历史作用的讨论涉及两个问题:一是过去几十年文学中失误的原因是不是机械反映论,二是如何评价"无边的开放体系的现实主义"。关于第一个问题,王若水认为我们的文学几十年来(不包括新时期)更多的不是反映现实,而是粉饰现实、歪曲现实;这不是反映论,而是"灌输论"。关于第二个问题,钱念孙等认为,随着 20 世纪现代主义文学的崛起,出现了一种"扩张现实主义",它拔高现实主义的地位,想用现实主义概括各种创作现象的理论构想,从而使现实主义研究陷入了困境,解决的办法是把现实主义放在同其他方法平等的位置上,实事求是地进行评价。关于新时期现实主义的新发展这一问题,代表们提出新时期现实主义文学是在社会生活和社会心态急剧变化、西方文艺思潮和创作流派潮水般涌入的双重冲击下发展起来的;以中国向现代化进军为理由,来证明现实主义在中国已经过时,需现代主义取而代之,这种想法是错误的。[②]

第六届年会暨学术研讨会于 1993 年 11 月 25 日至 29 日在上海华东师范

---

① 参阅本刊编辑部:《探讨新方法,改革旧观念——中国文艺理论学会第四届年会讨论综述》,《文艺理论研究》,1985 年第 3 期,第 1—5 页。

② 参阅杨忻葆:《呼唤独立意识,表现真的现实——中国文艺理论学会第五届年会讨论综述》,《文艺理论研究》,1988 年第 4 期,第 37—41 页,以及华文:《对新时期文学中的现实主义的探索——中国文艺理论学会第五届年会侧记》,《探索与争鸣》,1988 年第 5 期,第 62—64 页。

大学举行,主题为"重振人文精神,深化理论研究"。会议由中国文艺理论学会主办,《文艺理论研究》编辑部和华东师范大学中文系承办,上海文化发展基金会、上海文学发展基金会协办,来自全国各地的学者100余人参会。会议由执行副会长徐中玉教授主持,名誉会长陈荒煤、王元化、冯牧等出席了会议。会议以"五四新文学以来文艺理论研究的回顾与展望"为中心议题,代表围绕"二十世纪中国文论的演化""八十年代中国文论的回顾与反思""二十世纪中国文论与外国文论""当前中国文艺学及人文学术的困境与趋向"等问题进行了讨论。①

第七届年会于1999年6月16日至19日在南京举行,主题为"二十世纪中国文论的回顾与展望"。本次年会由中国文艺理论学会、江苏省作家协会、南京师范大学文学院、《文艺理论研究》编辑部联合举办;来自全国各地的学者、编辑、记者120多人参加了会议。以下学者做了发言:南京师范大学吴炫教授、福建师范大学孙绍振教授、华东师范大学王晓明教授、深圳大学胡经之教授、香港岭南大学许子东教授、中国作家协会顾骧教授、南京大学包忠文教授、扬州大学姚文放教授、浙江大学徐岱教授、暨南大学饶芃子教授、福建省社会科学院南帆研究员、南京师范大学高小康教授、上海师范大学王纪人教授、南京大学赵宪章教授、南京大学潘知常教授、《文艺争鸣》主编郭铁成教授。大会讨论通过了新会章,协商推选产生学会第四届领导机构。②

第八届年会暨"大众传媒时代的文学生产"学术研讨会于2006年12月15日至17日在上海华东师范大学召开。会议由中国文艺理论学会、《文学评论》编辑部、华东师范大学中文系主办,首都师范大学文艺学学科、福建师范大学文学院、暨南大学中文系协办,来自全国各地的200余名学者参加。在小组讨论阶段,代表分为四组,围绕大众媒介技术和消费主义挑战下的文学和文学生产、中国现代性与大众文化、大众文化下的知识分子心态、"大众传媒时代"文学何为及文学理论何为等问题进行了讨论。大会选举产生了中国文艺理论学会新一届领导机构,华东师范大学特聘教授南帆当选会长,暨南大学蒋述卓教授等当选副会长,华东师范大学朱国华教授当选秘书长。③

第九届年会暨"批评理论与当代文学生产"学术研讨会于2008年12月26

---

① 参阅陈福民、张闳:《重振人文精神,深化理论研究——中国文艺理论学会第六届学术研讨会讨论综述》,《文艺理论研究》,1994年第1期,第84—89页。
② 参阅《中国文艺理论学会第七次年会活动报导》,《文艺理论研究》,1999年第4期,第94—97页。
③ 参阅叶磊蕾:《"中国文艺理论学会"第八届年会暨"大众传媒时代的文学生产"学术研讨会综述》,《文艺理论研究》,2007年第1期,第115—119页。

日至28日在广州的暨南大学召开。此次会议由中国文艺理论学会、《文学评论》编辑部主办,暨南大学中文系文艺学国家重点学科、广东省人文社科重点研究基地"暨南大学海外华文文学与华语传媒研究中心"承办,中山大学中文系、华南师范大学文学院、深圳大学文学院协办。大会开幕式由蒋述卓教授主持,中国文艺理论学会会长南帆教授致辞。饶芃子教授代表暨南大学文艺学学科在大会上发言,回顾了1983年以来暨南大学文艺学学科与全国文艺理论界的交流。与会代表130余人围绕批评理论与当代文学生产、中国批评理论及其建构、现代文艺学视野下的中国古代文学批评、海外华人文学与诗学、西方文论与比较诗学等问题展开讨论。①

第十届年会暨"文学与形式"国际学术研讨会于2011年10月22日至25日在南京大学召开。会议由中国文艺理论学会和南京大学文学院联合举办,来自海内外多所高校和科研机构的近200名学者参加了会议,提交论文150多篇,其中50%以上集中于对西方形式主义理论进行梳理和反思。大会发言、讨论主要围绕"文学与形式""语言与图像""文学与叙事"等议题展开。在文学遭遇了图像的技术化时代,文学不仅在生产、传播与消费的方式上,而且在图文关系、文学叙事等文学形式上发生了巨变。如何从理论层面对此现状进行回应,是此次与会学者思考的另一个焦点。此外,部分学者还对中西方的文体观、修辞学、文学与传媒的关系、现代诗学的建构等话题进行了探讨。会议对中国文艺理论学会成立30年来所做的贡献给予肯定,并对新时期以来的文学理论研究进行了必要的反思和总结。这是中国文艺理论界首次以"文学与形式"命名的国际学术研讨会,标志着新时期以来文学理论研究对文学自身认识的深化。②

第十一届年会暨"中国当代文艺理论建设"学术研讨会于2012年11月16日至19日在沈阳师范大学召开,主题为"中国当代文艺理论建设"。会议由中国文艺理论学会主办,沈阳师范大学文学院、辽宁大学中国文艺思想研究中心联合承办,中国文艺理论界的学者180余人参加了会议。中国文艺理论学会会长南帆致开幕词,提出新时期以来中国文艺理论发生了很多变化,需要认真检视和全面总结,比如:文学理论仅仅是文学实践的总结还是有更强大的理论功能?理论的存在是为了解释当下还是为了保留传统?传统是否需要重新思考?

---

① 参阅闫月珍:《中国文艺理论学会第九届年会暨"批评理论与当代文学生产"学术研讨会综述》,《文学评论》,2009年第3期,第216—219页。

② 参阅周计武:《"中国文艺理论学会"第十届年会暨"文学与形式"国际学术研讨会综述》,《文艺理论研究》,2011年第1期,第141—142页。

在发言和讨论中,代表围绕中国文论资源的认识与反思、西方文论话语的深度阐发与本土化实践、文化研究语境中的文论建设与学科建设、走向多元探索和综合创新等问题进行了交流,使许多深层的理论问题和文学现实问题得到辨析、论证和探究。①

第十二届年会暨"百年文学理论中的中国话语"学术研讨会于2014年10月18日至19日在北京召开。此次会议由中国文艺理论学会主办、北京师范大学文艺学研究中心承办,来自全国各高校及科研单位的200多名学者参加了会议。

围绕大会主题"百年文学理论中的中国话语",代表们探讨了西方文学理论对中国文论话语所产生的影响:是极大地开阔了我们的思维视野,有助于中国文论话语的建立?还是一种文化殖民扩张,制约了我们的话语自由?这形成了会议的两大重要议题:1.反思百年来中国文论话语的建立,即梳理百年来西方话语对中国文学理论的影响;2.探讨如何建构当下的文论话语,即探讨当下对待西方理论话语的理性态度。关于百年来中国文论话语的建立,学者们对"文艺学"学科的形成、中国古代文论、中国现代文论传统进行了交流;关于如何建构当下的文论话语,学者们主要探讨了文学经验与文学环境之间的关系、文艺学与西方理论之间的关系问题。在本次会议中,几乎所有代表都期待中国文论拥有自己的话语声音,面对西方理论的态度更加审慎、冷静和理性。然而,也有学者指出,质疑和反思的态度是必要的,开放而自由的心态同样是不可或缺的。正如北京大学王一川教授在大会总结发言时所强调,"中国话语"应该不仅仅指中国本土的文论经验,而是指中国本土文论与西方文论的对话、交流和冲突。②

第十三届年会暨"百年中国文艺理论的回顾与反思"学术研讨会于2016年10月21日至24日在济南举行。会议由中国文艺理论学会主办,教育部人文社会科学重点研究基地山东大学文艺美学研究中心承办,来自全国各高校和学术机构的170多名学者参加了会议。

在开幕式上,山东大学文艺美学研究中心名誉主任曾繁仁教授、北京大学人文社会科学研究院赵宪章教授、山东大学鲁枢元教授、中国社会科学院研究生院党委书记张政文教授、北京大学中文系陈晓明教授、华中师范大学文学院

---

① 参阅张冬梅:《文学理论的现实关怀与创造性建构——"中国文艺理论学会第十一届年会暨中国当代文艺理论建设学术研讨会"综述》,《文艺理论研究》,2013年第4期,第19—21页。
② 参阅于阿丽:《反思与展望:如何建构中国文学理论话语——中国文艺理论学会第十二届年会暨"百年文学理论研究中的中国话语"学术研讨会综述》,《文艺理论研究》,2015年第3期,第105—107页。

院长胡亚敏教授等分别致辞。曾繁仁教授认为对百年中国文艺理论发展的回顾可以从两点着手:一是理论的总结,二是文献的梳理;赵宪章教授提出文艺理论研究应该有横跨中西的视野和立足中国的态度,并主张以跨学科的方法实现学术转型;鲁枢元教授细致分析了新时期的文艺理论建设,以"拨乱反正""解放思想""向西开放""尊重文艺规律和作家个性""文艺影响政治经济生活"等五点内涵总结新时期文艺理论的形态;张政文教授的发言针对文艺理论偏离现实生活、摒弃本土文论传统所导致的失聪、哑语的问题,提出中国文论建设应多一些现实关怀;陈晓明教授呼吁批评家关注当代本土文学的创作实践,从民族文学的实际感性经验出发,以规避片面吸收西方文艺理论导致与本土文艺经验脱节的现象;胡亚敏教授从数字媒体时代的阅读现象研究出发,探讨中国马克思主义文学批评如何应对这一新的文学现象。小组讨论阶段,代表们围绕以下论题展开讨论:1. 百年中国文艺理论与中国古代文论;2. 百年中国文艺理论与西方文论;3. 百年中国文艺理论与中国新文艺的发展;4. 中国文艺理论的现状分析与未来展望。①

(十一) 中国中外文艺理论学会

中国中外文艺理论学会是 1994 年 6 月在中国社会科学院文学研究所和外国文学研究所联合承办的会议上正式成立的,是经民政部批准成立的全国性的文艺理论学术研究团体,隶属于中国社会科学院文学研究所,成员由从事中外文化、文艺理论研究的高校教师或科研人员组成。学会的宗旨是以马克思主义为指导,在当今国际文化背景下,探讨世界文化艺术、文艺理论问题,倡导中外文化艺术、文艺理论的双向交流,促进我国中外文化艺术、文艺理论工作者的相互沟通,以开阔学术研究的理论视野。学会的方针是坚持奉行主导、多样、鉴别、创新性,以发展具有中国特色的、富有时代性的文艺理论,为繁荣社会主义文艺创作、建设社会主义精神文明贡献力量。学会的任务是有计划地组织中外学者的学术交流和研讨活动,不定期地开展各种规模、各种类型的学术讨论会,组织中外文化艺术、文艺理论讲习班,编辑出版"中国中外文艺理论研究丛书"、学会会刊等。

学会第一届年会于 1995 年 8 月在济南召开,由中国中外文艺理论学会和山东师范大学联合主办,主题为"走向 21 世纪:中外文化、文艺理论国际学术研

---

① 参阅左杨:《中国文艺理论建设的时代征候——中国文艺理论学会第十三届年会暨"百年中国文艺理论的回顾与反思"学术研讨会综述》,《中国社会科学院研究生院学报》,2017 年第 1 期,第 86—90 页。

讨会"。

1999年5月17日至19日,由中国中外文艺理论学会和南京师范大学文学院联合举办的"1999年世纪之交:文论、文化与社会暨中国中外文艺理论学会第二届年会"在南京师范大学召开,来自中国社科院及全国数十所高等院校的110多位专家学者出席了本次会议。在大会发言和分组讨论中,代表们围绕"文论、文化与社会"这一主题,对中国当代文学理论的发展与问题进行了广泛而深入的探讨。议题包括:文化与文论的现代化问题、从文学研究到文化诗学研究、文论研究与文学批评如何走向未来等问题。

2000年8月,学会与清华大学、北京师范大学联合,与法国、英国、德国、澳大利亚等多国学者合作,成立"国际文学理论学会";2001年4月,学会与扬州大学文学院在扬州联合举办"全球化语境中的文学理论研究与教学研讨会";2001年7月,学会与辽宁大学文学院联合,在沈阳举办"创造的多样性:21世纪中国文论建设国际讨论会";2001年10月,学会与厦门大学文学会联合,在厦门举办"新理性精神与文学研究方法论研讨会";2002年5月,学会与云南大学文学院联合,在昆明举办"文艺学与文化研究学术研讨会";2003年12月,学会与中华美学学会、台州学院联合,在浙江台州举办"全国美学、文学理论前沿问题学术研讨会";2004年5月,学会与北京师范大学文艺学研究中心联合,在北京举办"中国文学理论的边界研讨会";2004年6月,学会与湘潭大学文学院联合,在湖南湘潭举办"全国第二次巴赫金国际学术研讨会"。①

2004年6月8日至11日,"多元对话语境中的文学理论建构国际研讨会暨中国中外文艺理论学会第三届年会"在北京中国人民大学召开,会议由中国中外文艺理论学会与中国人民大学中文系主办,来自全国各高校、科研院所以及美国、英国、俄罗斯、斯洛文尼亚等国的文艺理论界的学者约300人参加了会议。会议主要围绕当代文学理论遭遇的危机展开讨论,代表们聚焦于边缘化、边界、文化研究等关键词,努力寻求我国当代文艺理论的出路,以推动中国文学研究与文化研究的创新发展,促进中国文艺理论与世界的交流。②

2005年10月29日至11月1日,由中国中外文学理论学会、北京师范大学文艺学研究中心、四川大学文学与新闻学院、中南大学文学院联合举办,并由中

---

① 《中国中外文艺理论学会历届会议》,高建平主编:《中国中外文艺理论研究(2013)》,北京:中国社会科学出版社,2014年,第479—481页。

② 参阅王淑林:《文学的流散与理论的边界——"多元对话语境中的文学理论建构国际研讨会"述评》,《东方丛刊》,2004年第4期,第246—251页。

南大学文学院承办的"2005:新时期文学理论的回顾与展望学术研讨会"在长沙召开,来自全国各地的100余位专家学者围绕研讨会主题,对新时期文学理论的总体发展、评价与前瞻,外国文化研究现状及其对我国文艺理论建设的影响,我国文学理论的现代传统,中国古代文论研究对当代文论建设的影响与实绩,互联网对文艺学当代形态建设的影响等问题进行了讨论。①

2007年6月23日至25日,由中国中外文艺理论学会和华中师范大学文学院联合主办"文学理论三十年:从新时期到新世纪国际学术研讨会"暨中国中外文艺理论学会第四届代表大会在武汉召开。来自国内100多所高校和科研院所以及美国、日本等国的240多位学者出席了会议,提交论文130多篇。本届大会的主题是回顾中国近三十年来的文学理论,并在此基础上探寻理论研究的新起点。会议的研讨话题主要集中在以下四个方面:具有本土特色的当代中国文学理论形态已初步形成,转换与变革是文学理论研究的基本趋势,政治是文学理论研究不可或缺的维度,文学理论的研究思路必须革新。②

2008年7月,由中国中外文艺理论学会、北京师范大学、陕西师范大学、兰州大学、西北大学和青海民族学院中文系主办的"理论创新时代:中国当代文论改革与审美文化转型研讨会暨中国中外文艺理论学会第五届年会"在青海举办。来自国内70多所高校、研究机构和学术期刊的100余名学者参加了会议,围绕会议主题对改革开放30年来文学理论研究和审美文化研究的历程、取得的成就深入反思以及对未来发展趋势等一系列重大学术问题、前沿理论问题进行了广泛而深入的讨论。③

2009年7月16日至20日,由中国中外文艺理论学会、贵州大学、贵州师范大学、贵州民族学院主办的"新中国文论60年国际学术研讨会暨中外文艺理论学会第六届年会"在贵州贵阳举行。来自国内多所高校和科研院所以及美国、英国、奥地利等国的一些学者出席了会议,会议收到论文140多篇。该届大会的主题是"新中国文论60年",会议回顾和反思了60年来中国文艺理论的发展历程,以学术的开放心态将新中国文论置于中外历史学术语境中进行对话,深入探讨了新中国文艺理论的性质及当代文艺理论的发展方向等问题。从以下

---

① 参阅欧阳友权:《"新时期文学理论的回顾与展望"学术研讨会在长沙召开》,《文艺理论与批评》,2006年第1期,第20页。
② 参阅孙文宪:《文学理论三十年:从新时期到新世纪国际学术研讨会综述》,《文学评论》,2007年第6期,第208—210页。
③ 参阅董树宝、贾一心:《"理论创新时代:中国当代文论改革与审美文化转型"学术研讨会综述》,《文学评论》,2008第6期,第216—218页。

几个方面展开了主题研讨:新中国文艺理论60年回顾与反思、文学性质的研究与探讨、古代文论与文化研究、西方文论与中国文论的现代性、中国现代文论的发展与建构。①

"文学理论前沿问题研究学术研讨会暨中国中外文艺理论学会第七届年会"于2010年4月23日至25日在扬州举行。此次会议由中国中外文艺理论学会、扬州大学文学院、中国社会科学院文学研究所文学理论研究室共同举办。来自国内外130余个单位的近200名学者参会,提交论文150余篇。在大会主题发言和小组讨论中,代表围绕文学理论研究现状及其存在问题的梳理、文学理论的研究方法和研究范式更新、文学理论的基本问题、中国古代文论及西方文论研究等前沿问题展开讨论,有力推进了当下文艺理论的发展。②

"国外马克思主义文论与中国当代文论建构国际会议暨中国中外文艺理论学会第八届年会"于2011年6月20日至21日在成都举行。会议由中国中外文艺理论学会、四川大学文学院共同举办。发言讨论的议题包括:国外马克思主义文论发展现状、中国当代马克思主义文论的建构、比较视野中的当代中国文论建构。③

"21世纪的文艺理论:国际视阈与中国问题国际学术研讨会暨中国中外文艺理论学会第九届年会"于2012年8月8日至10日在济南举行,会议由中国中外文艺理论学会、山东师范大学共同举办。来自国内外的100余位学者参加了会议,就目前文学理论的研究现状、中国特色文艺理论的研究与生成等问题展开了探讨④。

2013年8月15日至18日,由中国中外文艺理论学会、湖南师范大学主办的"中国中外文艺理论学会第十届年会暨文学理论研究与中国文化发展学术研讨会"在长沙举行。此次会议选举产生了以高建平教授为会长的新一届理事会成员。来自全国各高校和科研院所的400多位专家就"文学基础理论研究的困境与出路""中外文论交流与当代文化建设""本土文艺理论建设的意义与途径"

---

① 参阅谭德兴、林早:《"新中国文论60年"国际学术研讨会综述》,《文学评论》,2010年第1期,第217—219页。
② 参阅陈学广:《中国中外文艺理论学会第七届年会暨"文学理论前沿问题"学术研讨会综述》,《文学评论》,2010年第5期,第213—215页。
③ 参阅赵渭绒、梁昭:《中外文论的历史、现状与未来——中国中外文艺理论学会第八届年会暨"国外马克思主义文论与中国当代文论建构"国际学术会议纪要》,《文艺理论研究》,2011年第5期,第144页。
④ 参阅吴承笃:《"21世纪的文艺理论:国际视域与中国问题"国际学术研讨会暨中外文艺理论学会第九届年会综述》,《文学评论》,2013年第1期,第221—223页。

等议题进行了广泛的讨论。①

2014年8月15日至19日,由中国中外文艺理论学会、河南大学主办的"中国中外文艺理论学会第十一届年会暨面向时代的文学理论与批评国际学术研讨会"在河南开封举办。本次会议的主题是"文学理论与批评的传承与创新",议题包括学科理论范式的建设问题、西方话语与中国话语建构问题、(西方)马克思主义文论建设问题、全球化和本土化问题等。②

2015年10月24日至25日,由中国中外文艺理论学会、湖北大学文学院举办的中国中外文艺理论学会第十二届年会暨"当代中国文论的话语体系建构"学术研讨会在武汉举行。来自全国各大科研机构的300多名学者参加,围绕"中国当代文论的话语体系建构"问题展开讨论。③

2016年8月19—22日,由中国中外文艺理论学会、江苏师范大学文学院、汉文化研究院主办的中国中外文艺理论学会第十三届年会暨"文艺理论:传统与现实"学术研讨会在江苏徐州举办。来自全国各地的300多名学者参加,提交论文358篇。会议以"文艺理论:传统与现代"为主题,参会代表围绕当代马克思主义文艺理论和研究、文学批评与文学阐释研究、西方文论与建构中的当代中国文论、地域文学文化、古代文论与当代中国文学等问题进行了讨论④。

"中国中外文艺理论学会"下设一些分支学术团体,包括"中国中外文艺理论学会叙事学分会""中国中外文艺理论学会新媒介分会"等。由于这些学术团体出现较晚,这里不再详细介绍。

除了以上介绍的11个主要的学术团体,新时期还出现了其他与欧美文化中国化相关的学术团体。比如中国北欧文学学会1989年4月25日在北京成立,冯至任会长,叶君健和萧乾担任顾问,翻译家任溶溶和北欧研究学者石琴娥担任副会长。此外,中国意大利文学学会于1989年3月30日在北京成立,会长为吕同六,副会长为钱鸿嘉。

---

① 参阅杨水远:《突围当下文艺理论困境的多元探求——2013年中国中外文艺理论学会第十次年会暨"文学理论研究与中国文化发展"学术研讨会综述》,《中国文学研究》,2013年第4期,第124—126页。
② 参阅王银辉:《"面向时代的文学理论与批评":传承与创新——中国中外文艺理论学会第十一届年会综述》,《文学评论》,2015年第4期,第221—223页。
③ 参阅程墨、欧阳正宵:《中国中外文艺理论学会第十二届学术年会举行》,http://www.jyb.cn/world/zwyj/201510/t20151027_641031.html(访问时间:2020年4月9日)。
④ 参阅《中国中外文艺理论学会第十三届年会暨"文艺理论:传统与现代"学术研讨会在江苏师范大学召开》,《江苏师范大学学报》(哲学社会科学版),2016年第5期,第2页。

二、新时期以来学术组织对欧美文学中国化的推动作用

从以上与欧美文学中国化相关的学术团体的成立及其活动情况可以看出,新时期的欧美文学译介、研究正如王守仁教授在"中国外国文学学会英语文学研究分会第二届专题研讨会"上指出的那样,朝着精深、博大的方向发展。[①] 一方面,作为欧美文学的主体,英国文学、美国文学研究逐渐"精深"。新时期英国文学、美国文学领域成立了各自的研究分会:1979年成立了"全国美国文学研究会",1997年成立了"全国英国文学学会";截至2016年年底,"全国英国文学学会"共召开十届年会,"全国美国文学研究会"共召开十八届年会、十一届专题研讨会。从年会主题、参加人员、发言讨论以及理事会、领导机构换届情况记载来看,这些学术团体的活动表明新时期英国文学、美国文学研究逐渐走向成熟,走向"精深"。另一方面,对欧美文学中处于边缘地位的文学的研究正朝着"博大"的方向发展,即逐渐将加拿大文学、澳大利亚文学、拉美文学纳入研究范围,将欧美文学中的流散文学、少数族裔文学、女性文学等边缘群体的文学作品纳入研究视野。比如1979年专门成立了"全国西班牙、葡萄牙、拉丁美洲文学研究会",起初侧重于对西葡拉美地区的文学作品进行翻译,后来逐渐发展到对这些地区的代表性作家——比如西班牙作家塞万提斯和拉丁美洲作家马尔克斯——展开专题研究,就拉美魔幻现实主义等代表性文学技巧和流派进行专题研讨。此外,俄国文学、法国文学、德国文学领域也成立了各自的研究会,但从这些研究会的活动记载情况来看,新时期俄国文学研究逐渐失去了学科优势地位,法国文学主要偏向作品翻译和翻译研究。德国文学研究起初发展较慢,2000年后加快发展,主要关注德国文学与启蒙运动的关系、与现代性的关系、与二战历史反思的关系等。最后,新时期欧美文学中国化不可忽视的一个重要方面是对欧美文学理论的译介和反思。1979年成立的"高等学校文艺理论研究会"(1985年更名为"中国文艺理论学会")共举行十三届年会,1994年成立的"中国中外文艺理论学会"共召开十三届年会。"中国中外文艺理论学会"下设两个分支学术团体,即"中国中外文艺理论学会叙事学分会"和"中国中外文艺理论学会新媒介分会"。从这些文艺理论学术团体的活动情况来看,新时期的

---

① 参阅徐璐:《中国外国文学学会英语文学研究分会第二届专题研讨会综述》,《当代外国文学》,2013年第2期,第172—174页。

欧美文学中国化具有明显的"理论自觉意识",即积极引入欧美文学理论,有意识地将其与中国古代文论、现代文论进行比较,反思中国文论的"消声"状态,探索中国文论的建设途径。可以说,在很大程度上,这些文艺理论学会的工作取得了成效,通过对欧美文艺理论的引入和鉴别,中国的欧美文学研究者逐渐具备了外国文学研究的中国立场,体现出独特的中国视角。此外,这些文艺理论也推动了中国文论建设,推动了中国文学创作的发展和文学批评的系统化——这恰恰体现了以上学术团体成立之初所构想的"外国文学工作为中国人民、为社会主义和两个文明建设服务"的初衷。①

第一,这些学术团体成立的宗旨体现出新时期欧美文学中国化进程中鲜明的"中国意识",即适应新时期中国改革开放这一社会现实的需要,为中国的现代化建设服务,在文学领域体现解放思想的诉求。比如在1980年举行的中国外国文学学会第一届年会闭幕式上,学会副会长吴富恒在《中国外国文学学会第一届年会闭幕词》中总结了会议发言讨论的情况,认为代表们在大会中敢于解放思想,批判了"四人帮"在政治上和文化上的"极左"思潮和行动。② 这种对思想解放的关注体现了新时期之初中国社会改革开放的需要。在1984年举行的中国外国文学学会第二届年会上,学会副会长叶水夫在开幕词中进一步指出:大会的指导思想是"使外国文学工作成为社会主义精神文明建设的组成部分,更好地为中国人民、为社会主义和两个文明建设服务"③。具体来讲,使欧美文学为中国社会文化发展服务的自觉意识体现为欧美文学作品翻译方面的文本选择、欧美文学研究方面的中国视角、欧美文学史撰写方面将西方视为整体的思维方式。这些都表明新时期欧美文学的"中国化进程"是围绕中国现代化建设的需要而开展的,是被中国人民根据现实需要加以接受和改造的过程。

第二,这些学术团体的成立体现出新时期欧美文学中国化进程中强烈的"比较意识和借鉴意识"。在新时期,不管是对欧美文学作品的译介研究,还是对欧美文学理论的接受和改造,都体现出与中国文学作品和文学理论进行比较的意识,其重要目标之一是促进中国文学的发展,促进中国文论的建设。比如1981年4月召开的全国美国文学研究会第一届年会所讨论的中心议题就是研究美国文学的指导思想问题。经过讨论,代表们认为美国文学研究要在发扬我

---

① 参阅叶水夫:《中国外国文学学会第二届年会开幕词》,《外国文学研究》,1985年第1期,第3—6页。

② 参阅吴富恒:《中国外国文学学会第一届年会闭幕词》,《外国文学研究》,1981年第1期,第17—18页。

③ 叶水夫:《中国外国文学学会第二届年会开幕词》,《外国文学研究》,1985年第1期,第3页。

国悠久文学传统的基础上,吸收美国文学的精华作为创造我国社会主义文学的借鉴。① 在1983年举办的"全国加西亚·马尔克斯与拉美魔幻现实主义讨论会"上,代表们也提出面对外国文学应坚持"洋为中用"的原则,应关注国内文艺界的创作情况。② 在2004年举办的中国外国文学学会第八届年会中,黄宝生会长在开幕词中指出,在世界政治、经济和文化交流日益增多的背景下,中国文化只有在吸收外国文化优秀成果的基础上才能不断发展;因此,他主张外国文学研究者通过回顾西方文学和东方文学在现代化进程中的历史经验,对中国现代文学做出科学的总结,对中国当代文学创作提供新的启示。③ 面对新时期涌入的欧美文学理论,这些学术团体逐渐产生反思意识,将欧美文学理论与中国古代文论和中国现代文论进行比较,对中国文论的"消声"境遇深感不安,对于如何吸收西方文论的精华建设中国文论的问题非常关注。

第三,这些学术团体的工作体现出新时期欧美文学中国化进程中的"动态意识",这与全球化的影响密不可分。全球化时代信息传播速度加快,外国文学研究者能够及时得到欧美作家作品的最新信息,新作家、新作品不断进入研究视野,使我国的欧美文学译介研究与欧美作家的动态、欧美文学作品的创作联系日益紧密,使欧美文学中国化体现出动态特征。这种动态特征的表现之一是新时期欧美文学作品翻译的井喷现象,其中引人注目是全国西班牙、葡萄牙、拉丁美洲文学研究会对西葡拉美文学作品的大量翻译和出版。在1986年举办的第三届年会上,研究会与云南人民出版社签署了关于合作翻译出版"拉美文学丛书"的协议;1994年,"拉丁美洲文学""拉美作家谈创作""西班牙文学""葡萄牙文学"等丛书陆续出版④,为中国提供了一个了解拉美文学的窗口,拉美魔幻现实主义为中国作家的创作提供了借鉴。这种动态特征的表现之二是欧美文学研究视角的嬗变,学术团体的活动对于这些嬗变发挥了引领作用。比如在1994年举办的中国外国文学学会第五届年会上,学会副会长吴元迈作了题为《面向21世纪的外国文学》的专题发言,指出需要认清"冷战"后世界文学的多

---

① 参阅《全国美国文学研究会在沪举行第一届年会》,《外国文学研究》,1981年第2期,第133页。
② 参阅谷深:《探讨加西亚·马尔克斯与魔幻现实主义我国首次举行拉美文学专题学术讨论会》,《外语界》,1983年第3期,第3—4页,以及枫林:《加西亚·马尔克斯与拉美魔幻现实主义讨论会》,《拉丁美洲丛刊》,1983年第4期,第52页。
③ 参阅苏玲:《中国外国文学学会第八届年会在长沙举行》,《外国文学动态》,2004年第6期,第44—45页。
④ 参阅《"西班牙葡萄牙拉丁美洲文学在中国"研讨会在京举行》,《世界文学》,1994年第5期,第302页。

元化格局,对各国文学的历史、现状及其新倾向、新思潮要有全面深入的研究,特别要注意第三世界国家文学的变化和发展;此外,他还提醒外国文学研究者注意自然科学的发展,综合利用自然科学、社会科学和人文科学的优势,拓展新的研究领域,发展交叉学科。① 在1999年举办的中国外国文学学会第六届年会上,会长黄宝生致开幕词,指出对外国文学现状要加强跟踪研究,保持外国文学研究的前沿性。② 动态特征的表现之三是对欧美文学经典的不断重新阐释。比如2007年举办的中国外国文学学会第九届年会的主题即"走近经典",代表们围绕"何为经典""如何重读经典""文本经典化或去经典化过程""文学经典的传播与教学""文学经典研究个案"等方面展开讨论。③

第四,这些学术团体的工作体现出新时期欧美文学中国化进程中的"问题意识",即欧美文学译介选择、研究角度嬗变始终与新时期中国现代化建设中出现的现实问题、欧美世界面临的紧迫问题以及人类面临的共同问题密切相关。比如在1992年举办的全国美国文学研究会第六届年会中,代表们讨论的一个重要议题是美国文学中的黑人文学、移民文学等"少数话语"(Minority Discourse)④这一文学现象,这体现了对当时美国社会现实中突出的族裔问题、移民问题的关注。此外,现代化进程中人的异化问题也引起学术团体的关注。比如在2009年举办的中国外国文学学会第十届年会上,中国社会科学院外国文学研究所陆建德研究员在发言中提出应该在外国文学研究中体现问题意识和社会关怀;浙江工商大学蒋承勇教授从当下的时代背景出发,反思了外国文学史教材编写中的人文传统;东北师范大学刘建军教授论述了文化发展中的三大冲突,即人文理性和工具理性的冲突、角色与身份的冲突、个体价值与公共价值的冲突⑤——这些都体现了对外国文学研究中人文关怀的强调。此外,在2011年举办的中国比较文学学会第十届年会上,中国比较文学学会会长乐黛云教授指出我们正处于一个前所未有的转型期,正在建构一个全球文化多元共生的理想世

---

① 参阅学会秘书处:《中国外国文学学会第五届年会纪要》,《外国文学动态》,1995年第1期,第79—80页,以及钟志清:《中国外国文学学会第五届年会在北京召开》,《世界文学》,1994年第6期,第313—314页。

② 参阅成昊:《回顾辉煌成就 展望远大前程——中国外国文学学会第六届年会纪实》,《外国文学研究》,1999年第4期,第3—4页。

③ 参阅周琴:《中国外国文学学会第九届年会综述》,《外国文学动态》,2007年第6期,第36—39页。

④ 参阅戈异:《全国美国文学研究会举行第六届年会》,《外国文学研究》,1992年第4期,第47页。

⑤ 参阅杜常婧:《中国外国文学学会第十届年会召开》,《外国文学动态》,2009年第4期,第34页。

界,号召全世界所有文学研究者为重新思考人类的生存意义、塑造新的精神世界并肩前行。这是对全球化时代背景下文学研究使命的新的诠释,指出了外国文学研究的发展方向。

第五,这些学术团体的工作体现出新时期欧美文学中国化进程中的"辩证意识",体现出马克思主义理论的影响。比如中国外国文学学会1980年成立之初制定的《中国外国文学学会章程》第四条规定:坚持"双百方针"和学术平等原则,鼓励不同学术观点的争鸣。在1991年举办的中国外国文学学会第四届年会中,副会长叶水夫在开幕词中指出外国文学工作必须坚持马克思主义,扩大同外国的文化交流,博采众长,为我所用。中国社会科学院外国文学研究所所长吴元迈在发言中指出:我国外国文学工作者一定要用马克思主义对外国文学的思想内容和表现方法进行分析、鉴别和批判,要勇于和善于借鉴世界文学中一切有价值、有意义的东西,为发展和繁荣有中国特色的社会主义文学做出贡献。① 辩证意识表现为评价文学作品时摒弃了"善恶斗争二元论"的模式,特别是在对现实主义/现代主义作品的评价方面。比如1987年举办的中国外国文学学会第三届年会提出:现实主义与现代主义在不同的发展时期具有不同的内容,对现代主义的各种流派要做具体分析,既不能全盘吸收,也不能简单粗暴地加以否定②——这种面对西方文学作品、西方文学流派的辩证意识体现出马克思主义思想的影响。这种辩证意识还体现为在中西文学理论的"接触地带"不再盲目用西方文学理论和文学史观来阐释文学现象,而是提出用辩证的思维方式看待欧美文学和中国文学,建立有中国特色的欧美文学阐释话语和阐释形态。③ 这种对外国文学研究中中国视角的强调日益明显,比如2009年举办的全国英国文学学会第七届年会暨学术研讨会的主题为"中国视野下的英国文学",2012年举办的中国外国文学学会英语文学研究分会第二届专题研讨会主题为"英语文学研究与中国当代视角"。在2013年举办的中国外国文学学会第十二届年会上,学会副会长聂珍钊教授在发言中也提到当下外国文学研究中存在的学风问题,批评了外国文学研究中食洋不化、盲目模仿、生搬硬套的现象,强调

---

① 参阅直理:《中国外国文学学会第四届年会在扬州召开》,《外国文学评论》,1991年第4期,第45页。
② 参阅章正博:《中国外国文学学会第三届年会在南京召开》,《外国文学评论》,1988年第1期,第103页。
③ 参阅刘建军:《关于"欧美文学中国化进程"的若干问题》,《东北师大学报》(哲学社会科学版),2012年第3期,第86—90页;周桂君:《全球化语境与欧美文学中国化进程》,《东北师大学报》(哲学社会科学版),2014年第4期,第102—106页;刘建军、付瑶:《百年来欧美文学中国化进程与中国特色西方文学新形态建设研究》,《世界文学评论》,2011年第2期,第10—13页。

在文学批评中应体现出中国学者的学术立场。[①]

第六,这些学术团体的组织逐渐成熟,形成了梯队式的结构。团体在党的领导下,坚持四项基本原则,努力求实进取。各学术团体有自己的章程,在组织学术活动的时候,有法可依,有据可循。这为这些团体顺利开展学术活动提供了保障。学术团体的范围非常广,涵盖中国及至世界大部分地区,真正形成了一个大的学术交流群体。学术团体形成了相当的规模,可以代表国家组织一些重大的学术和文化活动,吸引来自世界各国的力量,加入中国的欧美文学研究行列中,推动了欧美文学中国化进程。

第七,学术团体组织的学术活动紧扣时代脉搏,适应国家发展需要。从上面的历届学术会议的主题选择上可以看出,我们的欧美文学研究学术团体时刻以文学研究服务于社会为其宗旨,反对做空头学问,引导学者通过文学研究,触及现实问题。这些学术活动还有意识地培养青年学者,鼓励他们积极投入到欧美文学研究的前沿领域。通过学术活动,为他们提供一个与同一领域的学者交流的机会。学术活动的举办让学者们了解到世界上其他各个地区的欧洲文学研究的发展状况,增进了友谊,开阔了视野。

需要补充说明的是,新时期欧美文学中国化进程的加速发展也体现为相关博士点、硕士点的建设。从1978年第一批英语语言文学硕士点建立,到1981年第一批英语语言文学博士点建立,再到2003年第一批"外国语言文学"一级学科博士学位授予权获批,新时期的欧美文学研究重拾"文化大革命"之前的发展动力和发展方向,正式步入高等学府、高等科研机构学术研究的殿堂。

截至2016年,全国拥有"外国语言文学"一级学科博士学位授予权的院校已经达到39所;没有"外国语言文学"一级学科博士学位授予权,但拥有"外国语言文学"所涵盖的、与欧美文学相关的二级学科博士学位授予权的院校共3所;没有"外国语言文学"一级学科及其附属的二级学科博士学位授予权,但拥有"比较文学与世界文学"二级学科博士学位授予权的院校共8所。此外,拥有英语语言文学硕士点的院校共188所,拥有俄语语言文学硕士点的院校共67所,拥有法语语言文学硕士点的院校共43所,拥有德语语言文学硕士点的院校共37所,拥有西班牙语语言文学硕士点的院校共16所,拥有欧洲语言文学硕士点的院校共9所,拥有比较文学与世界文学硕士点的院校共120所。

[①] 参阅张娜:《中国外国文学学会第十二届年会在南昌大学召开》,《外国文学评论》,2013年第3期,第234—235页,以及《中国外国文学学会第十二届年会在南昌大学举行》,《外国文学动态》,2013年第3期,第59页。

从新时期与欧美文学相关的博士点、硕士点建立时间来看,改革开放初期出现了一次高潮,这与当时中国社会解放思想、广泛接受西方事物的热情密不可分。此外,21世纪前10年出现了另一次高潮,共35所院校获得了"外国语言文学"一级学科博士学位授予权,这既是与欧美文学相关的"外国语言文学""比较文学与世界文学"学科发展逐渐成熟的标志,也是中国加入世贸组织后逐渐具备国际视野、逐渐能够接受外国优秀文化传统这种文化自信的体现。从新时期博士点、硕士点的学科分布来看,英语语言文学仍为主角,现有36所院校招收研究方向与欧美文学相关的英语语言文学专业博士研究生。相比之下,俄语语言文学、法语语言文学、德语语言文学、西班牙语语言文学等专业博士点、硕士点数量要少得多。这既涉及不同语种国家的政治、经济、文化状况等复杂因素,也反映出我国新时期欧美文学中国化进程中出现的学科不平衡,需要在今后的发展中逐渐扭转。从研究方向来看,从"外国语言文学"所属的二级学科下设的外国文学翻译、英美文学研究、西方文论研究,到"比较文学与世界文学"二级学科下的西方文学与比较文学、西方文论、中西诗学比较等,新时期欧美文学研究领域不断扩大,研究视野逐渐开阔,研究视角出现多元化。随着全球化时代世界多元文化的共同发展,这必然成为未来欧美文学中国化的发展趋势。

结 语

改革开放以来,欧美文学中国化进程呈现出全面发展的趋势。在这个历史进程正在发育、发展的过程中,要全面地把握这个新时期欧美文学中国化的全部现象显然是不切实际的,我们只好在有限的篇幅里选择几个重要的问题进行重点探讨。第一组所涉及的六个问题是扼要回顾新时期文学研究的阶段、热点、特点与格局。20世纪80年代出现欧美文学译介的"井喷"现象,原因之一是中国进入社会转型期,当一个国家的文化处于转型时期,它就特别需要异质文化的介入。原因之二是中国人的价值观念领域产生了巨变,个体生命价值开始受到重视。在文学创作上,中国文学急于向欧美文学借鉴现代的思想观念和创作手法,这种需求刺激了欧美文学作品的引入,并推动了欧美文学研究的深入。欧美文学作品大量引进,随之而来的是对文学作品研究方法上革新的要求。面对这样的形势,我们又大量地引进西方文学理论,形成了西方文学理论热潮。这一热潮进一步推动了我们对西方现代派文学的接受。在新时期,一方面,人们开始用科学的态度对待马克思主义文学批评。另一方面,学界大胆引进了西方文学理论,以期在文学研究中拓宽自己的思路。与此同时,在20世纪80年代也出现了批判资产阶级自由化的运动。当时,我们的文化界对"现代派"思潮并没有明确的认识,片面地认为现代派脱离我们的社会实际去空谈人性、人道主义、异化这类问题。

把握20世纪90年代以来我国的欧美文学研究的特点也是不容易的,因为这一时期我们的研究成果浩大,内容繁多。因此我们以经典作家为例,通过对莎士比亚研究特点的以点带面的分析探索20世纪90年代以来,欧美文学研究取得的成就和存在的问题。改革开放以来,我们以惊人的速度引进外国文学,这一方面促进了我们对外来文学的了解,增加了我们的感性认识;另一方面,外国文学的大量引进也对我们的外国文学研究提出了更高的要求。一方面,欧美文学研究涉及面广,其研究文学的理论视角已远远超出了文学领域,这种跨领域借鉴式的研究具有比较的性质;另一方面,中国人研究欧美文学,必然要在这项研究中掺入东方视角、东方伦理道德观念及其审美观念。然而,我们也存在着诸如"跟风跑""食洋不化""缺乏中国风格"之类的问题。我们的理论界积极寻找思路来解决问题。"中国话语权建设"的提出为我们理论出路指出了目标,提出促使我们思考如何在现有的比较文学研究成果的基础上,结合本民族文化闯出一条新路来。

改革开放以来我国欧美文学史编撰观念发生持续性的演变。我国的文学史观虽然在发展中出现了各种各样的问题,但它还是不可阻挡地进步着,文学史观的嬗变一旦拉开序幕,就再无法退出舞台了。新时期以来,文学史编撰取得了很大成绩。在文学史编撰方面出现了将文学史与文学选读编在一起的文学史书,这样编撰的好处在于:它可以直接把文学史书中对文学作品所做的评价与文学作品本身表现的内容进行对照,给读者一个很好的进行自我判断的机会。新时期以来,文学史的编撰在取得进步的同时,它的问题也渐渐浮出水面:诗学主导的文学史编写还没有发展成熟。在这种情况下就出现了一个空档,产生了这样的现象:一方面是在欧美文学作品的引进中缺乏系统性的指导思想,另一方面是对西方文艺理论过度地追随。

第二组所涉及的两个问题是回顾宗教文学批评、社会学批评两个重要研究领域的成就与不足。伴随着拨乱反正的大潮流,基督教在当代中国的命运也发生了变化。当代基督教视野对欧美文学中国化起到了促进作用。20世纪后半期许多英美教授和学者积极地行动起来,纷纷著书阐释《圣经》的博大和深邃,研究基督教文化和《圣经》对西方文学和思想文化的影响,并且开设大学课程向年轻一代讲授这个不能忽略和丢失的传统,从而形成了《圣经》的文学研究以及基督教文化与西方文学传统研究的热潮。与西方学界寻根和文化传统保护的目的不同,我国当代基督教文化与欧美文学关系研究的兴盛,其直接原因是中国当代学者力图重新认识欧美文学与文化的精髓,以期寻找当下中国所需要的人文精神。社会学批评的深入发展对欧美文学研究产生了促进作用。文学社会学在西方文学研究中是一门显学,流派众多,其中各流派与"马克思主义文学观""马克思主义文学社会学"之间的影响、交流和碰撞具有举足轻重的意义。就国内而言,我们所说的社会学批评,在中华人民共和国成立以后较长一段时期内隶属于马克思主义社会学批评。在20世纪90年代我国市场经济全面确立、全球化思潮不断扩大的情况下,文学社会学走过了20世纪80年代中期的介绍与酝酿区间,经过了人道主义和现代主义思潮讨论中"政治性"论辩的浸润时段,20世纪90年代以来社会学批评进入了平衡发展时期,走过了从文明冲突、文化反思和文化嬗变等颇带"中性"色彩的文化研究角度来扩展内涵的发展时期,进入了探索文学在社会文化历史发展中的意义阶段。

第三组所涉及的两个问题是与欧美文学中国化有关的重要发展领域与组织形式。中国比较文学百余年的发展历程与外国文学中国化进程紧密相连。追溯中国比较文学的历史嬗变,其中,外国文学中国化极大地促进了中国比较文学中国特色的形成;外国文学中国化是中国比较文学研究中的重要内容,也是取得实绩最为丰厚、最为系统的一个领域;中国比较文学的兴起在思维方式、研究视野、研究方法、解构西方中心主义等诸多方面为外国文学中国化提供了理论与实践的支持。新时期与欧美文学中国化相伴的是相关学术团体的涌现。这些学术团体的成立体现出新时期欧美文学中国化进程中强烈的"比较意识和借鉴意识"。学术团体的工作体现出新时期欧美文学中国化进程中的"动态意识"。

目前,我们在文学翻译、文学批评、文学史建设等方面都走出了自己的道路,与国外的学术前沿同步。虽然我们取得了相当辉煌的成绩,但问题与成绩并存。最主要的问题是我们的学术研究中还存在跟风现象,对国外的研究视角和文学理论大潮亦步亦趋。这种情况的出现主要的原因是我们的学术界有些急于求成。在还没有来得及理清各种社会思潮和文艺理论思潮的脉络的情况下,就将西方理论工具用于我们的文学研究中,一些肤浅的学术成果也因此产生。

令人感到欣慰的是,近年来,一些学者已经意识到这个问题的严重性。如果我们一直追随西方文学研究的后尘走下去,我们将永远不可能在欧美文学研究中发出自己的声音,这是最令人焦虑的事情。面对这种情形,学者们没有停下脚步,快马加鞭地投入了一场旨在开拓欧美文学研究空间,构建中国话语的战斗中。学者们把目光锁定在理论创新上。理论创新是使我们的欧美文学研究兴旺发达的动力和永葆生机的源泉。一些学者在中西文化对比的基础上,创立了具有中国特色的研究方法。在具有自觉的理论创新意识的学者们的带动下,创新意识渐渐深入人心,成为欧美文学中国化发展道路上的潜在的发动机,这必然会对未来的欧美文学中国化进程起到推动作用。

纵观改革开放以来的历史轨迹,欧美文学中国化的进程与中国的发展进步齐头并进。新时期欧美文学中国化进程中表现出来的趋势,取得的成就充分体现了我们的文化自信和道路自信。欧美文学的中国化进程目前已经达到三步走的目标的第三步——强起来。为达到这一目标,我们已经付出了艰苦的努力。而这个目标的实现为欧美文学中国化的未来发展铺平了道路。我们的研究层面已经覆盖了欧美文学的所有主要作家,基本与西方文学创作与文学研究的发展同步,这为下一步的发展奠定了基础。我们欧美文学的研究深度还有待提高,但是,我们有强大的学术后备力量,就是我们近年来各大高校培养的学术精英们,他们有极大的潜力来攀登欧美文学研究的珠峰。再者,我们的欧美文学中国化的道路上有前进也有迂回和曲折,这给我们留下了宝贵的经验,在未来的发展中,这些经验会使我们少走弯路,及时纠正我们的错误意识,使欧美文学中国化的下一步走得更快更稳。

改革开放以来的快速发展也预示着新的时代将要到来,这意味着广大的欧美文学研究者、爱好者要承担起新的历史使命。现在,我们正在一步一个脚印地走向历史性的飞跃,这意味着欧美文学中国化的进程要进入到建设中国话语的阶段。建设中国话语是欧美文学中国化发展的必由之路,也是不久的将来我们必须担负的历史使命。中国话语的建立不仅向世界昭示中国文化的强大、中国文化的包容性、中国文化的深厚内涵,同时,中国话语也是中国作为一个文明古国对世界文明应该做出的贡献。中国的文明不仅属于中华民族,它也属于整个人类。中国话语的建设的意义绝不仅仅局限于文学研究的领域,它更是文化领域的大事。为了完成这一历史使命,我们要充分调动起中国文化的软实力,将中国智慧融入欧美文学中国化进程中,让中国智慧浸透到欧美文学中国化的进程的每一个细胞中,为其增添活力并开辟发展的新境界。

参考文献

一、著作

Goodland, Katharine. *Female Mourning in Medieval and Renaissance English Drama: From the Raising of Lazarus to King Lear*. Aldershot: Ashgate, 2005.

Hart, Jonathan. "Conflicting Monuments: Time, Beyond Time, and the Poetics of Shakespeare's Dramatic and Nondramatic Sonnets." *The Company of Shakespeare: Essays on English Renaissance Literature in Honor of G. Blakemore Evans*. Ed. Thomas Moisan and Douglas Bruster. Madison: Farleigh Dickinson University Press, 2002.

Hudson, H. N. *Shakespeare: His Life, Art, and Characters*. 4th ed. Vol. 2. Boston: Ginn & Company, 1872.

Lefevere, Andre. *Tranlation, Rewriting and the Manipulation of Literary Fame*. London: Routledge, 1992.

Neill, Michael. "Remembrance and Revenge: Hamlet, Macbeth and The Tempest." *Jonson and Shakespeare*. Ed. Ian Donaldson. London Canberra: Macmillan Humanities Research Centre, Australian National University, 1983.

Riep, Steven L. "Chinese Modernism: The New Sensationists." *The Columbia Companion to Modern East Asian Literature*. Ed. Joshua S. Mostow. New York: Columbia University Press, 2003.

Siegel, Paul N. *Shakespearean Tragedy and the Elizabethan Compromise*. New York: New York University Press, 1957.

艾略特,T. S.:《艾略特诗学文集》,王恩衷编译,北京:国际文化出版公司,1989年。

艾田伯:《比较文学之道:艾田伯文论选集》,胡玉龙译,北京:生活·读书·新知三联书店,2006年。

贝克特,萨缪尔:《等待戈多》,施咸荣译,北京:人民文学出版社,2002年。

别尔嘉耶夫,尼:《俄罗斯思想:十九世纪末至二十世纪初俄罗斯思想的主要问题》,雷永生、邱守娟译,北京:生活·读书·新知三联书店,1995年。

布鲁姆,哈罗德:《影响的焦虑———种诗歌理论》,徐文博译,南京:江苏教育出版社,2006年。

曹顺庆:《跨越异质文化》,济南:山东友谊出版社,2007年。

草婴:《我与俄罗斯文学——翻译生涯六十年》,上海:文汇出版社,2003年。

陈厚诚、王宁主编:《西方当代文学批评在中国》,天津:百花文艺出版社,2000年。

陈思和主编:《中国当代文学史教程》,上海:复旦大学出版社,1999年。
辞海编辑委员会编:《辞海》(1989年版缩印本),上海:上海辞书出版社,1990年。
邓小平:《邓小平文选》(第二卷),北京:人民出版社,1994年。
邓小平:《邓小平文选》(第三卷),北京:人民出版社,1993年。
杜昌忠:《跨学科文化批评视野下的文学理念》,北京:北京大学出版社,2004年。
费希特:《全部知识学的基础》,王玖兴译,北京:商务印书馆,1986年。
弗罗姆,埃里希:《逃避自由》,刘林海译,北京:国际文化出版公司,2007年。
弗洛姆,埃里希:《人的呼唤——弗洛姆人道主义文集》,王泽应、刘莉、雷希译,上海:上海三联书店,1991年。
伏尼契,艾·丽:《牛虻》,李俍民译,北京:中国青年出版社,1953年。
伏尼契:《牛虻》,庆学先译,桂林:漓江出版社,1995年。
伽达默尔:《伽达默尔集》,邓安庆等译,上海:上海远东出版社,2003年。
葛兰西,安东尼奥:《狱中札记》,葆煦译,北京:人民出版社,1983年。
国务院学位委员会办公室编:《全国授予博士和硕士学位的高等学校及科研机构名册》,北京:高等教育出版社,1987年。
黑格尔:《精神现象学》(下卷),贺麟、王玖兴译,北京:商务印书馆,1979年。
华兹华斯:《华兹华斯诗选》,杨德豫译,桂林:广西师范大学出版社,2009年。
蒋承勇:《西方文学"人"的母题研究》,北京:人民出版社,2005年。
莱辛,多丽丝:《影中漫步》,朱凤余等译,西安:陕西师范大学出版社,2008年。
朗格,苏珊:《艺术问题》,腾守尧、朱疆源译,北京:中国社会科学出版社,1983年。
李维屏:《英美现代主义文学概观》,上海:上海外语教育出版社,1998年。
梁晓声:《郁闷的中国人》,北京:光明日报出版社,2012年。
林精华主编:《西方视野中的白银时代》(上),北京:东方出版社,2001年。
刘建军:《基督教文化与西方文学传统》,北京:北京大学出版社,2005年。
柳鸣九主编:《法国文学史》(第一卷),北京:人民文学出版社,2007年。
卢克斯,史蒂文:《个人主义》,阎克文译,南京:江苏人民出版社,2001年。
马驰:《"新马克思主义"文论》,济南:山东教育出版社,1998年。
马克思、恩格斯:《马克思恩格斯论文学与艺术》(上),陆梅林辑注,北京:人民文学出版社,2002年。
奈保尔:《魔种》,吴其尧译,上海:上海译文出版社,2008年。
尼采:《权力意志——重估一切价值的尝试》,张念东、凌素心译,北京:商务印书馆,1991年。
尼采:《上帝死了:尼采文选》,戚仁译,上海:上海三联书店,1997年。
帕斯捷尔纳克:《日瓦戈医生》,顾亚玲、白春仁译,长沙:湖南人民出版社,1897年。
钱锺书:《七缀集》,上海:上海古籍出版社,1985年。
萨特,让-保罗:《存在主义是一种人道主义》,周煦良、汤永宽译,上海:上海译文出版社,1988年。
萨特:《存在与虚无》,陈宣良等译,北京:生活·读书·新知三联书店,2007年。

萨义德,爱德华·W.:《东方学》,王宇根译,北京:生活·读书·新知三联书店,2007年。

萨义德,爱德华·W.:《文化与帝国主义》,李琨译,北京:生活·读书·新知三联书店,2003年。

莎士比亚:《莎士比亚全集》(第九卷),朱生豪译,北京:人民文学出版社,1978年。

莎士比亚:《莎士比亚全集》(第七卷),朱生豪译,北京:人民文学出版社,1978年。

汤姆林森,约翰:《全球化与文化》,郭英剑译,南京:南京大学出版社,2002年。

陶德臻、马家骏主编:《世界文学史》(上册),北京:高等教育出版社,1991年。

陶德臻主编:《外国文学史纲》,北京:北京出版社,1990年。

汪介之、陈建华:《悠远的回响——俄罗斯作家与中国文化》,银川:宁夏人民出版社,2002年。

王克婴:《中国文化传统、社会变迁与人的全面发展》,天津:天津人民出版社,2007年。

韦勒克,雷纳:《近代文学批评史》(第一卷),杨岂深、杨自伍译,上海:上海译文出版社,1987年。

韦勒克,雷;沃伦,奥:《文学理论》,刘象愚、邢培明、陈圣生、李哲明译,北京:生活·读书·新知三联书店,1984年。

吴亮、章平、宗仁发编:《荒诞派小说》,长春:时代文艺出版社,1988年。

吴中杰编著:《吴中杰评点鲁迅杂文》(上),上海:复旦大学出版社,2000年。

袁可嘉:《欧美现代派文学概论》,上海:上海文艺出版社,1993年。

查建英主编:《八十年代:访谈录》,北京:生活·读书·新知三联书店,2006年。

查明建、谢天振:《中国20世纪外国文学翻译史》,武汉:湖北教育出版社,2007年。

章安祺编订:《缪灵珠美学译文集》(第一卷),北京:中国人民大学出版社,1998年。

章韶华:《人类的第二次宣言:自然——人道主义导论》,北京:中国广播电视出版社,1993年。

章燕、赵桂莲主编:《新中国60年外国文学研究》(第一卷上),北京:北京大学出版社,2015年。

郑克鲁主编:《外国文学史》(修订版)(下),北京:高等教育出版社,2006年。

周振甫、冀勤编著:《钱钟书〈谈艺录〉读本》,上海:上海教育出版社,1992年。

朱立元主编:《当代西方文艺理论》(第2版增补版),上海:华东师范大学出版社,2005年。

朱维之、赵澧主编:《外国文学史》(欧美部分),天津:南开大学出版社,1985年。

二、期刊论文

Brassard, Genevieve. "Modernism & Revisionist Approaches." *English Literature in Transition 1880—1920* 47.1 (2004).

Gullick, Mark. "Gadamer and Hermeneutics." *The British Journal of Aesthetics* 34.3 (1994).

Hasak-Lowy, Todd. "Between Realism and Modernism: Brenner's Poetics of Fragmentation." *Hebrew Studies* 44 (2003).

Herz, Judith Scherer. "Bloomsbury, Modernism & China." *English Literature in Transition 1880—1920* 49.1 (2006).

Juarrero, Alicia. "The Message Whose Message it is that There is no Message." *MLN* 107.5 (1992).

Liska, Vivian. "The Difficulties of Modernism." *Modern Language Quarterly* 65.4 (2004).

Livingston, Paisley, and Alfred R. Mele. "Intentions and interpretations." *MLN* 107.5 (1992).

Tassi, Marguerite. "The Tragedy of Hamlet, Peter Brook's Adaptation of Shakespeare's Hamlet." *The Shakespeare Newsletter* 51. (Spring-Summer 2001).

Weinsheimer, Joel. "Teaching and/or Research: Gadamerian Reflections on a Pseudo-Dilemma." *Renascence: Essays on Values in Literature* 56.4 (2004).

Zhu, Jiang. "Analysis on the Artistic Features and Themes of the Theater of the Absurd." *Theory and Practice in Language Studies* 3.8 (2013).

百外:《"世纪之交文化语境下的当代俄罗斯文学国际学术研讨会暨中国俄罗斯文学研究会"理事会在京召开》,《外国文学动态》,2007年第6期。

本刊编辑部:《探讨新方法,改革旧观念——中国文艺理论学会第四届年会讨论综述》,《文艺理论研究》,1985年第3期。

边城:《中国西、葡、拉美文学会举行第三届年会》,《拉丁美洲研究》,1988年第6期。

卞知:《歌德学术讨论会暨德语文学研究会成立会在京召开》,《外国文学研究》,1983年第4期。

别列左瓦娅,Π.;别尔里亚科娃,H.:《俄罗斯文化的"普希金"模式》,陆人豪译,《俄罗斯文艺》,2005年第2期。

曹顺庆:《阐发法与比较文学"中国学派"》,《中国比较文学》,1997年第1期。

曹顺庆:《文论失语症与文化病态》,《文艺争鸣》,1996年第2期。

陈兵:《中国外国文学学会英语文学研究分会第三届年会会议纪要》,《当代外国文学》,2014年第1期。

陈福民、张闳:《重振人文精神,深化理论研究——中国文艺理论学会第六届学术研讨会讨论综述》,《文艺理论研究》,1994年第1期。

陈嘉:《关于外国文学的研究——兼论外语的修养》,《高教战线》,1984年第4期。

陈嘉:《谈谈荒诞派剧本〈等待戈多〉》,《当代外国文学》,1984年第1期。

陈美寿、曹芳凝:《"比较文学"时隔20年重回诞生地》,《深圳商报》,2005年14日A07版。

陈学广:《中国中外文艺理论学会第七届年会暨"文学理论前沿问题"学术研讨会综述》,《文学评论》,2010年第5期。

陈跃红:《中国比较文学第四届年会暨国际学术讨论会侧记》,《文艺研究》,1993年第6期。

成昊:《回顾辉煌成就 展望远大前程——中国外国文学学会第六届年会纪实》,《外国文学研究》,1999年第4期。

驰骋:《全国西、葡、拉美文学学会举行首届年会》,《拉丁美洲丛刊》,1982年第5期。

崇实:《法国文学讨论会在无锡举行并成立法国文学研究会》,《当代外国文学》,1982年第4期。

丛越:《法国文学研究会年会在厦门召开》,《世界文学》,2001年第1期。

戴安康:《法国文学研究会在厦门举行年会》,《外国文学研究》,1985年第1期。

邓时忠、蒋荣昌:《跨文化研究的世纪盛会——中国比较文学学会第六届年会暨国际学术讨论会综述》,《中国比较文学》,1999年第4期。

丁洁:《〈这里的黎明静悄悄〉——以艺术的名义反思战争》,《中国艺术报》,2005年。

东向:《面向世界与未来的文学研究——中国比较文学学会第五届年会暨国际学术讨论会综述》,《中国比较文学》,1997年第1期。

董树宝、贾一心:《"理论创新时代:中国当代文论改革与审美文化转型"学术研讨会综述》,《文学评论》,2008年第6期。

杜常婧:《中国外国文学学会第十届年会召开》,《外国文学动态》,2009年第4期。

范大灿:《异化·对象化·人道主义——卢卡契的异化论》,《外国文学评论》,1994年第1期。

枫林:《加西亚·马尔克斯与拉美魔幻现实主义讨论会》,《拉丁美洲丛刊》,1983年第4期。

冯至:《继续解放思想,实事求是地开展外国文学工作——在中国外国文学学会第一届年会上的报告》,《世界文学》,1981年第1期。

傅莹:《中国比较文学学会召开年会暨国际学术讨论会》,《暨南学报》(哲学社会科学),1991年第1期。

高峰枫:《中国外国文学学会英语文学研究分会成立》,《外国文学评论》,2008年第1期。

戈昇:《全国美国文学研究会举行第六届年会》,《外国文学研究》,1992年第4期。

谷深:《探讨加西亚·马尔克斯与魔幻现实主义我国首次举行拉美文学专题学术讨论会》,《外语界》,1983年第3期。

谷野平、央泉:《多元文化互动中的文学对话——中国比较文学学会第九届年会暨国际学术研讨会综述》,《中国比较文学》,2009年第1期。

郭栖庆:《全国美国文学研究会第十届年会暨学术研讨会在洛阳举行》,《外国文学》,2001年第2期。

郭嘤蔚:《法兰克福学派异化理论研究》,《学习与探索》,2007年第1期。

海仑:《中国外国文学学会第七届年会在武汉举行》,《外国文学动态》,2002年第6期。

韩少功:《寻根群体的条件》,《上海文化》,2009年第5期。

胡静:《理论争鸣·历史观照·文本再现——全国美国文学研究会第14届年会暨学术研讨会侧记》,《当代外国文学》,2009年第1期。

华文:《对新时期文学中的现实主义的探索——中国文艺理论学会第五届年会侧记》,《探索与争鸣》,1988年第5期。

黄枬森:《关于人道主义和异化问题的讨论》,《北京大学学报》(哲学社会科学版),2010年第1期。

黄一畅:《美国文学研究中的美学与政治——全国美国文学研究会第十六届年会暨学术研讨会综述》,《当代外国文学》,2010年第3期。

会文:《中国外国文学学会第六届年会在上海召开》,《外国文学动态》,1999年第6期。

季明举:《"我们共同的流派"——"有机批评"与斯拉夫艺术观比较》,《俄罗斯文艺》,2005年第2期。

金人:《关于"静静的顿河"》,《读书月报》,1957年第7期。

柯岩:《中国西、葡、拉美文学研究会举行第二届年会》,《拉丁美洲丛刊》,1985年第5期。

蓝云春:《族裔文学在中国的研究动态——记中国外国文学学会英语文学研究分会第三届专题

研讨会》,《当代外国文学》,2015 年第 1 期。
李升炜:《全国英国文学学会第九届年会暨学术研讨会在长沙召开》,《当代外国动态》,2014 年第 1 期。
李思屈、肖薇、刘荣:《迈向新世界的比较文学——中国比较文学学会第六届年会暨国际学术研讨会综述》,《文学评论》,1999 年第 6 期。
力冈:《美好的悲剧形象——论〈静静的顿河〉主人公格里高力》,《外国文学研究》,1989 年第 1 期。
刘建军、付瑶:《百年来欧美文学中国化进程与中国特色西方文学新形态建设研究》,《世界文学评论》,2011 年第 2 期。
刘建军:《关于"欧美文学中国化进程"的若干问题》,《东北师大学报》(哲学社会科学版),2012 年第 3 期。
刘建军:《关于文化、文明及其比较研究等问题》,《东北师大学报》(哲学社会科学版),2002 年第 2 期。
刘锟:《继往开来的一次盛会——中国俄罗斯文学研究会学术研讨会暨理事会纪要》,《俄罗斯文艺》,2001 年第 1 期。
刘雪岚:《全国英国文学学会第二届年会暨学术研讨会综述》,《外国文学评论》,1999 年第 3 期。
刘玉麟:《中国外国文学学会第一届年会在成都召开》,《外语界》,1980 年第 2 期。
柳鸣九、钱林森:《萨特在中国的精神之旅——柳鸣九、钱林森教授对话》,《文艺研究》,2005 年第 11 期。
卢玉玲:《不只是一种文化政治行为——也谈〈牛虻〉的经典之路》,《中国比较文学》,2005 年第 3 期。
鲁仲达:《我校外语系主办全国德语文学讨论会》,《杭州大学学报》(哲学社会科学版),1985 年第 3 期。
罗益民:《20 世纪中国的英国文学:回顾与反思——全国英国文学学会第八届年会暨学术研讨会会议纪要》,《当代外国文学》,2011 年第 3 期。
马燕:《美国文学研究会第十二届年会在济南举行》,《外国文学动态》,2004 年第 6 期。
毛颢、许之所:《当前英国文学的研究态势——英国文学学会第四届年会暨学术研讨会综述》,《武汉理工大学学报(社会科学版)》,2004 年第 3 期。
毛金里:《西、葡、拉美文学研究会第 4 届年会简讯》,《拉丁美洲研究》,1991 年第 5 期。
梅文:《全国美国文学研究会举行换届选举 美国文学研究会挂靠在南京大学外国文学研究所》,《当代外国文学》,1991 年第 4 期。
莫运平:《莎士比亚〈科利奥兰纳斯〉的价值论释义》,《戏剧文学》,2006 年第 11 期。
木子:《"第十届德语文学年会暨德语文学研讨会"在西南交通大学召开》,《西南交通大学学报》(社会科学版),2001 年第 4 期。
南新:《全国美国文学研究会第五届年会在天津举行》,《外国文学研究》,1991 年第 3 期。
宁瑛:《第二届德语文学讨论会在杭州举行》,《世界文学》,1985 年第 4 期。

欧阳友权:《"新时期文学理论的回顾与展望"学术研讨会在长沙召开》,《文艺理论与批评》,2006年第1期。
彭石玉、曾艳钰:《全国英国文学学会第三届年会暨学术研讨会学术纪要》,《外国文学研究》,2011年第4期。
浦立昕:《中国语境、全球化视野、美国文学研究——全国美国文学研究会第十五届年会暨学术研讨会综述》,《当代外国文学》,2010年第4期。
钱裕:《"社会主义异化论"是违背马克思主义的》,《求是学刊》,1984年第2期。
邱鑫:《外国文学学科对国家认同的探索——中国外国文学学会第十三届年会纪要》,《外国文学评论》,2015年第3期。
全小虎:《全国法国文学研究会召开第三次年会》,《外国文学评论》,1987年第4期。
任海燕、曹波:《中国外国文学学会英国文学研究分会第十届年会暨学术研讨会综述》,《当代外国文学》,2012年第2期。
任立侠:《中国外国文学学会第十三届年会综述》,《外国文学动态》,2015年第4期。
日尔蒙斯基:《比较文艺学理论家:日尔蒙斯基》,陆嘉玉译,《国外文学》,1988年第3期。
荣辉:《全国美国文学研究会第八届年会综述》,《外国文学研究》,1996年第4期。
申劲松:《全国美国文学研究会第十三届年会综述》,《当代外国文学》,2007年第1期。
斯民:《中国比较文学学会在深圳成立》,《社会科学》,1985年第12期。
苏玲:《中国外国文学学会第八届年会在长沙举行》,《外国文学动态》,2004年第6期。
苏文:《全国美国文学研究会在南京举行第二届年会》,《中国翻译》,1985年第8期。
孙文宪:《文学理论三十年:从新时期到新世纪国际学术研讨会综述》,《文学评论》,2007年第6期。
谭德兴、林早:《"新中国文论60年"国际学术研讨会综述》,《文学评论》,2010年第1期。
涛凯:《简讯》,《当代外国文学》,1988年第4期。
瓦西里耶夫,Б.:《〈这里的黎明静悄悄……〉的创作过程》,潘桂珍编译,《苏联文学》,1981年第3期。
汪剑钊译:《茨维塔耶娃诗11首》,《俄罗斯文艺》,2005年第2期。
汪介之:《关于俄罗斯文学的"白银时代"》,《俄罗斯文艺》,1996年第4期。
王柏华:《中国比较文学学会第五届年会暨国际学术讨论会综述》,《文艺研究》,1996年第6期。
王华民:《全国美国文学研究会在哈尔滨召开"美国文学专题"学术研讨会》,《外国文学》,2002年第3期。
王列耀:《基督教文化对中国话剧的影响》,《吉林大学科学学报》,1999年第5期。
王列耀:《中外文学关系——基督教文化对中国现代戏剧悲剧意识建立过程的影响》,《中国比较文学》,2001年第1期。
王山:《第六届德语文学研讨会在西安举行》,《世界文学》,1994年第4期。
王珊珊:《〈等待戈多〉的"等待"》,外国文学研究,2005年第4期。
王守仁:《全国美国文学研究会第七届年会举行》,《当代外国文学》,1994年第3期。
王淑林:《文学的流散与理论的边界——"多元对话语境中的文学理论建构国际研讨会"述评》,

《东方丛刊》,2004年第4期。

王银辉:《"面向时代的文学理论与批评":传承与创新——中国中外文艺理论学会第十一届年会综述》,《文学评论》,2015年第4期。

王忠祥、杜娟:《〈外国文学研究〉与莎士比亚情结——兼及中国莎士比亚研究》,《外国文学研究》,2004年第5期。

未鱼:《法国文学研究会在京举行座谈会》,《世界文学》,1999年第1期。

魏丽明:《中国外国文学学会第七届年会综述》,《国外文学》,2013年第2期。

文兵:《中国外国文学学会第二届年会在烟台举行》,《外国文学研究》,1984年第4期。

吴承笃:《"21世纪的文艺理论:国际视域与中国问题"国际学术研讨会暨中外文艺理论学会第九届年会综述》,《文学评论》,2013年第1期。

吴富恒:《中国外国文学学会第一届年会闭幕词》,《外国文学研究》,1981年第1期。

吴晓梅:《中国外国文学研究会英语文学研究分会第四届年会会议纪要》,《当代外国文学》,2015年第4期。

西宇:《中国西、葡、拉美文学会第五届年会在烟台举行》,《世界文学》,1995年第6期。

湘文:《中国比较文学第四届年会在湖南张家界召开》,《中国比较文学》,1994年第1期。

肖明:《中国比较文学学会第二届年会暨学术讨论会综述》,《文学评论》,1987年第6期。

肖四新:《莎士比亚戏剧与基督教对人的存在意义理解的异同》,《外国文学研究》,2006年第1期。

谢庆庆、余自游:《中国俄罗斯文学研究会年会召开》,《世界文学》,2004年第6期。

徐畅:《第十二届全国德语文学研讨会召开》,《外国文学评论》,2003年第4期。

徐东日:《中国比较文学学会第11届年会暨国际学术研讨会综述》,《东疆学刊》,2014年第4期。

徐璐:《中国外国文学研究会英语文学研究分会第二届专题研讨会综述》,《当代外国文学》,2013年第2期。

学会秘书处:《中国外国文学学会第五届年会纪要》,《外国文学动态》,1995年第1期。

闫月珍:《中国文艺理论学会第九届年会暨"批评理论与当代文学生产"学术研讨会综述》,《文学评论》,2009年第3期。

杨剑龙:《冲突与接受:基督教文化与中国家族观念》,《厦门大学学报》,2008年第2期。

杨金才:《第九届全国美国文学年会在西安召开》,《当代外国文学》,1999年第1期。

杨莉馨:《新世纪之初:跨文化语境中的比较文学——中国比较文学学会第七届年会暨国际学术研讨会综述》,《中国比较文学》,2002年第4期。

杨玲:《"加西亚·马尔克斯与中国"高端研讨会在北京召开》,《外国文学动态》,2014年第4期。

杨玲:《"面向新世纪的西葡拉美文学"研讨会在青岛举行》,《外国文学动态》,2008年第6期。

杨水远:《突围当下文艺理论困境的多元探求——2013年中国中外文艺理论学会第十次年会暨"文学理论研究与中国文化发展"学术研讨会综述》,《中国文学研究》,2013年第4期。

杨忻葆:《呼唤独立意识,表现真的现实——中国文艺理论学会第五届年会讨论综述》,《文艺理论研究》,1988年第4期。

邀宇:《法国文学学会在京举行工作座谈会》,《外国文学评论》,1991年第4期。
姚红:《全国英国文学学会成立大会暨首届学术研讨会召开》,《外国文学评论》,1998年第1期。
叶娟:《俄国自由主义知识分子群体的思想特征——以弗兰克的〈俄国知识人与精神偶像〉为中心》,《俄罗斯文艺》,2005年第1期。
叶磊蕾:《"中国文艺理论学会"第八届年会暨"大众传媒时代的文学生产"学术研讨会综述》,《文艺理论研究》,2007年第1期。
叶水夫:《中国外国文学学会第二届年会开幕词》,《外国文学研究》,1985年第1期。
仪信:《中国西葡拉美文学研讨会在京郊召开》,《外国文学评论》,1993年第4期。
永平:《第七届全国德语文学研讨会召开——暨冯至德语文学研究奖颁奖》,《世界文学》,1997年第2期。
于阿丽:《反思与展望:如何建构中国文学理论话语——中国文艺理论学会第十二届年会暨"百年文学理论研究中的中国话语"学术研讨会综述》,《文艺理论研究》,2015年第3期。
张冬梅:《文学理论的现实关怀与创造性建构——"中国文艺理论学会第十一届年会暨中国当代文艺理论建设学术研讨会"综述》,《文艺理论研究》,2013年第4期。
张杰:《白银时代俄罗斯宗教文化批评理论研究》,《外国文学评论》,2000年第2期。
张静:《回归文学性:当代比较文学与方法论建构——"第10届中国比较文学年会暨国际学术研讨会"综述》,《中国比较文学》2011年第4期。
张娜:《中国外国文学学会第十二届年会在南昌大学召开》,《外国文学评论》,2013年第3期。
张娜:《中国外国文学学会第十一届年会在宁波大学召开》,《外国文学动态》,2011年第6期。
章正博:《中国外国文学学会第三届年会在南京召开》,《外国文学评论》,1988年第1期。
赵桂莲:《天堂不再——"白银时代"的普希金印象》,《国外文学》,1999年第1期。
赵渭绒、梁昭:《中外文论的历史、现状与未来——中国中外文艺理论学会第八届年会暨"国外马克思主义文论与中国当代文论建构"国际学术会议纪要》,《文艺理论研究》,2011年第5期。
郑林宽:《伊凡·蒲宁论》,《清华周刊》,1934年第42卷。
直理:《中国外国文学学会第四届年会在扬州召开》,《外国文学评论》,1991年第4期。
钟志清:《中国外国文学学会第五届年会在北京召开》,《世界文学》,1994年第6期。
周桂君:《全球化语境与欧美文学中国化进程》,《东北师大学报》(哲学社会科学版),2014年第4期。
周计武:《"中国文艺理论学会"第十届年会暨"文学与形式"国际学术研讨会综述》,《文艺理论研究》,2011年第1期。
周琴:《中国外国文学学会第九届年会综述》,《外国文学动态》,2007年第6期。
朱新福、侯飞:《20世纪世界英语文学述略——2009中国外国文学研究会英语文学研究分会首届专题研讨会综述》,《当代外国文学》,2010年第1期。
朱雪峰:《全球化语境中的美国文学研究——全国美国文学研究会第十七届年会学术综述》,《当代外国文学》,2015年第2期。
竹夕:《中国外国文学学会英语文学研究分会第一届年会综述》,《外国文学评论》,2009年第1期。

邹建军:《中国比较文学学科建设的三种运行模式》,《湖南社会科学》,2008 年第 4 期。
左杨:《中国文艺理论建设的时代征候——中国文艺理论学会第十三届年会暨"百年中国文艺理论的回顾与反思"学术研讨会综述》,《中国社会科学院研究生院学报》,2017 年第 1 期。
《第二批博士学位授予单位及其学科、专业名单》,《高教战线》,1984 年第 3 期。
《第三批博士学位授予单位及其学科、专业名单(续)》,《中国高等教育》,1986 年第 11 期。
《第三批博士学位授予单位及其学科、专业名单》,《中国高等教育》,1986 年第 10 期。
《第四批博士学位授权学科、专业名单》,《中国高等教育》,1991 年第 1 期。
《第五批博士学位授权学科、专业名单》,《中国高等教育》,1994 年第 5 期。
《"俄罗斯文学:传承与创新"国际学术研讨会暨中国俄罗斯文学研究会 2013 年年会即将召开》,《俄罗斯文艺》,2013 年第 12 期。
《法国文学研究会 2014 年度学术讨论会在绍兴举行》,《法国研究》,2014 年第 4 期。
《纪念塞万提斯逝世 370 周年》,《外国文学》,1986 年第 7 期。
《简讯》,《当代外国文学》,1986 年第 4 期。
《全国美国文学研究会成立》,《读书》,1979 年第 7 期。
《全国美国文学研究会在沪举行第一届年会》,《外国文学研究》,1981 年第 2 期。
《全国西班牙、葡萄牙、拉丁美洲文学学会正式成立》,《拉丁美洲研究》,1979 年第 2 期。
《全国英国文学学会第二届年会暨学术研讨会在厦门大学召开》,《外国文学》,1999 年第 3 期。
《全国英国文学学会第七届年会暨学术研讨会简讯》,《外国文学》,2009 年第 4 期。
《首批博士学位授予单位及其学科、专业名单》,《高教战线》,1982 年第 4 期。
《首批博士学位授予单位及其学科、专业名单(续一)》,《高教战线》,1982 年第 5 期。
《"西班牙葡萄牙拉丁美洲文学在中国"研讨会在京举行》,《世界文学》,1994 年第 5 期。
《西、葡、拉美文学研究会换届》,《外国文学动态》,2000 年第 1 期。《西、葡、拉美文学研究会举行年会》,《外国文学》,1985 年第 9 期。
《英国文学学会 2006 年专题研讨会纪要》,《四川外语学院学报(社会科学版)》,2006 年第 5 期。
《中国比较文学学会成立》,国外文学,1986 年第 Z1 期。
《中国第十三届德语文学年会暨德语文学与现代性学术研讨会在四川外语学院举行》,《德语学习》,2008 年第 3 期。
《中国俄罗斯文学研究会 99 北京年会》,《外国文学动态》,2000 年第 1 期。
《中国外国文学学会第十二届年会在南昌大学举行》,《外国文学动态》,2013 年第 3 期。
《中国文艺理论学会第七次年会活动报导》,《文艺理论研究》,1999 年第 4 期。
《中国西葡拉美文学研究会第四届年会在丹东召开》,《世界文学》,1991 年第 5 期。
《中国中外文艺理论学会第十三届年会暨"文艺理论:传统与现代"学术研讨会在江苏师范大学召开》,《江苏师范大学学报》(哲学社会科学版),2016 年第 5 期。

外国人名索引

A

阿尔特,罗伯特 152
阿赫玛托娃 117
阿莱克桑德雷 247
阿诺德,马修 226
阿斯图里亚斯 246
埃斯卡皮 164
埃斯托克,西蒙 192
艾德礼 216
艾赫玛托夫 157
艾金伯勒 176
艾略特 19,24,25,34,129,139,163,177,225,272
艾兴格 245
奥古斯丁 141,149
奥利金 149

B

巴尔蒙特 117
巴尔扎克 13,144,160,222
巴赫金 30,237,257
巴赫曼,英格博尔格 242
白朗特 85
拜伦 170
班扬,约翰 140,141,146
薄伽丘 141
贝尔,丹尼尔 23,170
贝克,威廉 192,203

贝克特 23,24,139,272
贝罗,李 56
本雅明 30
别尔嘉耶夫 99,119,120,122,272
别雷 117,122
别列左瓦娅 101,275
波伏娃 29
伯恩哈德 245
伯尔,海因里希 242
勃洛克 117
博尔赫斯 246
布莱克 116
布莱希特 242,243
布罗茨基 238
布洛赫 245

C

厨川白村 180
茨维塔耶娃 116,117,278

D

但丁 139,141,148
狄德罗 239
狄更斯 28,29,40,59,68,85,139,141,161
狄金森 28
杜仑玛特,弗里德里希 242
多恩 146
多诺索,何塞 249

F

法捷耶夫　12
法斯特　163
费尔巴哈　45
费格,汉斯　244
冯尼戈特　232
佛克玛　216,217,219,220
弗莱　152
弗兰克　117,118,280
弗雷基　229
弗里施,马克斯　242
弗洛姆　39,273
弗洛伊德　30,48,92,174
伏尼契　114,273
福柯　126,170
福克纳　157,171,231
福克斯　163
福伊尔科希特　47

G

高尔基　12,14,121,122,146,175
戈德曼　164
歌德　68,84,141,183,222,241,244,275
格拉斯,君特　243
格里德　229
葛德汶　226
葛兰西　79,80,82,83,273
古米廖夫　117

H

哈贝尔斯　170
哈代　40,60,66,167
哈德森　69,70
海德格尔　153,170
海明威　151,152,222,229
汉德克　245
豪伊杜　192
豪泽尔,阿诺德　164
荷马　141,202
赫尔姆林　242
赫列勃尼科夫　117
黑格尔　8,45,273
黑塞　245
华兹华斯　43,44,94,161,212,226,228,273
惠特曼　230
霍尔,杰夫　192
霍加特　164
霍姆斯　231

J

基斯洛夫斯　153
吉皮乌斯　117
济慈　43,44
加列戈斯,罗慕洛　245
加斯克耳　85

K

卡夫卡　15,20,48,49,139,153,157,242
卡耐基,戴尔　199
康德,赫尔曼　242
康拉德　170,171
库恩,托马斯　187
库尼利斯基　238
昆,汉斯　153
昆德拉　153,157

L

拉法格,保尔　161
拉尼茨基　243
莱肯　152
莱辛　29,32,90,273
兰波　116

朗加纳斯　112,113
劳伦斯　66,225
勒菲维尔　124,125,126
理查兹　28
林赛　163
卢卡契　47,48,161,276
鲁尔弗,胡安　248
路德,马丁　244
伦敦,杰克　230
罗斯,查尔斯　198
罗斯,菲利普　199
罗素　28
罗赞诺夫　120
洛尔卡,加西亚　247,248
洛斯,罗伯特　149
略萨,巴尔加斯　248,249

M

马尔克斯　139,246,247,249,251,261,263,276,279
马尔库塞　30
马拉美　116
马歇斯　70
马雅可夫斯基　12,117
麦克锡　203
麦纳尔　216
曼,托马斯　242,244
曼德尔施塔姆　117
毛姆　199
梅列日科夫斯基　117
蒙克　24,25
弥尔顿　139,141,148,177,207
米勒,希利斯　220
米勒,沃尔夫冈　202
莫迪亚诺　241
莫尔特曼　153

莫里哀　141
莫里森,托妮　171

N

纳德松　237
尼采　9,30,175,180,181,273
聂鲁达　249
涅兹维茨基　238
诺瓦利斯　116

P

帕斯,奥克塔维奥　249
帕斯捷尔纳克　66,101—103,273
帕索,菲尔南多·德尔　249
培措特,克　242
蒲宁　13,14,280
普希金　12,68,101,120—122,146,180,222,275,280

Q

乔叟　156
乔伊斯　28,156,202

R

日丹诺夫　94

S

萨德　240
萨克雷　85,161
萨克斯,奈利　242
萨特　16,17,20,38,41,44,274,277
萨瓦多,埃尔内斯托　249
萨义德　3,274
塞拉,何塞·卡米罗　249
塞林格　157
沙伊塔诺夫,伊戈尔　192

莎士比亚　4,13,56—74,139,141,151,152,
　　163,177,207,212,227,228,268,274,
　　277,279
舍斯托夫　153
施尼茨勒　245
叔本华　30,174
司汤达　239
索尔仁尼琴　238

T

泰戈尔　180
特利维第　220
吐温,马克　139,229,230
托尔斯泰　4,12,13,40,99,121,122,139—
　　142,144,146,157,174,180,207,238
陀思妥耶夫斯基　12,99,121,122,162,163,
　　175,180

W

瓦西里耶夫　105,106,278
韦勒克　68,133,134,274
维吉尔　34
维歇特,恩斯特　242
魏斯,彼得　242
瓮泽尔德　243
沃尔夫,克里斯塔　242,243

伍尔夫　28,29,226

X

西尔伯曼,阿尔方斯　164
西格斯,安娜　242
西蒙诺夫　109,110
希梅内斯　247
肖洛霍夫　98,100,215,237
谢大卫　152
休谟　63
雪弗列　216,219
雪莱　170

Y

亚里士多德　30,59
亚马多,若热　248
燕卜荪　28
叶赛宁　117
易卜生　116,180,189
雨果　40,42,141,148

Z

詹姆斯,亨利　171
哲罗姆　149
左拉　186,239

中国人名索引

A
艾田伯　85,93,94,272

B
巴金　216
巴人　97
包文棣　237
卞之琳　144

C
曹雪芹　57
曹禺　67
陈白尘　251
陈荒煤　251,253
陈嘉　37,38,46,229,230,275
陈寅恪　174

D
戴望舒　19,175
杜甫　42,43

F
范存忠　175,177,216
方重　216
冯牧　253
冯雪峰　175
冯亦代　229
冯至　78,127,144,207,208,210,214,241—244,260,276,280

G
傅东华　142,175
傅雷　176,240

戈宝权　110,175,180
顾骧　253
关汉卿　64
郭沫若　175

H
贺祥麟　223,224
胡适　92,174,180,183
黄晋凯　223,224,240
黄药眠　182,251

J
季羡林　175,177,180,188,207—210,216,217,223,224
贾植芳　217
江天骥　229
金克木　177

K
孔子　97

L
李白　94
李达三　176
李赋宁　123,133,163,169,207,208,225,

226,241
李恒基 240
李健吾 239,240
李金发 19
李渔 67
力冈 99,100,277
梁实秋 97
梁宗岱 181,241
林林 175
林纾 174,178,234
林语堂 25
刘波 213,214
刘习良 246,248,251
龙泉明 181
陆谷孙 210
鲁迅 12,18,19,31,32,92,174,175,180,
　　181,184,274
罗大冈 239,240
罗高寿 236
吕同六 260

M

茅盾 141,174,186
梅朵 252
孟子 9

N

倪培根 182

Q

钱鸿嘉 260

S

沈雁冰 13
石冲白 30
施咸荣 23,230,272

施蛰存 216
孙景尧 177,217,220
孙绳武 208,237

T

汤显祖 67
陶德臻 134,274
童庆炳 164,182

W

王国维 92,174,181
汪榕培 226
王西彦 252
王瑶 216
王元化 175,177,182,252,253
王佐良 60,208,210,217
闻家泗 239,240
吴富恒 207,208,210,229,230,232,262,279
伍蠡甫 30
吴宓 175
吴泽霖 236—238

X

夏征农 229
萧乾 260
徐迟 22,165
许汝址 223,224

Y

严复 174,178
杨绛 240
杨周翰 123,144,161,176,177,208,216,
　　218,222—224,229,230
叶君健 260
叶水夫 164,166,207,208,210,217,236,
　　241,262,265,280

袁可嘉　27,208,274

Z

曾卓　252
张爱玲　29
张铁夫　68,177,180
张威廉　241
张月超　224
郑振铎　119,120,121,141,143,174,175,183
钟敬文　174
周扬　97,251
周钰良　208
周作人　141—143,174,181
朱光潜　78,93,145,156,175,181,241
朱维基　64
朱维之　53,54,143,148—151,168,207,216,224,274
宗白华　177,181

后 记

每当我坐在窗前,望着远山,看着窗外纷纷飘落的秋叶,我的心便随着那呼啸而过的秋风飘向了遥远的历史深处……我忍不住问自己是什么力量让我完成了面前放着的这部手稿。是"天生我才必有用"的信心？长风破浪的勇气？还是那早已深植于内心的使命感？终于,绳锯木断,水滴石穿。现在,手稿即将面世,"十年磨一剑,霜刃未曾试",我的内心百感交集：一方面,对欧美文学中国化进程的探索,带我们回到了文学传播与接受的历史长河中,在这条河上漂流探险,我们的小船无时无刻不经历着风浪的撞击,而沿途的风光又让我们眼界大开,心花怒放；另一方面,总感觉时间短暂,能力有限,无法把这恢宏的历史尽情书写,心中难免留下遗憾。

百年来欧美文学中国化进程就是一部文化传播史和文化融合史。曾有过多少弄潮儿独占鳌头,又曾经几番百家争鸣、百花齐放。无论场面多壮观,对欧美文学的接受都深植于中国的文化土壤,我们的文化基因决定了我们对欧美文学作品的引进选择和解读方式。欧美文学进入中国后,必然与我们的本土文化产生碰撞与融合。这个过程不是一个静态的完成时,而是一个动态的进行时。动态中,也存在着相对的稳定性。如同海浪,在集聚了力量后形成一个巅峰,而后平静下来,似乎要保持那样的状态。事实上,下一海浪又在形成,如此往复,不会停止。

百年来的欧美文学中国化进程中,古今之争、中西之争从来没有停止过。一些杰出人士曾提出过如"中体西用""拿来主义"等著名论断,这些都是围绕文化接受方式进行的论辩。对文化立场选择问题的探索也一直没有停止过。改革开放后,我们对此前大量引进的俄苏文学的解读有了新的气象,对欧美文学的研究充分解冻,且渐成沸腾之势。改革开放后的观念转型带来了许多文学研究冷冻地带的开放,文学中的宗教思想研究就是其中之一。在宗教思想研究方面的突破性进展再一次向世人展示了中国文化的包容性以及我们的文化自信。

新时期以来,文化全球化语境以及中国的传统文化成为影响欧美文学传播与接受的主要因素。欧美文学在中国传播的力度加大也促进了欧美文学史编撰观念的更新。我们在欧美文学译介、研究方面取得了巨大的成绩,也存在着不足和问题,如中国文论暂时的"失语"状态这类问题。问题本身是严重的,但同时,问题的出现也给我们带来发展的契机,"失语"问题引导我们重归中国文化本体,让以中国传统文化"化西方"成为迫在眉睫的使命。欧美文学中国化在蓬勃发展的过程中又迈出了可喜的一步。

虽然一心想要"笔落惊风雨,诗成泣鬼神",而在此书的撰写过程中,我深深地认识到了"不登高山,不知天之高也;不临深溪,不知地之厚也"这句话的含义。虽已经呕心沥血,还是时时感到力不从心。如,对中国文化的包容性及其强大的融合力以及这种特质对欧美文学中国化进程的影响这样的问题,我们的探索还不够深入。再者,面对欧美文学的浩瀚,我们也只能沧海之水取一瓢饮。

无论是在研究进行的过程中,还是在书稿的写作过程中都得到了刘建军先生的全程指导。书稿完成后,先生又从头到尾进行了逐字逐句的审读,没有先生的辛勤付出,这一成果的完成几乎是不可能的。此外,浙江师范大学郭晓霞研究撰写了第八个问题,东北师范大学刘建军与袁先来撰写了第九个问题,刘研撰写了第十个问题,江苏师范大学张连桥撰写了第十一个问题,使得本书的内容得以丰富和完善。我的学生刘玉环、牟佳及刘春旭也在数据的收集与整理方面提供了一些帮助。在此,一并表示由衷的谢意。

书已付梓,探索之路也许会更加漫长,唯时时告诫自己,要"博学之、审问之、慎思之、明辨之、笃行之",以不负伟大时代的期许。窗外霜花染醉的秋叶纷纷落下,我的心再一次随着那呼啸而过的秋风飘向了遥远的历史深处……

周桂君

2017年10月于长春